MÖRKA

Profanación

Guadalupe Arias

Esta es una obra de ficción. Cualquier parecido con la realidad es mera coincidencia. Todos los personajes, nombres, hechos, organizaciones y diálogos en esta obra son o bien producto de la imaginación de la autora o han sido utilizados de manera ficticia.

Mörka
Profanación

Arias, Guadalupe
Mörka: profanación / Guadalupe Arias. - 1a ed - San Carlos de Bariloche
: Guadalupe Arias Bordenave, 2022.
452 p; 22 x 15 cm.

ISBN 978-987-88-5466-3

1. Literatura Fantástica. 2. Novelas Fantásticas. I. Título.
CDD A863

Primera edición: julio 2022
Libro de impresión bajo demanda.
Sin tirada inicial. Solicitable en Amazon.com

Diseño de portada: María Soledad Espinosa

Secretos… secretos…

He descubierto el secreto mejor guardado

¡Oh! ¿De veras? ¿No lo sabían?

¿Quién lo diría?

En la profanación reside la salvación

Índice

Prólogo

El respingo sobre la silla por poco la arroja al charco de sangre, por lo que activó la poca fuerza remanente en sus músculos para permanecer sentada. En el esfuerzo, las roídas cadenas que aseguraban sus muñecas perpetuaron el latigazo de dolor. Algo resultaba extraño. Por supuesto no tenía parámetro con el que comparar, ya que nunca había sido inmovilizada y golpeada al punto de sentir la escurridiza viscosidad de su propia sangre bajo los pies. Aun así, valoró extraña la sensación. Como si el hierro hubiese sido embebido en algo que obraba como ácido para su piel.

Intentó activar aquello que le permitiría distinguir formas en la profunda oscuridad del calabozo donde se encontraba, pero sus ojos simplemente no respondieron. No podían ser solo los golpes. Algo la debilitaba demasiado. Repentinamente cayó en la cuenta que sus tobillos estaban liberados, y sintió una oleada de alegría y esperanza para segundos después caer en la desesperación cuando sus piernas simplemente no respondieron.

Sus ojos se vieron velados por una gruesa capa de lágrimas que comenzaron a rodar por las ensangrentadas mejillas, escociendo los numerosos cortes cuando los pulmones dieron lugar a una inevitable y exasperada hiperventilación.

Se sintió mareada, y cuando el sabor de la sangre golpeó su garganta, supo lo que sucedería. Giró la cabeza lo poco que los brazos inmovilizados le permitieron y devolvió el líquido remanente en su estómago vacío.

El sonido de pasos marcó la cercanía, y antes que la desesperación volviese a apoderarse de todo su ser, se obligó a respirar. Elevó el rostro al techo, cerró los ojos y las profundas inhalaciones elevaron su pecho permitiendo a su piel sentir lo que necesitaba. Algo a lo que aferrarse. La forma tallada de su animal preferido hacía peso sobre su pecho.

Recordó las enseñanzas, y la vida ahora le mostraba la certeza de lo que en teoría sabía: los seres sometidos a tortura retenían el más mínimo detalle con tal de mantenerse aferrados al hilo de cordura necesaria para sobrevivir. El búho la ayudaría a mantener la cordura.

La puerta frente a ella cedió y el chillido de las bisagras la recorrió en un desagradable escalofrío.

La oscuridad del calabozo en contraste con el reluciente brillo de la luz externa obligó a sus retinas a percibir la imponente figura como un cuerpo negro y vacío.

La mano se elevó a la altura de su rostro y alcanzó a ver el cuchillo, pero solo el dorso de la mano llegó a la mejilla, la vibración del golpe seco esparciéndose por su cerebro.

—¡¿Dónde se esconden?!

Escupió la sangre que el bofetón le había dejado, y con todo el desprecio que fue capaz de reunir, contestó entre dientes apretados.

—No lo sé.

En respuesta, recibió el espantoso latigazo de la filosa hoja de la daga cortando la carne de la base del cuello. Intentó no gritar, pero el dolor calaba demasiado profundo. Ésta vez estuvo segura que algún líquido abrasivo y debilitante estaba siendo utilizado sobre ella.

—¿Tanto miedo tienes que necesitas debilitarme?

La daga se clavó en la parte baja de su estómago y el opresor acercó su rostro al punto que sus narices se tocaron y el fétido aliento golpeó las fosas nasales que luchaban por ingresar aire, pero el dolor de la daga dentro de ella lo hacía casi imposible.

—Pronto verás las cosas a mi manera.

Con un movimiento seco y rápido el torturador removió la daga, giró sobre sus talones y salió del calabozo pegando un portazo.

El alto y corpulento hombre apoyado despreocupadamente sobre la pared opuesta al calabozo elevó la mirada en cámara lenta, para luego esbozar una cínica media sonrisa.

—¿Hemos progresado?

El torturador negó con un corto movimiento de cabeza, la expresión de sus ojos poniendo en escena un gran acto que escondía lo que el receptor frente a él no podía ver.

—Prosigue con el plan B entonces.

—Pero señor, es su…

La frase se vio interrumpida cuando en un abrir y cerrar de ojos el cráneo del carcelero resonó contra el grueso hierro de la celda, y el cuchillo que había utilizado segundos antes se encontraba ahora dentro de él. Sus ojos oscuros encontraron con fiereza los de expresión animal del hombre al mando.

—Cualquiera que haya estado asociado con los de tu especie no es nada mío.

—¿Señor?

La voz proveniente de su izquierda permitió que volviese en razón, dejando ir el antebrazo que presionaba contra la tráquea para luego remover la daga con movimiento rápido y preciso.

—¡Continúa con el plan! —demandó en una orden cargada de ira.

Ambos hombres próximos a la puerta de la celda lo observaron alejarse, esperando el tiempo suficiente para garantizar que sus palabras no alcanzasen oídos no deseados.

—No quiero hacer esto, Pogue —confesó el hombre que cargaba la daga ahora embebida en la sangre de su víctima y la suya propia.

La oscuridad en sus ojos se disipó para volver a un color menos amedrentador.

—Lo sé, hermano. Pero no tenemos alternativa. Estamos donde debemos estar, haciendo lo que es mejor.

—¿Para quién?

—Para todos.

—La vida de una por la otra. ¿Realmente crees que eso es lo que él hubiese querido?

Pogue tomó una profunda bocanada de aire, y acortando la distancia, apoyó la mano sobre el hombro de su amigo.

—Es cruel, lo sé. Pero la niña es lo único que importa.

En sus adentros sabía cuánto de verdad había en esas palabras.

Mirando fijamente la daga ensangrentada, giró el pomo de la puerta y ambos hombres se dieron paso al abismo de oscuridad.

Clemencia

Como canes que quedan amansados
cuando muerden el cebo que pedían
y que luego devoran afanados,
las caras enlotadas tal hacían
del demonio Cerbero, que ensordece
a las almas que ser sordas querrían.
Canto VI; 28-33
Círculo III: Glotones
Dante Alighieri, Obras Completas, Tomo I

Suecia, 1707

El viento levantaba en violentos azotes la nieve cayendo en enormes copos, y junto con la que arrastraba a su paso, convertían la visión frente a ellos en un muro blanco que no les permitía ubicarse en el espacio.

El cansancio y la feroz tormenta convertían sus pasos en torpes y lentos, y casi a ciegas acompañaban la marcha algo más segura de las ovejas y caballos que ya no montaban, confiando en su mejor instinto y sentido de ubicación. El manto blanco había alcanzado una profundidad en la que las finas y largas patas de los imponentes animales se escondían hasta la mitad.

Haciendo uso de las pieles que habían colocado debajo de sus calzados, los hombres se deslizaban por la nieve, cayendo e incorporándose una y otra vez, especialmente aquellos que por primera vez incursionaban el vasto territorio en busca de los últimos rebaños que debían poner a resguardo antes de la inminente llegada de la oscuridad que los acompañaría día y noche por las próximas dos semanas.

Cuando el segundo hombre chocó contra la imponente figura del primero, todos detuvieron la marcha. Volteó, y por sobre el sonido de los latigazos del viento, su gruesa voz se hizo audible.

—¡Rürik!

El segundo hombre giró, y en el poco espacio que las telas que había utilizado para cubrirse dejaban a sus ojos, los entrecerró. Estiró el brazo y golpeó el hombro del que tenía detrás.

—¡Llama a Rürik!

Los hombres fueron pronunciando el nombre en exclamaciones hasta que luego de largos segundos se divisó la figura caminando en dirección al comienzo de la línea encabezada por el que llevaba el liderazgo de la marcha. Rürik se acercó al punto de poder verse a los ojos, irritados por la nieve que formaba una capa sobre sus pestañas y cejas.

—No todos podrán seguir adelante con esta tormenta.

Rürik siguió el movimiento de cabeza indicándole que mirara por detrás, sus ojos encontrando la amplia apertura de una caverna que se alzaba en el muro de piedra congelada y se adentraba en las profundidades de la montaña.

—Apsal, Iorg y yo nos quedaremos aquí fuera asegurando el rebaño. Usted ingrese con los hombres y los caballos.

El hombre apoyó con fuerza una mano sobre el hombro de Rürik, y luego sus dedos ejercieron algo más de presión.

—Deja de dirigirte a mí con formalidades, viejo amigo. Encontraré un lugar adecuado allí dentro para que los hombres descansen y me reuniré con ustedes.

Rürik imitó el gesto apoyando su propia mano sobre el hombro de su amigo.

—Mi Rey. Insisto en que permanezca dentro. —Supo que por debajo de las telas que cubrían su rostro, el rey sonreía.

Sin dificultad alguna giró hacia el muro de la imponente montaña que parecía no tener fin en su recorrido hacia un firmamento que hacía días no veían, esperando paciente a que la fila de hombres que lo seguían lo alcanzara, deteniendo la marcha en la entrada a la amplia caverna y respetando el cansado y torpe paso de los fieles hombres y sus caballos.

Desvió la mirada cuando detectó por el rabillo del ojo la figura de Apsal acercándose con marcha rápida.

—El espacio de bosque cubierto completamente por las copas de los árboles no es lo suficientemente grande —informó imponiendo la voz por sobre el rugir de la tormenta que no hacía más que aumentar—. Gran parte del rebaño morirá cubierto por la nieve.

El Rey detuvo la marcha de uno de los hombres que pasaba por su lado.

—Yür, adelántate a los que ya han entrado y analiza si hay suficiente espacio dentro y para cuántas de nuestras ovejas.

El hombre asintió y apuró la marcha al trote.

El Rey esperó a que el último hombre ingresara y salió detrás de las huellas que Apsal había dejado en dirección a las profundidades del bosque. Respiró, aguzó el oído y apuró la marcha.

Al caer en su presencia, Rürik levantó el anguloso rostro cubierto de barba y ahora desprovisto de las telas que lo cubrían, y en una inhalación profunda dio a conocer su descontento.

—Oleg —llamó su atención con tono de voz sugestivo.

—Ya tendrás tiempo para sermonearme. Ahora no es el momento.

Rürik elevó levemente una de las comisuras de sus labios.

—Están alteradas, y no por la tormenta.

—Lo sé.

Los tres hombres intercambiaron miradas.

—Si la tormenta nos atrapa aquí… —pensó Apsal en voz alta.

—No será el peor de nuestros problemas —terminó Oleg por él—. Los hombres. —La culpa sonó pesada en su voz.

—Mi Rey. —Rürik acortó la distancia hacia él y apoyó ambas manos sobre sus hombros—. Apsal y yo nos apostaremos fuera de esa caverna y usted se quedará aquí con los suyos. Pero debemos…

Rürik pasó la mirada por el grupo de animales cuyas expresiones rayaban el terror. Notó que Oleg tragaba saliva con dificultad.

El Rey se inclinó sobre una de sus rodillas, y acomodando sus manos a ambos lados de la cabeza de una de las ovejas, como acunándola, apoyó la cálida frente sobre la del animal. Sus labios se movían atesorando susurros de palabras ininteligibles que el viento se llevaba y desparramaba, obrando su suave voz como un frenesí para la totalidad del rebaño que de a poco fue cesando sus quejidos de miedo, y luego, en cámara lenta, una a una fueron doblando sus patas hasta que sus vientres tocaron la superficie del bosque refugiada por la copa de los árboles, cayendo todas en un aparente profundo sueño.

Cuando la oveja que sostenía entre sus manos cayó rendida a sus pies, Oleg tomó una profunda bocanada de aire y liberó sus hombros del peso de la enorme bolsa de cuero que su espalda cargaba.

Cuando tocó la tierra, introdujo la mano y extrajo tres recipientes tallados en forma de vaso. La uña de su dedo índice se estiró, filosa y negra, por debajo de las telas que cubrían sus manos, y cuando Rürik dio un paso adelante para detenerlo, ya era demasiado tarde. La sangre del Rey manaba a borbotones por su muñeca llenando los cuencos en su totalidad.

—¡Maldita sea, Oleg! —espetó Rürik, su voz cargada de enojo.

Oleg se puso en pie lentamente extendiendo los cuencos por delante, uno en dirección a Rürik, otro en dirección a Apsal y, por último, en dirección a Iorg.

—Podríamos haber bebido de una de las ovejas —indicó Iorg.

—Sabes bien cuánto me angustia el sacrificio de uno de los míos.

—¿Y se supone que debemos aceptar el tuyo? —Rürik no lograba deshacerse de la ira que había comenzado a recorrer sus extremidades.

Sin dejar de sostener los cuencos en dirección a ellos, Oleg dedicó a su amigo una mirada mezcla de comprensión y regaño.

—Hace días que no se alimentan. Sé que sus entrañas están retorciéndose de dolor, y les agradezco por ocultarlo lo mejor posible, pero no crean que es algo que haya escapado a mi atención. No voy a tolerar su sufrimiento en pos de esta innecesaria y excesiva preocupación por mí. —Cuando notó que Apsal se disponía a interrumpirlo continuó hablando, ésta vez dirigiendo la mirada hacia él—. Si realmente deberemos enfrentar lo que suponemos en caso que esta tormenta nos atrape, los necesito fuertes y concentrados. Letales como son. —Apsal había perdido la vista en el conjunto de ovejas frente a él—. Por favor.

Apsal levantó la vista, la clavó en su amigo, y luego de un corto asentimiento, elevó el brazo y tomó el cuenco que hacía varios segundos Oleg sostenía en su dirección.

Giró sobre sus talones para ocultar el momento en que llevó el vaso a sus labios. El líquido aún templado se sintió como una explosión recorriendo las venas. Una explosión tan exquisita luego de tantos días de abstinencia, que logró sobreponerse a la culpa.

Cuando la última gota se deslizó por su garganta, secó los restos de sangre con la manga de su abultado abrigo de piel y sin girar para enfrentarlos, carraspeó y habló, su voz sonando gruesa y rasposa.

—Tiene razón, Rürik.

—¿De veras? ¿Entonces por qué te niegas a mostrar tu rostro en este momento?

—¡Somos lo que somos, maldita sea! —La oscuridad se había apoderado de su rostro, especialmente sus ojos, que ya no mostraban ningún color más que un profundo y vacío negro—. Los dioses saben que no es ideal, pero nos da una gran oportunidad para defender a nuestros hombres y todas las criaturas no malditas que nos rodean. —Apsal hizo una pausa cuando sus ojos volvieron a la normalidad, así como su voz y todo lo que se había convertido en animal por los segundos que la sangre de Oleg tardó en asentarse a su sistema. Su voz mutó a un tono bajo—. Así que tomen la sangre que nuestro Rey tan gentilmente nos regala. Ya ha abandonado su cuerpo y no debe convertirse en un desperdicio.

De mala gana Rürik y Iorg arrancaron de manos de Oleg el vaso y luego se perdieron en direcciones opuestas entre los árboles.

—Gracias.

—Como dije, ya había dejado tus venas. Que la haya aceptado no quiere decir que esté de acuerdo con lo que acabas de hacer.

—Los necesito…

—Fuertes —terminó por él—. Lo sé.

Los gritos provenientes de la montaña que se superponían al relincho de los caballos dieron fin al momento de tensión y Apsal, renovado por el preciado regalo que Oleg acababa de otorgar, logró sacar a su Rey varios metros de distancia.

Incluso antes que Apsal pudiese escurrirse por la gran abertura en la montaña, Oleg alcanzó a ver la figura de Rürik perdiéndose en la oscuridad de la caverna.

Al ver que Iorg seguía el mismo destino, lo detuvo en seco.

—Los animales no pueden quedarse solos. —Era una orden, y aunque todo su ser le indicaba que debía estar dentro con los suyos, giró sobre sus talones y desapareció.

En el instante de su arribo los caballos cesaron el corcoveo y quejidos mientras los hombres se mantenían del lado opuesto de la fogata que habían logrado encender luego de largos minutos de luchar contra las ramas algo húmedas que habían encontrado desparramadas en la caverna. Sus rostros reflejaban horror por la imagen que sus retinas mostraban a sus cerebros.

Rürik sostenía su hacha por sobre la cabeza, dividido entre la necesidad de matar lo que veía y la estupefacción que lo había gobernado, mientras que Apsal había adoptado una posición defensiva entre la criatura, la fogata y los hombres del Rey, luchando contra los rugidos defensivos que su garganta necesitaba proferir.

Con paso medido pero seguro Oleg caminó entre sus hombres, rodeó la fogata, se deshizo gentilmente de la mano que Apsal había apoyado sobre su antebrazo en ánimos de detenerlo, y al llegar a Rürik, tomó con delicadeza y cautela el brazo de su amigo y en el movimiento lo invitó a perder su posición de ataque. Rürik respondió, pero en ningún momento quitó los ojos asesinos de la criatura frente a ellos.

—Apsal —llamó el Rey sin girar para mirarlo—. Aleja a los hombres algunos metros hacia la entrada, por favor.

Apsal dudó. Su necesidad de defender a Oleg impidió a sus piernas moverse, hasta que finalmente el Rey dirigió su determinada mirada hacia él. Como un felino preparado para atacar, pero forzado a rendirse arrastraría las patas, así se movió Apsal, hasta que finalmente giró sobre sus talones (sus movimientos cargados de ira) dando la espalda a la imagen. Haciendo el mejor esfuerzo para controlar el enojo, caminó hacia los hombres animándolos a alejarse tal como el Rey había ordenado.

Oleg comenzó a acortar la distancia y Rürik lo asió con fuerza por el hombro.

—¿Has perdido la cabeza?

—Escucha su corazón —susurró para que sus hombres no lo oyeran—. Apenas vive.

—Porque no se ha alimentado en los dioses saben cuánto tiempo. Si te acercas demasiado…

—Mátenme. —El susurro fue apenas audible, pero llegó como un claro ruego a sus oídos, generando en Rürik un pasmo que sintió quitarle el aliento por una fracción de segundo—. Por favor.

El Rey dio un paso adelante y se acuclilló para estudiar la criatura algo más de cerca. Gruesos grilletes de hierro que prácticamente bailaban sobre las articulaciones de las muñecas y los tobillos encerraban el conjunto de profundos surcos grises y secos que imitaban el aspecto de un cartón corrugado. Oleg entendió que no se había liberado porque simplemente no contaba con la fuerza ni la voluntad.

Sus ojos estaban perdidos en la profunda cavidad ósea marcada por la poca piel ajada y magullada, cegados por un velo de desesperación detrás del cual prácticamente el iris no tenía color. Debajo de las andrajosas ropas el pecho dejaba ver cada uno de los recovecos de su esternón.

Cuando Oleg comenzó a recorrer con la mirada el cuerpo hacia abajo, detectó que las rodillas estaban levemente fuera de lugar. Quebradas quizás. Era un cadáver con vida, el peor suplicio conocido para esa especie, lo que llevó al Rey a preguntarse quién habría podido llevar a cabo tal crueldad.

—¿Cómo te llamas, muchacho?

La respuesta fue el crepitar de las ramas que ardían bajo el fuego por detrás de ellos.

—Oleg.

El Rey giró lentamente la cabeza hacia su amigo y elevó el rostro para encontrar sus ojos.

—No lo mataré, Rürik.

—Lo único que lograrás con este inexplicable amor que sientes por todas las criaturas vivas será tu propia muerte. Y no pienso ser testigo de ello.

Oleg se incorporó para acercarse a su amigo.

—Es ese amor del que hablas el que tantos años atrás salvó tu vida y la de Apsal. Somos una familia debido a ello. Somos hermanos. Y como mi hermano te pido que contemples el estado de esta desdichada criatura. No es justo. Es cruel y despiadado. No permitiré su muerte si existe la posibilidad de brindarle la misma vida que les he mostrado a ustedes. Merece saber que existe la posibilidad de una vida digna para los de su especie.

—Si algo te sucediese a ti o a tu familia.

—Nuestra familia —corrigió—. En caso que esta criatura se convierta en un problema para nuestra familia, te prometo que serás tú mismo el que lo libere de su condena.

Rürik se tomó largos segundos que aprovechó para controlar su desconcierto y falta de acuerdo. El hacha que asía con fuerza a tal punto que su agudo oído le permitía oír el crujir de la madera sobre la que se cerraba su puño, sintió el alivio de los dedos cediendo paulatinamente en torno a la empuñadura, y luego, al igual que Apsal, arrastró los pies dos pasos hacia atrás.

—No es digno de tu sangre.

—No. No lo es. No aún. —Cuando Rürik se disponía a dar rienda suelta a sus numerosas opiniones, Oleg se adelantó apoyando una mano sobre su pecho, y luego de lograr su cometido (que su amigo lo mirara a los ojos), su brazo cayó pesado a un lado—. Las ovejas que quedaron expuestas a la tormenta ya están muertas. Extraeré lo que necesita de ellas.

—Yo lo haré.

—Me están esperando allí fuera.

La sorpresa se hizo evidente en la mirada de Rurik por algunos segundos, segundos en que ambos se mantuvieron las expresiones amigables, pero, aun así, desafiantes.

—¿Qué se supone que debo decir a los hombres?

—Yür, Apsal y tú pensarán en algo.

Oleg escondió la sonrisa al detectar la mandíbula de Rürik tensionándose, aprovechando la fracción de segundo que tuvo para alejarse de su amigo antes que pudiese lanzar alguna amistosa maldición.

Fuera el viento seguía azotando con fuerzas amedrentadoras, pero los pasos de Oleg lograron marcarse sobre el grueso manto blanco con firmeza. Al llegar al grupo de animales que ya habían perdido la vida sus rodillas tocaron la nieve, y en un delicado movimiento apoyó la cabeza de una de las ovejas sobre su regazo.

—Oleg, ¿qué sucede? —La preocupación era evidente en el tono de Iorg.

—No puedo explicarlo. Deberás verlo tú mismo. Ve, y por favor, intenta no perder los estribos.

Iorg enarcó las cejas, y sin mediar respuesta, arrastró los pies en dirección a la caverna.

Una vez a solas Oleg cerró los ojos, y mientras sus labios murmuraban palabras de agradecimiento, su mano libre se dirigió hacia la bota de donde extrajo un filoso cuchillo de tamaño mediano.

Elevó el rostro, los copos de nieve derritiéndose rápidamente sobre su templada piel, y al llegar a las últimas palabras del cántico iniciado, el puñal encontró el sector del cuello que permitió la salida rápida y limpia del líquido, que en contraste con la blancura de todo lo que los rodeaba, comenzó a marcar un enorme círculo negro. Acercó el primer cuenco, lo llenó hasta el tope, y así siguió hasta llenar por completo los cuatro recipientes disponibles.

Sonrió y giró la cabeza hacia la izquierda, donde sus ojos encontraron la imponente figura. El animal dobló levemente las patas delanteras y su cabeza se inclinó hacia adelante. Oleg imitó el gesto con un asentimiento.

—Ba corga ut Ripaku (Llévate las muertas). Dor ba mant Songkta… (Pero debes prometerme…)

El sonido de la nieve siendo cortada por pisadas lo interrumpió. Miró en dirección hacia los animales que aún vivían y que Oleg había obligado a caer en un profundo sueño.

Cinco imponentes lobos se habían dispersado entre las ovejas, sus posturas claramente defensivas.

El Rey devolvió los ojos al que los comandaba.

—Nangmaka. (Gracias).

En respuesta, el enorme lobo negro de ojos amarillos se acercó y sus fauces se hicieron de la pata de la oveja de la que Oleg había extraído la sangre, arrastrando al animal hacia las profundidades del bosque. Devolvió los ojos a la manada que protegía su rebaño.

—Le me onga Rug dimar. (Estaré atento a su llamado).

El Rey se encaminó hacia la cueva, el potente aullido de la manada superponiéndose claramente sobre el rugir de la poderosa tormenta.

***

El invierno regaló su último día de luz con un cielo despejado en el que brillaba un resplandeciente sol. Desde la sombra provista por la cueva, Rürik veía a los hombres alejarse montados a sus caballos y liderados por Yür, el rebaño sobreviviente siguiendo respetuosamente su marcha.

Oleg se acomodó, la mitad de su cuerpo compartiendo el destino de su amigo, mientras que la otra mitad era bañada por esa dicha que parte de su familia había sido condenada a no recibir. Sus ojos se perdieron en el suelo cuando detectó que los de su amigo estaban fijos en el sector de su rostro que recibía la luz del sol.

—Permíteme…

—No quiero escuchar el fin de esa frase. —Cortó Rürik.

Oleg tragó saliva y luego tomó una gran bocanada de aire que largó con fuerza. Cuando su rostro volvió a elevarse en dirección al de Rürik, su amigo ya no lo miraba.

—Estamos a solo dos horas de casa. Te veré para la cena.

Rürik asintió y Oleg le siguió los pasos hasta que la negrura de la caverna lo absorbió.

Apsal giró levemente la cabeza para mirarlo y luego sus ojos volvieron a perderse en el fuego dentro del cual crepitaban enormes trozos de troncos. Rürik tomó asiento en el lado opuesto, su espalda desplomándose contra el helado muro de la roca interna de la montaña.

—¿Quién es ese hombre? —La criatura había recobrado la suficiente fuerza, su voz sonando gruesa y tranquila.

Los huesos que aparentaban estar rotos cuando lo habían encontrado parecían haber vuelto a su lugar, y si bien su aspecto aún era desmejorado, el velo de muerte que cubría sus ojos ya no estaba allí, bañado su poco común color gris por el anaranjado de la fogata cuyo calor lograba alcanzarlo.

—Él mismo te lo dirá cuando lo considere pertinente. —respondió Iorg sin siquiera mirarlo.

—Quería morir.

Ninguno de los tres hombres replicó.

—¿Por qué querrían ustedes seguir con vida? —insistió—. Si ese hombre los amara, habría aceptado liberarlos. —Las miradas de Apsal y Rürik se cruzaron, pero aun así permanecieron sin intención alguna de cruzar palabra con él—. Vaya hipocresía.

No supo en qué momento su cuerpo había abandonado el frío suelo de la caverna, pero sí fue consciente del violento golpe que sufrieron su cabeza y espalda, y de la mano que le estrujaba la garganta y ahora comenzaba a asfixiarlo. Desde su posición relajada frente a la fogata, Rürik sonrió de lado.

—Eres un pedazo de basura que sigue con vida gracias a una misericordia que tu infestado corazón jamás logrará entender. —El único brazo de Apsal que sostenía al hombre se elevó un poco más, haciendo que la piel desnuda de su espalda entrara en carne viva con el rozar de la helada piedra—. No puedo matarte, pero sí puedo introducir en tu garganta las brasas de esa fogata, y te aseguro que lo haré si no cierras la maldita boca.

—Apsal. —Rürik se puso en pie de un respingo—. Déjalo ir. —Largos segundos pasaron, Oleg siendo consciente que los ojos de Rürik estaban clavados en él, cargados de estupefacción y decepción por su presencia—. Por favor.

Apsal cedió la fuerza de sus dedos y el hombre cayó con un golpe seco. El Rey acortó la distancia hacia ellos, apoyó una mano sobre el hombro de su amigo, y luego se acuclilló para mirar a los ojos a la dolorida víctima que aún luchaba por respirar.

—Mi nombre es Oleg. El que acaba de brindar una muestra de su acalorada personalidad es Apsal. Aquel es Rürik, y éste es Iorg. —Señaló en su dirección—. ¿Cómo te llamas?

—Jensen.

—Bien, Jensen. Así es como están las cosas. Puedes ser paciente y esperar a que lleguemos a nuestro hogar y pueda enseñarte todo lo que sé, que, dicho sea de paso, lo que sé ha ayudado a estos tres hombres a convertirse en las criaturas más honorables y respetables que jamás he conocido. No es necesario para los de tu especie morir para encontrar la liberación. Ellos son prueba suficiente de lo que estoy diciendo.

Puedes aceptar mi ayuda o puedes insistir en escarbar el lado más temible y oscuro de mis hermanos, un lado con el que tú bien estás familiarizado, y nunca conocer una vida mejor a la que has sido sometido. Estarás bajo mi protección, pero debes prometer que cumplirás mis reglas. De lo contrario, daré a estos tres la vía libre para hacer lo que han querido hacer desde el minuto en que te encontramos en esta caverna.

Dubitativo, Jensen asintió. Oleg se incorporó y mirando a Apsal a los ojos, sonrió.

—¿Qué haces aquí? Se supone que tienes que estar de camino a casa.

—¿Cuándo he permitido al sol interponerse entre ustedes y yo?

Apsal respiró profundamente, sus ojos enjugados por la emoción. Siguió los pasos del Rey en dirección a la fogata y entre risas y una conversación relajada, aguardaron la puesta del sol.

El Hogar

Ingresó a la bañera tallada y pulida en madera, rebosante del agua que le permitiría a su cuerpo sentir al menos por cinco minutos una temperatura distinta a la de su piel gélida, una piel que no tardaría en enfriar la totalidad del líquido que tanto placer le causaba.

Era parte de la maldición que hacía años lo acompañaba. La maldición que lo convertía en asesino por naturaleza, una naturaleza que el Rey Oleg y su familia le habían enseñado a transformar en una virtud a través del autocontrol, pero más importante aún, el amor de una familia que lo consideraba como un miembro más del linaje real.

Aun así, como para todos los de su especie, Apsal no podía rehuir de ciertos pesares que con el paso del tiempo había aprendido a aceptar, como jamás sentir (aunque se tratara de una elección) el sol sobre su piel, o ser dueño de un frío interno tan hondo que ocasionalmente dolía en el recorrido a través de sus venas.

Comparado con el resto de los de su especie, seres no pensantes y despiadados que el Rey y sus hombres habían denominado Vandöda, Apsal había logrado conectarse por completo con su lado humano, determinado a darle fin a su propia vida en caso que su corazón envenenado lograra deshumanizarlo, momento que Oleg le aseguraba, jamás llegaría. Una aseveración de la que había jurado jamás fiarse.

El hilo de pensamientos que hacía semanas focalizaba únicamente en las tácticas que llevarían a cabo para afrontar lo inevitable fue interrumpido por el claro aroma que se coló por sus fosas nasales y logró asentarse agradablemente en su estómago. Sin abrir los ojos, esbozó una sonrisa.

—Quería sorprenderte.

Apsal despegó los párpados y sus ojos verdes como esmeraldas encontraron el rostro de la mujer de negros cabellos largos y sonrisa seductora.

—En parte lo has logrado —animó—. Pero me veo, de todas formas, obligado a recordarte que no es adecuado entrar en la habitación de un hombre mientras se está aseando.

La mujer se mordió el labio para no reír, mientras Apsal hacía lo propio para controlar su diversión.

—Estoy sangrando. Pero creo que no hace falta que te lo diga.

La expresión de Apsal mutó por completo, sus ojos claros abordados por la oscuridad de la lujuria. La mujer dejó caer el vestido apenas sostenido por sus hombros, y él recorrió lentamente el cuerpo con la mirada hasta clavarla en las gotas que comenzaban a recorrer la parte interna de los muslos.

Ingresó a la bañera y con expresión juguetona escrutó el rostro, una expresión que inmediatamente se esfumó cuando la lengua de Apsal recorrió la parte interna del muslo hasta llegar a la fuente de donde emanaba ese increíble regalo, los gemidos de la mujer aumentando en intensidad mientras su amante, como siempre, lograba rápidamente llevarla a un estado de éxtasis total, pero ésta vez, con el agregado que le permitía alimentarse de uno de los seres que con el paso de los años había logrado respetar, y cuya vida defendía comandando la guardia del Rey.

***

Los leños de la fogata principal crepitaban brindando una violenta intensidad a la enorme llama, tiñendo de anaranjado el gran salón principal donde el Rey, su hermano Yür y la descendencia que Apsal y Rürik se habían propuesto defender incluso si les costaba la vida, disfrutaban del fastuoso festín que caracterizaba todas y cada una de las comidas que Oleg, familia y amigos íntimos devoraban con ímpetu.

Los salientes de las paredes del elegante e imponente salón portaban ornamentados candelabros trabajados en plata sobre los que ardían incontable cantidad de velas que colaboraban con la exquisita iluminación.

Madera y piedra eran los elementos que predominaban en la construcción, pero sus duras esencias no lograban sobreponerse a la calidez de los fuegos, y menos aún, al increíble y distendido ambiente generado por las criaturas que tanto habían aprendido a amar y respetar, y en su fuero interno, a venerar.

Rürik reía a carcajadas, disfrutando de las ocurrencias de la Reina que mucho había tenido que ver con su salvación. Hacía un buen rato había saciado la porción de su estómago que toleraba la comida, y mientras el resto de los integrantes de la familia y círculo íntimo de amigos no hacían más que seguir devorando, Rürik disfrutaba del exquisito vino y de la compañía de los que ya no podía evitar sentir como suyos, aunque objetivamente fuesen especies completamente distintas.

Oleg, de pie frente a la fogata, escondió la sonrisa al ver los adorables ojos oscuros de su sobrina mayor amurados sobre la figura apoyada de lado contra la pared que daba inicio a una de las tantas ventanas. Los ojos de Apsal estaban perdidos en la profunda oscuridad que se había cerrado aquella noche sobre el castillo.

Con paso medido y esbozando la sonrisa que había reprimido, acortó la distancia hacia su amigo.

—Tú, amigo, hueles a sol —murmuró el Rey por lo bajo, evitando que el agudo sentido del oído de todos los presentes permitiera que sus palabras fuesen reveladas.

Lo que no supo Oleg fue que su sobrina había aguzado al máximo su sentido desde el momento en que su tío había decidido acercarse a él.

Sin perder la mirada que atravesaba la ventana de lado a lado, Apsal sonrió tímidamente.

—¿Quién ha sido la afortunada?

Ésta vez Apsal no pudo evitar sonreír.

—Un caballero nunca se atreve siquiera a comentar tales temas.

—No esperaba menos de ti.

Apsal giró la cabeza y sus ojos se cerraron sobre los del Rey.

—¿Sabes cuál es uno de mis mayores deseos? —preguntó Oleg.

—¿Acabar de una vez por todas con todos los malditos Vandöda?

—Amigo, bien sabes que esa es una batalla que lucharemos de por vida. Pero no, no es eso a lo que me refería. —Apsal aguardó paciente, intentando leer la expresión en los ojos dorados de su amigo—. Uno de mis mayores deseos es que te abras a la posibilidad de amar a una mujer y permitir que ella te ame.

Oleg alcanzó a ver la expresión de desacuerdo en su amigo antes que volviese a perder la vista por la ventana, y al igual que había hecho Apsal segundos antes, aguardó paciente, detectando la profunda inhalación que se manifestó en el pecho.

—Este veneno corriendo por mis venas…

—Apsal.

El aludido giró la cabeza con gesto determinado, y cerró sus ojos sobre los del Rey.

—Has hecho todo lo que podías hacer por mí, Rürik y Iorg. Pero no puedes seguir insistiendo en que la esencia de lo que corre dentro de mí merece ser amada.

—Yo la amo.

Apsal sonrió, y desprendiéndose de la piedra algo más cálida que su propia temperatura, apoyó ambas manos sobre los hombros de Oleg.

—Y por eso amigo, se han levantado tantos rumores acerca de la naturaleza de nuestra relación —bromeó logrando que el Rey carcajeara con ganas.

Apsal acortó la distancia, lo besó fugazmente en la frente, y luego lo sorteó para abandonar el salón.

***

Sintió el movimiento de la cama al recibir el peso del cuerpo, pero fue el exquisito calor que emanaba lo que lo hizo despegar los párpados. Esperó algunos segundos hasta que la oscuridad despareció por completo y tomó lugar su lado humano, volteando para enfrentarla, y sonriendo al encontrar el rostro de la hija mayor de Yür.

—¿No podías dormir?

Ella negó con un movimiento de cabeza.

—¿Estás preocupada por las próximas semanas?

Nuevamente negó con un movimiento de cabeza.

—Mi naturaleza me convierte en un ser sumamente intuitivo, pero me temo que ésta vez deberás hacer uso de tus palabras.

Pero no fueron palabras las utilizadas por la hija de Yür, y paralizado por lo que jamás se hubiese esperado, Apsal se encontró con los labios atrapados entre los de ella.

El calor y el increíble sabor de su boca lo confundieron a tal punto que cuando la lengua de ella salió a su encuentro, la recibió, y en el momento en que la muchacha apretó su cálido cuerpo contra el gélido de él, temió perder todo tipo de sentido lógico. De seguir aferrado a su lado humano, los hechos hubiesen tomado un curso que sabía, lo atormentaría por el resto de su condenada vida.

Nunca se había sentido tan agradecido por los años de entrenamiento junto a Oleg, y haciendo uso de lo que tanto le había costado aprender, logró tocar por una fracción de segundo su naturaleza salvaje, su cuerpo viéndose expulsado de la cama, alejándose con brusquedad.

—¡Danila! ¡¿Has perdido por completo la cabeza?!

La voz se transportó en la amplitud de la habitación, ronca y profunda, mientras Apsal luchaba por deshacerse de la oscuridad que aún se manifestaba en sus ojos. Cuando lo logró, pudo ver los enormes ojos negros de Danila cubiertos por un velo de lágrimas.

Se apresuró a acortar la distancia y la asió delicadamente por los costados de los brazos.

—Danila, cariño, no puedes.

—¿Por qué no?

—¿De veras lo preguntas?

—No entiendo cuál es el problema. Somos iguales. —Al tiempo que los ojos de Apsal se abrían como platos y su expresión se endurecía, su entrecejo se frunció apoderado por la estupefacción—. Somos inmortales.

Apsal se incorporó bruscamente y se alejó unos pasos dándole la espalda, su pálida piel reflejándose bajo la débil iluminación brindada por el candelabro con el que Danila había recorrido los pasillos del castillo hasta llegar a su habitación. Luego volteó lentamente, su rostro severo y cargado de preocupación.

—No quiero volver a escuchar de tu boca esas palabras. No hay nada en tu sagrado ser que se asemeje a mí.

—Te he admirado desde que tengo uso de razón. Te he visto en tus mejores y peores momentos. He visto lo peor de ti, y aun así…—Hizo una larga pausa en la que Apsal aprovechó para tantear a su alrededor, hasta que encontró el sillón en el que se desplomó—. Escuché lo que le dijiste a mi tío, y debes saber que estás muy equivocado. Porque lo aceptes o no, todos te amamos, pero en mi caso no te amo solo con mi corazón.

—Tienes dieciséis años.

—Y dentro de quinientos tendré quinientos dieciséis y tú setescientos cincueta y siete. No quieras hacer de esto un problema cronológico, porque siempre he sido mejor que tú en las matemáticas.

Dentro del pesar que lo gobernaba, Apsal logró elevar una de las comisuras de sus labios.

—¿Es que nunca has entendido nada de lo que tu familia significa para nosotros? La línea que separa a tu especie de la mía es muy amplia, Danila. Mereces un hombre…

—¡Ni se te ocurra terminar esa frase!

—Danila.

La muchacha abandonó la cama de Apsal de un respingo.

—¡Por años he tenido que ver a humanas desfilando entre los pasillos y tu habitación! ¡¿Por qué ellas sí?!

Apsal imitó su gesto al ponerse en pie como si una aguja le hubiese pinchado el trasero.

—¡Porque justamente, comparadas con los de tu especie, mi respeto hacia ellas es mucho menor! ¡Jamás podría faltarte el respeto de esa manera, ni a tu padre ni a Oleg!

Con los ojos anegados de lágrimas Danila acortó la distancia como un felino hacia su presa, y cuando estuvo muy cerca, su expresión se endureció.

—Viviré el resto de mi eternidad sabiendo que al menos lo intenté, pero tú deberás llevar sobre tus hombros el peso de haberle dado la espalda a un amor incondicional como el que jamás encontrarás en ningún otro ser, humano o inmortal.

Apsal reaccionó asiéndola delicadamente del brazo, recibiendo la acción como un puñal cuando ella hizo uso de toda su fuerza no humana para deshacerse de sus fríos dedos.

—Dani.

Saltó sobre sus talones cuando el portazo lo dejó a solas, de pie, en medio de su habitación.

***

Incorporó bruscamente el torso al oír el cerrojo cediendo, y al sentarse en el camastro, recibió la resplandeciente sonrisa del Rey que cargaba en su mano derecha un plato rebosante de comida y en su mano izquierda, un cuenco que cargaba lo que por siglos había negado.

Su cuerpo se había regenerado por completo gracias a las constantes ingestas de sangre que le habían brindado desde su rescate, generando en la mente del Rey la graciosa idea de que las mujeres, humanas y no humanas, deberían ser forzadas a mantenerse alejadas del espécimen alto y esbelto de penetrantes ojos grises enmarcados por tupidas pestañas negras frente a él.

El lamento se apoderó de la expresión de Oleg cuando sus ojos recorrieron la extensa cadena amurada a una de las esquinas y que terminaba en el grueso grillete que había sido asegurado a la muñeca.

—Lamento mucho que aún no seas dueño de total libertad. —Se acercó al camastro para sentarse junto a él, ofreciendo el plato de comida—. Cuento con poder solucionarlo ni bien las próximas dos semanas hayan quedado en el pasado.

—No me molesta. Todas las comodidades de esta habitación son mucho más de lo que tenía pensado disfrutar por el resto de mi eterno letargo.

—Quizás si mis entrañables amigos lograsen comprender que fuiste tú mismo el que se sometió a tal destino.

Jensen abrió levemente los ojos, la expresión de su sorpresa revelada a Oleg.

—¿Cómo?

—¿Lo supe? —Hizo una pausa que aprovechó para inhalar profundamente—. Si fueses realmente un Vandöda te habrías prendido a mi carótida cual garrapata en el instante en que me acerqué a ti en aquella caverna.

Jensen ya masticaba su comida lentamente, precavido y atento a cómo se asentase en su estómago.

—Si me dejase llevar por el aroma saliendo de tus poros... —Oleg respondió esbozando una sonrisa—. No quise creerlo en un principio, pero ya no me quedan dudas que la leyenda es cierta.

—¿Leyenda?

—Eres el gran Rey Lobo. El primer y único Alfa.

Oleg no pudo evitar reír.

—Gran Rey Lobo —repitió—. Suena demasiado para mis oídos.

—¿Cómo puedes mostrar tal humildad cuando lo que corre por tus venas–

—Lo que corre por mis venas me da la fortaleza para luchar contra los Vandöda que quieren apoderarse de estas tierras. Nada más ni nada menos.

—Oleg, están aquí. Puedo sentirlos.

—Sé que puedes.

—Déjame luchar a tu lado.

—Nada me haría más feliz. Pero verás, mis hermanos, Yür, Apsal, Iorg, Anton y Rürik, aún no confían en ti.

—Yür es tu hermano, pero los otros son Vandöda.

—No lo son. Y con el paso del tiempo tú dejarás de serlo. Ya no sentirás la necesidad de encadenarte en las profundidades de la montaña y obligar a tu ser a entrar en un eterno estado de inanición. Lo que te has hecho a ti mismo ha sido una crueldad terrible, y no permitiré que vuelva a suceder.

—Oleg.

El Rey se puso en pie y se alejó unos pasos.

—Te haré una promesa. De Alfa a Alfa. —Jensen sintió el aire expulsado de sus pulmones, y Oleg sonrió con complicidad—. ¿Realmente creíste que no me daría cuenta?

—Lo siento. Jamás fue mi intención faltarte el respeto.

—Sé que así es. Y sé que el único motivo por el cual lo ocultaste es porque te niegas a ser lo que eres. Pero ya tendremos tiempo para hablar de ello.

—¿Cuál es la promesa?

—El primer próximo día en que el sol logre colarse entre las nubes vendré a buscarte, y tú y yo iremos a dar un largo paseo bajo la luz.

—Pero…

Oleg abrió la pesada puerta de la habitación.

—La Reina y mi hijo menor vendrán a alimentarte —informó como si Jensen jamás hubiese interpuesto palabra luego de su última aseveración—. Asegúrate de no colarte en el lado negativo de mi bella esposa, porque te aseguro que esa mujer es capaz de meter miedo hasta a la criatura más temeraria.

En respuesta Jensen sonrió, y cuando Oleg cerró la puerta detrás de sí se puso en pie y caminó a ella, siguiéndole los pasos al Rey a través del pequeño rectángulo en la madera, hasta que ya no lo pudo ver.

***

Maldijo para sus adentros en el instante en que las gélidas gotas comenzaron a llorar sobre sus cabezas. Para los Vandöda no sería difícil en la cercanía distinguir lobos de humanos, pero el vapor que emanaba al agua entrar en contacto con la alta temperatura de los cuerpos de la sagrada especie, revelaba su esencia a la distancia, la esencia más anhelada por su propia especie, la que ansiaba con cada fibra de su ser destruir.

Había solicitado a los soldados comandados por Yür que prestaran especial atención a su seguridad, ya que habiendo cumplido los dieciséis años y luego de excesivo entrenamiento, Danila pisaba por primera vez el territorio de defensa del castillo.

Estaba considerablemente alejado del ala sur, no obstante, su impecable agudeza visual le permitió llegar al perfil de su rostro. No hizo falta detenerse en escrutarlo para detectar la dureza de sus líneas que indicaban el ansia de matar. Esbozó una sonrisa escondida y devolvió los ojos al frente, finalmente dando con el objetivo: la hueste de Vandöda liderados por el que hacía años perseguían para dar fin a su existencia, y en cuya contienda habían fallado una y otra vez.

—Estamos en desventaja numérica —susurró Mërg, hijo mayor de Oleg.

—Las flechas nos ganarán tiempo.

Extendió el brazo por sobre encima de la cabeza y los arqueros tensaron y elevaron sus arcos, atentos a la señal. Apsal cerró el puño indicando la espera. Entrecerró levemente los ojos y cuando supo que era el momento, el movimiento fugaz hacia adelante dio lugar a la lluvia de flechas que detendría la marcha de los Vandöda, dando tiempo a los lobos fieles a Oleg a desmembrar a los caídos. Aun así, muchos tuvieron la suerte de su lado, y en breves instantes las paredes del castillo estuvieron atestadas de los seres que Apsal y

Rürik tanto detestaban, arrastrándose cual cucarachas en dirección a los que sentían el deber de proteger.

Todos los de la primera línea, incluidos Apsal y Mërg en el ala este, acomodaron sus arcos rasantes a la pared, y las flechas comenzaron a clavarse limpias en las frentes, los Vandöda cayendo como bolsas de papas a gran distancia del ahora inundado suelo donde el agua había logrado formar un espeso barro.

En el momento en que cargó el arco con otra de las tantas flechas que ya había dejado ir, un ágil Vandöda se impulsó desde la pared con tal ímpetu que logró volar los metros hacia arriba que le faltaban para caer sobre Apsal, sus dientes intentando llegar ansiosos a su carótida.

—Qué bien hueles, lobo. Debes saber aun mejor.

Habló el ser entre tarascón y tarascón que no lograba llegar al cuello de Apsal debido a la gran fuerza que aplicaban sus manos, una cerrada sobre la garganta y otra apoyada en el pecho del Vandöda.

—Eres tan inservible que ni siquiera puedes notar la diferencia entre un lobo y uno de los tuyos.

El Vandöda abrió los ojos grandes y Apsal aprovechó la distracción para asir la cabeza con ambas manos y quebrar el cuello. Se puso en pie en un abrir y cerrar de ojos, desenfundó su espada y cortó la cabeza.

El ser a pocos metros de distancia lo miraba con desprecio.

—¡Traidor!

Apsal esbozó una sonrisa socarrona.

—Orgulloso de serlo.

Se posicionó y esperó el torpe ataque luego del cual en segundos la cabeza del segundo ser rodó en dirección a los pies de Mërg.

—Recordaré nunca colarme en tu lado irritable —bromeó el hijo mayor de Oleg, su rostro plagado de la viscosidad negra de la esencia de los Vandöda que ya habían caído bajo el yugo de su espada.

Apsal carcajeó, y codo a codo peleó en la línea defensiva de lobos que evitaba a los seres llegar a los humanos por detrás, quienes seguían lanzando lluvia de flechas hacia el terreno que se extendía por delante del castillo plagado de infestados.

No supo si por intuición o instinto, pero aprovechó el respiro que la línea de arqueros le concedió, y al girar la cabeza en dirección al ala sur, sus ojos encontraron inmediatamente la figura corriendo a una velocidad que superaba ampliamente la común de un ser humano y que se dirigía al sector trasero del castillo sobre el que se alzaba la imponente montaña, y que por ello siempre daban por sentado que jamás sería atacada.

Pero ésta vez estuvieron equivocados, y era Danila la que había caído en cuenta del craso error. De lo que la muchacha no se había percatado era la gran cantidad de Vandöda que descendían cual ratas por la piedra en dirección a ella. Los ojos de Mërg siguieron la línea de visión de Apsal.

—Ve.

Alcanzó a decir antes que Apsal desapareciera por completo de su ángulo de visión.

Un buen número de hombres del Rey le siguieron los pasos, y aunque el esfuerzo logró doblegar gran parte de los seres que se habían colado por la retaguardia, falló en llegar a ella a tiempo, siendo testigo del preciso momento en que los filosos y venenosos dientes del Vandöda penetraron la carne del antebrazo que Danila alcanzó a interponer entre la bestia y su rostro.

La desesperación obró como un motor que activó su esencia al máximo, logrando deshacerse del ser, tomar a Dani por la cintura y entrar al castillo por la puerta secreta más cercana, todo en menos tiempo de lo que le llevó a ella tomar las dos profundas inhalaciones que le permitieron controlar el grito desgarrador que su garganta le imploraba para manifestar un dolor como el que nunca antes había sentido.

Una vez resguardados de la locura de la lucha desenvolviéndose fuera, Apsal lanzó su espada con ira contra la pared, tomó el brazo de Dani con movimiento brusco, elevó las ropas que los dientes habían desgarrado, y cerró los ojos por una fracción de segundo.

—¡Suéltame!

—Cuando todo esto haya terminado puedes insultarme si es eso lo que necesitas, ¡pero ahora no es el momento! Necesito que te concentres y me digas si sientes que la temperatura normal de tu cuerpo te está abandonando.

Dani lo miró a los ojos y negó con un movimiento de cabeza.

—Debemos… tengo que…

—Lo sé. Hazlo de una vez y terminemos con esto.

—Lo siento.

—Solo hazlo.

—Primero succionaré lo más que pueda.

—De acuerdo. Pero promete no morder.

—No es momento para bromas —espetó, su voz severa pronunciada entre dientes apretados.

Dani siguió el corto trayecto de los labios de Apsal hacia su brazo y el alivio la recorrió en el momento en que el veneno comenzó a abandonar la herida. Apsal se incorporó, escupió y su boca regresó al sector de carne lastimada.

—Es increíble cómo, cuándo hasta justificado, te niegues a tragar mi sangre.

Pero la reacción de Apsal fue como si jamás hubiese hablado, volviendo a escupir la sangre cargada del veneno que incluso a él lo repelía.

—Está limpia. —Fue todo lo que dijo antes de extraer una de las tantas dagas que cargaba sobre su cuerpo.

Extendió el brazo y lo sostuvo por largos segundos sobre la llama de una de las velas que iluminaban el pasillo. Se sostuvieron la mirada por un largo instante, y en el momento en que Dani asintió, Apsal le sostuvo la muñeca con fuerza y el quejido entre dientes de la muchacha que valientemente logró controlar se mezcló con el sonido de la carne que se sellaba bajo el metal hirviendo.

Sus ojos se cerraron en el preciso instante del contacto, por lo que se vio impedida de presenciar el momento en que Apsal giró el rostro para obligar a su lado oscuro a controlar las lágrimas de ira y frustración que habían formado un nudo en su garganta.

Cuando Dani volvió a abrir los ojos, Apsal tenía los suyos amurados sobre la herida que escrutaba con detenimiento.

—Debería bastar. Nada del veneno ha quedado en tu sistema.

—Bien. Vamos.

Apsal la asió con fuerza del brazo sano.

—¿Dónde diablos crees que vas?

—A juntar margaritas en el bosque.

—Muy graciosa. Usa los pasadizos secretos y ve a tu habitación a descansar.

—¿Y desde cuándo crees que puedes darme órdenes?

Apsal cerró los ojos por un largo instante, respiró profundamente y luego se agachó a recoger la espada que había arrojado contra la pared para posarla directamente sobre la mano derecha de ella. Dani lanzó un leve quejido, viéndose obligada a apoyar la punta de la espada en el piso.

—Aún me queda un brazo bueno.

—Un brazo con el que no eres igual de rápida. Dani, no puedo estar allí afuera luchando y preocupándome por ti al mismo tiempo.

El puño de Dani que asía la empuñadura de la espada se estrelló con fuerza sobre el estómago de Apsal, que lanzó un quejido de dolor.

Era fuerte, no podía negarlo, pero él era algo más rápido. Como si se tratara de un saco de papas, con un brazo le inmovilizó las piernas y con el otro los brazos, haciendo caso omiso a los insultos y gritos que juraban, jamás lo perdonaría.

Haciendo uso de toda la velocidad con la que él consideraba haber sido maldito, pero que en casos como éstos agradecía, llegó rápidamente al sector donde la Reina, sus hijos pequeños, sobrinos y todos aquellos que no luchaban se refugiaban.

La esposa de Oleg se puso en pie de un respingo y cuando Apsal dejó a Danila de pie sobre el suelo de la habitación, la muchacha le asestó el pecho con ambas manos abiertas y toda la fuerza de la que era dueña, logrando lanzarlo contra la pared contraria.

—¡Danila! —exclamó Aixa, pero luego se apuró a acortar la distancia hacia su sobrina cuando la vio tomarse el brazo con fuerza y esbozar en su rostro una mueca de dolor.

Aixa posó sus oscuros ojos cargados de lamento sobre Apsal, alcanzando a ver a su entrañable amigo barriéndose la lágrima que ésta vez la oscuridad que lo gobernaba no alcanzó a controlar.

—Ha sido mordida. Extraje todo el veneno de la herida, pero no está en condiciones de luchar.

—¡Tú no eres quién para—

—¡Silencio! —La voz de la Reina tronó en la habitación, haciendo a todos saltar sobre sus traseros o talones—. Gracias, querido. Has perdido demasiado tiempo trayéndola hasta aquí. Regresa con los nuestros.

Apsal asintió y salió disparado de la habitación con la velocidad de una bala.

***

Frenó en seco contra el paredón principal, y doblando el torso hacia adelante, dio una rápida mirada a los hechos desenvolviéndose en el terreno que se extendía por delante del castillo, sus ojos revelando que se había convertido en un infierno de batalla donde valientes humanos luchaban codo a codo con los lobos, bípedos y cuadrúpedos.

—¿Dónde diablos has estado? —inquirió Yür—. Nos están atacando por todo flanco posible.

Apsal detectó el miedo que el hermano del Rey intentó ocultar en su voz, un miedo que paulatinamente comenzó a apoderarse de su propio pecho.

Mërg se les sumó, sus marcados pectorales subiendo y bajando en la agitación, la transformación típica de los de su especie a flor de piel: dientes relucientes y afilados levemente extendidos hacia abajo y adelante que no le permitía cerrar la boca por completo, los oscuros ojos heredados de su madre resplandeciendo, la pupila algo ensanchada envuelta en una fina capa verde que se extendía en motas del mismo color hacia el iris, y las uñas de las manos negras, filosas y largas cual agujas.

—¿Está Danila bien?

—¿Qué sucedió con Danila? —El miedo en la voz de Yür se transformó en absoluto terror.

Apsal giró para enfrentarlo y lo tomó por los hombros.

—Ha sido mordida. —Cuando el hermano del Rey atinó a alejarse, aumentó la presión con que lo asía—. Me he encargado. Nada del veneno ha quedado en la herida. Lo he sellado y se encuentra bien. Tuve que someterla para llevarla hasta el refugio, y ahora está con la Reina.

Yür respiró una gran bocanada de alivio.

—¿Dónde está el Rey?

Los tres hombres comenzaron a recorrer la periferia, y cuando la línea de visión de Mërg detectó al ser corriendo en su dirección, extrajo uno de los tantos afilados cuchillos de lanzamiento que cargaba y lo arrojó con tal fuerza y precisión que la hoja atravesó limpia la frente del Vandöda. El muchacho se acercó al paredón y el destello de su visión animal se manifestó en la pupila.

—¡Mierda! —exclamó, logrando alarmar a Yür y Apsal, que siguieron el movimiento del brazo cuya mano portaba la espada y señalaba el terreno lodoso en medio del cual el Rey luchaba incansablemente.

Como si la idea les hubiese caído a los tres al mismo tiempo, colocaron una mano sobre la resbaladiza piedra, se impulsaron y cayeron al vacío.

Apsal distinguió a su izquierda los quejidos de lucha de Rürik indicando que su amigo podía seguir arreglándoselas solo, por lo que salió disparado tras Yür y Mërg, que ya se encontraban apostados junto al Rey.

Apsal miró por sobre el hombro y entendió el motivo por el cual el Rey y Rürik habían decidido descender. De alguna manera los Vandöda habían logrado escarbar en la gruesa puerta de roble una hendidura por la que conseguían colarse hacia el interior del castillo.

—¡Estamos perdiendo demasiados hombres! —vociferó el Rey entre arremetida y arremetida de su espada.

Apsal veía caer a sus amigos humanos unos tras otros como muñecos de trapo, cada muerte sintiéndola como un puñal en el corazón, sabiendo que para el Rey, cada una de las pérdidas era aun peor.

Muchos cuadrúpedos también habían caído, y supo que el único motivo por el que el resto aún despedazaba incansablemente, era porque el líder de la manada encabezaba los ataques.

Su primer instinto se coló en su interior, pero sabía bien cuál sería la respuesta que obtendría.

—Oleg. —Apsal se detuvo para clavar la espada en el pecho de uno de los salvajes, liberarla de un tirón y luego cortar a la altura del cuello con un latigazo veloz y preciso—. Es imperante ponerte a resguardo.

—¡Ni lo pienses, Apsal!

No podía siquiera decirlo, porque tal secreto era atesorado en lo más profundo del círculo interno del Rey, pero cómo hubiese deseado zamarrearlo y recordarle lo que significaría para todos los lobos la muerte del gran Alfa.

Sintió los hechos sucederse en cámara lenta a su alrededor, y sintió su maldita sangre bullir en sus venas al dar con el rostro sonriente del líder de los Vandöda, cruzado de brazos y contemplando su inminente victoria.

Dentro del castillo Aixa había abandonado sus formas y vestimenta de Reina para convertirse en la guerrera temeraria que era, sus ojos gobernados por la determinación y el ansia de matar mientras corría por los pasillos cargando su espada y todas las dagas que su cinturón podía portar.

Apostándose frente a la puerta, asestó una letal patada y Jensen se puso inmediatamente en pie, sus ojos recorriendo el voluptuoso y pulposo cuerpo que caracterizaba a todas las lobas, admirado por su desafiante y letal actitud.

—Los míos están cayendo.

Aixa tomó la cadena y la soltó de su agarre al candado del piso de piedra en un agresivo tirón. Luego, el filo de su espada atravesó las cuentas de hierro muy cerca del grillete que se ajustaba a la muñeca de Jensen.

—Si mi marido está en lo cierto, entonces sugiero que tus palabras se conviertan en hechos, de lo contrario, lo próximo que la hoja de mi espada corte será tu cabeza.

—Sé que así será —aseveró, su voz prácticamente embelesada.

—Vamos.

Lo guió por los pasadizos a toda velocidad, aun así, era una velocidad que Jensen podía superar ampliamente. La Reina giró a la derecha donde el pasillo ya no seguía, pero que al fondo la pared mostraba un amplio hueco por el cual Jensen se escurrió y la siguió. Gatearon rápidamente por alrededor de un minuto hasta que los sonidos metálicos de las armas blancas y los gritos de guerra comenzaron a aumentar en intensidad.

Sintió el exquisito aroma emanando de los poros de Aixa cuando ella se sentó, su espalda pegada ahora al cuerpo de Jensen, y luego pateó la pequeña madera que les daría la salida al campo de batalla.

La Reina fue consciente de su transformación, pero se vio obligada a ignorarla cuando un grupo de tres Vandöda se abalanzaron sobre ella. Jensen se interpuso y en segundos de los que ella apenas pudo percatarse, las tres bestias yacían a sus pies. De lo que sí se percató fue el momento en que los salvajes comenzaron a retraerse y lanzar gemidos de lamento cual animales regañados por su dueño, sus cabezas inclinándose mientras retrocedían a medida que Jensen avanzaba hacia el Rey.

En un acto reflejo Apsal cerró y volvió a abrir los ojos para asegurarse que su mente no le jugaba una mala pasada. Lo que veía podía ser muy bueno o muy malo, y cuando notó que algo en su interior lo llevaba a adoptar la misma postura rendida del resto de los salvajes que ya ni siquiera intentaban mantener posturas ofensivas, maldijo por lo bajo. Pero luego la mano que se apoyó sobre su hombro lo llenó de alivio, volviendo a ser dueño de sus propios actos.

—Tú, Rürik, Iorg y Anton jamás deberán sentirse dominados por mi presencia —aseguró con voz gruesa, ronca y profunda, generando en los salvajes gemidos guturales de lamento y dolor.

Los ojos vacíos de Jensen se posaron sobre el Rey, quien le brindó una cálida sonrisa.

—Jensen Larko. —Se atrevió a hablar el que ahora entendían, nunca había sido el líder de los salvajes—. ¡Hermanos! —exclamó pasando la mirada por los que comandaba—. Contemplen a la fuente de su existencia. —Solo unos pocos salvajes se atrevieron a levantar la mirada—. Pero mírate, resucitado de entre los muertos como un traidor.

Jensen elevó socarronamente una de las comisuras de sus labios.

—Toma tu puñado de engendros salvajes y lárgate de aquí.

—¿Es esta tu decisión? ¿Sumarte a la causa de un montón de sucios perros salvajes? ¡Somos superiores! —exclamó transportado por la ira.

Jensen miró a su derecha a Apsal, a su izquierda a Rürik, Oleg y Yür, y luego devolvió la oscura y vacía mirada sobre lo que sabía, despreciaba con cada una de las fibras de su ser. Lüdg, el líder de los salvajes, notó el momento en que el Rey sonreía, quizás con pesar, perdiendo la mirada en el lodo a sus pies.

Todos los que se encontraban en pie tras horas de luchar contra los despiadados Vandöda que mostraban en sus labios y mentones la sangre sagrada de los lobos que habían logrado asesinar, fueron testigos del cuerpo de Lüdg arqueándose hacia atrás, la explosión de sangre púrpura a través de su boca, y sus ojos manifestando su última expresión: total y absoluta estupefacción.

Sus rodillas tocaron el piso y ahora, por sobre su cabeza, Jensen sostenía el corazón que había arrancado de cuajo. Cuando Lüdg cayó de bruces al lodo, Jensen dejó ir de la víscera cargada del veneno que lo convertía en lo que tanto despreciaba, el silencio apoderándose por completo de la noche mientras los Vandöda huían perdiéndose en la oscuridad.

Confesiones

Oleg lideraba una marcha tranquila en las profundidades del bosque entre cuyos frondosos y centenarios árboles se colaban los rayos de un radiante sol que había dejado atrás los días de oscuridad absoluta. Se detuvo en la trayectoria de uno de los potentes haces de luz, cerró los ojos, y una embelesada sonrisa se dibujó lentamente en su rostro.

—Podrías estar haciendo exactamente lo mismo.

Jensen permanecía cautivado por la reacción de la naturaleza ante la presencia del lobo Alfa. Los diferentes verdes brillaban con mayor intensidad, las ramas crujían al punto que los árboles parecían hablar, las aves cantaban con un vigor casi ensordecedor para su agudo oído, y la tierra que pisaba recibía sus pasos como la suavidad del algodón.

Resolvió rápidamente su fascinación y amuró los ojos sobre el apuesto rostro bañado por la resplandeciente luz.

—No sé cuántas veces te he dicho esto ya, pero no tengo problema en repetirlo la cantidad de veces que sea necesario. Jamás beberé tu sangre. Ni la tuya ni la de los tuyos.

Abrió los ojos, su normal dorado intensificado bajo el poder del sol. Jensen lo contemplaba desde la sombra, apoyado de lado contra la rugosidad del enorme tronco y las manos metidas en los bolsillos de los nuevos pantalones que la Reina había ordenado confeccionar para él.

—Si no te importa, permaneceré aquí algunos minutos más.

—No me importa en absoluto. Necesitas recargar energías.

—Te has ganado un sólido lugar en el corazón de mi Reina.

—Y ella en el mío. Aunque no hay honor en ello.

—Es una increíble mujer, ¿no lo crees? —Lo cortó en seco, impidiendo que Jensen materializase la totalidad de la idea con la que el Rey no estaba en absoluto de acuerdo.

—La más increíble que jamás haya conocido en mi vida. —Una mirada picarona asomó en los ojos del Rey—. Oleg, por favor, no creas…

—Sé que no es así para ti. Lo es para muchos, pero no para ti.

Jensen sintió el alivio recorriéndolo.

—¿No te molesta que tantos la deseen?

Oleg negó con un despreocupado movimiento de cabeza.

—En absoluto. Me produce un increíble pesar el sufrimiento de uno en particular. —Las miradas del Rey y Jensen se cruzaron—. Sabes bien de quién hablo.

—Sí, lo sé.

—Lo único que quiero es que sea feliz, y maldigo la realidad de que sea Aixa la única que podría llegar a brindarle eso.

—Es feliz. Solo que no en ese aspecto.

—¿Has estado enamorado?

Jensen negó con un lento movimiento de cabeza.

—He sentido profundo afecto, pero jamás un amor como el que tú y la Reina sienten el uno por el otro.

—Ya llegará.

—Espero que no.

—Y yo espero que sí —retrucó, esbozando otra sonrisa.

Se alejó del intenso rayo de sol y se acercó a Jensen.

—Amigo, necesito pedirte un favor.

—Lo que sea.

—Mi especie... somos seres inmortales, pero mucho más fáciles de matar que los tuyos. Algún día algo pondrá fin a mi vida.

—Jamás lo permitiré. —Jensen volteó con molestia y descansó las manos en las caderas, su cabeza cayendo rendida hacia adelante—. No descansaré hasta que tú y todos los tuyos, lobos y humanos, estén a salvo.

Oleg acortó la distancia y se apostó frente a él.

—Descansar es justamente lo que harás. Te has sometido al peor de los tormentos sin saber que el amor es lo que te hará diferente a los que tanto odias. Conocerás el calor de una mujer, humana o loba, esa será tu elección. Dejarás de odiarte a ti mismo porque eso te impedirá amar como sé que serás capaz. Y cuando logres eso, saldrás en busca de más como tú. Más de los de tu especie que puedan entender que Vandöda y lobos no necesariamente quieren estar en guerra. —El Rey hizo una pausa—. He pensado un nombre para ustedes. Ya no son Vandöda, pero se niegan a abandonar la idea de que la oscuridad aún los gobierna.

—Así es. Nos gobierna.

—Por ello creo que un nombre apropiado para los de tu especie que han encontrado la capacidad de amar podría ser Mörka. ¿Qué crees?

Jensen sonrió.

—No está mal.

—Mis hermanos Mörka. Me gusta.

—Oleg, lo que has logrado con nosotros es casi imposible. Los Vandöda no conocen más que odio por los de tu especie, una envidia que los ciega al punto de solo desear su sangre como si se tratara de una cura a esta maldición.

—Y hablando de eso, hay algo que debes saber.

—¿Por qué tengo el presentimiento que no me gustará nada lo próximo que oiga de tus labios?

—Porque tu alma y la mía se conocen de mucho antes que nuestros cuerpos tomaran vida en esta tierra.

Jensen logró esbozar una tímida sonrisa.

—Así como tú eres la fuente de la vida de los Vandöda, yo soy la fuente de la vida de los lobos. —Oleg notó la marcada preocupación que gobernó el rostro de su amigo—. Tu especie y la mía no se diferencian tanto en eso. No obstante, creemos que tu cuerpo sufrió modificaciones debido a una enfermedad que, en vez de matarte, logró adaptarse a tu cuerpo y transformarte en el ser poderoso que eres.

—Deja de decir que soy poderoso.

—Lo eres, Jensen. Eres el primero de los tuyos. Y sí, tu ansia de beber sangre fue la responsable de la creación de los Vandöda que hoy atestan estas tierras, pero eso ha quedado en el pasado. Debes perdonarte y seguir adelante.

—¿Entiendes que mi muerte daría fin a todo esto?

—Tu muerte no es una opción. —Por primera vez Jensen fue testigo del creciente enojo apoderándose de la expresión del Rey—. No quiero volver a escucharlo.

En respuesta, Jensen giró la cabeza y perdió la mirada hacia las profundidades del bosque.

—Como te decía, tú fuiste creado a través de una enfermedad que generó una mutación en ti, o eso es lo que creemos. Y luego los Vandöda fueron creados por tu mordida. Pero en mi caso, en el caso de mi especie, la información se encuentra naturalmente en nuestro cuerpo. Mis padres eran humanos, así como lo fueron los de la Reina, por lo que podríamos llegar a tener hijos humanos. Pero lo importante aquí, y que es imperante que entiendas, es que se nace Alfa o Beta. —Jensen clavó sus penetrantes ojos grises en los dorados de Oleg—. Yür podría tener un Alfa en su descendencia, o bien yo. Pero el problema es que ninguno de los dos ha engendrado en todos estos años un Alfa. Permanezco siendo el único y no hace falta que te lo diga, pero sabes que es sumamente peligroso. De yo morir, todos los lobos morirían.

—Jamás sucederá.

—Otra cosa que debes saber es que mientras nuestra sangre permite a los de tu especie sanar y convertirse en seres aun más fuertes y letales, aunque sea solo por algunas horas, la sangre de los Vandöda es venenosa para los de nuestra especie. Una mordida también puede serlo en caso que el veneno no sea sustraído de la herida rápidamente.

—Es lo que hizo Apsal con Danila.

—Así es.

Ambos permanecieron en silencio un prolongado instante.

—No puedo creer que nunca seré capaz de sanar lo único por lo que he sentido verdadero amor en toda mi condenada vida.

Oleg apoyó una mano sobre el hombro de Jensen.

—Lo que puedes hacer es aceptar el amor de mi familia, convertirte en un ser más fuerte de lo que ya eres, y una vez que estés preparado, tú, Apsal, Yür, Rürik, Anton, Iorg y yo, saldremos en busca de aquellos que podamos recuperar. Y los que no, los aniquilaremos.

—De acuerdo.

—De acuerdo entonces.

***

Incluso el confinamiento de los amplios pasillos, secretos y no secretos, le resultaban acogedores con las cálidas llamas de las velas que ardían día y noche y que eran cuidadosamente atendidas por el servicio del Rey y la Reina.

El paso de los días demostró que ninguna de las almas que habitaba ese suntuoso castillo estaba allí por obligación, sino tan solo porque así lo elegían. Los que no estaban unidos a Oleg y Aixa por sangre permanecían a su lado por el simple hecho que los amaban y era su elección unirse a su causa.

Los humanos que eran acogidos allí tenían claro quiénes eran, así como sabían bien de la existencia de los de su especie, algo que había sido probado a sus ojos la noche en que humanos y lobos defendieron el castillo, muchos de los primeros cayendo bajo el yugo de la bestialidad de los Vandöda.

Su aprecio por la vida humana lo había determinado el momento en que siglos atrás había decidido dar inicio al suplicio de su letargo en aquella fría, húmeda y desolada cueva, no obstante, ese aprecio había logrado transformarse en un profundo respeto al presenciar a los humanos luchando codo a codo con los lobos sin importar el camino que tomaran sus vidas, y eso era, una muerte segura. Más respeto aun le infundía la realidad de que esos humanos que durante el día trabajaban incansablemente para asegurarse que la vida en el castillo funcionara tal como lo haría un pequeño país, por las noches mantenían la vigilia junto a la guardia del Rey (conformada por lobos, Anton, Iorg, Apsal, Rürik, o él mismo), y no se sentían obligados a cumplir con ninguna labor. No era un deber. Lo consideraban un derecho del cual ya no tenía dudas, disfrutaban.

Lo regocijaba con creces disfrutar de la compañía que la nueva familia a la que había sido bienvenido le brindaba. Pero aún había una porción —una porción que no sabía si algún día moriría— que necesitaba de la soledad que por tanto tiempo lo había acompañado. Y era aquí, en los pasillos exquisitamente iluminados, donde la encontraba.

Los recorría a paso muy lento (el ritmo que un humano apreciaría en una tortuga), disfrutando de cada recoveco y la ocasional conversación con alguno de los humanos del servicio encargados del reemplazo de aquellas velas que ya habían ardido hasta su base. Cuando sucedía, deseaba con todas sus fuerzas que no sintiesen por él la admiración y devoción que le mostraban. Se dirigían a él con el mismo respeto y cuidado con el que se dirigían a la Reina, El Rey, Yür, Apsal o Rürik, y en su fuero interno sentía no merecerlo.

Los pasillos estaban siempre inundados del exquisito aroma que emanaban los poros de la especie que ahora veneraba y que se había jurado proteger incluso si le costaba la vida, pero en ese momento el aroma lo golpeó alojándose en el centro de su pecho, obligándolo a controlar rápidamente la esencia que detestaba.

Para su tranquilidad, el asomo de esa porción duraba apenas una fracción de segundo.

Todos los sentimientos agradables que se habían apoderado de su cuerpo fueron instantáneamente reemplazados por una mezcla sumamente desagradable cuando llegó a su agudo oído el conjunto de sollozos ahogados que lograron desconcentrarlo por un largo momento. Hizo a un lado la confusión y al lograr ser dueño nuevamente de todas las habilidades que lo convertían en quién era, recorrió los pasillos —ahora recurriendo a su natural, o sobrenatural velocidad—, doblando a derecha e izquierda cual laberinto hasta finalmente dar con el origen de lo que tanto lo había alterado.

Tomó una gran bocanada de aire, y regresando al que le gustaba pensar como paso de tortuga, acortó la distancia. Al llegar, apoyó la espalda contra la iluminada piedra clara, dejándose caer hasta el piso, enfrentándola.

Sabía que estaba allí. Al fin y al cabo, las capacidades sobrenaturales de las especies no eran muy distintas. Ambos contaban con una aguda visión, aunque quizás la especie de Jensen podía alcanzar algo más de distancia; el olfato era indiscutiblemente mayor para la especie lobuna y de por sí, los instintos de alerta de ambas especies ante la presencia de la otra eran impecables, especialmente la atracción de una por la otra.

La postura totalmente abatida de rodillas dobladas hacia el pecho y rostro escondido entre ellas era un claro indicio de que algo iba sumamente mal, y cuando Dani alzó el rostro inflamado y enrojecido por la angustia, Jensen se vio obligado a tragar saliva. Eran muchas las cosas que deseaba decirle, pero decidió ser paciente y esperar.

—Ustedes, hombres, son todos unos idiotas.

Jensen largó una corta, aunque compasiva carcajada.

—Sí que lo somos, pequeña.

—¡No soy pequeña!

Aguardó unos instantes a que la ira la abandonara.

—Eres una loba fuerte y determinada. Pero en esencia cariño, aún eres joven.

—¡No entiendo cuál es la diferencia! Soy inmortal igual que él. En cien años ambos estaremos vivos.

—No creo que se trate únicamente de cronología.

—¡Suficiente ya con la estúpida creencia de que somos sagrados!

Nuevamente esperó, y ésta vez, la ira de Dani se convirtió en el siguiente torrente de angustiosas lágrimas. La muchacha se secó las primeras sin suerte de controlar las siguientes, y entre sollozo y sollozo, volvió a hablar.

—Ya era doloroso saber que su habitación se convierte en un desfile de humanas dispuestas a satisfacerlo, pero verlo besarse con ellas descaradamente en los pasillos… tuve que controlarme para no arrancar las cabezas de esas estúpidas descerebradas. ¡No lo conocen! No tienen idea qué lo hacer reír, o qué comida humana le gusta, o que el idiota canta en una increíble sinfonía desafinada cuando se baña.

Jensen no pudo evitar reír.

—Temo que se te ha escapado contemplar la esencia que domina a los míos, una esencia que solo se mantiene bajo control debido a la existencia de los tuyos y el amor que sentimos por ustedes. Pero más aún, el respeto que se convierte en devoción.

»Rürik, Apsal y yo somos asesinos por naturaleza. Todo lo que nos gobierna es oscuridad, y ustedes son la luz que la ilumina.

—Si eso es cierto, entonces no tiene sentido que me rechace.

—No te está rechazando, cariño. Te está amando.

La expresión en los ojos de Danila mutó a una asesina.

—Antes que intentes arrancar mi preciada cabeza de mi cuello, necesito que entiendas algo. Y esa es la escala de respeto por la que los Mörka vivimos. Antes, cuando aún éramos Vandöda, no sentíamos respeto por ningún ser vivo. Los humanos eran simplemente juguetes. Comida. Hoy, gracias a tu padre, tu tío y todos los de tu especie, respetamos la vida humana, pero hasta cierto punto. Además de Mörka, somos hombres, y por eso, tenemos ciertas necesidades. Necesidades que satisfacemos con mujeres humanas porque, aunque las respetamos como para no convertirlas en nuestra próxima comida, no las respetamos tanto como para no profanar sus cuerpos. Porque, al fin y al cabo, eso sentimos que estamos haciendo. Sé que ustedes insisten en que no es nuestra culpa ser lo que somos, pero al final del día, lo somos. Somos seres malditos y oscuros, y jamás podríamos aceptar infestar la esencia de algo tan sagrado como tú y los tuyos. Eso es lo que siente Apsal. Te lo puedo asegurar. No se trata de que no seas lo suficientemente hermosa o suficientemente mujer. —Hizo una pausa cuando Danila volvió a romper en llanto, sabiendo ahora Jensen que había dado en la tecla justa del equivocado sentimiento de la muchacha—. Porque lo eres, eres una joven mujer increíblemente hermosa, fuerte y con un temperamento que hace incluso a un Mörka tragar saliva. —Logró hacerla reír—. Para cualquiera de nuestra especie, poner una mano sobre ti significaría… —Buscó en su mente la palabra justa—. Mancharte.

—No entiendo cómo el amor podría llegar a significar eso.

—Para entenderlo debes intentar ponerte en los zapatos de Apsal. Debes intentar ver lo que él ve.

—Jamás creeré que es un ser maligno. No lo es. Tú tampoco lo eres.

Jensen hizo una larga pausa, entendiendo que no habría palabras que lograran consolarla.

—No puedo creer que esté a punto de decir lo que voy a decir.

—Sé que puedes escuchar los pensamientos de los tuyos. Y no me digas que no, lo he notado. He visto cómo se han hablado entre ustedes.

—No iba a negarlo. Pero sí a corregir una pequeña diferencia con la realidad. Puedo escucharlos a ellos solo si me lo propongo, y jamás invadiría la mente de Apsal ni de Rürik en temas personales. No sé nada de lo que él realmente siente y piensa, solo lo conjeturo. Pero es una buena conjetura ya que tengo claro lo que ser un Mörka significa, y también tengo claro lo que tu especie significa para nosotros.

—Bien. ¿Qué era lo que ibas a decirme?

Jensen tomó una profunda bocanada de aire y sonrió.

—Hay algo que a los Mörka no nos aleja en absoluto de los hombres humanos o lobos.

—¿Qué es?

—Somos hijos del rigor.

—¿Qué significa eso?

—Que cuando vemos a una mujer que hemos apartado en brazos de otro, inmediatamente se despierta un instinto posesivo.

—¿Me estás diciendo que sería productivo hacerme ver en brazos de otro?

—No, te estoy diciendo que eres joven y hermosa. Te estoy diciendo que hay una fila de hombres humanos dispuestos a recibirte con brazos abiertos. Elige uno de esos tantos y disfruta. Experimenta. Aprende.

—Pero amo a Apsal.

—Solo inténtalo. Intenta divertirte. Si no funciona, prometo permitir que uses mi cuerpo como bolsa de arena para desquitar tu furia.

La pizca de diversión que asomó en los ojos de Danila hizo a Jensen romper en carcajadas.

—¿Lo prometes?

—Lo prometo.

Dani se arrastró hasta él y Jensen abrió los brazos para recibirla, tomando una profunda inhalación cuando la muchacha apoyó la cabeza en su pecho y se relajó.

—Gracias. Hasta ahora no había nadie con quien pudiese hablar estas cosas.

—Ahora lo tienes, pequeña loba. —Le besó la coronilla—. Para siempre.

—Para siempre.

Se acomodó mejor sobre su pecho y cerró los ojos.

Los niños están bien

Alpes suizos, año 2005

El pálido cuerpo desnudo cubierto a la cintura por las arrolladas sábanas era iluminado por el reflejo del computador que había colocado sobre su regazo. El resto de la habitación estaba sumida en una profunda oscuridad.

Dio en el adjunto que leía «Orgullo», y en la pantalla se desplegó el video que comenzó mostrando la imagen de un hombre mayor vistiendo ropas formales y portando gruesas gafas de ver sobre el fino puente de su nariz.

Un paneo de los alrededores del aula magna de la reconocida universidad de Barcelona mostraba un sinfín de cuerpos humanos. Cien de ellos o más, pensó. Buscó en la pantalla, pero no dio con lo que quería, decidiendo finalmente focalizarse en las palabras del reconocido profesor.

—No es mi intención aburrirlos, al menos no más de lo que ya lo hago en nuestras clases. —El sonido de bajas risas complacidas colmó el amplio salón—. Creo que es seguro decir que esta aula jamás ha visto tanta concurrencia, y todos estamos de acuerdo en que hoy es un gran día para la universidad y esta carrera que tanto apasiona a los presentes. Luego de meses hemos logrado que esta joven nos acompañe, por lo cual recomiendo que tomen todas las notas que se niegan a tomar en mis clases. —Otra oleada de risas—. Hemos leído sus libros, muchos de nosotros hemos asistido a sus disertaciones, y aquí la tenemos. —El hombre señaló extendiendo su brazo hacia la derecha—. Señoras y señores, la Doctora Iara Burghladden.

Los aplausos fueron generales, pero un conjunto de palmas en particular y un silbido que resultó más que familiar lograron dibujar una sonrisa en su rostro, para luego carcajear al escuchar el intercambio de graciosas palabras que solo su agudo oído pudo detectar.

—Por el amor de Dios, siéntate.

—Siglos te preceden y sigues siendo un aguafiestas.

—Estás poniendo en escena un innecesario escándalo.

—Cállate y déjame disfrutar del show.

—No es un condenado show.

La carcajada volvió a inundar la oscura habitación.

—Cállense ambos. —Se escuchó la voz femenina que dio por finalizada la graciosa discusión.

—Gracias —pronunció la agasajada—. Muchas gracias, aunque la ovación es innecesaria.

—¿Lo ves? —Se volvió a escuchar la voz masculina.

—Cállense. —Se distinguió otra voz masculina que era la que sostenía la cámara y ahora acercaba la imagen hasta dejar en primer plano el sonriente y relajado rostro.

El espectador del otro lado del computador esbozó una melancólica sonrisa.

—Es un placer acompañarlos el día de hoy, y puedo asegurarles que no los aburriré con hechos teóricos ni históricos. —Risas—. Es algo que, al igual que el profesor Zimel, suelo hacer con mis propios alumnos. Créanme, los aburro hasta la médula. —Risas nuevamente—. Pero hoy estoy determinada a liberarlos de tal destino.

La cámara se alejó mostrando la típica vestimenta de jeans y sweater que la caracterizaba.

—Estoy aquí para ayudarlos en el trabajo práctico de final de carrera que me han dicho que deben entregar en una semana. —Dibujó un actuado gesto de preocupación en su rostro, haciendo reír a los espectadores—. Mi objetivo hoy es darles mi opinión, y definitivamente pueden no concordar con ella. Empecemos por una pregunta que creo clave para todos nosotros. —La muchacha hizo una pausa intentando ordenar sus ideas—. ¿Alguien aquí sabe quién fue el genio al que se le ocurrió poner juntas las palabras tercer y mundo? Creo que mi tono irónico, por el cual ya saben que me caracterizo —La sala volvió a inundarse de complacidas risas—, claramente indica que es un término con el cual no estoy en absoluto de acuerdo. Prometí que no los aburriría con hechos históricos así que me limitaré a asegurar que esa persona no tenía mucha idea de lo que estaba diciendo. Y justamente por haber estigmatizado de tal manera a aquellos pueblos que aún no han encontrado su camino hacia el desarrollo sostenido, creemos que nosotros, los del «primer mundo» —Hizo los gestos de comillas en el aire—, tenemos todo lo suficientemente claro como para acercarnos a ellos y decir lo que deben y no deben hacer.

La muchacha hizo una pausa y escaneó la totalidad del aula, dando sus ojos directo con la cámara, generando que el espectador al otro lado del computador tragara saliva.

—Para esclarecer lo que estoy diciendo les contaré una anécdota. Mi primera incursión en la realidad. El primer gran golpe de mi carrera, y que agradezco haberlo tenido ni bien conseguí mi doctorado.

»Puse mi diploma debajo del brazo, cargué mi mochila de libros y así llegué a Banket, en Zimbabwe. Recuerdo que a medida que el jeep avanzaba mis ojos reparaban en la miseria humana que me rodeaba, y cuando ya no pude soportar las imágenes que mi retina mostraba, decidí abrir la mochila y darle una mirada a esos libros que cargaba. Los apreté bien fuerte contra mi pecho, determinada a creer que lo que estaba allí salvaría este pueblo. Yo estaba allí para decirles a esas personas cómo mejorar, porque según me habían enseñado, ellos no tenían idea.

»Eran analfabetos y me habían advertido que sería casi imposible comunicarme con ellos. Que no entenderían razón. ¿Quién hubiese dicho que sería yo la que debería entrar en razón tarde o temprano?

»Estamos hablando de madres que mueren tiradas en las calles con su bebé en brazos, y que ese bebé está a punto de caer de sus brazos hacia la inmundicia sobre la que su madre ha muerto, porque esa mujer hace días que no tiene fuerzas para ponerse en pie y se ha orinado sobre el último lugar al que sus piernas le permitieron llegar.

»Estamos hablando de niños los cuales en vez de portar el pedazo de pan que bien les vendría para no desvanecerse, portan armas que un adulto ha puesto en sus manos, y ese adulto suele drogarlos para mantenerlos alerta y enchufados, hasta que un buen día el cuerpo de ese niño de diez años ya no puede soportarlo y muere de sobredosis.

»Estamos hablando de mujeres que son violadas, ultrajadas y mutiladas públicamente y nadie puede hacer nada al respecto, porque si la que interviene es una mujer, ella será la próxima en ser violada, y si es un hombre, el violador siempre porta un arma de fuego, por lo cual meterá un tiro en la cabeza de ese que creyó poder ser el héroe del día y que lo único que logrará será quedar muerto junto a la mujer que está siendo ultrajada y que probablemente luego perderá la vida.

»Lamento tener que poner imágenes tan crudas en sus mentes, pero ahora que las tienen, intenten responder a esta pregunta. ¿Podemos realmente los eruditos del «primer mundo» venir con un plan de desarrollo social entre manos y decir a estas personas, las que trabajan incansablemente día y noche, sin comer, sin dormir, tratando de salvar a un niño de entre cuatroscientos —porque esas son las estadísticas, y estamos hablando de un pueblo de cinco mil quinietos habitantes—, que utilicen nuestros modelos de desarrollo?

»Recuerdo que en la primera reunión hablé y hablé por dos horas, y todos me escuchaban atentamente. Al terminar, las seis personas presentes se pusieron de pie, en silencio, y abandonaron la habitación.

»Pasaron los días, días en que recorrí las calles del pueblo, y la cruda realidad me golpeó. Y al hacerlo entendí que el motivo por el que se habían puesto de pie en silencio y abandonado la habitación no era porque no entendían lo que yo les estaba diciendo. El problema era que lo que yo les estaba diciendo era realmente una locura.

»Ningún plan de desarrollo social y económico que nosotros podamos llegar a aprender en estas cuatro paredes podría servir en un lugar como Banket. Aquí vamos nosotros, los primermundistas, a decirles que deben adaptarse a nuestros planes, cuando la realidad nos muestra que eso es un imposible y que somos nosotros los que debemos adaptar los planes a ellos.

»Debemos trabajar día y noche, incansablemente, para poder alcanzar el uno porciento de lo que se nos enseña que podemos hacer. Y les puedo asegurar que uno porciento es mucho.

»Esto es lo que he aprendido. —Hizo una pausa algo extensa, todos expectantes, incluso el que se encontraba al otro lado del computador—. Los animales nacen nobles, mientras que los humanos debemos aprender la nobleza. No está en nuestra esencia.

Debemos pulir y alcanzarla. Y mi experiencia me indica que la manera de llegar a ella es escuchar. Aprender viendo y escuchando. No hablar tanto.

»Es por eso que aquí me detengo y les digo que por la próxima semana estaré disponible en el campus para cualquier duda que tengan. Siéntanse libres de usar mis experiencias, la que les acabo de contar, las que pueda contarles cuando me reúna personalmente con cada uno de ustedes, o aquellas que pueden encontrar en los libros que he escrito.

»Y un pequeño consejo. Salgan a las calles, pero aquellas que no recorre nadie. Aquellas a las que no llega el turismo. Porque les tengo una novedad, no es necesario ir a Zimbabwe para dar con la realidad que les he relatado. Muchas veces está a la vuelta de los mejores países primermundistas, solo que esos países tienen gobiernos con suficiente dinero para esconder lo que no quieren que se vea.

»Eso es todo. Gracias.

La muchacha inició la marcha hacia el profesor Zimel, deteniédose cuando los estudiantes se pusieron en pie para aplaudir, un aplauso que duró casi un minuto, y por el cual la Dra. Burghladden comenzó a hacer señas para indicar la necesidad de poner fin a la ovación.

El espectador al otro lado del computador sonrió entre lágrimas que no pudo controlar, hasta que comenzó a carcajear al escuchar los gritos de ánimo del que filmaba y los que lo acompañaban. En su interior agradeció al que sostenía la cámara cuando hizo un primer plano del sonriente rostro de la muchacha, para luego la imagen tornarse negra.

Tomó una profunda inhalación, y al girar la cabeza recordó que no estaba solo. La mujer que esa noche había saciado al menos la porción carnal de sus necesidades yacía profundamente dormida a su lado, y ni una pizca de placer asomó en su expresión por tenerla aún allí.

Cerró con fuerza el computador arrojándolo a los pies de la cama, se cubrió rápidamente con gruesas ropas y salió disparado hacia la gélida noche, y luego a las profundidades del bosque.

***

Cinco años antes

El teléfono de la casa había sonado incansablemente hasta que decidió desconectarlo dando un fuerte tirón al cable.

La totalidad del pequeño apartamento estaba sumida en una profunda oscuridad, a excepción del sector del escritorio sobre el que hacía horas trabajaba, leyendo y escribiendo notas en un grueso cuaderno.

Se llevó la taza de café humeante a la boca justo en el momento en que los fuertes golpes sobre la madera de la puerta hicieron que saltara sobre su trasero y volcara gran parte del contenido caliente sobre la fina camiseta blanca, transformando su expresión concentrada en una de muy pocos amigos.

Su mirada atravesaba con expresión letal la sala de estar en dirección a la puerta, y luego del segundo sinfín de fuertes golpes secos, dejó la taza con fuerza sobre el escritorio, se incorporó de la silla con movimiento que dejó ver su marcada molestia, y con paso determinado acortó la distancia.

—¡¿Qué diablos quieres?!

Preguntó antes de abrir.

—Yo también te quiero. Abre la maldita puerta.

Lo hizo con gesto brusco y luego, enarcando las cejas, demandó la pregunta en su expresión irritada. El fornido hombre se dio paso empujándola a un lado sutilmente.

—Por favor, pasa —espetó con suma ironía.

—Gracias —respondió con voz irritantemente cantarina y esbozando una sonrisa.

—¿Qué haces aquí?

—He estado llamándote todo el día.

—Y yo he estado trabajando todo el día.

—Sinceramente, no sé por qué lo haces.

—Porque me apasiona. Pero claramente no espero que lo entiendas.

—Tienes una mancha en tu camiseta.

—¿Qué quieres?

El muchacho se sentó a la butaca de la isla desayunador.

—Tu tono de voz me indica que sabes bien lo que quiero.

—No tengo tiempo.

Él hizo una pausa en la que aprovechó para tomar aire y así evitar asestar un puñetazo a su hermana.

—Han pasado diez años, Iara. Diez años desde la última vez que hemos estado todos juntos.

—Bien, cada uno tiene su vida. Deberías intentar una de esas.

—¿Quieres insultarme? Hazlo. Pero todos están esperando tu presencia. Y cuando digo todos, me refiero a todos. —Hizo un esfuerzo por enfatizar la última palabra.

Iara giró en redondo y lo miro a los ojos.

—¿Realmente creíste que eso generaría en mí una respuesta positiva?

—Iara.

—Tengo demasiado trabajo y creo que no hace falta que te recuerde que ya no puedes venderme la idea de familia feliz. He aprendido, y no es mi intención mirar atrás.

—¿Y crees que este rencor no es mirar atrás?

Iara, que le había dado la espalda, giró con movimiento brusco, y cuando su hermano vio los dorados ojos cubiertos por un grueso velo de lágrimas, abandonó la butaca de un respingo, deteniendo la marcha en seco cuando Iara elevó una mano, sabiendo que de no hacerlo se encontraría envuelta en un fraternal abrazo para el que no estaba de ánimos.

—No hagas esto. Simplemente no lo hagas. Déjame en paz, por favor.

—De acuerdo. Lo siento. Déjame abrazarte —pidió casi suplicando cuando vio que los lagrimones comenzaron a recorrer las mejillas.

—No. Necesito que te vayas y me dejes sola.

—Iara, cariño.

—Por favor. Vete.

Su hermano giró en dirección a la puerta y al llegar se detuvo, dubitativo. Finalmente bajó el pomo, la abrió y desapareció.

El trasero de la muchacha encontró el mullido sillón, y hundiendo el rostro entre las manos hizo su mayor esfuerzo por ahogar los angustiosos sollozos.

***

2005

Entró al apartamento y detuvo la marcha al caer en la cuenta que no estaba solo. La mujer lo recibió con una sonrisa de oreja a oreja, y cuando comenzó a dirigir sus pasos hacia él, la sorteó y dejó un importante fajo de euros sobre la cama.

—No tienes que pagarme.

—Es lo acordado.

Tomó una mochila y comenzó a cargarla con algunas de sus pertenencias.

—Por favor, podríamos…

—Si quieres quedarte, hazlo. El apartamento está pago por los próximos dos meses. Hay comida en el refrigerador y tienes suficiente dinero allí para los próximos seis meses.

—¿Es necesario que seas tan cruel?

El hombre elevó su fría mirada para clavarla sobre el rostro inflamado por el llanto de la mujer.

—Sí, lo es.

Pasó junto a ella sin mirarla, para segundos después lograr sobresaltarla con el fuerte portazo.

***

Suecia, año 1810

Las dos hijas menores de Oleg y Aixa, las mellizas Ravena y Leeta, caminaban, tal como se les había indicado, prácticamente pegadas a Jensen. Por detrás de ellos, la hija menor de Yür, Kaysa, seguía la marcha acompañada de su hermano mayor Köl —que portaba el nombre de su primo, segundo hijo de Oleg y Aixa que había caído a los ochenta años bajo el yugo de la Ley Suprema de los Lobos—, y algo por detrás de ellos, Apsal.

Mërg cerraba la línea de ascenso a través del bosque caminando codo a codo con su prima Danila.

—¿Puede alguien decirme cuál es el punto de esta, a mi modo de ver, innecesaria excursión? —se quejó Leeta.

—De veras —sumó Ravena—. Por si no lo han notado, Leeta, Kaysa y yo hemos alcanzado la edad madura hace ochenta años, a lo largo de los cuales, debo agregar, nos hemos enfrentado a Vandöda incontable cantidad de veces.

Jensen sonrió disimuladamente. Siempre había disfrutado de la exquisita forma de expresarse de las hermanas de Mërg.

—Todos necesitamos el entrenamiento —se limitó a agregar Jensen.

—Sí, claro, justo tú, Jensen Larko, necesita mantenerse entrenado.

—Tú porque no estuviste allí dos noches atrás para atestiguar el inolvidable momento en que Apsal le pateó el trasero —advirtió Köl, logrando que Jensen rompiera en carcajadas.

Ravena y Leeta se detuvieron en seco y voltearon para dedicarle a Apsal una mirada asesina.

—¿Por qué harías semejante cosa? —se quejó Leeta, obligando a Apsal a morderse los labios para no reír.

Aunque innecesario, las mellizas siempre habían mostrado un marcado sentido de protección hacia Jensen.

—Sí, dinos, Apsal, ¿por qué harías semejante cosa? —provocó Köl, que compartía con su primo Mërg el sarcástico sentido de humor que tanto divertía a Jensen y también a Apsal, pero que, en este momento, bajo el escrutinio de la mirada reprobatoria de las mellizas, se vio obligado a tragar saliva.

—Estábamos simplemente entrenando y Jensen se interpuso en el camino de mi espada.

—Mmm —volvió a provocar Köl—. Yo no diría que atravesarlo de lado a lado del estómago sería necesariamente interponerse en el camino de tu espada.

Apsal giró la cabeza y aniquiló a Köl con la mirada.

—¡Apsal! —exclamó Ravena en un más que elevado decibel.

—¿Podrías darme una mano? —sugirió Apsal llevando la mirada a su pasada víctima, que no hizo más que reír y descender los pasos que las mellizas habían tomado cuesta abajo para apostarse frente a Apsal.

—Niñas, por favor. No fue nada. Saben bien que a menos que nos corten la cabeza o nos arranquen el corazón de cuajo, no hay manera de lastimarnos. Y en mi caso, fue solo un rasguño.

Las muchachas lo rodearon con sus fuertes brazos y ambas apoyaron la cabeza sobre su pecho.

—Yo también te quiero, pero no puedo —trató de expresar Kaysa, y en respuesta, Jensen guiñó el ojo con actitud compinche—. Solo te diré que la próxima vez estés algo más atento. Yo le he pateado el trasero a Apsal más cantidad de veces de las que puedo contar. No puedo creer que haya logrado derrotarte.

—¡Hey! —se quejó el aludido.

—¿Podemos seguir adelante? —sugirió Danila.

Las mellizas desenroscaron los brazos y liberaron el gélido cuerpo de Jensen, que ahora había levantado mínima temperatura debido a la cercanía de las lobas y su natural febril calor.

—¿Sabe tu futuro marido que eres así de gruñona? —espetó Leeta, que luego giró sobre sus talones y continuó la marcha cuesta arriba, seguida de un divertido Jensen y luego Ravena.

Los siguieron Köl, Kaysa y Danila, que sorteó a Apsal sin siquiera mirarlo, apurando el paso detrás del resto de la familia.

Mërg caminó lentamente a él y al llegar a su lado descansó las manos en las caderas, perdió la mirada en el piso y suspiró lentamente.

—No lo sabías.

Se había paralizado en el tiempo, su mirada perdida por delante en un punto completamente ciego, y su pecho inmortalizado en su última inhalación. Si bien los de su especie podían sin inconveniente contener el aliento por incontable cantidad de minutos, Mërg se alarmó al ver por primera vez a su amigo en verdadero estado de shock.

El hijo mayor de Oleg despegó los ojos del paralizado Apsal al detectar los pasos de Jensen dirigiéndose a ellos. Jensen miró a uno y luego a otro. Respiró hondo, acortó la distancia que lo separaba de Apsal y apostándose frente a él, intentó llamar su atención mirándolo directo a los ojos.

—Regresa al castillo.

Como arrancado de un sueño, su mirada mutó de un estado perdido a un estado de furia total.

—¡No puedo creer que le permitan contraer matrimonio con ese estúpido! —Giró sobre sus talones con movimiento brusco y se alejó unos pasos—. ¡¿Es que ha Yür perdido la cabeza por completo?!

—Es un buen hombre, Apsal —sugirió Jensen en voz baja, sin saber que esa frase terminaría por desatar la furia en su amigo.

Apsal giró lentamente la cabeza y al ver sus ojos dominados por la oscuridad, Mërg respiró profundamente, abatido y al mismo tiempo alerta en caso de ser necesario intervenir.

—¿Un buen hombre? ¡Es un idiota! Danila merece… —Parecía estar intentando encontrar las palabras adecuadas en su mente—. Merece…

—¿Alguien como tú? Estoy de acuerdo, pero eres tú el que ha decidido, por más de un siglo, cerrar por completo esa puerta.

—¡No te atrevas a decirme eso! —Lo señaló acusadoramente—. ¡No tú! ¡Al igual que yo, jamás profanarías la esencia de una loba!

—De acuerdo —habló Mërg en tono que evidenció su pérdida de paciencia. Descendió los pasos que Apsal había caminado para alejarse de ellos y una vez muy cerca de él, lo miró profundamente a esos ojos vacíos y dominados por completo por la oscuridad de su esencia—. Mi prima te ha amado desde que tiene uso de razón. Incluso cuando aún no sabía lo que era la atracción al sexo opuesto. No comparto esa estúpida idea que tienen de profanación, pero entiendo perfectamente lo que es sentirse poco hombre para una mujer. Entiendo la idea. Y en la manera en que lo veo, tienes dos opciones. O haces lo que Danila ha estado esperando por cien años que hagas, o te haces realmente a un lado y permites que intente ser feliz.

—Estás perdiendo tiempo. —La voz femenina logró sobresaltar a los tres hombres que elevaron la mirada para encontrarse con la imponente figura de Danila—. Porque verás, Mërg, es tan cobarde que jamás se permitirá amarme, y al mismo tiempo es tan egoísta que jamás vislumbrará siquiera la idea que sea feliz con otro hombre.

—Dani. —La voz entrecortada evidenciando el nudo en la garganta que impedía a Apsal la entrada y salida de aire, generó un profundo lamento en Jensen y Mërg, pero no en ella.

—No me interesa lo que tengas para decir, Apsal. Ya no. Ya no tienes derecho a opinar sobre mi vida. Has perdido ese privilegio hace tiempo.

Aunque no era su intención establecer una conexión, el dolor de Apsal fue tan desgarrador que Jensen lo sintió alojándose en su propio pecho, tan hondo que no lograba juntar fuerzas para pedir a Danila que se detuviese.

—Mi padre insistirá en que asistas a la boda así que sugiero que hagas uso de esa crueldad que domina tu corazón y la utilices para simular que no te importo. Tal como lo has hecho todos estos años.

Danila giró sobre sus talones, y recurriendo a la máxima velocidad de la que su especie era capaz, desapareció.

Segundos después, Mërg y Jensen fueron testigos del primer y único desmoronamiento que verían en Apsal, al menos por una importante cantidad de años.

Mërg lo sostuvo entre sus fuertes brazos, brindando palabras de contención en esa lengua tan especial que solo Oleg pronunciaba en momentos devastadores y que, de toda la descendencia, Mërg era el único de ellos que había dedicado tiempo a aprender. Eran palabras que incluso en los Mörka generaba un profundo alivio.

—Regresen al castillo —solicitó Jensen en voz baja para luego esfumarse.

Ninguno de los dos estaba de ánimos para un sorpresivo encuentro, por lo cual decidieron entrar por una de las puertas que pocos conocían y que daba ingreso a unos de los pasadizos secretos. Estaban muy lejos del pasillo de habitaciones del sector real del castillo, pero al menos transitarían el camino en silencio y sin necesidad de intercambiar palabras con ningún otro ser.

La suerte estuvo de su lado gran parte del trayecto, hasta que dieron con el pasillo de habitaciones, y previo a intercambiar fugaces miradas, ambos forzaron una sonrisa en dirección al Rey.

—¡Padre! —saludó Mërg con actuado entusiasmo, deteniendo la marcha junto a la puerta de entrada de la habitación de Apsal.

Oleg les regaló una amplia sonrisa y apoyó con fuerza las manos, una sobre el hombro de Apsal y la otra sobre el de su hijo mayor.

—¿Cómo están mis niños?

Apsal sonrió de lado. Así era como Oleg se refería a su descendencia, la de su hermano, y sus protegidos Mörka.

—Estamos bien, papá —comentó Mërg, evitando que Apsal articulara palabra y su voz lo delatara.

—¡Excelente!

El Rey siguió su camino tarareando una alegre canción por lo bajo.

Apsal abrió la puerta de su habitación y desapareció dentro tras cerrarla de un portazo.

Mërg se apoyó contra la pared elevando el rostro hacia el techo y apoyando la coronilla sobre la fría piedra. Apesadumbrado, tomó mucho aire y lo largó lentamente.

—Estamos bien —articuló en una perfecta mezcla de ironía y pesar.

Vida y Muerte

Suecia, 1920

Danila, su hermano Köl y hermana menor Kaysa mataban el tiempo hincando los dientes al segundo plato de comida, y enfrentándolos, Mërg y sus hermanas mellizas compartían el mismo destino.

Hacía largos minutos que los gritos de la Reina habían mermado, y aun así, excedía al entendimiento de Rürik (que por horas había caminado de un lado al otro del salón principal cual león enjaulado) cómo era posible para ellos siquiera pensar en la posibilidad de comer.

—¿Podrías dejar de vagar de un lado a otro? —espetó Apsal con tono irritado, de pie apoyado de lado sobre la piedra que daba inicio al ventanal. – Me estás mareando.

Jensen compartía la preocupación de su amigo, pero parecía manejarla con mucho más temple. Se despegó de la piedra desde donde, también en pie, enfrentaba a Apsal, caminó al extremo de la mesa, tomó el recipiente de vino, sirvió hasta la mitad y luego, tomando otra botella de líquido rojo oscuro mucho más espeso, terminó de llenarla para llevarla a los labios y vaciarla en cuatro largos tragos.

—¿Mejor? —bromeó Mërg, su boca plagada de comida.

Jensen se limitó a tan solo mirarlo, para luego desviar los ojos hacia la puerta que lentamente se abrió. El Rey atravesó el umbral cargando un diminuto bulto envuelto en una reluciente manta blanca.

Los que compartían su sangre se pusieron en pie de un respingo y en segundos rodearon a Oleg, sonriendo entre lágrimas de emoción cuando sus ojos dieron con el delicado y diminuto rostro. Los próximos en acercarse fueron Rürik y Apsal, éste último acariciando con su enorme pulgar la pequeña frente del bebé.

Cuando el golpe seco tronó en el salón, todos voltearon al unísono para encontrar a Jensen de rodillas, con los brazos caídos a ambos lados y los ojos anegados de lágrimas.

—Un Alfa reconoce otro Alfa —anunció Oleg.

La estupefacción gobernó a los hijos y sobrinos de Oleg, y más aún, a Rürik y Apsal.

El Rey acortó la distancia y se arrodilló muy cerca de Jensen, extendiendo levemente los brazos para que tomara a su nuevo retoño Alfa. El Mörka reaccionó inmediatamente y con toda la delicadeza de la que era capaz, acunó la cabeza de la niña y pasó su otro brazo por debajo del tierno cuerpecito. Movió el brazo para que quedara acostada sobre todo su antebrazo, y con el libre acarició las regordetas y rosadas mejillas con las yemas de los dedos.

Tan absorto estaba en ella que no fue capaz de notar que se encontraba rodeado por su familia y amigos, que esbozaban sonrisas embelesadas y emocionadas ante la imagen del hombre más letal del planeta sosteniendo con tal delicadeza a la pequeña loba Alfa.

Por primera vez en su vida sobrenatural todos los instintos que lo convertían en quién era se encontraban adormecidos. Solo uno permanecía latente.

—Es perfecta —susurró con voz entrecortada por la emoción.

—Ahora lo sabes.

Ante esas palabras Jensen logró arrancar sus ojos de la niña y clavarlos en los dorados del Rey. Se sostuvieron la mirada por largos segundos, los espectadores intentando adivinar el significado de las palabras de Oleg, siendo Jensen el único que supo exactamente a qué se refería.

El primero de los Vandöda, ahora Mörka, esbozó una sonrisa y devolvió los ojos al rostro de la recién nacida loba.

***

En los amplios y pintorescos aposentos del Rey y la Reina, Oleg permanecía sentado con la espalda apoyada sobre una gran cantidad de almohadas y Aixa, boca arriba, descansaba sobre su torso, su rostro esbozando una sonrisa y siguiendo con los ojos los pasos de Jensen de lado a lado de la habitación sosteniendo a su hija en brazos.

—Algo me dice que seguirá cargándola incluso cuando ya pueda caminar.

Jensen esbozó una sonrisa ante la broma de la Reina, pero no quitó los ojos de la niña.

—Puedes estar segura de ello, cariño —sumó Oleg.

Aixa tomó aire y lo largó dejando flotar en el aire la preocupación.

—Si tan solo hubiese nacido dentro de tres semanas.

—No te preocupes por eso, amor mío.

Jensen se detuvo a los pies de la cama y finalmente despegó los ojos del bebé.

—He estado pensando al respecto.

—Soy todo oídos —animó Oleg.

—En vez de esperarlos, Mërg, Rürik, Apsal y yo podríamos salir en su búsqueda. Reducir sus números lo más que podamos. Mërg puede aprovechar la semana de sol que nos queda para localizar las guaridas, y nosotros podemos atacar por las noches.

—Veo que tu idea no me incluye —advirtió el Rey con sentido del humor.

—Tienes que estar aquí, Oleg.

—Lo sé. Aun así, no me agrada la idea de que mi hijo mayor y mis hermanos arriesguen su vida de esa manera.

—Sabes que jamás permitiría que nada suceda a Mërg. Y debes confiar un poco más en él. Es tan letal como tú.

La Reina sonrió ante la determinación de sus palabras.

—Cariño, la idea me agrada menos que a ti, pero debemos pensar en la niña.

—¿Por qué seguimos llamándola *la niña*? ¿Es que no han pensado en su nombre?

—No podemos decidirlo. Quizás puedas ayudarnos.

Jensen posó sus ojos sobre la pequeña.

—No hay nombre que quepa a tanta perfección. Pero lo pensaré.

—Estupendo —acordó la Reina con entusiasmo—. Ahora, ¿me permitirías cargar a mi hija, por favor?

Jensen actuó duda en su expresión, logrando que Oleg y Aixa carcajearan.

—Solo si prometes ser sumamente cuidadosa —bromeó.

—Lo prometo.

Tomó a su hija en brazos y ambos, Rey y Reina, observaron a Jensen alejarse y cerrar la puerta tras de sí.

***

Se detuvo en la línea que rayaba el sol y observó a Mërg alejarse.

—No te alejes demasiado. Quédate dentro del perímetro de los diez kilómetros.

—¿Y cuándo fui más lejos?

—Ayer.

Mërg carcajeó con ganas.

—¡Lo digo en serio, Mërg!

—De acuerdo. Ven a patearme el trasero en cuanto baje el sol.

—Lo haré si te alejas demasiado.

El hijo mayor de Oleg se había distanciado una buena cantidad de metros.

—Podrías venir conmigo.

—Ya perdí la cuenta de la cantidad de veces que hemos tenido esta conversación en el último siglo.

—Somos dos.

Le siguió los pasos hasta que ya no lo pudo ver, y luego se dejó caer en la húmeda tierra sobre la que nunca daba el sol.

—Necesitamos cazar —advirtió Apsal—. Se nos están acabando las raciones de sangre. —Hizo una pausa—. Tu rapidez permite que sea menos doloroso para la presa.

Jensen se puso en pie con movimientos molestos.

—No es de mayor agrado para mí que para ti.

—Lo sabemos —intervino Rürik—. Pero apenas lo notan cuando tú lo haces.

—Lo sé, lo sé. —Giró sobre sus talones y comenzó a alejarse cuesta abajo de la montaña.

—Ten cuidado con los lobos. Sin Mërg aquí, nuestra presencia no será en absoluto de su agrado.

—Si me escuchan gritar de dolor busquen a Mërg y vengan, porque definitivamente no mataré un lobo.

Rürik y Apsal se miraron enarcando las cejas y dejándolas caer rápidamente.

***

Fueron avanzando cuesta arriba a medida que el sol se los permitía, pero los rayos se empecinaban en cortar la marcha. Aguzaron el oído al sentir el alboroto de fuertes pasos y el crujir de las ramas, pero era difícil determinar de qué lugar provenían los sonidos a los que ahora se habían sumado los quejidos de dolor de un Vandöda y la respiración agitada de Mërg. Giraban en redondo aguzando la vista al máximo, pero ninguna imagen alcanzaba sus retinas.

—¡Mërg! —exclamó Rürik con todas sus fuerzas y tono que rayaba la desesperación.

—¡A la derecha!

Fue Jensen el que reaccionó primero moviéndose velozmente, y a unos veinte metros en la dirección que Mërg había indicado, interceptó al Vandöda al que le llevó algunos segundos entender de dónde había provenido el brazo que se había sentido como un hierro sobre su pecho y que ahora lo estrujaba contra la rugosidad del árbol más próximo.

—¿Qué sucedió? —quiso saber Apsal cuando Mërg se les sumó.

Al ver que sus ropas chorreaban sangre a través de la manga del brazo derecho, Rürik acortó la distancia hacia él. Le quitó la camiseta y sus ojos mutaron a una expresión gélida de ira al ver el enorme corte en el hombro. Por su parte, Jensen estrujó a la criatura con mayor fuerza, ésta vez tomándola del cuello y elevándola varios centímetros por sobre la tierra.

—Entré a la guarida.

—¡Maldita sea, Mërg! —espetó Apsal.

—Maté a tres y éste salió por detrás, me cortó con algo y luego el muy cobarde escapó.

Rürik ya se había dado a la tarea de utilizar la camiseta que le había quitado para ajustarla con firmeza alrededor del profundo corte.

Mientras Jensen sostenía al Vandöda sus ojos estaban focalizados en el hombro de Mërg, pero cuando la criatura comenzó a articular a través de su apretada garganta lo que parecía una socarrona risa, los cuatro giraron lentamente la cabeza hacia él, los ojos de los tres Mörka ahora gobernados por la oscuridad.

—¿Eres tan inservible que realmente crees que saldrás de esto con vida? —La voz de Apsal sonó gruesa y profunda.

Jensen lo dejó ir y el Vandöda cayó como bolsa de cemento sobre la tierra sin siquiera atinar a escapar.

—Funcionó —articuló jadeante la criatura de contextura huesuda y piel gris y tan fina como el papel. Sus ojos oscuros enmarcados por los párpados arrugados y enrojecidos eran de mirada perdida, como la de todos los Vandöda que lo único que ansiaban era matar. Sus dientes putrefactos volvieron a aparecer detrás de una enorme sonrisa—. El plan funcionó.

Jensen frunció el entrecejo.

—¿Plan?

—Están justo donde queremos que estén. —Cuando carcajeó, Mërg le asestó una patada, haciendo que el Vandöda cayera de lado y su cabeza tronara contra el suelo.

Entre risas volvió a incorporar el torso mirando en dirección hacia donde el sol se ponía.

—Es hora.

—¿Hora de qué? —inquirió Jensen intentando controlar su ira.

—De que todo lo que amas muera.

—El castillo —articuló Apsal en casi un susurro, un susurro transportado por el horror.

El Vandöda se descoció en carcajadas, pero no fueron mucho los segundos que pasaron hasta que su diversión fue reemplazada por un profundo grito de dolor desgarrador.

Jensen tomó sus muñecas, desmembró ambos brazos de un solo tirón, y luego la cabeza rodó a sus pies.

Los cuatro giraron sobre sus talones al mismo tiempo y comenzaron a correr azotados por los látigos de la desesperación.

***

A medida que se acercaban fue el silencio sepulcral el que logró crispar cada centímetro de piel, y al llegar, la imagen de la masacre obró como un muro que los obligó a cortar la rápida marcha en seco.

Hombres y mujeres colgaban del paredón y restos de cuerpos despedazados estaban diseminados por toda la pradera. El quejido ahogado de Mërg los llevó a mirar en la dirección en que él lo hacía, para hallar la cabeza del lobo cuadrúpedo que dirigía la manada, separada de su cuerpo. Miraron alrededor, Jensen alcanzando a divisar las formas frías y muertas de al menos cinco lobos más.

La pesada puerta de doble hoja de roble estaba abierta de par en par. El miedo que lo gobernaba era tan profundo que se sentía paralizado, debiendo obligar a sus piernas a moverse.

A medida que se adentraban, el horror tomó giros que sus corazones no pudieron soportar, sus mejillas empapadas de lágrimas y sus cuerpos temblorosos perdiendo fuerzas.

Todos los animales estaban despedazados, las casas de los fieles humanos ardían en llamas, el espantoso olor a carne quemada colándose en sus fosas nasales y alojándose como ácido en sus gargantas. Muchos de los soldados mostraban sus estómagos despedazados, los Vandöda habiéndose alimentado de sus entrañas.

Poco a poco la oscuridad fue apoderándose de todo su ser, logrando así salir del estupor y sus piernas finalmente respondiendo a la velocidad de la que era dueño. Entró a la torre principal y subió las escaleras hasta dar con el salón.

El tormentoso grito de Jensen los paralizó, obligándose a sí mismos a alcanzarlo. El primero atinó a detener la marcha de Mërg, pero era demasiado tarde. El primer descendiente del linaje real lobuno presenciaba la imagen de los cuerpos de su primo Köl junto al de Aixa y Oleg.

Rürik cayó desplomado junto a la Reina, la tomó entre brazos y la apretó contra su pecho, su garganta lanzando gritos tan desgarradores que lograron superponerse a los de Mërg y Jensen.

Largos segundos pasaron hasta que Jensen creyó ver movimiento en uno de los dedos de Oleg. Se acercó obligándose a no mirar el estomago y las entrañas que allí asomaban.

—Oh Dios, oh Dios. —Se mecía hacia adelante y hacia atrás intentando encontrar un hilo de cordura que le permitiera focalizar en el Rey.

Ni siquiera cuando Oleg despegó los párpados lentamente Apsal fue capaz de salir de su completo estado de parálisis, los oscuros ojos de su esencia abiertos de par en par, y derramando un torrente de lágrimas que no se molestó en limpiar.

—No me queda mucho. —La tos lanzó un hilo de sangre entre sus dientes.

Mërg ya se había apostado junto a su padre, acunando su cabeza y sosteniendo su mano con el brazo libre. Lloraba como un niño, intentando visualizar el rostro de Oleg detrás del grueso velo de lágrimas.

—Me vengaré.

—No lo harás. —Cortó a Jensen en seco—. Ordené a Danila que tomara a la niña y huyera. Debe estar muy lejos de aquí y debes encontrarlas. —Jensen asintió entre sollozos ahogados—. Danila es la mejor para ocultar su rastro, deberás encontrarla utilizando tu olfato. —Dijo Oleg a su hijo—. Es superior al de cualquier Vandöda o Mörka.

—No podemos abandonarte —articuló con voz ahogada Rürik, que aún mecía entre sus brazos a Aixa.

—Mi viejo amigo. Eso es justamente lo que harán. —El dolor hizo que convulsionara brevemente, más sangre cayendo en gruesos hilos por las comisuras de sus labios—. Apsal —llamó, y finalmente el Mörka fue capaz de reaccionar arrodillándose junto a Jensen y tomando la mano libre del Rey—. Corran, y no miren atrás. Deben abandonar estas tierras. Por el bien de mi pequeña Alfa. Ella es el futuro de nuestra raza. Encuentren a Danila y naveguen lejos de estas tierras en el primer barco que encuentren zarpando hacia el Oeste. —Otra oleada de dolor lo obligó a detenerse—. Mërg, hijo mío.

—Aquí estoy.

El Rey parecía estar perdiendo sentido del espacio que lo rodeaba.

—Tu hermana es Alfa, pero tú eres mi primer descendiente. Eres antiguo, fuerte y sabio. Debes enseñar a tu hermana nuestras formas. Debes enseñarle a ser una loba. —Mërg se ahogó con su propio llanto y luego, como pudo, asintió—. Vayan a la puerta principal y esperen por Jensen. No tardará.

Apsal besó la mano de Oleg, luego se inclinó para besarle la frente y se puso en pie. Rodeó el cuerpo del Rey y tomó a Mërg por las axilas, obligándolo a ponerse en pie.

Apretando con fuerza el cuerpo de Aixa contra el suyo, Rürik regaló a la reina un último beso en la coronilla, la depositó con cuidado en el piso y sin mirar atrás se escabulló del salón principal seguido de Apsal, que arrastraba con fuerza a Mërg hacia las escaleras que los conducirían al enorme portón principal del castillo.

Una vez a solas Oleg indicó a Jensen que se acercara. Lo que tenía para decir no debía llegar a los agudos oídos de su hijo ni sus amigos. A medida que las palabras llegaban en muy bajos susurros al oído, los ojos de Jensen se abrían cada vez más y más, claramente no pudiendo dar crédito de lo que escuchaba. Cuando el Rey hubo terminado, Jensen se alejó para poder mirarlo a los ojos, su entrecejo fruncido y su expresión manifestando el pasmo que lo gobernaba.

—Alcánzame la daga. —Jensen miró alrededor y junto al cuerpo de Aixa vio el puñal de fina hoja. Respirando con dificultad debido al llanto que no podía controlar, estiró el brazo y lo tomó. El Rey se lo quitó de las manos y con la libre acunó la gélida mejilla—. Ve, amigo, y asegúrate que mi pequeña viva.

Jensen lloró por largos segundos junto al cuerpo casi sin vida de Oleg, hasta que finalmente, recurriendo a lo último que le quedaba, se puso en pie y se alejó.

Bajó las escaleras a paso muy lento, y cuando llegó a sus oídos el sonido de la hoja de la daga atravesando el corazón de Oleg, sintió por primera vez en su larga existencia como Vandöda la cabeza dándole vueltas. Su cuerpo chocó contra la pared donde se apoyó para luego dejar caer su trasero sobre la escalera, llorando desconsoladamente entre gritos de furia que se colaron a través de las paredes del castillo, colmando la oscura y tranquila noche.

Leyendas

Lugar desconocido, año 2017

Los gritos de placer de la mujer colmaban la totalidad del amplio apartamento, alternándose con los timbres del móvil que reposaba sobre la mesa de noche junto a la cama donde seguía arremetiendo enérgicamente entre las piernas de la mujer que ahora asía la almohada con fuerza y se mordía los labios, entreabriéndolos cuando el placer que ese hombre le causaba la obligaban a gemir sin reparos.

Las primeras dos llamadas las dejó pasar, ya que no podía negar que algo de placer estaba sintiendo, pero cuando el móvil repiqueteó por tercera vez, ésta vez sonando el aviso de un mensaje de texto, la duda se sobrepuso al pasajero entretenimiento del que disfrutaba.

Sin cesar las arremetidas tomó el móvil, el pulgar encontró la pantalla y a medida que avanzaba en la lectura, los movimientos que habían logrado llevar a esa mujer al éxtasis por tercera vez fueron disminuyendo en ritmo hasta que se detuvo por completo, se salió de entre sus piernas y con movimiento rápido y ágil se sentó en el borde de la cama sin despegar los ojos de la pantalla de su móvil.

Peligro. Ven. M.
PD: te patearé el trasero en cuanto te vea.

Se incorporó de un respingo, tomó los calzoncillos y jeans negros del piso, y comenzó a vestirse rápidamente.

—No sé tú, pero yo podría seguir disfrutando de ti toda la noche— articuló la mujer entre jadeos, intentado recuperar el aliento.

Siguió por la camisa blanca, se colocó los zapatos, sacó la billetera del bolsillo trasero del pantalón y extrajo varios billetes que dejó sobre la mesa de noche.

La mujer se sentó en la cama cuando lo vio colocarse el abrigo de cuero negro y dirigirse a la puerta.

—Espera. Me gustaría darte mi número. Y no tienes que pagarme.

Sin siquiera inmutarse abrió la puerta y se perdió en la oscuridad de la noche.

***

Nueva Orleans, 2017

El lúgubre salón principal de la mansión albergaba una larga mesa que en ese momento sentaba cómodamente a los diez Mörka, su líder encabezando uno de los extremos del viejo mobiliario, mientras que, en el otro extremo, el antiguo lobo que a su derecha e izquierda contaba con la presencia de los que por tantos años lo habían acompañado, recibía las miradas de ocho de esos diez atravesándolo de lado a lado.

—Cinco de los míos han caído, la carne de sus gargantas arrancadas de cuajo casi hasta su tráquea, ¿y tú me dices que los tuyos no tienen nada que ver con esto?

—Eso es exactamente lo que digo —replicó Mërg con voz gélida.

—¿Y cuál es tu teoría entonces?

—Nuestra teoría es que los Vandöda han vuelto a resurgir del pozo en el que se encontraban y están intentado, a través de esto, que los tuyos y los míos se vuelvan a enemistar.

El Mörka escrutó cada centímetro visible del cuerpo del lobo. Reparó en la muñeca izquierda que portaba una ancha pulsera de cuero negro con símbolos tallados que no reconocía, y en el dedo anular del mismo lado, el grueso anillo de plata que terminaba en lo que a lo lejos parecía ser el diseño de una gota de sangre representada por una piedra negra que había sido cuidadosamente engarzada a la plata trabajada. Era antiguo, de ello no había duda.

La zona de cuello que la camisa permitía ver mostraba un enredo de colgantes, algunos siendo cadenas de plata, otros, simples tiras de cuero. El enemigo pretendía mostrar desprecio a través del recorrido que llevaban sus ojos, pero Apsal rió para sus adentros al detectar el dejo de interés en ellos. O bien el hombre se sentía atraído hacia Mërg, o lo envidiaba. Como fuere, era evidente y resultaba divertido.

—Verás, hay algo que me confunde. ¿A quién te refieres cuando dices *los míos*? Son solo dos los que quedan en pie.

—Te estás olvidando de la Alfa —intervino Apsal.

—¿La Alfa? ¡Por favor! Por más de cincuenta años hemos convivido en esta ciudad, y jamás esa Alfa se ha dignado siquiera a aparecer. Estoy empezando a creer que es una leyenda que se han inventado.

—Te guste o no, existe.

—Como sea. Sangre se paga con sangre.

—¿Estás sugiriendo que, por lo sucedido, que nada tiene que ver con nosotros, la sangre de un lobo debe ser derramada? —Rürik parecía estar perdiendo la paciencia rápidamente—. Si yo fuese tú, recordaría con quién estás lidiando.

—¿Te refieres a tu supuesta amistad con un supuesto Jensen Larko? Otra leyenda.

—Créeme —intervino uno de los Mörka que parecía mucho más cómodo con la cercanía de Mërg que con la de su propio líder—. Existe.

La fulminante mirada del jefe atravesó al Mörka de lado a lado.

—Así es como están las cosas. —Prosiguió devolviendo sus ahora oscuros ojos a Mërg—. Tú dices hablar en nombre de una supuesta Alfa de tu especie que jamás nadie ha visto. Rürik y Apsal se escudan detrás de la existencia del que supuestamente fue el primero de los nuestros, que, dicho sea de paso, tampoco jamás he visto con mis propios ojos. Cinco de los míos han caído en menos de dos días. Seis más la semana pasada. ¡¿Y se supone que tenemos que agachar la cabeza y tomar tu palabra así sin más?!

—¡Estoy aquí porque quiero ayudar a resolver lo que sea que esté sucediendo!

El líder se tomó algunos segundos, segundos que aprovechó para lentamente ponerse en pie.

—Bien, quizás el secreto radica en que no quiero tu ayuda.

Por detrás de Apsal y Rürik aparecieron tres Mörka al mismo tiempo, dos tomándolos de los brazos a cada lado y el tercero cerrando letalmente su antebrazo sobre sus gargantas, mientras un séptimo Mörka había sorprendido a Mërg colocándole una daga que ya cortaba algo de piel en la garganta.

El Mörka que había hablado en su defensa se puso en pie, siendo rápidamente sometido por los dos que se encontraban sentados a su lado.

—No sería de mi agrado matarte, Numa —advirtió su líder—. Pero si insistes en depositar tu lealtad en este ser inferior, seguirás su mismo destino.

Sus palabras fueron cortadas por la risa de Apsal que no dejó de sorprender a Mërg, dirigiendo una mirada a su amigo como si hubiese perdido la cabeza.

—El lobo que te empecinas en creer sagrado y que por siglos has protegido está a punto de morir, ¿qué parte de todo esto resulta graciosa?

—La parte en que estás a segundos de pasar a peor vida.

La rapidez en que todo sucedió no obró más que confusión en el líder, que alcanzó a ver algunas de las cabezas de los que sometían a Mërg, Rürik y Apsal rodar sobre la mesa, generando gritos de espanto en los espectadores, hasta que finalmente el cuerpo del que los comandaba se vio desprovisto de su cabeza, ahora sostenida al costado del cuerpo del que la había arrancado. Con un seco movimiento de muñeca la lanzó sobre la mesa, el pedazo de cuello arrastrando la oscura sangre a su paso.

—Para los que se lo preguntaban —Apoyó ambos puños cerrados sobre la mesa, los grises y penetrantes ojos de expresión relajada posándose sobre cada uno de los Mörka que acababan de perder a su líder—, mi nombre es Jensen Larko, y los que aún respiran, sugiero que permanezcan sentados y escuchen.

***

Tomando el lugar del líder cuya cabeza permanecía en el centro de la mesa, Jensen había acomodado el sillón giratorio de lado, su antebrazo apoyado despreocupadamente sobre la madera. Cruzó las piernas y tomó una bocanada de aire. Levantó la mano y con el dedo índice señaló a Mërg.

—El hombre cuya vida acaban de amenazar es mi familia.

—Nosotros no…

Las palabras del hombre a su derecha se vieron interrumpidas cuando la mano de Jensen se cerró sobre la carne de su garganta, y una vez sus dedos allí, las afiladas uñas negras se estiraron penetrando la carne, el Mörka comenzando a escupir sangre a través de sus labios.

—Dije que escucharan —comenzó con una voz tan tranquila y profunda que generó más temor que un grito—. Ahora, parpadea una vez si has finalmente entendido que ¡debes cerrar la maldita boca! —El grito logró que el resto de los Mörka saltaran sobre sus traseros.

Su víctima parpadeó, las uñas de Jensen se retrajeron, y removió la mano. Innatamente el hombre se llevó la mano a la garganta, haciendo lo posible para detener la sangre púrpura emanando de la herida de cinco agujeros que tardaría algunos minutos en cerrar.

—Como decía, acaban de amenazar la vida de un miembro muy importante de mi familia. Y como ya han visto, no es algo que tome a la ligera. —Hizo una pausa para extender hacia abajo la mano que se había ensuciado y pasar los dedos por la camisa del Mörka líder muerto a sus pies. Una vez limpios, prosiguió—. Si se están preguntando por qué no pueden siquiera levantar la mirada, menos aun, atreverse a que sus lamentables traseros abandonen la silla por más terror que estén sintiendo en este momento, bueno, el motivo es mi sola presencia. Por lo cual ya no debería caber duda que mi existencia no es una leyenda.

Apoyó ambos antebrazos sobre la mesa y entrelazó los dedos de las manos.

—Verán, el hombre que acaban de amenazar, digamos que a él sí le importa sus vidas. Para serles sinceros, solo maté a los que lo amenazaban por el solo hecho que él jamás me hubiese perdonado por aniquilarlos a todos. Lo que me trae a mi segundo punto. La vida de ustedes me importa tanto como la de la rata que acaba de pasar a mi izquierda. Lo que me trae a mi tercer punto. —Hizo una pausa y tomó aire—. Seguirán con vida mientras esa vida tenga un propósito para los lobos. Cuando dejen de ser de utilidad para ellos, y, por ende, para mí, las siguientes en rodar serán sus cabezas. —Las miradas de Rürik y Jensen se cruzaron por una fracción de segundo—. Tienen vía libre por tres segundos para mover sus labios y manifestar si han entendido lo que les estoy diciendo.

—Entendido —manifestaron al unísono.

—Maravilloso. De ahora en más, Numa estará a cargo. Si tienen algo para decirme, se lo trasmiten a él, y él analizará si lo que sea que se les haya ocurrido merece mi tiempo. De lo contrario, aguarden mi llamado. Sabrán cuál es cuando lo escuchen.

Se puso en pie, rodeó la mesa y se apostó junto a Mërg, acercando sus dedos a la garganta que aún goteaba sangre.

—Estoy bien —advirtió cuando notó la creciente ira en Jensen.

Apsal tomó a su viejo amigo por el brazo.

—Vámonos ya. No valen la pena —pidió al saber que la oscuridad volvía a gobernarlo y nada bueno saldría de ello.

Mërg lo miró profundamente a los ojos apoyando ambas manos sobre sus hombros.

—Jensen, ha sido suficiente la sangre derramada por una noche. Vámonos.

El rostro completamente transformado por la oscuridad de Jensen escaneó a los Mörka que aún respiraban.

—Recuerden que siguen con vida porque él así lo desea.

Giró sobre sus talones seguido de Mërg, Apsal y, por último, Rürik.

***

En el momento en que su pie cruzó el umbral hacia la amplia cocina, el cuerpo de febril calor se estrelló contra el suyo, amurando los brazos alrededor del cuello con tanta fuerza que se vio obligado a no respirar. Le rodeó la cintura, cerró los ojos y descansó en el abrazo por un largo momento.

Se alejaron algunos centímetros, se miraron a los ojos, y luego Jensen volvió a acortar la distancia para apoyar sus gélidos labios sobre la cálida frente.

—Dani, tan hermosa como siempre.

—Estoy tan feliz que estés aquí —confesó con los ojos llenos de lágrimas de emoción—. Dime que te quedarás al menos unos días. Por favor.

—Me quedaré —respondió, su sonrisa ampliándose cuando la de Danila se estiró de oreja a oreja.

—Estoy bien, por cierto —bromeó Mërg.

Danila volteó y al ver la marca roja sobre su garganta, abrió los ojos de par en par.

—¿Qué diablos sucedió?

—Digamos que, de no ser por el impecable tiempo de Jensen, quedarían solo dos lobos en pie sobre esta tierra. Bípedos al menos.

—Pero, no entiendo. Se suponía que ese tal Charles estaba de nuestro lado.

—Ahora está del lado de los muertos —lanzó Apsal mientras abría la nevera.

Tomó tres botellas del líquido rojo lanzando una en dirección a Jensen y otra hacia Rürik.

Los cuatro hombres se sentaron en torno a la amplia isla desayunador mientras Danila comenzaba a sacar ingredientes de la nevera y alacenas para hacer la mezcla de panqueques.

—Un minuto aquí y ya te agasajan con tu comida preferida —se quejó Mërg.

—Lo siento —articuló Jensen esbozando una sonrisa. Destapó la botella y le dio un largo trago.

—¿Cuál es el plan? —quiso saber Danila.

—Iremos grupo por grupo de Mörka y haremos muchas preguntas —pensó en voz alta Jensen.

—Sin derramar sangre, por favor.

—Eso lo veremos.

—Jensen.

—Estuvieron a punto de matarte, y es algo que no pienso dejar pasar.

—Dejemos el tema de lado por esta noche —sugirió Dani—. El sol está por salir en un par de horas. Desayunemos y descansemos. Por la tarde retomaremos el plan. Puedes quedarte aquí. Tenemos una habitación extra.

—No es necesario. Tengo mi propio piso.

—¿Tienes un apartamento en Nueva Orleans? —La sorpresa fue evidente en la voz de Apsal.

—Lo compré hace unos años. Solo por si acaso.

—Perfecto. Tu castigo por tus tantos años de ausencia será cocinar una buena cena en tu nueva casa.

Jensen carcajeó.

—Cena para dos lobos y tres Mörka, no es tan cruel el castigo.

—Tres lobos —lanzó Danila, y los cuatro hombres amuraron los ojos sobre ella, cayendo un silencio sepulcral por sobre el que solo se escuchaba el batir de los huevos y la leche. Danila detuvo los movimientos de batido, tomó una bocanada de aire, y sus grandes y oscuros ojos se cerraron sobre los grises de Jensen—. Llega mañana en el avión de las seis de la tarde.

—¿Cómo diablos has logrado que venga? —quiso saber Mërg, no dando crédito a lo que escuchaba.

—Le dije que nuestras vidas estaban en peligro y que la necesitábamos.

—Se marchará en el momento en que me vea —dijo Jensen con voz queda y baja.

—No lo hará —aseveró Danila—. Me aseguraré de ello.

—¿Y qué harás? ¿Atarla a una silla? —lanzó Mërg con tono sumamente sarcástico, generando que Danila pusiera los ojos en blanco.

—Creo que es hora que todos tengamos una charla sincera. Somos una familia dividida, y vean dónde eso nos ha traído. Así que tú —señaló a Jensen con el batidor de mano—, darás una buena explicación de por qué insistes en mantenerte alejado, y ella hará exactamente lo mismo.

Jensen miró a Rürik, que, en respuesta, enarcó las cejas rápidamente y luego dio un largo sorbo a la botella.

Mërg se puso en pie y se encaminó hacia la puerta de la cocina.

—¿Dónde vas? —quiso saber su prima.

—A la bodega a preparar varias cajas de vino. Mañana será una larga noche.

Disimuladamente, Jensen tragó saliva, haciendo un esfuerzo por serenar las emociones que lo habían gobernado.

Sacrificio

Inglaterra, 1926

La suave y corta risita de niña logró poner en su rostro la amplia sonrisa de la que era dueño. Escaneó alrededor simulando no tener idea de dónde provenía, continuando la marcha hacia la izquierda y sorteando la densa maraña de troncos del bosque.

—Frío —confesó la vocecita, y Jensen volvió a sonreír.

Forzándose a no mirar hacia arriba y volviendo sobre sus pasos, detectó con su agudo sentido del oído el preciso momento en que el aire comenzó a ser cortado por el liviano cuerpecito, la niña cayendo directo sobre su torso, Jensen apurándose a rodearla con los brazos y ella ajustando sus piernas alrededor de la cintura y los brazos en torno a su cuello.

—Eres realmente malo para encontrarme —advirtió con el entrecejo fruncido, a lo que siguió la divertida carcajada de Jensen.

—Sí que lo soy. —Acortó la distancia hacia el rostro para besarla en la frente.

Comenzó a caminar con la niña en brazos, sosteniéndola con un único brazo para con el libre tomar entre su mano la pequeña de ella.

—Me gusta que seas frío. El calor de mi cuerpo me molesta.

Él esbozó una sonrisa de lado.

—Te acostumbrarás.

—¿No se irá?

Jensen detuvo la marcha en seco y la miró a los ojos.

—Jamás —articuló con voz tranquila, pero tono determinante— Eres una loba Alfa. De todos los lobos, tu cuerpo siempre será el más cálido, el más fuerte y el más veloz. Nunca lo olvides.

—Tú también eres fuerte y rápido. ¿Por qué no eres cálido?

Jensen retomó la marcha.

—Porque soy una especie distinta a la tuya y tu familia.

—Tú eres mi familia.

El Mörka tragó el nudo que se había formado en su garganta.

—Sí, lo soy. Pero no de sangre, cariño.

—¿De corazón?

Jensen sonrió.

—Sí, de corazón.

—Quiero caminar.

La depositó en la tierra, ella apenas alcanzando la altura de su cintura. La niña lo tomó de la mano y siguió la marcha.

—Ayer escuché a la señora que nos trajo la leche decir a Danila que eres el hombre más apuesto que jamás haya visto. —Jensen se mordió los labios para no reír—. ¿Es tu novia?

La profunda carcajada del Mörka inundó el bosque.

—No, cariño, no lo es.

—¿Te has acostado con ella?

Los ojos de Jensen se abrieron de par en par, la estupefacción apoderándose de todo su ser. Intentó no mostrarse alarmado por esas palabras haber salido de boca de una niña de 6 años.

—¿Dónde has escuchado eso?

—¿Qué cosa?

—Que un adulto se acueste con otro.

—Soy joven, no estúpida.

La niña decidió tomar el silencio de Jensen como una afirmación a su pregunta, sin ánimos de agregar alguna otra idea. Salvo una.

—No quiero que tengas novias.

Él detuvo la marcha y dobló las rodillas para que sus rostros quedasen más o menos a la misma altura.

—¿Por qué no?

—No creo que quieras escuchar la respuesta.

—Por supuesto que quiero.

La pequeña desvió la mirada por algunos segundos, segundos en que tomó aire, y luego volvió a amurar sus enormes ojos dorados sobre los grises de él.

—No sé si eres apuesto o no, pero sé que me perteneces.

Habían sido muy pocas las veces que en su larga existencia se había quedado sin palabras, y este momento era uno de esos. Ella notó que abría la boca para volver a cerrarla y abrirla nuevamente, su garganta no pudiendo articular sonido.

—Pareces un pez fuera del agua. No importa, no tienes que decir nada. —La niña siguió la marcha—. Tú me perteneces y yo te pertenezco. Sé que es así.

Caminaron en silencio, él algunos metros por detrás de ella, sus pensamientos convertidos en un verdadero desastre. Se toparon con Mërg al llegar al extremo del bosque que lindaba con la pradera sobre cuyos pastizales el sol brillaba con intensidad.

—¿Qué haces aquí? —demandó ella con tono que hizo a su hermano sonreír.

—Estoy aquí para que vayamos juntos a casa.

Jensen permanecía abrazado por las sombras y el silencio.

—¿Qué hay de Jensen?

—Sabes que Jensen tiene que esperar, cariño.

Fueron tan veloces sus movimientos que apenas alcanzaron a notar el momento en que la niña se infligía un enorme tajo en la muñeca, ahora extendiendo su delicado brazo de tez trigueña en dirección a él.

—¡Iara! —regañó, apurándose a arrancar un trozo de su propia camisa y rápidamente enfundar la zona lastimada.

Algo lo llevó a incorporarse de un respingo. Una fuerza interna que bien conocía. Y cuando sus ojos se dirigieron hacia el interior del bosque, todos los sentidos de alerta de Mërg se encendieron, sus pupilas reluciendo por el halo del verde oscuro formándose en torno a ellas.

Tomó a su hermana de la mano con movimiento brusco y la atrajo hacia la porción de tierra protegida por el sol.

—¡Vámonos! —Cuando la niña opuso resistencia, Mërg tiró de ella con más fuerza—. ¡Ahora, Iara!

—¡No me iré sin Jensen! —espetó furiosa.

Sentía esa fuerza interna creciendo desmedidamente. Una energía que lo repugnaba pero que al mismo tiempo protegía lo más preciado que jamás había tenido. Cuando se acercó a ella, dobló las rodillas y apoyó con fuerza ambas manos sobre los costados de los brazos de la pequeña para luego zamarrearla, su rostro transformado por la oscuridad.

—¡No tenemos tiempo para esto! ¡Vete!

La empujó hacia el sol y la niña cayó sobre su trasero. Cuando se incorporó Jensen ya no estaba allí.

Subestimando los dones de su hermana, Mërg no alcanzó a tomarla en brazos, viéndose sorprendido por la velocidad con que la niña se escurrió por entre sus dedos y desapareció. Alcanzó a lanzar con todas las fuerzas de sus entrañas el aullido de alarma, manteniendo la esperanza que Danila lo hubiese escuchado antes de adentrarse en la oscuridad del bosque.

—¡Jensen!

Al escuchar el grito de Iara, la desesperación obró en su lado más oscuro, deteniendo la veloz marcha en seco y girando sobre sus talones al mismo tiempo, terminando su cuerpo acuclillado cual felino, sus afiladas uñas clavadas en la tierra, ayudando a detener el impulso.

Fueron pocos los segundos en que la pequeña entró en su campo de visión, para luego ser arremetida con violencia por un cuerpo cuya velocidad solo alcanzó a ver como un bulto. La ira lo azotó con tal fuerza que su lado humano se vio doblegado casi por completo, logrando recurrir a una velocidad de la que no sabía ser dueño.

Mërg llegó justo a tiempo para tomar al Vandöda por el cuello con ambas manos y en uso de toda su fuerza, hacerlo volar por el aire.

La frente de su hermana había dado de lleno contra la rugosidad de un árbol al caer, sangrando ahora profusamente.

Jensen estaba algunos metros por delante de ellos, con postura defensiva y gruñendo entre dientes. Mërg volteó en cámara lenta para ver el bosque atestado de Vandöda sedientos de sangre que se aproximaban a ellos arrastrándose por la tierra cual serpientes. Al ver la cantidad de la que se trataba y que no dejaban de avanzar hacia ellos, el temor lo gobernó.

—¿Por qué no están respondiendo a tu presencia? —articuló Mërg en voz baja.

—Están cegados por la sangre de Iara.

—Son demasiados.

—Cuando te lo indique, tómala y corre.

—Jensen, no podrás con todos ellos.

El Mörka volteó, y al ver la expresión de su rostro deformado, Mërg tragó saliva.

—Hazlo. Sácala de aquí y no mires atrás.

—No —articuló Iara con voz ahogada por el llanto, sus inocentes y enormes ojos dorados anegados de lágrimas.

Jensen la miró y por una fracción de segundo sus ojos grises tomaron lugar, la angustia evidente en su expresión. Cuando los desvió hacia Mërg, la oscuridad había vuelto a apoderarse de él.

—Ahora —susurró.

En un instante menor a un segundo, Mërg estiró el brazo, tomó a Iara por la muñeca, tiró de ella con violencia, y ya habiendo empezado a correr, la niña en ese segundo volando por los aires, la trajo con fuerza contra su cuerpo, y tal como Jensen había pedido, no miró atrás.

Como ecos escuchó los quejidos de los Vandöda que caían, y también los de Jensen, quién no profería gritos de ataque, sino de dolor. Todo lo que oía por detrás se mezclaba con el llanto de Iara, que gritaba el nombre de Jensen con desesperación.

Una porción de alivio se apoderó del pecho de Mërg al ver a su prima a lo lejos.

—¡No entres! —exclamó al detectar la inteción de Danila de ingresar al bosque.

Al llegar a la zona segura, pasó a Iara a sus brazos.

—Sácala de aquí.

Los sonidos eran desgarradores, logrando que un espantoso frío recorriera la espalda de Danila.

—Son demasiados.

—Sácala de aquí. —Fue todo lo que dijo Mërg antes de perderse en la dirección contraria.

***

Apsal caminaba de un lado a otro de la sala de estar de la amplia cabaña, sus pasos largos y feroces indicando la marcada inquietud.

—Deberíamos estar allí.

Desde su posición despreocupada, apoyado de lado contra la madera y mirando hacia afuera por la ventana, Rürik dejó ir de la cortina que sostenía y lo miró, no sin antes depositar los ojos en el rostro pálido cuyas lágrimas habían dejado enormes surcos secos en las delicadas mejillas. Iara permanecía muy callada, su cabeza de larga melena castaña apoyada contra el pecho de Danila, que sentada en el cómodo sillón de un cuerpo, acariciaba el pelo, y con la mano libre, el corto bracito.

—Aún estamos en pie, lo que significa que ellos también. Si vamos en su busca y dejamos a Iara, tendremos que enfrentarnos a una ira que sabes bien, en estos momentos está fuera de control.

Volvió a correr la cortina y luego se apuró hacia la puerta. Salió y en breves segundos Jensen y Rürik se dieron paso arrastrando el cuerpo inconsciente de Mërg.

Iara se salió rápidamente de encima de Danila, permitiendo que ésta se pusiese en pie de un respingo.

Estuvo sobre su primo ni bien los otros dos lo depositaron en el amplio sillón de tres cuerpos, y cuando la mandíbula de Danila se estiró hacia adelante para dar paso a la dentadura lobuna en dirección a la muñeca, Jensen la detuvo.

—No —espetó con voz queda de cansancio, pareciendo apenas poder sostenerse en pie.

—¿Qué quieres decir con no?

Los fríos ojos de Jensen se posaron sobre Iara.

—¿Querías hacer útil tu sangre?

—Jensen —intentó intervenir Apsal.

—¡Tu hermano casi muere por tu estúpido deseo de verme caminando bajo el sol! ¡Si no aprendes por las buenas, entonces aprenderás por las malas! —Iara lo miraba intentando controlar el llanto, pero no así las lágrimas que caían a borbotones por sus mejillas. Cuando el rostro de Jensen no hizo más que enfriarse y su severidad tomó un giro que ella jamás había visto, un pequeño sollozo se ahogó en su garganta—. Éste, aquí —señaló en dirección a Mërg—, es el único motivo por el que tu sangre debe abandonar tu cuerpo. Para salvar a los tuyos. —Cuando se tambaleó, Apsal lo sostuvo. Iara deseaba poder decirle que luego de dar sangre a su hermano se la daría a él para que todas las heridas que portaba en cada centímetro de su cuerpo sanaran con rapidez, pero no se atrevió. La furia que Jensen mostraba hacia ella la mantuvo consternada—. Hoy es la primera y última vez que muestras intención de ofrecer tu sangre a un Mörka. ¡La última vez, Iara!

—Es suficiente, Jensen. —Se escuchó el profundo vozarrón de Rürik.

—¡Mërg estuvo a segundos de morir! ¡Ella estuvo a segundos de morir!

—¡Y tú también! —exclamó Iara, su enojo aplacado por el llanto.

Jensen giró la cabeza hacia ella muy lentamente, con movimiento que hablaba de pérdida de paciencia y una expresión casi letal cuando sus ojos se encontraron.

—Muérdete el brazo y ayuda a tu hermano —demandó, su voz furiosa entre dientes.

—Jensen —intentó Danila.

—Si hubiese muerto hoy, si Mërg hubiese muerto, entonces la muerte de tus tíos, tus primos, tus hermanos y tu padre no hubiesen tenido ningún tipo de sentido, si es que podría tenerlo. Todos murieron por ella.

—Es una niña —quiso razonar Apsal.

—¡Es una Alfa! —Su ira tronó en la cabaña. Sus ojos fríos como el acero volvieron a posarse sobre ella—. Muérdete el brazo y da verdadera utilidad a tu sangre. Ahora. —La última palabra flotó en el ambiente como una amenaza.

Con determinación, Iara se secó las lágrimas, respiró logrando aplacar el llanto, y una vez junto a su hermano, se cortó la muñeca y la llevó a los labios de Mërg, que, por acto reflejo, aunque aún inconsciente, abrió la boca y succionó lentamente. En ningún momento Iara había despegado los ojos de expresión desafiante de los de Jensen.

—Es suficiente, cariño —advirtió Danila.

La niña obedeció inmediatamente, pero en ningún momento dejó de mirarlo.

Jensen volteó y comenzó a caminar hacia la puerta con pasos torpes y lentos, Iara finalmente abandonando su postura desafiante cuando el cuerpo del Mörka tronó con golpe seco sobre la madera del piso de la cabaña.

***

Abrió los ojos e inmediatamente detectó la presencia. Giró la cabeza para encontrar el rostro de expresión taciturna de Rürik. No fue mucho el tiempo que le llevó notar la explosión de energía recorriéndole el cuerpo.

—¿Danila? —consultó.

—Claramente no te recorre la sangre de Iara. Lo sabrías.

Jensen se sentó en la cama y sus ojos se perdieron en las manos que entrelazó sobre su estómago desnudo.

—Creo que sabes que ha llegado el momento en que tú mantendrás silencio y yo hablaré.

—Sí, lo sé —articuló con voz queda, esperando con paciencia los segundos que tardó Rürik en retomar la palabra.

—Todo lo que dijiste es cierto. Las muertes de los que amamos no tendrían ningún tipo de sentido de Iara, Mërg o Danila morir. Y sí, Iara es una Alfa. Pero aun así, es una niña.

—Perdí los estribos. Lo lamento.

—Sé que lo lamentas. Pero lo que sucedió esta noche no puede volver a suceder. Ni que Iara brinde su sangre a campo abierto como lo ha hecho, ni que tú te dirijas a ella gobernado por el veneno que recorre nuestras venas.

Jensen resolvió rápidamente el nudo que se había ajustado en su garganta, y asintió.

—Descansa. En cuanto rompa el alba ayudaremos a Mërg y Danila a empacar, y ellos aprovecharán la luz del día para comenzar a moverse. No podemos quedarnos aquí.

Jensen volvió a asentir y siguió con la mirada los pasos de Rürik fuera de la habitación.

No fueron muchos los segundos que pasaron entre que volvió a acomodarse tendido despreocupadamente sobre la cama y la puerta se abrió. Iara la cerró con cuidado tras de sí y dio dos pasos hacia adelante.

—Solo quería decir que lo siento.

El Mörka se limitó a mirarla.

—Ahora entiendo que puse en peligro tu vida y la de mi hermano, y no volverá a suceder. Lo juro.

—Yo también lo siento.

Iara asintió y girando sobre sus talones se encaminó a la puerta.

—Ven aquí. —La invitación la congeló en el tiempo.

Regresó, ésta vez sentándose en el borde de la cama.

—Hay algo que quisiera decir, pero temo que vuelvas a enfurecerte.

Una de las comisuras de los labios de Jensen se elevó levemente. Era difícil recordar que lidiaba con una niña cuando se desenvolvía tan bien con las palabras. Había aprendido a entender que era una de las tantas maravillosas características de los lobos. Maduraban mucho más rápido que cualquier humano.

—Juro que no me enfureceré.

—Bien. Aférrate a esa idea, por favor.

—Esta vez Jensen rio, y ella lo acompañó con una sonrisa de oreja a oreja.

—Es más bien una inquietud que tengo, y quizás tú puedas ayudarme a entenderla.

—De acuerdo.

—Hay algo dentro de mí que no puedo explicar. Es algo que quisiera poder dominar, pero no encuentro la manera.

—¿De qué se trata?

—Sé cuál es mi deber. Se han cansado de explicármelo. Sé que la sangre que corre por mis venas es la que mantiene a mi hermano y mi prima con vida. Y sé que solo ellos son dignos de ella. Siento un inconmensurable amor por Mërg y Danila, pero...—Tragó saliva y luego suspiró—. Hay algo dentro de mi ser, algo que no puedo explicar y que apenas puedo controlar, que me lleva a querer protegerte a ti ante todo y todos.

Jensen cerró los ojos y contuvo el aliento.

—Aunque dentro de veinte años no importará, sé que aún soy una niña, y por ello, no debería siquiera tener idea de lo que se trata el amor de una mujer por un hombre. Pero hay una porción, una porción que no logro comprender, que te ama más allá del entendimiento.

Jensen se incorporó y se sentó en la cama dándole la espalda para ocultar las lágrimas.

—¿Tienes idea de por qué me pasa esto?

Recurrió por un leve instante a la oscuridad para así dar fin al sollozo.

—No.

Iara captó el tono de la mentira inmediatamente. Se puso en pie, y al llegar a la puerta giró y posó sus ojos sobre la espalda desnuda que aún mostraba profundos cortes y arañazos.

—Quizás con el tiempo ambos lo descubriremos.

Una vez a solas, Jensen se tomó la cabeza con fuerza, y en silencio las lágrimas volvieron a velar sus ojos.

***

Bajó las escaleras con marcha enérgica y una sonrisa en el rostro que se esfumó inmediatamente al ver las expresiones de los que se encontraban desparramados en la sala de estar.

—¿Qué sucede?

—Iara, cariño —empezó Danila, pero se detuvo en el momento en que las lágrimas dieron fin a su intención.

—¿Dónde está Jensen?

Nadie respondió. Reparó en el papel que sostenía su hermano, quitándoselo de las manos con movimiento violento.

Quédense y tómense tiempo para discutir el próximo destino.
Los Vandöda no los molestarán.
Buscarme es lo último que deben hacer si quieren mantener a Iara a salvo.
Hasta siempre, viejo amigo
J

El papel se escurrió entre sus dedos y salió a toda velocidad fuera de la cabaña con Mërg pegado a su lado. Sus pulmones habían comenzado a hiperventilar, los ojos enrojecidos por la mezcla de ira y angustia, hasta que finalmente las rodillas encontraron el pastizal de la pradera sobre la que refulgían los rayos del sol.

Aún no había sufrido la transformación, y los quejidos de dolor tomaron lugar a medida que sus huesos se acomodaban para dar lugar a su mandíbula lobuna y las garras asomaban. Danila corrió a ella, pero Mërg la detuvo con un movimiento del brazo.

—Es demasiado pronto —articuló Danila con desesperación.

Apsal y Rürik observaban desde el resguardo de las sombras de la cabaña.

—Es una Alfa. Lo soportará.

Finalmente sucedió. Toda su esencia manifestada incluso en sus pupilas y la fortaleza de su naturaleza llevándola a ponerse en pie ágilmente, los dedos de las manos engarradas recorridos por una furia que no tardó en manifestarse en el grueso rugido que por primera vez Iara Ladden lanzaba desde lo más profundo de sus entrañas, haciendo estremecer cada centímetro de tierra a su alrededor.

El reencuentro

Siempre había podido sentirla, incluso a kilómetros de distancia. Su presencia se alojaba en la boca de su estómago, como cuando una montaña rusa disminuye la velocidad una vez llegada a su máxima altura, preparada para arrojarse al vacío al siguiente segundo.

Así sentía su sangre. Disminuyendo al mínimo posible el recorrido por sus venas y luego la explosión de la inevitable aceleración al vacío, aumentando el ritmo cardíaco que rara vez aumentaba, y provocando un agradable hormigueo allí donde todo empezaba, en el centro de su abdomen, para luego recorrerlo por completo de pies a cabeza.

Comenzó a pensar qué hacer. ¿Darse la vuelta simulando necesitar algo de la nevera? ¿Excusarse para utilizar el baño? ¿Retirarse a la terraza por algunos segundos con la excusa de necesitar extraer algunas ramas de romero de la pequeña huerta? Y luego rió para sus adentros. Siglos de todo tipo de experiencias lo precedían, para enfrentarse a la realidad que la particular situación que estaba a punto de tomar lugar lo superaba ampliamente.

Danila se dio paso al amplio piso arrastrando la pequeña maleta, y sin darle más de un corto instante luego de haber atravesado el umbral de la puerta, Mërg se abalanzó sobre su hermana elevándola del piso en el abrazo. Tanto la estrujó que se sintieron los fuertes huesos de Iara crujir levemente. De haberse tratado de una Mörka (cuyos cuerpos naturalmente estaban desprovistos de grasa y por ello, solían ser algo más delicados en estructura ósea que los de una loba), quizás hubiese astillado algunos, lamentándose, aunque supiese que la sanación se produciría inmediatamente.

En el abrazo el rostro de Iara había quedado al alcance de su visión, en ese instante sus ojos cerrados y su sonrisa extendiéndose de oreja a oreja. El sedoso, largo y castaño cabello parecía estar intacto, como siempre había estado.

Cuando Mërg la dejó ir y Iara caminó hacia Apsal, tragó saliva. Seguía latente su despreocupado modo de vestir de jeans (por lo general rasgados en algunos sectores), zapatillas y una elegante pero sencilla blusa, y cuando el perfil de su cuerpo quedó al alcance de sus ojos en el momento en que se fundió en un abrazo con Apsal, todas las características que la convertían en una loba se alojaron en el fondo de su retina: increíbles y voluminosas curvas en pechos, caderas y trasero que no acostumbraba ver en las de su especie o incluso en humanas, al menos en éstas últimas no de manera tan exquisita como las mostraban los cuerpos de Iara y Danila, aunque en el caso de Iara, al menos a sus ojos, todo se encontraba exquisita y voluminosamente mejor proporcionado.

Había culminado el abrazo con Apsal, y se sentía dividido entre el deseo que el abrazo con Rürik terminara de una vez o que siguiera eternamente y lo liberara de lo que sea que ocurriese a continuación.

Rürik le acarició el rostro dulcemente y la miró a los ojos.

—Cada día te pareces más a tu padre.

Iara sonrió, le besó la mejilla, y luego los enormes ojos dorados se posaron sobre los grises de Jensen, que intentó disimular su nerviosismo, para algunos de los espectadores, sin suerte.

—Jensen —pronunció su nombre con un matiz algo frío en la voz, lo que él recibió como una puñalada.

—Hola. —Fue todo lo que Jensen pudo decir, incluso el monosílabo flotando en el aire inarticuladamente.

—Ven —lanzó el salvavidas Danila, tomando a su prima de la mano para dirigirla a la mesa—. Siéntate. Estás agotada.

—Estoy bien.

—Jensen ha preparado todo tipo de bocadillos que podemos ir degustando sin necesidad de platos ni cubiertos. De esa manera será más fácil mantener una conversación mientras cenamos.

Tomaron asiento, tres de un lado de la mesa y tres del otro, Mërg tomando asiento junto a su hermana, Apsal junto a él, Jensen frente a Apsal, a su lado Danila, y enfrentando a Iara, Rürik. No podría haber sido más estratégico de haberlo así deseado.

Iara no tardó en tomar entre sus dedos la copa de vino que Mërg sirvió casi hasta el tope.

—¿De dónde vienes? —quiso saber Rürik, siempre interesado por su carrera.

—India.

—Ha estado trabajando allí por un mes —sumó Danila.

—¿Qué has estado haciendo? —Mostró interés Apsal.

—Lo de siempre. Trabajo de campo.

—Y ahora estás aquí. —Mërg sonó entusiasmado.

—Debo estar en Miami la semana que viene.

—¿Cuándo?

—El miércoles.

—Bien. Cuatro días de ti es más de lo que he tenido en los últimos setenta años —se sinceró su hermano.

—Lo siento —pronunció en voz baja.

—No hay nada que lamentar —se apuró a decir Rürik—. Ejerces una carrera que te apasiona, y eso es más de lo que podemos decir los aquí presentes.

Iara se limitó a esbozar una sonrisa. Mërg, Danila, Apsal y Rürik comían con ímpetu, los otros dos limitándose a llevar la copa de vino a los labios, en el caso de Jensen, mezclada con sangre.

El que ella siquiera dirigiese la mirada en su dirección le permitía alternar sus ojos entre la comida que no había tocado y su rostro, devanándose los sesos en adivinar sus pensamientos.

—Me ha dicho Danila que las cosas se han puesto feas por aquí.

—Por decir algo —lanzó Mërg con su típico tono irónico.

—Creemos que los Vandöda han resurgido —explicó Rürik.

—Tenía entendido que estaban bajo control

Jensen no reaccionó frente al primer lanzamiento indirecto.

—Podrá ser el ser más poderoso, pero sigue siendo una sola persona contra millares. Tarde o temprano sucedería.

Iara esbozó una media sonrisa socarrona, el aire del sarcasmo creado en lo más profundo de su ser manifestado a través de los labios a los que llevó la copa de vino que casi ya había vaciado. Dejó la copa con más energía de la necesaria en la mesa y descansó las manos a ambos lados de la cadera.

—¿Podrían por favor decirme qué es lo que creen que yo puedo hacer por ustedes, así terminamos con esto de una vez y puedo retirarme a las comodidades de mi cabaña?

—¿Cabaña? Te quedarás en casa —articuló Danila algo molesta, para luego recibir la fría mirada de su prima.

La tensión había comenzado a crecer de tal manera que fácilmente podría haber sido cortada por el acero de cualquier cuchillo.

—Lo que tu hermano y tu prima necesitan es tu apoyo —habló Jensen por primera vez con voz queda, sus ojos perdidos en el mantel blanco que había dispuesto sobre la mesa—. Quizás sea prudente que luego de tu viaje a Miami regreses y te quedes una mayor cantidad de tiempo.

No quería levantar la vista, pero sentía sus ojos atravesándolo de lado a lado. Cuando tomó coraje, tragó saliva por acto reflejo.

—¿Prudente? —espetó en un tono tan frío como el hielo—. ¿Justo tú hablarás de la idea de extender la estadía? —Hizo una pausa, pausa en que todos supieron que intentaba controlar una ira que no hacía más que crecer en sus entrañas.

—Iara, por favor —intentó Rürik.

—¿Saben qué? —Cortó en seco—. Necesito que alguien me explique, como si tuviese cinco años, por favor, ¿cómo es posible que nadie le sugiera al primer miembro de esta familia en abandonarnos que extienda su estadía, siendo yo la que tiene que modificar su vida ante tal pedido? —Miró a Jensen—. Y de tu boca, es condenadamente irónico.

—¡Por Dios, Iara! —El primero de los Mörka no tardó en perder los estribos—. ¡Si crees que el último siglo ha sido un paseo por el parque para mí, pues piénsalo otra vez!

—¡No te atrevas a culparme a mí por no saber lo que ha sido para ti tu último maldito siglo!

—¡No fui yo el que te alejó una y otra vez!

—¡¿Arrastrarte entre las sombras para vigilarme es tu idea de acercamiento y muestra de interés?!

—¡¿Vigilarte?!

—¡Suficiente! —tronó la exclamación de Mërg, haciendo saltar a todos sobre sus traseros.

Como hilos movidos por el mismo titiritero, Iara y Jensen se pusieron en pie, sus sillas siendo escupidas hacia atrás con desmedida fuerza, alejándose de la mesa en direcciones opuestas, Jensen llegando a la pared, apoyando la espalda allí, cruzando los brazos sobre el estómago y perdiendo la mirada en el suelo, mientras que Iara hacía lo propio sobre la isla desayunador.

Mërg se puso en pie lentamente mirando a uno y luego a otro.

—Voy a pasar por alto el hecho que ustedes dos parecen necesitar una habitación de hotel más que un cuadrilátero de boxeo. —Apsal y Rürik intercambiaron miradas pasmadas, mientras que Danila se limitó a morderse los labios para esconder la sonrisa. Las mejillas de Iara se encendieron, y de Jensen contar con la habilidad de sonrojarse, sus mejillas hubiesen tomado una coloración violácea—. Decidirán sobre eso cuando lo crean conveniente, ¡pero ahora mismo no es el momento! Tú. —Señaló a su hermana—. Eres la Alfa, pero te tengo una noticia, pequeña, sigo siendo tu hermano mayor por varios siglos de diferencia, por lo que me harás el favor de poner por largos minutos tus sentimientos de lado y escuchar. —Miró a Jensen—. Lo mismo va para ti. No nos une la sangre, pero sí la lealtad y el amor. Así que hazte un favor a ti mismo e intenta controlarte. —Jensen no mostró oposición—. Maravilloso —lanzó irónicamente.

Sirvió más vino en la copa de su hermana y se la alcanzó, Iara tomándola entre sus dedos sin siquiera mirarlo. Apsal se puso en pie y alcanzó a Jensen su copa.

—Por setenta y dos años hemos gozado de una vida libre de peligro, y eso no sucedió por arte de magia. Creo que todos aquí somos lo suficientemente inteligentes para estar de acuerdo en que eso tuvo todo que ver con Jensen. ¿Aprecio los métodos a los que recurrió? Por supuesto que no, y por supuesto que tengo mucho que decir al respecto, pero ahora tenemos un problema, y ahogarnos en el pasado obrará en nuestro peor lado, convirtiendo esto en un infierno que estoy seguro, nadie tiene deseos de atravesar. Desconozco los motivos por los cuales decidiste mantenernos completamente al margen de tu vida. —Aunque no lo miraba, Jensen supo que le hablaba a él—. Y si por mantenernos a salvo a nosotros tu vida ha sido un infierno, creo que deberías mirarte al espejo para encontrar al culpable de tal realidad. Así y todo, lograste, con métodos equivocados o no, cumplir con un juramento. —Miró a su hermana—. Porque eso fue lo que sucedió hace noventa y siete años, Iara. Jensen juró sobre el cuerpo moribundo de nuestro padre mantenerte a salvo. —Cuando la voz se quebró, ambos depositaron sus preocupados ojos sobre el más antiguo lobo, que se apuró a secarse las lágrimas—. Me juré jamás relatarte el horror que todos atravesamos aquella noche. No tienes porqué saberlo. Pero puedo asegurarte que quebró nuestras almas.

Iara dejó la copa sobre la isla desayunador y lentamente volvió hacia la mesa.

—Noventa y siete años atrás los Vandöda destruyeron nuestras vidas, la de Jensen incluido. Puedes no estar de acuerdo con él, yo tampoco lo estoy. Pero si permanecemos así, divididos, enfrentados y enojados, lograrán nuevamente lo que ya han logrado. Perdí todo Iara, perdí a nuestros padres, a nuestras hermanas, tío y primos. No te perderé a ti.

Iara se apuró a estrellar su cuerpo contra el de su hermano, que no tardó en rodearle la cintura y apretarla, ésta vez, con delicadeza. Cuando se alejaron, Iara depositó sus ojos sobre los penetrantes grises.

—Lo siento.

—Yo también —se apuró a confesar.

—¿Cuál es el plan? —Iara regresó a la silla de la que había escapado, ésta vez, tomando un bocadillo entre sus dedos.

A los pocos segundos, Jensen la imitó.

—Los Mörka están cayendo como muñecos de trapo —comenzó Rürik—. Y creen que los lobos son responsables de su muerte, por lo que anoche intentaron matar a Mërg. —Los ojos de Iara se abrieron de par en par—. Jensen llegó justo a tiempo. —Se apuró a tranquilizar.

—Estuvimos diagramando algunas ideas —siguió Apsal—. Creemos que lo más importante es que los principales clanes te conozcan.

—Una idea con la que no estoy cómodo —lanzó Jensen.

—La existencia de la loba Alfa es para ellos una leyenda. Tienen que verla, nos guste o no —sumó Danila.

—¿Cómo modificará eso las cosas? —Iara se mostró confundida.

—Los Alfas emanan una energía tranquilizadora para los Mörka. —explicó Jensen—. Una especie de anestesia ante sus preocupaciones.

—Tu sola presencia les hará entender que un lobo jamás cometería el asesinato de ninguna criatura viva a menos que sea sumamente necesario —siguió Mërg.

—Pero también estuvimos vislumbrando la idea de que Jensen deberá reclutarlos. —advirtió Apsal.

—¿Reclutarlos?

—Solicitar que se sumen a nuestra causa en caso que los Vandöda decidan descontrolarse y sublevarse.

—Hay algo que no entiendo. —Miró a Jensen—. ¿No los mantiene tu presencia a raya?

—En teoría, sí. Pero hay algo que se está rompiendo. Puedo sentirlo.

—Tengo una teoría —comenzó Mërg—. Los Vandöda son seres no pensantes. Su sed de sangre gobierna de tal manera que apenas son capaces de controlar sus actos. Por lo cual no tendría sentido que cuenten con la capacidad de siquiera planear su próxima acción. Lo que me lleva a pensar que en algún lado debe haber un grupo de Mörka dispuestos a desafiar a Jensen y con la intención de liderar a los Vandöda que estoy seguro, han matado a aquellos Mörka que aún son fieles a él y a nuestra causa.

—¿Si la causa que está llevando a su muerte soy yo, por querer mantenerme a salvo, no será contraproducente entonces la revelación de mi existencia?

—Puede ser —habló Rürik—. Es bueno contar de nuestro lado con el único ser que puede doblegarlos.

Iara pensó por algunos segundos.

—Sin ánimos de ofender, no es mi intención, pero si hay algo que he aprendido con el ejercicio de mi carrera es que el miedo tiende a mantener a raya a los seguidores al corto plazo. El respeto es algo totalmente distinto. El respeto hace que las personas sigan al líder por elección, y esa elección se mantiene, por lo general, de por vida.

Jensen sonrió.

—Estoy de acuerdo.

—¿Qué sugieres que hagamos? —Quiso saber Danila.

—Hasta ahora conocen al depredador. Al que les arrancaría la cabeza de no hacer lo que se les ha indicado. Creo que deberíamos mostrar el otro Jensen.

—¿Qué sería? —indagó, con dejo sarcástico, el aludido.

—El que hace todo lo que hace por amor. —Lo dijo mirándolo a los ojos, por varios segundos quedando solo ellos en la habitación. Iara se arrancó del momento que la había transportado, se aclaró la garganta y siguió—. Apsal, Rürik y tú son parte nuestra porque así lo han elegido. Nadie se los impuso. Creo que es hora que revelemos a los Mörka tal realidad y les hagamos ver que pueden formar parte de esta familia. No por imposición, sino por elección.

—Suenas como tu padre. —El tono melancólico de Rürik dibujó una compasiva sonrisa en el rostro de Iara.

—Bien, iremos clan por clan —retomó la palabra Mërg—. Hablaremos con ellos, y luego quizás podemos organizar una fiesta, y tú podrás ponerte un vestido —bromeó, todos riendo cuando la expresión de Iara mutó a la de una persona succionando un limón.

—Jamás en mi vida me he puesto un vestido.

—Eso no es cierto —intervino Rürik, divertido.

—¿Cuándo me has visto llevando un vestido?

—A los cuatro años. —Todos en la mesa, menos Iara, rieron—. Duraste alrededor de cinco segundos en él. Te lo quitaste, casi arrancándotelo, me lo tiraste por la cara y dijiste: «pues póntelo tú si tanto te gusta. Verás lo ridículo que te ves».

—Suena como yo. —Se sumó a las risas, sus ojos y los de Jensen, ahora de rostro relajado y sonriente, cruzándose nuevamente.

—¿De veras te quedarás en la cabaña? —quiso saber Danila.

—Siempre he sido una loba solitaria —articuló con voz tranquila y alegre.

Danila sonrió.

—Sí. Siempre lo has sido.

La cena duró largas horas entre risas y conversaciones que se alejaron por completo del tema que tanta tensión había generado los primeros minutos del reencuentro.

***

La primera parte del plan parecía haber funcionado. Al menos así lo atestiguaba el piso de Jensen, que se encontraba plagado de aquellos de su especie que habían acordado al menos escuchar. Todo el piso y la azotea estaban atestados de canapés y botellas de cerveza, vino y sangre a disposición de los Mörka.

La tensión en cada músculo del cuerpo de Jensen era evidente, especialmente en su mandíbula, y cada célula de la que era dueño estaba sumamente atenta a cualquier gesto o movimiento que le indicase la necesidad de hacer lo que mejor hacía: depredar y aniquilar a los que, como él, estaban condenados a una, aunque controlada, sed de sangre.

De a ratos lo relajaba la tranquilidad y paz interior que emanaba la esencia de Iara, que miraba a los presentes a los ojos, uno a uno, su rostro gobernado por la comprensión y una aceptación que Jensen jamás entendería.

Al menos treinta Mörka tenían sus ojos posados sobre Iara, sin embargo, no era algo que le preocupara. Había aniquilado un número mucho mayor por sí solo. No sin salir ileso, pero ésta vez contaba con el apoyo de la que parecía no haber dejado de ser su familia. Con intrincados matices como todas, pero familia al fin.

A su ya despreocupada postura, Iara sumó el gesto de enfundar sus manos en los bolsillos traseros del holgado jean.

—Quiero empezar por agradecerles estar aquí. Significa mucho para mí. Para todos nosotros. No quisiera seguir hablando sin antes saber cuáles son sus inquietudes, por lo que estoy dispuesta a responder todas las preguntas que tengan.

—¿Es cierto que eres la primera de los de tu especie?

—No, no lo es. El primero de los de mi especie fue mi padre. Mi madre fue la segunda, su hermana Kaysa la tercera y mi tío Yür el cuarto. De la descendencia de estos cuatros lobos mi hermano Mërg fue el primero, por lo cual es el lobo más antiguo hoy por hoy en pisar esta tierra.

—¿Entonces no eres Alfa?

—Sí, lo soy. Para los de nuestra especie, ser Alfa o Beta está en nuestra información genética. Se nace Alfa. En mi caso, el gen afloró al momento de mi concepción.

—¿Qué te hace diferente de tu hermano?

—Sano más rápido, me muevo más rápido, soy algo más fuerte, y creo que podría patearle el trasero a Jensen si me lo propongo. —La broma hizo que la habitación se llenase de risas, algunas más fuertes que otras, risas que el mismo Jensen acompañó esbozando su relajada sonrisa.

—Eso es algo que me gustaría ver —sumó a la broma uno de los Mörka, generando risas algo más distendidas.

—¿Es verdad? —preguntó otro—. ¿Podrías realmente derrotar al primero de nuestra especie?

Iara sonrió.

—No, era claramente una broma. Pero tampoco lo haría, aunque pudiese.

—¿Por qué no? ¿No creen ustedes ser superiores a nosotros?

Iara caminó entre los Mörka para dirigirse hacia una de las butacas de la isla desayunador, y cuando Jensen atinó a dar un paso hacia adelante, la sola extensión de su mano despreocupadamente en su dirección generó sorpresa en todos los invitados al ver que el primero de la especie respondía inmediatamente.

La Alfa tomó asiento en una butaca, abrió una cerveza y le dio un corto sorbo. Pensó por algunos segundos y luego miró al Mörka que había hecho la pregunta.

—Jamás he tenido tal sentimiento. Creo que lo que nos diferencia es que los lobos hemos nacidos bendecidos, ya que no contamos con una fuerza interna que nos domine al punto tal de hacer cosas que no queremos.

»No voy a pretender siquiera saber lo que significa ser Vandöda, pero mi profesión, la carrera a la que me he dedicado, me ha llevado a presenciar muchas cosas. Y a mi modo de ver la vida, muchos seres humanos pueden ser igual de peligrosos que un Vandöda, con la diferencia que los humanos tienen uso de todas sus facultades.

»Si hay algo que siento por ustedes, los Mörka, es admiración. —La sala fue colmada de murmullos de sorpresa—. Nunca lo he presenciado, pero sé por mi hermano lo que significa para un Vandöda la transición a convertirse en Mörka. Sé, por lo que él me ha contado, e incluso por lo que me han dicho Apsal y Rürik, que atraviesan un infierno para lograr sentir nuevamente. Para lograr pensar por sí mismos nuevamente. Y luego viene la peor parte. Vivir con lo que ese ser despiadado que eran antes ha hecho, sumado a ello controlar la sed de sangre. —Volvió a mirar al que había hecho la pregunta—. ¿Cómo te llamas?

—Samuel.

—No, Samuel, no creo ser superior a ti. Lo que tú has hecho para estar en este momento frente a mí, atraído por mi sangre como ninguna otra sangre jamás te ha atraído, y aún no haber hecho movimiento para arrancarme la carótida… —El Mörka sonrió—. Eso demuestra voluntad de acero y carácter, y esas son las dos principales características de un lobo. Esas, y la lealtad. Así que como yo lo veo, somos iguales, con la gran diferencia que yo no tuve que atravesar ningún infierno para adquirir esas características. Lo que hace tú voluntad mucho más fuerte que la mía.

—Jensen ha matado incontable cantidad de Vandöda, y no tengo ningún inconveniente con la idea. Pero también ha matado Mörka sin siquiera detenerse a pensarlo.

Iara tomó mucho aire y lo largó mientras asentía lentamente, como pensando.

—Sí, lo ha hecho, pero eso se termina aquí y ahora.

—¿Cómo puedes estar tan segura?

—Porque yo se lo he pedido.

—¿Y solo porque tú se lo has pedido se detendrá? —preguntó una hermosa Mörka rubia y esbelta de transparentes ojos celestes.

Iara se tomó un instante para acomodar sus ideas.

—Quizás alguno de ustedes está pensando que Jensen y yo estamos ligados y por eso hará lo que yo le pida. Pero verán, Jensen es electricidad y yo soy agua. Cortocircuito inmediato cuando se trata de él y yo. —Todos rieron. Jensen solo sonrió—. Aun así, lo amo y lo respeto, y él me ama y me respeta a mí. De la misma manera que ama y respeta a mi hermano y a mi prima, a Apsal y a Rürik. Ese amor y respeto que nos une a los seis significa tomar como sagrado el pedido del otro. Comprenderlo, entenderlo y respetarlo. Jensen sabe que me incomoda la idea que más Mörka mueran, lo que no significa que no actúe en caso de ser necesario.

—¿Y cuándo sería necesario? —preguntó Numa, el Mörka que había defendido a Mërg la noche en que el jefe de su clan, Charles, había actuado contra los lobos.

—Cuando la vida de los que ama, o incluso la tuya, Numa, corra peligro. Jensen te respeta, no por nada ha solicitado que quedes a cargo de tu clan. Ese respeto lo llevará inmediatamente a proteger tu vida de ser necesario.

La sala fue gobernada por el silencio una gran cantidad de segundos.

—Mi propuesta es la siguiente. Ya no quiero que estén bajo el poder de Jensen que los obliga a la sumisión. Ya no quiero que peleen para él. Quiero que, en caso de tener que pelear, sea una decisión de ustedes. Quiero que lo respeten, y no que le teman. Y quiero que un futuro respeto y cariño hacia mí y los de mi especie sea también por elección propia. La única manera es que me conozcan. Estaré disponible siempre para aquel que quiera acercarse y hablar conmigo.

»Incluso mañana por la tarde, cuando aún brille el sol, estaré en el pantano, en esa porción que siempre está protegida de la luz, y podrán presenciar la respuesta de la naturaleza a mi presencia. Los rumores de las reacciones de la naturaleza a la presencia de un lobo son ciertos. Pero no tiene sentido que se las diga. Será mejor que las vean.

—¿Podemos verte intentando patearle el trasero a Jensen? —Las carcajadas inundaron la totalidad del piso.

—Puedes apostarlo. Ahora beban, coman, disfruten de lo que resta de la noche. Y como les dije, si quieren acercarse y seguir hablando, pues aquí estoy. Y aquellos que no tengan interés, son libres de irse sin temor a ser perseguidos.

Los Mörka se dispersaron, algunos dirigiéndose directo a la azotea y la fresca noche coronada de estrellas. Rürik se acercó a Jensen, que tenía los ojos clavados en Iara y Numa, el primero en acercarse para seguir conversando.

—Esa niña sí que tiene poder con las palabras —susurró Rürik al oído de Jensen.

—Igual que su padre.

—Igual que un Alfa —aseveró Rürik, que, tomando una botella de sangre, se encaminó a la azotea.

***

El cielo teñido de la incontable cantidad de estrellas colaboraba con la exquisita iluminación de la azotea cargada de las conversaciones de los Mörka que habían decidido responder al pedido de Iara.

A medida que se acercaba al punto de donde se apreciaba la mejor vista panorámica, los de su especie se hacían respetuosamente a un lado para dejarlo pasar, y muchos incluso inclinaban la cabeza levemente.

Depositó frente a ella la delicada copa sobre el muro de ladrillo que llegaba a sus cinturas, respirando algo de alivio al ver asomar en los carnosos labios un principio de sonrisa.

—¿Cómo es posible que sepas que ésta es mi bebida preferida?

Jensen amplió su sonrisa, algo más relajado.

—Rürik supo mantenerme al tanto de cada detalle.

Iara enarcó las cejas por una fracción de segundo, y luego se llevó la copa a los labios.

—Iara, si vamos a seguir adelante con este plan, debemos…

—¿Realmente haremos esto aquí y ahora? No sé tú, pero no me siento cómoda hablando de algo tan personal estando rodeada de criaturas dotadas de un agudo sentido del oído. —Iara giró levemente la cabeza hacia la izquierda, y Jensen siguió el recorrido para encontrarse con los ojos claros de la despampanante rubia Mörka cuya mirada atravesaba a Iara de lado a lado—. Especialmente con una mujer que, si no fuese porque tú la matarías, ya me hubiese arrancado la cabeza —Bromeó—. No lo comprendo.

—Aguarda un segundo. —Volteó y escaneó rápidamente a todos los presentes—. ¡Necesito la azotea, por favor! —Elevó levemente la voz por sobre el murmullo de las conversaciones y rápidamente, uno a uno, los Mörka fueron abandonando el lugar.

Iara no pudo evitar abrir los ojos de par en par, y cuando en cuestión de segundos estuvieron completamente solos, lo miró a los ojos.

—¿Qué es lo que no comprendes?

—Nada. Olvídalo.

Jensen volvió a voltear hacia las luces de Nueva Orleans que se extendían por delante de la azotea, mientras que Iara decidió permanecer con los ojos en dirección al hermoso jardín y sus increíbles luces.

—Recuerdo todo —retomó ella. Los ojos de él alcanzaron el perfil de su rostro en el instante en que su voz volvió a hacerse audible a través de sus labios—. Sufrí la transformación por primera vez aquel día. ¿Te lo dijo Rürik?

Jensen mordió la parte interna del labio hasta que su venenosa sangre explotó dentro de su boca.

—Sí —articuló en un susurro ahogado.

—Aunque sabía que no volverías mientras el sol brillara sobre nuestras cabezas, permanecí fuera hasta horas después de haber caído el sol, momento en que entre Danila y Mërg me arrastraron dentro de la cabaña. —Él sintió el espantoso nudo formándose en su garganta, y agradeció el instante en que fue capaz de dominar la emoción, no sin un sobrenatural esfuerzo—. Por siete días, día y noche, te esperé. Hasta que finalmente Rürik tomó riendas en el asunto y me arrancó de allí. Forzó comida y bebida a través de mi garganta. Recuerdo que lo arañé, incluso lo mordí. —Una larga pausa flotó en la confesión. Una pausa en la que Jensen desvió la mirada y por una fracción de segundo la oscuridad de su esencia animal tomó lugar en su iris color gris—. Los años pasaron, y todas las noches te esperé.

Jensen cerró los ojos para evitar que las lágrimas se volviesen visibles, pero una lo traicionó y comenzó a rodar por su gélida mejilla. Cuando el angustioso sollozo se manifestó en la garganta de Iara, deseó que alguien tuviese la fortaleza y el coraje para atravesarle el pecho y arrancarle el corazón de cuajo.

—Me abandonaste —volvió a hablar con voz chillona por el llanto, y ésta vez, Jensen no pudo controlar su propia angustia—. Eras todo para mí, y me abandonaste.

En un instante que Iara no fue capaz de distinguir, Jensen se apostó frente a ella y la asió con delicadeza por los brazos, ya no siendo capaz de controlar su propio mar de angustia.

—Por favor, debes entender que el único motivo por el cual me fui, fue para protegerte.

Perdiendo el control, le asestó el pecho con tanta fuerza que logró expulsarlo varios metros hacia atrás.

—¡Maldita sea, Jensen! Tú, Apsal y todos los que utilizan la maldita protección para justificar lo injustificable. ¡Míranos ahora! Intentando reclutar un maldito ejército de Mörka y lobos porque un demente allí fuera quiere vernos muertos. ¡Dime! ¡¿De qué diablos sirvió todo lo que hiciste?!

—Lo siento —articuló entre llantos.

—¡No! —Acortó la distancia y lo miró a los ojos—. La primera vez que me destruyeron el corazón tenía seis años, me lo destruyó un hombre, y ese hombre fuiste tú.

Se encaminó a la puerta y Jensen la asió de la mano lo más delicadamente que pudo.

—No te vayas, por favor.

Iara giró, sus rostros quedando muy cerca el uno del otro.

—Dime la verdad —susurró, el cálido aliento bañando el hermoso rostro de Jensen—. Dime por qué te fuiste, y me quedaré.

El pecho de Jensen comenzó a subir y bajar abruptamente, y apretó los dientes.

—Lo siento, no puedo —sollozó.

Se deshizo con brusquedad de los dedos que se habían entrelazado con los suyos, y antes que pudiese alcanzarla, Iara había saltado al tejado de la próxima casa perdiéndose rápidamente en la oscuridad de la noche.

***

Por supuesto que había escuchado el teléfono vibrando en la cocina. Todos los de su especie sufrían de un ligero sueño debido al insoportable frío que naturalmente los recorría, y en el caso de él, alguien tan antiguo, ese frío se encargaba de apenas permitirle dormitar.

Pero simplemente no se encontraba de ánimos.

Era evidente que la discusión había llegado a oídos de todos los sobrenaturales presentes, Mörka y lobos, y definitivamente no estaba en su actual lista de preferencias escuchar las palabras de ánimo de Rürik, Mërg o Danila al otro lado del teléfono.

Pero la llamada se repitió por tercera vez, momento en que decidió abrir los ojos y comenzar a contemplar la idea de incorporarse de entre las sábanas y el pesado acolchado que, aunque extremadamente grueso, no colaboraba con elevar la temperatura de su cuerpo.

Se incorporó como si muchas agujas le hubiesen pinchado la espalda cuando la puerta de entrada a su apartamento se abrió de par en par con un sonido semejante al de una pequeña explosión. Apsal la había pateado y se encontraba de pie en el umbral.

—¿Es que has ensordecido?

—¿Qué sucede? —se apuró a preguntar, ahora preocupado al ver la expresión devastada en el rostro de su amigo.

—Rápido, ponte ropas y ven conmigo.

Sin dejar tiempo a replicar, Apsal dio media vuelta y desapareció.

***

No necesitó ingresar a la pequeña cabaña que hacía años Iara había comprado junto al pantano para detectar ese incomparable aroma: la exquisita explosión del perfume de su sangre penetrando sus fosas nasales y alojándose agradablemente en su garganta. Pero caer en la cuenta de lo que significaba que la sangre de Iara llegara tan directo a sus sentidos lo repelió inmediatamente, sintiéndose repentinamente enfermo.

Sus pasos hacia la puerta de entrada se hicieron pesados, en cámara lenta, y cuando se adentró y su retina le mostró algo mucho peor a lo que imaginaba, sintió tambalearse, y por detrás, las manos de Apsal asiéndolo con firmeza.

Mërg estaba en cuclillas sobre el enorme charco de sangre de su hermana, completamente transformado por la ira hacia su forma lobuna. Danila intentaba calmarlo entre sollozos, sin suerte de lograr que su primo se serenara, mientras Rürik permanecía inmóvil en el sillón individual ubicado en una de las esquinas de la cabaña, su mirada perdida en el charco de sangre que prácticamente abarcaba la totalidad de la pequeña sala de estar, que, teñida ahora por esa sagrada sangre, parecía demasiado grande.

Mërg elevó el rostro, sus ojos encendidos por la furia, y de un salto llegó a Jensen y lo arrastró hacia la pared opuesta, los huesos de su espalda crujiendo contra la madera y su cerebro retumbando por el golpe, la confusión, y, sobre todo, la devastación.

—¡Esto es tu culpa! Si no la hubieses abandonado, si no nos hubieses abandonado a todos —gritaba entre dientes filosos que amenazaban con arrancar la carne del cuello de Jensen—. ¡Mi hermana morirá por tu culpa!

Danila y Apsal asieron a Mërg con fuerza por ambos brazos y lograron liberar a Jensen, que traicionado por rodillas que se suponía jamás traicionaban a los de su especie, cayó directo al piso cual bolsa de papas. Como si una fuerza invisible lo hubiese empujado, se incorporó en cuatro patas y comenzó a vomitar entre sollozos y gritos de furia.

Rürik se puso en pie abruptamente, caminó hacia él, y sin importarle que aún vomitara, lo incorporó y lo empujó fuera de la cabaña.

—Convoca a los Mörka. —La voz de Rürik sonó severa en la tranquilidad de la noche—. ¡Ahora! Junta todo el odio que sientes y convócalos ahora mismo.

Jensen había vuelto a caer de rodillas, su cuerpo convulsionando en el momento que comenzó a hacerse de toda la furia que lo gobernaba.

Los testigos de lo que solo unos pocos habían visto saltaron sobre sus talones cuando su torso se enderezó, y elevando el rostro hacia el cielo, un profundo y desgarrador rugido nació en lo más recóndito de su estómago, viajando a través de su boca abierta de dientes afilados y hacia oídos de todos los Mörka que caminaban bajo la oscura noche de Nueva Orleans.

Algunos llegaron en segundos, otros en cortos o largos minutos, pero había una sola cosa que todos los Mörka compartían en ese momento, y eso era la estupefacción de ver a su creador incapaz de ponerse en pie, su cuerpo abatido tendido contra el tronco de un árbol, transparente de pálido y con la mirada completamente perdida, por lo que Rürik y Apsal decidieron tomar las riendas de la situación.

—Se han llevado a Iara. —La idea fue interrumpida por los agudos quejidos de un Mörka que estaba siendo golpeado y arrastrado por otro. Uno que Apsal estaba seguro, había estado esa misma noche en la fiesta—. ¿Cuál es el significado de esto? —demandó.

—Vi a éste siguiendo a Iara cuando comenzó a correr por los tejados del barrio. La siguió hasta aquí y luego se dirigió al sector este de la ciudad. Así que lo seguí. Se encontró con un grupo de Mörka, y también había una loba.

—¿Loba?

—Sí. Hablaban de secuestrar a Iara, y éste pedazo de basura reveló que se encontraba sola en la cabaña.

Jensen se puso en pie y el Mörka dejó de hablar inmediatamente cuando comenzó a acortar la distancia hacia él, sus ojos transformados completamente por la oscuridad, mostrando los afilados dientes y las uñas preparadas para aniquilar.

—¿Y por qué no viniste a mí? —El pecho de Jensen subía y bajaba bruscamente, gobernado por una furia que sentía apenas poder contener.

—Llamé al número que nos dio, pero no tuve respuesta. Así que decidí quedarme y seguir escuchando. Hablaban de una solución definitiva. Algo así como que la sangre de Iara portaba la solución. La reunión fue breve y cuando se disiparon, seguí a este traidor hasta la pocilga donde se aloja. Allí lo capturé y fue cuando escuché su llamado, así que lo traje aquí.

El aludido estaba de rodillas, por lo que Jensen inclinó la cabeza para llevar sus ojos vacíos sobre él. Sus dedos se cerraron sobre su garganta y lentamente comenzó a elevarlo del piso.

—Dime dónde la han llevado.

—Si lo digo, ellos me matarán.

—Si no me lo dices, desearás estar muerto.

Dejó pasar tres segundos, y al cuarto, Jensen lo dejó caer al piso, en un abrir y cerrar de ojos sus manos se habían cerrado sobre el antebrazo de su víctima, y en la próxima fracción de segundo apoyó la suela de su zapato sobre el pecho y arrancó el brazo de cuajo a la altura del hombro. El de su especie intentó alejarse, pero solo logró arrastrarse unos pasos sobre el charco de sangre púrpura que manaba a borbotones del sector que segundos antes portaba su brazo, lanzando quejidos agudos de dolor.

Jensen lo asió de la camisa y acercó el rostro completamente transformado al desdichado Mörka que comenzaba a entender que había tomado la decisión equivocada.

—Solo sé…

—Respuesta equivocada.

Con más rapidez y precisión que antes, el segundo brazo voló por sobre la cabeza de Jensen, y los Mörka que atestiguaban la espantosa escena ahogaron gritos de horror, mientras que Danila atinó a desviar la mirada para encontrarse con las imágenes de Mërg, Rürik y Apsal con los brazos en cruz sobre el estómago y expresiones inmutables.

Los gritos desgarradores hablaban de un inexplicable dolor. Desplomado sobre un mar de su propia sangre, la desdichada criatura hizo un último esfuerzo para articular una frase entrecortada.

—El viejo depósito en Bleecher. La tienen allí.

En un movimiento imperceptible para el ojo humano Jensen se encontró arrodillado sobre la sangre que él mismo había derramado y al siguiente segundo, la cabeza del Mörka había abandonado su cuello volando ahora en dirección al pantano.

El Ancla

En el momento en que Jensen se dio paso hacia el lúgubre y mugriento depósito, una serie de aplausos sonaron como ecos en cámara lenta, dando lugar a una irónica bienvenida, Apsal y Rürik viéndose obligados a detener a Mërg y Danila cuando atinaron a correr hacia el sector desde el que Iara colgaba del techo, sus muñecas sostenidas por gruesas cadenas. Su cabeza caía por delante, totalmente inconsciente. Su rostro estaba completamente desprovisto de color y el cuerpo semidesnudo por las rajadas ropas mostraba profundas mordidas.

Sus generosas curvas fueron una imagen de la que Jensen se obligó a arrancarse cuando sus músculos comenzaron a temblar de ira y miedo, juntando fuerzas para controlarse y aguzar el oído para finalmente el débil latido del corazón de Iara hacerse audible en su interior.

—Veo que tenemos tu atención.

Jensen optó por el silencio sin siquiera moverse de donde estaba.

—Es un placer tener a nuestro creador entre nosotros.

De entre las sombras salieron tantos Mörka que Jensen decidió que no valía la pena siquiera contar. Incluso él estando presente, estaban en clara desventaja.

—Deja ir a mi hermana, maldito hijo de perra —demandó Mërg entre dientes apretados.

—Jensen, sugiero que mantengas a tus perros cortos de correa.

Nuevamente, Jensen no se inmutó. Sus penetrantes ojos grises atravesaban al de su especie cual rayos X.

—Debes estar preguntándote qué significa esta amena reunión. Bien. Te lo diré. —El tono cínico y sarcástico del Mörka no hizo más que aumentar la determinación de Jensen de salir de allí con vida con el solo propósito de brindarle la peor de las muertes—. Verás, mi nombre es Nög, hermano de Lüdg. Quizás no lo recuerdas. Arrancaste su corazón de cuajo algo más de trescientos años atrás. En fin —pronunció las palabras con suma jocosidad—, desde ese trágico momento no hice más que observarte. Todo en mi vida se trató de intentar entender al invencible Jensen Larko. El primero de los nuestros. El único verdadero inmortal. Todo parecía relativamente normal hasta que un día desapareciste dejando atrás a la loba Alfa que sé, habías jurado a Oleg Ladden proteger incluso con tu propia vida.

»Entonces comencé a preguntarme: ¿qué llevaría a alguien como tú, alguien que siempre ha mostrado tanta devoción y lealtad hacia esta especie tan —El desprecio se hizo visible en su expresión y audible en su voz— ...inferior, a traicionar un juramento tan importante?

»Luego de muchos años, años en los que seguí estudiándote, observándote saltar de cama en cama siempre con una mujer distinta, gozando de una vida envidiable para cualquiera, pero, así y todo, pendiente de una sola. Todas esas cartas que has escrito, todas esas noches que has pasado en vela mirando una y otra vez los videos que tus amigos te enviaban. —Hizo una pausa—. Asqueroso, si me lo preguntas.

»Como decía. Después de años de observarte y, por otro lado, investigar, y por supuesto, con algo de ayuda extra.

De las sombras apareció una figura que llevó a los tres hombres a abrir los ojos como platos, y a Danila a ahogar un quejido de sorpresa y estupefacción.

—¿Kaysa? —logró articular Jensen.

—Hola, Jensen —saludó, esbozando una cínica sonrisa.

—Verás —continuó el hombre haciendo caso omiso a los sollozos de Danila que intentaba deshacerse de las manos de Apsal para correr hacia su hermana—, el abandono que tu familia hizo de Kaysa no obró en su mejor lado.

—¡Pensábamos que estaba muerta! —exclamó Mërg.

—La dieron por muerta. Una gran diferencia, lobito.

—¡Kaysa! —gritó Danila, pero cuando los ojos de su hermana encontraron los suyos, supo inmediatamente que Kaysa ya no estaba allí—. Lo siento tanto, pequeña —articuló entre sollozos ahogados.

—¡No te atrevas a dirigirte a ella como si fueses su familia! ¡Nosotros lo somos! ¡Lo hemos sido por siglos!

—¿Qué quieres, Nög? —El hielo en la voz de Jensen tronó en el depósito.

—¿No te das cuenta? Ya obtuve lo que quería. Toda la sangre de esta criatura. Y, ante todo, tu devastación. Sé lo que ella es para ti. Me llevó tiempo darme cuenta, pero luego todas las piezas se acomodaron en un maravilloso rompecabezas. —Hizo una pausa, y dando unos pasos adelante escaneó a sus seguidores—. Hijos míos, contemplen a esta perra. —Su mano indicó el cuerpo de Iara—. El ancla de nuestro creador.

Los ojos de Rürik y Apsal prácticamente se salieron de sus órbitas al tiempo que todos los siglos desde que Jensen los había abandonado a la actualidad comenzaron a tener todo el sentido que jamás le habían encontrado a lo que pareció en su momento una desalmada actitud.

Los murmullos de sorpresa de los Mörka que los rodeaban no lograron sobreponerse a las carcajadas de Nög, quien disfrutaba ahora del velo de lágrimas que cubría los grises ojos de Jensen, quién no tardó en reaccionar.

—¡Aquí me tienes! ¡¿No es eso lo que querías?! ¡Déjala ir!

—¡No has estado escuchando! ¿Tienes idea del placer que es para mí saber que vivirás el resto de tus eternos años sin la existencia de lo único que luego de siglos te mantiene humano?

—Si Iara muere, todos los lobos mueren. ¿Crees que Apsal, Rürik y yo tendremos, luego de sus muertes, algún motivo para seguir viviendo? Ellos mismos me matarán, y no les importará dejar de existir luego de mi muerte.

—Ahí es donde te equivocas. Luego de años de mutar genes hemos logrado dar con la fórmula que crea a los Alfa. Con toda la sangre que hemos obtenido de Iara, esa fórmula ya corre por las venas de Kaysa. Así que no, mi querido creador, tus lobos no morirán. Danila jamás permitiría la muerte de Apsal, por lo que estás condenado a vivir el resto de tu miserable existencia vagando por un mundo de oscuridad que solo tu preciada ancla logra iluminar.

»Escucha su corazón. Está cediendo. La sientes morir, y con ella morirá tu humanidad. Te convertirás en la bestia despiadada que estás destinado a ser. Tus amigos y familia te despreciarán y vivirás el resto de tus días perdido en un mundo de tinieblas y soledad, deseando jamás haber arrancado el corazón del pecho de mi hermano.

Cuando Jensen esbozó una media sonrisa socarrona, la expresión de Nög mutó a un total desconcierto.

—Hay algo en lo que no has pensado a lo largo de este cuidadoso plan que has puesto en escena.

—¿De veras? ¿Qué sería?

—Los Alfas nacen, no se hacen. Y solo a ellos responden los suyos.

Luego de pronunciadas las palabras, una hueste de lobos cuadrúpedos inundaron el depósito, más el pequeño ejército de Mörka que aún respondía a Jensen.

Los lobos saltaron directo a los Vandöda, tumbándolos entre dos, uno de ellos inmovilizando con sus dos patas delanteras amuradas sobre el pecho mientras el otro mordía y arrancaba carne del cuello.

Los Mörka también se movían en grupos de dos, haciendo mucho más efectiva la carnicería.

—¡Jensen! —La exclamación de Rürik tronó por sobre encima de los quejidos de los que atacaban y los que estaban siendo mutilados.

Luego que sus uñas arrasaron con la blanda carne de la garganta de uno de los tantos Vandöda que ya habían caído bajo el yugo de sus impecables capacidades, volteó y allí se detuvo su última exhalación al ver la imagen de Danila y Mërg tendidos en el piso, sin fuerzas y esforzándose por respirar.

Cuando una mano lo asió por el hombro, la mujer tuvo que apurarse para esquivarlo, ya que detener el impulso del brazo que venía por su cabeza sería imposible. La despampanante rubia Mörka que tantas noches había compartido cama con Jensen tragó saliva al ver el desquicio en su expresión.

—Saca a Iara de aquí. Nosotros nos encargaremos de los Mörka.

—Nög.

—Ha escapado.

Al notar que Jensen se disponía a replicar alguna palabra cargada de ira, se adelantó.

—Si todo lo que Nög dijo es cierto, sugiero que tomes a Iara y la saques de aquí. La debilidad de los otros dos lobos debe estar relacionada a una muerte cercana. ¡Ve! —exclamó en tono de orden.

Jensen asintió, y ella detectó el agradecimiento en ese simple gesto.

Cuando Apsal y Rürik vieron que Jensen ya estaba junto a Iara pasando un brazo alrededor de su cintura y extendiendo el libre para darle un fuerte tirón a las cadenas que la amarraban al techo, corrieron para tomar en brazos a Danila y Mërg respectivamente.

Con la velocidad de un relámpago Jensen se les sumó en el umbral de la única puerta de entrada al depósito.

Los tres hombres que cargaban a los lobos en sus brazos dieron un último vistazo a la masacre desenvolviéndose a sus espaldas, compartieron fugaces miradas y luego, haciendo uso de esa velocidad que ningún otro ser vivo o muerto superaba, desaparecieron.

***

La puerta que Apsal había destruido les permitió ingresar con mucha más facilidad de la esperada. Jensen depositó a Iara con suma delicadeza sobre la cama, y una vez que Rürik hizo lo mismo con Mërg sobre el amplio sillón de la sala de estar (mientras que Apsal, apoyando la espalda sobre la pared se dejaba caer al piso con Danila sobre su regazo), acortó la distancia hacia el amplio lecho haciendo a un lado a Jensen de un empujón.

Se arrodilló en el piso, apoyó una mano en la frente y la otra en la muñeca.

—Está congelada.

—Déjame succionar el veneno. —Jensen intentó apartarlo de la misma manera que su amigo había hecho con él.

—¡Es demasiado tarde! Está alojado en todos sus órganos.

Jensen se agarró la cabeza con fuerza, su rostro desfigurado por un llanto que no pudo controlar, comenzando a caminar de un lado a otro con movimientos desesperados.

De repente un grito de furia desgarrador colmó la totalidad del apartamento, atravesando ventanas y paredes. Y finalmente, una calma abrumadora se apoderó del ambiente, haciendo audible los leves sollozos de Apsal entre susurros de palabras que hicieron a Rürik desplomarse, su frente llegando al brazo helado de Iara.

—Danila. —Le acarició dulcemente la mejilla de la cual barrió las lágrimas que caían desde sus ojos sobre el rostro de ella—. Lo siento tanto, hermosa. —Respiró entre sollozos—. Subestimé nuestro tiempo.

Acortó la poca distancia entre sus rostros y sin poder controlar los espasmos del llanto, apoyó los labios sobre los desprovistos de color de ella. La apretó aun más contra su cuerpo y elevando el rostro al techo, lanzó un angustioso quejido mezcla de dolor y enojo.

—Lo siento, Aixa. —Llegó a oídos de Jensen el lamento de Rürik—. Te fallé. Lo siento tanto, mi Reina.

El velo de lágrimas que cubría sus ojos oscurecidos no le impidió ver el moribundo rostro de Mërg, así como la espantosa imagen de Apsal aferrándose a lo último de vida que quedaba en el cuerpo de Danila, hasta que finalmente giró sobre sus talones y encontró el rostro de ella, su ancla, el ser que había amado incondicionalmente desde aquel momento 97 años atrás cuando Oleg la colocó en sus brazos. El momento en que había caído de rodillas ante su mera presencia, todo su ser entregándose y anclándose por completo a lo único que había realmente amado y amaría hasta el momento de su muerte, y que con la de Iara, Danila y Mërg, los últimos verdaderos sobrevivientes del linaje real lobuno, ya se encontraba tocando las puertas del infierno en que se convertiría su alma cuando ella ya no viviese para aplacar la oscuridad.

Todas las imágenes de la increíble vida que le había enseñado su entrañable amigo Oleg corrieron como agua por su mente, desde el momento en que lo encontró en aquella oscura, gélida y húmeda cueva, hasta aquella desafortunada imagen que se obligó a dejar atrás la noche en que lo encontró moribundo luego de la invasión de los Vandöda al sagrado castillo.

Repentinamente, las últimas palabras que Oleg le había susurrado al oído antes de ahogarse en su propia sangre sonaron como eco dentro de su cabeza: *alimenta a mi hija todos los días con dos gotas de tu sangre. Recibiéndola de tan pequeña no la matará, por el contrario, la convertirá en la loba más fuerte que jamás haya existido. Hazlo y confía en mí. En algún momento de su vida esas dos gotas de sangre la salvarán. Ámala, Jensen. Y permite que te ame.*

Sorbiéndose las lágrimas, se acercó al desayunador de la cocina, tomó un chuchillo de importante hoja filosa y se cortó la muñeca para comenzar a verter en un vaso ese líquido viscoso y púrpura que le recorría las venas y que tanto odiaba. Abrió el cajón de utensilios bruscamente, y sin caer en los cortes que se infligía al revolver entre ellos de manera desesperada, sacó una pequeña cuchara.

Rürik se sobresaltó al sentir el movimiento del colchón, abriendo los ojos como platos al verlo arrodillado sobre el lecho cargando el vaso con sangre y la cuchara.

—Abre su boca.

—¿Has perdido la cabeza?

—¡Maldita sea! ¡Solo hazlo!

—Lo único que harás será acelerar el proceso.

—¡Rürik! —exclamó, perdiendo por completo la paciencia, sus relucientes dientes manifestándose entre sus labios—. ¡No tenemos tiempo para explicaciones! ¡Solo hazlo!

Dubitativo, Rürik acercó las manos al pálido y gélido rostro de Iara y forzó los músculos de su boca a abrirse, bajando la mandíbula con la mayor delicadeza de la que fue capaz.

Jensen mojó levemente la cuchara en su sangre y luego la colocó por sobre encima de la cavidad bucal, sintiendo como una eternidad los segundos en que la gota tardó en caer. Volvió a repetir el proceso, dejó el vaso y la cuchara a un lado, y luego sus manos hicieron a un lado las de Rürik y acunaron el cuello de Iara, expectante y experimentando por primera vez en su larga vida el verdadero sentimiento de esperanza.

—Iara, escúchame —comenzó ahogado por el llanto—. Tu padre siempre lo supo. Lo supo en el momento en que mis rodillas tocaron el salón del castillo. Incluso quizás antes. —Tomó una gran bocanada de aire que apenas le permitió articular las siguientes palabras entre arcadas de llanto—. Y sus últimas palabras me ordenaron que te amara y permitiese que tú me amaras. Pero fui estúpido y deshonré su memoria. Creí que mantenerme alejado era la mejor manera de amarte. Pero me equivoqué. —Se sentó en el colchón y trajo el torso de Iara hacia su pecho. Le besó la frente, las mejillas, y luego apoyó los labios empapados de lágrimas sobre los carnosos y ahora, congelados de ella. La meció como un adulto haría con un niño desconsolado, intentando calmar su venenoso corazón desbocado. Elevó el rostro para poder ingresar algo más de aire a sus pulmones y luego apoyó su frente sobre la de Iara—. Por favor. Oh, Dios, por favor.

Rürik volteó para encontrarse con el apartamento plagado de Mörka que habían caído sobre sus rodillas, el signo de mayor respeto que los de su especie podían mostrar. Entendió que estaban allí para acompañar a Jensen, y para proteger.

El desconsolado llanto de Jensen volvió a atraer su atención, y entre conmocionado por una información que aún intentaba procesar y el dolor de haber fallado a su juramento, no pudo hacer más que colocar una mano sobre el brazo tembloroso de su amigo, la criatura más temeraria en el planeta, ahora devastada como un enorme edificio derrumbado hasta sus mismísimos cimientos.

***

Abrió los ojos, y al sentir el cuerpo sosteniéndola, comenzó a gritar desaforadamente al tiempo que intentaba deshacerse de los brazos que la encerraban.

—¡Iara! ¡Iara! Cálmate. Soy yo.

Elevó el rostro aún desprovisto de color para encontrar el de su hermano.

—¿Mërg? —Confundida, lo empujó levemente, y al moverse para incorporar el torso y arrastrar el trasero sobre el colchón, sintió la cama ubicándose de patas sobre su cabeza.

Se desplomó sobre la almohada, y cerrando los ojos, apretó con fuerza a ambos lados de la sien hasta que el mundo dejó de girar a su alrededor. Volvió a abrirlos y repentinamente fue consciente que sentía algo de frío. Una sensación que había experimentado una sola vez en su vida, noventa y un años atrás cuando Jensen había decidido abandonarlos.

Un grueso haz de luz daba directo sobre su rostro, por lo que debió proteger los ojos para poder enfocar el rostro de su hermano, que sonreía y lloraba al mismo tiempo.

—Estoy, ¿viva?

Mërg volvió a traer el cuerpo de su hermana firmemente sobre el suyo y comenzó a besarle la coronilla una y otra vez.

—Lo estás, cariño. Jensen te salvó la vida.

—¿Jensen?

Nuevamente intentó sentarse, ésta vez recurriendo a movimientos mucho más lentos.

Al llevar la mirada a su alrededor, vio a Danila sentada en el borde del colchón, sonriente y emocionada al igual que su hermano, mientras que Apsal y Rürik, también arrastrando lágrimas de sus mejillas, le devolvían enormes sonrisas.

—Déjenme adivinar. Me salvó la vida y volvió a abandonarnos.

—Iara —intentó Mërg.

—¡Ni se te ocurra defenderlo! Una manada de Vandöda me utiliza como juguete para mordisquear y el muy cabrón vuelve a desaparecer. —Danila se preparaba para argumentar la contrapartida, pero su prima se adelantó—. Pero lo que más increíble me resulta es que ustedes aún lo veneren. ¿Saben qué? No me sorprende viniendo de él porque es un maldito patán y siempre lo ha sido, por lo que no espero mucho más. ¿Pero ustedes?

—Iara —articuló Apsal, rogando con el gesto de sus manos que se calmara.

—¡No!

—Necesito que me dejen a solas con Iara, por favor —solicitó Rürik con ese tono tan tranquilo que tan nerviosa ponía a Iara.

Los tres reaccionaron dirigiéndose con paso lento y medido hacia la puerta, cerrándola tras ellos.

Rürik caminó al costado de la cama y se sentó en el borde del colchón muy cerca de ella, sorprendiéndola cuando tomó ambas manos entre las suyas, acariciándolas mientras esbozaba una sonrisa. Una de sus manos se dirigió a la mejilla, se acercó para regalarle un beso en la frente y volvió a apartarse.

—Eres el fiel reflejo de tu madre.

—¿Qué?

—Tu madre. Era una mujer increíblemente terca, sumamente pasional cada vez que las palabras encontraban sus labios, y jamás aceptaba un no por respuesta. Era magnífica.

El cambio en su voz reveló lo último que Iara jamás hubiese imaginado.

—¿Tú?

—Sí, la amaba. —Sonrió de lado—. Ella lo sabía. Tu padre también.

—¿Tú y ella?

—Jamás. Tu madre estaba sumamente enamorada de tu padre. Lo amaba con locura.

—Oh, Rürik.

—Tu padre sentía mi dolor y puedo asegurarte que si Aixa hubiese sentido una pizca del amor que yo sentía por ella, él se hubiese hecho a un lado. —Iara abrió los ojos ante la sorpresa—. Así era tu padre, cariño. Era el ser más leal y altruista que esta tierra haya conocido. No había nada de vanidad ni orgullo en su existencia. Era mi hermano.

Iara soltó una de las manos de Rürik para barrerse una lágrima, y luego volvió a entrelazar sus dedos con los de él.

—Voy a tratar de explicarte algo.

—De acuerdo.

—Apsal y yo nos convertimos en Mörka gracias al amor de tu padre y tu madre. Alguna vez fuimos Vandöda. Pero la verdad es que nunca se deja de ser Vandöda. Es como tener dos mentes. Una que lo único que quiere hacer es masacrar, y la otra, la mente Mörka, que es la que está conectada con esa humanidad que perdimos en el momento en que nos convertimos en Vandöda. Pero necesitamos de un factor externo que active esa humanidad. Y Apsal y yo encontramos eso en tu familia. Aprendimos a amar y gracias a ello, transitamos el arduo camino de ser Vandöda a ser Mörka. No es tarea fácil, cariño, te lo puedo asegurar. Si quieres encontrar una relación, piensa en lo que es para un humano abandonar las drogas, y luego multiplícalo por diez. Ya hemos hablado de esto.

—Lo siento.

—Cuanto más antiguo es el Vandöda, más difícil es la transición.

—¿Es esta tu forma de justificar a Jensen?

—Necesito que me escuches, cielo.

—De acuerdo. Lo siento.

—Existe una antigua leyenda que contaban los vikingos en su época. En ese entonces, Jensen ya existía. —Hizo una pausa, y Iara detectó que su mente se remontaba en el recuerdo—. La leyenda hablaba de un ser luminoso que algún día llegaría a la tierra para anclar al ser más oscuro creado por los dioses.

—¿Cómo una especie de Yin y Yan?

—Exactamente. Los libros de historia lo cuentan diferente, pero puedes confiar en mí cuando te digo que la desaparición de los vikingos tuvo todo que ver con Jensen. Masacró villa por villa hasta no dejar ser vivo en las tierras que recorría.

»Hasta que la culpa lo llevó a encadenarse en las profundidades de una montaña y sumirse en un estado de letargo que hubiese sido eterno de no haber sido por tu padre.

»Cuando lo encontramos, Apsal y yo intentamos disuadirlo de su cometido. No sabíamos que era Jensen Larko, el primero de los Vandöda, pero definitivamente ambos sentimos que era mucho más poderoso que nosotros, y no confiábamos en su capacidad de control. Como te dije, cuanto más antiguo el Vandöda, menos probabilidades de transición. Y aquí estamos hablando del más antiguo de todos.

»Con el pasar del tiempo Jensen probaba su lealtad al linaje lobuno, y yo seguía sin entender el motivo. Era prácticamente imposible para Jensen lograr esa transición.

—¿Cómo lo hizo, entonces?

—Creo que es algo difícil de entender. Es algo que he estado meditando a lo largo de toda la semana que has estado inconsciente.

—¿He estado inconsciente por una semana?

Los ojos de Rürik se enjugaron al asentir.

—¿Alguna vez te he dicho cuál es el mayor signo de respeto que pueda manifestar un Mörka?

—¿Arrodillarse?

Rürik asintió.

—El día en que naciste Oleg te trajo al gran salón del castillo y en cuanto pasó por el umbral, incluso sin haberte visto, las rodillas de Jensen cedieron y tocaron el piso.

No fue por decisión propia, fue algo que excedió su voluntad. Algo más allá de cualquier lógica que se pueda atravesar para tomar una decisión. Y verás… exactamente así es como la leyenda vikinga define al ancla del ser más oscuro que jamás pisará esta tierra. El ancla es algo que va más allá de lo que toda razón pueda entender. Es supremo.

—No entiendo.

—Me inclino a creer que algo en la oscura y envenenada alma de Jensen te reconoció en tu padre incluso antes que nacieras. Mucho antes. Cientos de años antes. Eso fue lo que lo llevó a lograr la transición. Cuando naciste, tu padre ocultó la verdad de los sentimientos de Jensen refiriendo su accionar a que un Alfa reconocía a otro Alfa, y que por ello había caído sobre sus rodillas. Pero tanto Jensen como tu padre entendieron inmediatamente que lo que Jensen reconocía era su ancla. Reconocía aquello más allá de toda capacidad de razonar, ese ser supremo y luminoso que lleva al más oscuro de todos a anclarse a la luz.

—Pero…

—Jensen cometió un grave error, cariño. Creyó que alejarse era la clave para mantener a salvo a lo único que lo mantiene humano, a lo único que amó y amará toda su vida. A su ancla. A ti.

—Jensen, ¿me ama? —La estupefacción se hizo evidente en cada músculo de su rostro y el velo de lágrimas nubló los grandes y dorados ojos que había heredado de su padre.

—Más allá de lo que la razón puede entender, cielo. Y se equivocó. Pero ésta vez está dispuesto a dar todo de sí, incluso poner su perturbaba alma y corazón en tus manos. La pregunta es, ¿estás dispuesta a perdonarlo por su error?

—Yo, no sé. ¿Dónde está?

—Tenía una reunión con los Mörka que están protegiendo el perímetro, y cuando bajara el sol, iría de compras. Quería atiborrar la cocina de todos tus ingredientes favoritos para que los tuvieses a disposición cuando despertases.

Iara rio entre lágrimas, y Rürik la envolvió en un fraternal abrazo.

***

Comenzó a subir las escaleras cargando dos bolsas al hombro y otras dos en cada mano. Saludó al primero de su especie que encontró en el primer descanso con un corto asentimiento, y ni bien retomó la marcha, enarcó las cejas cuando llegaron a su agudo oído las carcajadas de Mërg y Rürik.

Iara no había muerto, y que Mërg y Danila se encontraran en impecables condiciones claramente indicaba que la loba Alfa estaba fuera de peligro, pero, así y todo, resultaba imposible sonreír, y menos aún, reír.

Al llegar al segundo piso, otro Mörka abrió la puerta que daba al pasillo de su piso, esbozando una amplia sonrisa que hizo a Jensen fruncir el entrecejo.

Al abrir la puerta de su apartamento y dar un paso adelante, todo su cuerpo y expresión se congelaron en el tiempo, sus ojos grises de mirada penetrante cerrándose sobre el relajado rostro de Iara, que parecía tampoco poder quitar sus ahora enjugados ojos de él.

Rürik, Mërg, Apsal y Danila miraban a uno y otro como en un partido de tenis, sintiendo una tensión en el ambiente que no era necesariamente desagradable. Una tensión que indicaba que los Alfas necesitaban un buen rato a solas.

Mërg se acercó a Apsal y le susurró al oído.

—¿Puede un Mörka entrar en estado catatónico?

Apsal se mordió los labios para no reír, y Jensen puso los ojos en blanco para luego desviar la mirada y posarla sobre el hermano de Iara.

Rürik se acercó, lo despojó de las bolsas que traía en cada mano, las depositó sobre la mesada de la cocina y luego, con un corto gesto de cabeza, indicó al resto que lo siguiera fuera.

Cuando llegó a oídos de Jensen el golpeteo al borde de la taquicardia del corazón desbocado de Iara, tomó aire disimuladamente, depositó las otras dos bolsas junto a las que Rürik había dejado en la cocina y luego, sin saber muy bien qué hacer, vaciló unos instantes en los que aprovechó para juntar coraje y ordenar a sus piernas a que se dirigiesen hacia ella.

Se sentó en el borde de la cama y tragó saliva cuando los ojos de Iara se cerraron sobre los de él.

—¿Cómo te…?

Iara se abalanzó sobre él, y cuando sus torsos se encontraron, le rodeó la cintura con los largos brazos al tiempo que ella hizo lo propio en su cuello. Jensen cerró los ojos y la inhaló, disfrutando de sentir los latidos del corazón directo sobre su pecho.

Abrió los ojos cuando Iara se alejó unos centímetros para mirarlo, los párpados volviendo a caer lentamente y su pecho subiendo en una medida y profunda inhalación cuando ella le acarició la mejilla.

—Gracias.

Jensen respondió acunándole el rostro, y luego dejando ir las manos en suaves caricias sobre su larga melena.

—Rürik me lo dijo todo.

Las manos de Jensen cayeron sobre el regazo de ella, y allí se desplomó su mirada.

—Amarte no es un sentimiento nuevo para mí —siguió insistiendo, y cuando él atinó a alejarse, Iara le tomó el rostro con ambas manos y apoyó los cálidos labios sobre los gélidos de él.

Fue un alivio que no la alejara, y temió que no aceptara el siguiente paso, pero cuando abrió la boca y la lengua de Jensen salió al encuentro de la de ella, la explosión de placer la recorrió por completo al entender que había estado en lo cierto tantos años atrás.

Se pertenecían, y ya no había vuelta atrás.

La entrega de Jensen al beso mezcla perfecta de suavidad y pasión logró emocionarla, sintiendo el escozor de las lágrimas detrás de los párpados cerrados.

Comenzó a recorrer los carnosos labios de Iara en cortos y suaves besos que siguieron por la mejilla derecha, el ojo del mismo lado donde sintió las lágrimas, la frente y luego el otro ojo, para bajar por la mejilla izquierda hasta la mandíbula, que besó lentamente para llegar al mentón y luego volver a subir a los labios que tomó, ésta vez con ímpetu, una de sus manos acunándole el cuello mientras la otra acariciaba el brazo con la yema de los dedos, hasta encontrar la mano que entrelazó con la de ella.

El movimiento de su cuerpo fue claro, llevándolo a acomodarse para permitir el paso de su pierna al otro lado, y una vez a horcajadas sobre Jensen, alejó sus labios para tomar la distancia necesaria que le permitió tomar la camiseta y sweater negro que llevaba y quitárselo de un solo movimiento.

Se miraron a los ojos por largos segundos y luego sus bocas volvieron a encontrarse en un enredo de pasión que no hacía más que aumentar con el paso de los minutos.

Jensen le quitó la camiseta deportiva con sostén incluido que cumplía la función de contener el volumen de sus generosos pechos, y luego sus labios encontraron la curva del cuello, deslizando la lengua por las clavículas y generando gemidos en ella que no hicieron más que aumentar cuando la boca se cerró sobre uno de los pezones mientras estimulaba el otro con suaves caricias de sus dedos.

Se detuvo inmediatamente al detectar que los gemidos de placer mutaban a una queja, y se alarmó al verla perder color repentinamente al tiempo que apretaba los ojos y su mandíbula se tensionaba.

Desplomó el torso sobre el agitado de él y lo abrazó.

—No puedo creer que esta debilidad me gobierne en este preciso momento.

Jensen sonrió, acariciándole la espalda dulcemente.

—Has estado al borde de la muerte e inconsciente por una semana. Es normal que esta debilidad te gobierne.

Iara se alejó y lo besó fugazmente. Luego sus ojos cayeron sobre el sector izquierdo de su pecho, y sus cálidos dedos recorrieron el enorme tatuaje de dos hermosas estrellas rodeadas de otras tantas más pequeñas.

—No sabía que tenías tatuajes.

—Nunca me has visto desnudo.

Ella sonrió y elevó la mirada.

—Muy cierto. ¿Estrellas?

—Tu padre, tu madre y todos los lobos que han caído.

Tomó la camiseta deportiva que le había quitado y en un gesto que la hizo reír, logró que levantara los brazos para que volviese a colocarla. Iara se desenroscó de encima de él y se sentó a su lado, entrando el perfil de la espalda de Jensen en su ángulo de visión.

Lo tomó por los hombros y lo obligó a ladearse para que pudiese ver la infinidad de diminutas líneas, una al lado de la otra, que casi abarcaban la totalidad de su espalda y hombros.

—¿Y esto?

—Los Vandöda que he matado.

—Debes estar cansado de dar explicaciones de tus tatuajes.

Permaneció algunos segundos dándole la espalda, y mientras aún no lo veía, sonrió de lado. Se volvió, y sus ojos se encontraron.

—Si te refieres a otras personas que pueden haber visto los tatuajes, jamás di explicaciones.

—¿Debería ingerir más de tu sangre? —cambió de tema.

—Sí, pero antes comerás.

—Como bien has dicho, he estado al borde de la muerte. Ésta vez no me conformarás con un simple bocadillo.

Jensen esbozó una sonrisa tan amplia que logró sorprenderla. Hermosa, pensó.

Se puso en pie y en el instante en que se tambaleó, Jensen la tomó en brazos. La besó dulcemente mientras caminaba hacia las banquetas de la isla de la cocina, depositándola en una de ellas con suma sutiliza.

Luego desapareció, y en un abrir y cerrar de ojos estuvo de regreso, ésta vez de espaldas a ella, su torso, segundos antes, desnudo, cubierto por las ropas que le había quitado. Recurriendo nuevamente a parte de su sobrenatural velocidad, comenzó a vaciar las bolsas de las compras y acomodar los productos.

—Si yo estoy lenta, tú deberás hacer honor a mi estado.

Jensen volvió a sonreír, y volteó cargando en una de sus manos una botella de vino. Iara abrió los ojos como platos.

—¡¿Dónde la conseguiste?!

El entusiasmo que rayaba el de un niño al ver el juguete pedido a Santa hizo a Jensen volver a carcajear.

—Hace unos días atrás llamé a un amigo y le pedí un favor. —Tomó dos copas de vino y se apostó junto a ella mientras descorchaba la botella—. Me pareció una buena idea contar con tu vino favorito y celebrar con él una vez que despertases.

—Eres un hombre inteligente —retrucó con humor, y en respuesta, Jensen enarcó rápidamente las cejas.

Le escrutó el perfil del rostro mientras servía las dos copas.

—¿Hace cuánto que no te alimentas?

Jensen dejó la botella sobre el mármol de la isla.

—Estoy bien.

—Jens.

—¿Te quedarías más tranquila si te digo que iré al pantano antes que amanezca?

—No. Si crees que te dejaré salir por esa puerta, pues estás equivocado. No es como si pudiese detenerte, pero siempre puedo recurrir a mis encantos —volvió a bromear.

—Con que me lo pidas es suficiente.

—Genial.

El rostro de Jensen mutó a una expresión de severidad cuando vio la uña del dedo índice de Iara transformándose en una negra y afilada aguja.

—¿Qué haces?

Iara puso los ojos en blanco cuando detectó el tono de voz mutando del dulce y tranquilo que había utilizado todo ese tiempo a uno que rayaba el enojo.

—Sabes bien lo que voy a hacer.

Jensen le tomó la muñeca con firmeza cuando la acercó a la afilada uña lobuna.

Iara abandonó lentamente la butaca y se acomodó entre el mármol de la isla y él, completamente pegada a su cuerpo.

—Sé que estás hambriento, y estás haciendo un esfuerzo innecesario para controlar el hambre.

—No voy a beber tu sangre.

—¿Qué harías si las cosas fuesen al revés? ¿Qué harías si por algún motivo pasaran días y yo no tuviese la oportunidad de ingerir siquiera agua? —Jensen desvió el rostro y ella volvió a acomodarlo para que sus ojos se encontraran—. Harías lo que fuese necesario, incluso si eso implicase ir en contra de alguno de tus tantos estúpidos principios.

Él enarcó las cejas, la diversión asomando en su expresión.

—¿Mis principios son estúpidos?

Iara volteó y enfrentó las copas.

—Tu idea de profanación lo es.

Debió recurrir a toda su voluntad para anular el acto reflejo de detenerla en el momento en que la uña trazó un profundo corte en la muñeca y la sangre comenzó a correr directo sobre el vino que había servido.

—Bien, eso es suficiente.

—Cállate.

Iara suspiró cuando sintió las manos de él aferrándose a la carne entre su cintura y sus caderas al tiempo que hundía el rostro en su cabellera, resignado.

No se detuvo hasta que la cantidad de sangre superó a la de vino que Jensen había servido. Esperó unos segundos hasta que las células de su cuerpo reaccionaron a la orden de su cerebro de cerrar la herida. Volteó y buscó los labios que encontró y tomó, ésta vez su lengua saliendo directo al encuentro de la de él, besándolo con una pasión tan determinada que logró arrancar un profundo quejido de placer de la garganta de Jensen, sintiendo la reacción de su cuerpo contra el de ella.

Su mente indicaba a gritos no hacerlo, pero la excitación del momento le impidió refrenarse. Su mano comenzó a bajar por el abdomen de Jensen, acariciando lentamente la dureza por debajo de los jeans que llevaba.

Jadeó, gimió y se alejó unos centímetros para tomar aire, momento que Iara aprovechó para recorrer el cuello alternando lengua y labios, hasta que repentinamente se vio obligada a detenerse apoyando la frente sobre el pecho de Jensen, ambos luchando por recuperar el aliento.

—He deseado esto por ochenta años —habló Iara con voz apagada—. No puedo creer esta maldita ironía —espetó con tono cargado de molestia y entre dientes.

Jensen tomó mucho aire y lo largó con fuerza, igual o más frustrado que ella, elevándole el rostro para que sus ojos se encontraran.

—Tenemos por delante toda una eternidad. —El solo mirarla le quitaba el aliento, por lo que hizo una pausa para disimuladamente tragar saliva—. Comencemos por introducir comida en tu sistema.

Iara asintió, sintiendo el vacío cuando se alejó sin dejar antes de tomar la copa rebosante de su sangre. Se sentó en la butaca y lo observó disponiendo los ingredientes y utensilios para comenzar a cortar las papas. Por lo que vio, las haría tal cual a ella le encantaban.

Cogió la copa de vino, le dio un sorbo y tomó aire.

—Sabes todo de mí, pero no sé mucho de ti.

—Pregúntame lo que quieras —propuso sin despegar los ojos de la tabla de cortar y la cuchilla que movía con rapidez y precisión.

—Odias las preguntas.

—No las que vengan de ti.

Dejó la cuchilla, tomó la copa, le dio un sorbo, y por sobre el borde Iara vio que enarcaba las cejas, indicándole que disparara con la primera pregunta.

—Creo que las mayores incógnitas están relacionadas a tu lado humano.

—De acuerdo.

—Música.

—Blues. Definitivamente blues.

—Literatura.

—Ficción.

—Entonces lo que he escrito te aburriría hasta la médula.

Jensen sonrió, elevó la mirada para encontrar sus ojos, y luego la desvió hacia la pequeña biblioteca por detrás de ella. Iara giró y no pudo esconder la sorpresa al encontrar uno al lado del otro todos los libros que había escrito, desde el primero hasta el último. Giró nuevamente hacia él, su rostro gobernado por la estupefacción.

—¿Los has leído o solo comprado?

—Leído.

—¿Son todas tus respuestas siempre de una sola palabra?

Jensen carcajeó y Iara no pudo evitar sonreír de oreja a oreja.

—No estás haciendo preguntas que requieran más de una palabra como respuesta.

—¿Qué odias?

—Fácil. Los Vandöda.

—¿Y en el mundo humano?

Jensen llevó al horno la fuente aceitada plagada de papas aromatizadas con hierbas, y aprovechó su cercanía a la nevera para extraer una fuente con un enorme pedazo de carne.

—La creencia del sexo masculino en la debilidad del femenino.

Cortó un pequeño pedazo de carne cruda y se lo llevó a la boca.

—¿Qué amas?

Jensen elevó una de las comisuras de sus labios y la miró. Cuando Iara puso los ojos en blanco, terminó de esbozar la amplia sonrisa.

—El mundo humano. —Le dio otro sorbo a la sangre de Iara mezclada con el vino—. El vago recuerdo que tengo de los amaneceres.

—¿Hace cuánto no ves uno?

—Desde la única vez que tu padre forzó su sangre a mi sistema. Había regresado muy maltrecho de una cacería de Vandöda, y tu madre y Danila me sostuvieron por la fuerza mientras la sangre de tu padre corría por mi garganta. Minutos antes del amanecer, él y tu madre vinieron a mi cuarto y casi a la rastra, pues seguía débil, me llevaron a la torre del castillo. Rechacé la ingesta de algo más de su sangre, por lo que solo fui capaz de presenciarlo por algo más de dos minutos. Eso fue hace doscientos cincuenta años.

—¿Cuánta sangre de lobo necesitas para que el sol no te mate?

—Creí que las preguntas estarían relacionas al mundo humano.

Luego de mechar y sazonar la carne, la introdujo en el horno y siguió con los ingredientes que indicaba que el siguiente platillo sería un budín de queso.

—Eres realmente un maestro para salirte por la tangente.

Jensen carcajeó.

—Años de práctica.

Iara decidió darle un descanso a la insistencia de esa idea que a él tanto rechazo le producía. Su estómago rugió con fuerza. Lo vio alejarse en dirección a una alacena de donde extrajo un enorme trozo de pan casero. Luego volvió a la nevera, tomó un pedazo de queso y un salame. Ésta vez, recurriendo a una velocidad que la debilidad no permitió a Iara discernir movimientos, dispuso toda esa comida frente a ella, ya cortada y acomodada, en tres diferentes cuencos.

—Gracias.

La besó fugazmente antes de volver a la tarea del budín de queso.

—¿Es cierto que no duermes realmente?

—Sí, lo es. El frío que corre por nuestra sangre no lo permite.

—¿Ni siquiera si duermes junto a una loba?

—No lo sé. Nunca he dormido junto a una loba.

—¿Y mujeres humanas?

—El calor de su cuerpo no es suficiente. El nuestro les hace perder temperatura rápidamente.

—¿Cuál es la comida humana que mejor toleras?

—La carne. Pero amo los panqueques y los huevos revueltos.

Iara respondió con una amplia sonrisa.

—¿Hay algo de mí que crees no saber y quisieras saber?

Jensen pareció pensarse la respuesta mientras le daba uno de los últimos sorbos a la copa.

—Creo que se trata más de algo que nunca quise saber y no estoy seguro de querer saberlo.

No le hizo falta mucha más explicación, los dorados ojos perdiéndose en el líquido de la copa que ahora hacía girar lentamente sobre el mármol de la isla con el jugueteo de ambas manos.

—Todo lo que me contó Rürik acerca de ti fue liberador. Me liberó de una culpa que me ha acompañado toda la vida.

Jensen no la interrumpió. Se limitó a introducir el budín en el horno y luego se sentó junto a ella en una butaca, pero Iara no lo miró. Él colocó un trozo de salame y otro de queso sobre una rodaja de pan y se lo extendió.

Ambos permanecieron en silencio, hasta que su boca vacía y un trago de vino que la envalentonó le permitió seguir.

—Incluso odiándote, te amé desde que tengo uso de razón, pero cuando alcancé la edad adulta comenzó a invadirme un sentimiento de deseo carnal hacia ti que no comprendía. Porque había una porción de mi cerebro que me decía que el amor que sentía por ti debía ser fraternal, ¿sabes? Como el amor que siempre he sentido por mi hermano, mi prima, Apsal y Rürik. Pero no era así. Y me devanaba el cerebro intentando entenderlo.

»Por supuesto que tuve experiencias con otros hombres. Claramente no soy virgen. Pero puedo asegurarte que cada vez que tenía un momento íntimo con algún hombre mi corazón se iba a otro lado. A donde sea que tú estuvieses. La culpa y la angustia se tornaron devastadoras al punto que mantener una relación con cualquiera que no fuese tú perdió todo tipo de sentido.

—Es mi culpa. Lo siento tanto, Iara.

Finalmente lo miró, y encontró sus ojos enjugados.

—Fue culpa de ambos. —Jensen enarcó las cejas ante la sorpresa—. Quizás si hubiese permitido que te acercaras las veces que lo intentaste, hubiese podido ver el motivo que te mantenías alejado. Fui terca y obstinada.

Jensen esbozó una melancólica sonrisa.

—El fiel reflejo de tu madre.

—Rürik dijo lo mismo. ¿Tanto me parezco a ella?

—Físicamente, los rasgos de tu rostro son idénticos a los de tu padre. El color de tus ojos y el de tu cabello, son todo de él.

—¿Era mi madre voluminosa?

Jensen se incorporó para acomodarse entre sus rodillas, colocando las manos sobre las caderas de Iara.

—En menor o mayor medida, todas las lobas lo son. Eso lo sabes. Pero definitivamente el volumen de las curvas que portas son herencia de tu madre.

Iara sintió las mejillas encenderse al detectar la lujuria en su voz.

Recibió los labios, que fusionados con los de elevado calor de ella, lograban la temperatura perfecta.

Jensen se despegó y aprovechó para servir más vino en ambas copas.

—Sé que siempre he rechazado mi propia historia, pero creo que estoy lista. ¿Me hablarías de ellos mientras cenamos?

Los grises ojos volvieron sobre ella acompañados de un suspiro de alivio.

—Será un honor, pequeña loba.

***

Aunque completamente desparramado boca arriba con los brazos extendidos a ambos lados y la sábana que le tapaba el cuerpo hasta la cintura, el brazo izquierdo se mantuvo inmóvil bajo ella, lo que permitía a Iara permanecer pegada a su cuerpo brindándole el calor que necesitaba. No quería que despertara.

Había perdido noción del tiempo que había pasado mientras lo observaba dormir, su pecho subiendo y bajando a un ritmo tranquilo y acompasado, su rostro completamente relajado y de rasgos tan angelicales que era casi imposible relacionar esa imagen al ser despiadado que alguna vez había sido, y al sumamente peligroso que seguía siendo. Por supuesto que no para ella ni para ningún integrante de la familia, pero sí para cualquiera que osase interponerse en su camino o poner en peligro a los que amaba.

Mërg le había relatado el momento de la breve pelea y el posterior desmembramiento que sufrió el desafortunado Mörka bajo el yugo de la fortaleza sobrenatural y oscura que lo gobernaba.

Miró la mano que estaba al alcance de sus ojos, tan perfecta, suave y gentil cuando la había acariciado, y repentinamente se encontró deseando tener esas manos en todos los lugares donde aún no la había tocado, mordiéndose el labio levemente y sonriendo para sí cuando su mirada comenzó a bajar de los pectorales y luego por el abdomen hasta amurarse en el sector que las sábanas cubrían. Cuánto lo deseaba. Por años ese deseo había sido tan fuerte que había logrado consumirla hasta el punto de la desesperación.

Definitivamente la cena de la noche anterior y las gotas de sangre de Jensen habían logrado que recuperara gran parte de su fortaleza, lo que hacía desfilar sin cesar todo tipo de imágenes en su cabeza. O quizás se trataba de que finalmente hubiera dormido por primera vez en brazos del hombre que siempre había amado.

Vislumbró nuevamente la idea de despertarlo, y al recaer en su rostro, pacífico y relajado, hizo a un lado el impulso. Si había esperado ochenta años podía esperar unas horas más.

Con suma delicadeza apoyó las manos sobre el colchón para deslizarse unos centímetros hacia abajo y así poder acomodar la cabeza sobre su hombro, y cuando lo hizo, vio las largas pestañas negras despegarse levemente. Jensen giró la cabeza, y somnoliento, la miró esbozando una sonrisa en cámara lenta.

—Perdón. No quise despertarte.

Jensen frunció el entrecejo por una fracción de segundo y luego apoyó los codos sobre el colchón para incorporar el torso a mitad de camino.

—Dormí. —La sola idea parecía confundirlo—. No lo puedo creer.

Iara se sentó en el colchón y le dirigió una amplia sonrisa.

—Bueno, parece que después de todo, la solución a tu problema de insomnio era dormir junto a una loba.

Jensen se movió con tanta rapidez que lanzó un quejido de sorpresa seguido de carcajadas cuando su espalda volvió a encontrar el colchón, sintiéndose el peso del cuerpo de él sobre ella como un verdadero milagro.

—¿Cómo te sientes?

En respuesta Iara lo dejó de un solo movimiento boca arriba y sentada sobre él, lo miró a los ojos con una expresión mezcla de diversión y lujuria.

—Agradecida que ambos estemos ligeros de ropas.

Jensen alcanzó a sonreír antes que Iara consumiera la sonrisa en un beso que no tardó en quitarle el aliento al antiguo Mörka. La despojó de la camiseta deportiva con movimientos desesperados y volvió a voltearla sobre el colchón para comenzar a recorrer su cuerpo en un enredo de manos, labios y lengua que lograron enloquecer a Iara en cuestión de segundos, haciendo el placer marcadamente audible a través de su garganta cuando los dedos de Jensen se deslizaron por debajo de sus braguetas, encontrándola tan húmeda y cálida que creyó perdería la cabeza.

Para ella habían sido ochenta años, un número considerable, pero para él había sido una eternidad. Una eternidad de desamor y soledad. Jamás había sentido verdadero amor, verdadera entrega. Solo por ella, incluso antes que naciera, a través de su padre.

La amaba más allá de lo que las palabras pudiesen explicar, y temió por unos instantes no ser capaz de demostrar la dimensión de tales sentimientos.

Pero cuando los dedos de Iara entraron en contacto con esa porción de su virilidad que sentía a punto de explotar, esa piel que por primera vez entraba en contacto directo con su miembro pero que siempre le había pertenecido únicamente a ella, logró relajarse y dejarse llevar, ambos ahogando gemidos de placer y entendiéndose tan bien que al unísono consiguieron desacelerar el ritmo y comenzar a vivir ese exquisito momento que tanto ambos habían añorado, en una tortuosa pero agradable cámara lenta.

Se acariciaron mutuamente, ella la espalda, él los flancos del cuerpo de ella, mirándose con adoración a los ojos y alternando las caricias con suaves y dulces besos.

Jensen tomó una de sus manos y le besó los dedos uno a uno, para luego seguir por la parte interna de la muñeca, donde se detuvo algunos segundos en los que Iara descubrió que ser besada en esa porción del cuerpo la estremecía de pies a cabeza. Siguió por la parte interna del antebrazo, y al llegar al codo, pasó luego al costado del cuerpo y subió a su pecho con cortos y enloquecedores besos que recorrieron uno de sus generosos pechos para seguir camino hacia el cuello, mentón y finalmente los labios que atrapó con movimientos tan sutiles que Iara sintió derretirse bajó él.

Ambos saltaron sobre el colchón cuando los nudillos tocaron con determinación a la puerta.

—Deben estar jodidamente bromeando —espetó Jensen hacia la nada con tono que claramente indicaba una marcada irritación.

—Lo siento.

—¡Lárgate, Mërg! —Iara reprimió una risita, y Jensen la fulminó con la mirada—. No es gracioso —susurró con una voz tan embelesada que contrariaba por completo la mirada que le había lanzado y que no había podido sostener siquiera por fracción de segundo.

—Créeme, hermano, no sabes lo que deseo poder arrancar de mi memoria lo que he escuchado en los tres segundos que he estado detrás de esta maldita puerta, pero esto no puede esperar. Vengan al pantano. Estamos todos allí.

Jensen se salió de encima de Iara, y sin perder contacto con su cuerpo, se desplomó de espaldas sobre el colchón, ambos ahora con la mirada clavada en el techo y con expresiones tan frustradas que rayaban lo cómico.

—No lo puedo creer.

—Súmate al club —replicó Iara con voz queda.

Humana

Era una de las noches más cerradas y oscuras. La luna menguante no colaboraba en brindar iluminación, pero los presentes allí no necesitaban ayuda de ningún cuerpo luminoso para ver. Sus sentidos animales se habían activado al máximo, incluso los de los recién llegados, que escrutaron los rostros de preocupación de los que formaban un círculo en torno a un montículo de algo que había sido cubierto con una de las amplias mantas de la cabaña de Iara.

Comenzó a acortar la distancia hacia la manta cubierta de sangre. Las piernas le pesaban y el corazón le martillaba el pecho con fuerza mientras una angustia inexplicable le azotaba y arañaba la totalidad del cuerpo.

Cuando sus rodillas cayeron con fuerza sobre la tierra húmeda, Jensen dio unos pasos hacia adelante, detectando por el rabillo del ojo cuando Mërg elevó levemente el brazo para indicar que se detuviese. No alcanzó a estar donde deseaba, a su lado, pero sí a una distancia prudente para su necesidad de protección.

Iara tomó una de las esquinas de la manta y con un movimiento preciso y rápido la descorrió, ahogando un sollozo ante la espantosa imagen de los cuerpos desmembrados de al menos tres lobos cuadrúpedos.

Jensen apretó la mandíbula y los puños se cerraron con tanta fuerza que los nudillos se tornaron amarillos. Era un claro mensaje dirigido a él. Un mensaje que en ese momento partía el corazón de Iara en mil pedazos.

Sintió los quejidos alarmados de los Mörka y volteó haciéndose rápidamente a un lado cuando dos lobos le dirigieron gruñidos amenazadores al pasar por su lado y dirigirse hacia Iara, donde se apostaron uno a cada lado de ella. La imagen era desgarradora incluso para los de la especie de Jensen.

Raith, su antigua amante, no pudo controlar el escozor y las lágrimas que asomaron luego.

—Le omat ge (lo siento tanto) —pronunció entre un mar de lágrimas en la lengua que solo los lobos pronunciaban y que luego de tantos años junto a Oleg, Jensen, Apsal y Rürik entendían a la perfección. Podían incluso invocarla, pero eran palabras sagradas que jamás se atreverían a articular.

Los ojos de Jensen se vieron ocultos detrás de un velo de lágrimas, sin importar que los Mörka que respondían a él abriesen los ojos como platos al verlo en ese estado de conmoción.

Mërg no pudo evitar sonreír levemente cuando uno de los lobos comenzó a lamer las lágrimas de Iara, y luego, al unísono, sus patas cedieron y ambos apoyaron la parte baja de sus hocicos en los muslos de la Alfa. Pero la calma no duró por muchos segundos.

Raith caminó hacia ellos y el lobo a la izquierda de Iara se puso en pie de un respingo y comenzó a lanzar gruñidos amenazadores, mostrando los dientes y acortando la distancia hacia una Mörka que ahora parecía paralizada por el miedo, los dientes del lobo prácticamente rozando su rodilla.

—¡Rag min bona! (¡Es amiga!) —exclamó con determinación para dar fin rápidamente a la situación.

Jensen y Rürik compartieron fugaces miradas. El lobo retrajo sus dientes detrás de sus labios, y arrastrando las patas sin dejar de enfrentar a Raith, volvió junto a Iara y adoptó su anterior posición con la cabeza sobre su regazo.

Raith tomó aire, se secó las lágrimas con el dorso de la mano y con suma sutileza acortó los pasos hasta quedar bien cerca del lobo que había estado a punto de atacarla. En cámara lenta, para evitar cualquier nueva exaltación, se arrodilló, su trasero tocando sus talones. Miró el perfil de la mejilla empapada de Iara, y sin tener en cuenta que el solo movimiento podía significar que el lobo le arrancase el brazo, apoyó el antebrazo sobre el cuello del cuadrúpedo y tomó una de las manos de Iara, que inmediatamente giró la cabeza y la miró a los ojos. Se mantuvieron la mirada por varios segundos, y la Alfa asintió con un corto movimiento de cabeza. Luego, ambas llevaron la mirada hacia la desagradable imagen frente a ellas.

Mërg se apostó a la derecha junto al otro lobo. Danila junto a él, y luego, para sorpresa de Jensen, Rürik y Apsal, otro Mörka que nada tenía que ver con la familia imitó los pasos de Raith.

—Le me Iara Ladden. (Soy Iara Ladden) —comenzó a hablar, ésta vez, compuesta de la angustia y con marcada furia en la expresión de sus ojos, manifestándose la determinación en la fría voz que salía entre dientes apretados—. Makala ot Oleg Ladden, Oka ot bèmen. (Hija de Oleg Ladden, Alfa de nacimiento). —Miró a su hermano a los ojos—. Le conda dumanko (Juro venganza)

En respuesta, Mërg asintió con determinación, sus ojos luego cruzándose con los transparentes de Raith que refulgían detrás del velo de lágrimas.

Los Mörka se sobresaltaron cuando los lobos que flanqueaban a Iara se pararon firmes sobre sus cuatro patas, y elevando la cabeza hacia la negrura de la noche, lanzaron aullidos estremecedores.

***

Solo Raith y Numa permanecieron junto a ellos hasta que las llamas consumieron por completo la evidencia de la peor imagen de la que Iara había sido testigo en toda su vida. Los lobos se habían retirado, y ahora Jensen había podido acercarse y permanecer junto a ella, tomándole la mano cuyo dorso acariciaba con los suaves movimientos de su pulgar, su mirada amurada sobre los restos de esa especie que tanto respetaba.

—Amanecerá en diez minutos. —Se escuchó la voz queda de Mërg—. Desayunemos en casa —propuso.

Danila, Apsal y Rürik giraron sobre sus talones y emprendieron una marcha de pasos arrastrados.

Cuando Raith y Numa se movieron hacia el lado opuesto, Iara tomó a la primera por el antebrazo.

—Deberían venir con nosotros.

Jensen y Mërg enarcaron las cejas al mismo tiempo, compartiendo miradas. Luego, los ojos de Iara se cerraron sobre los de su hermano.

Mërg pasó la mirada por Numa y finalmente Raith.

—De acuerdo. Vamos.

A medida que avanzaban por uno de los tantos pasillos de la suntuosa casa que Mërg, Rürik, Apsal y Danila compartían, los Mörka aguardaban pacientes a que Iara y su hermano cerrasen las gruesas cortinas que impedían el paso de la luz del amanecer.

Doblaron a derecha e izquierda tantas veces que Numa se sintió mareado, hasta que el inconfundible aroma a café dio la bienvenida al amplio salón coronado por una larga mesa rebosante de comida, y algo que consiguió sorprender a los Mörka invitados. Una gran cantidad de botellas cargaban el líquido viscoso rojo oscuro que logró hacerles agua la boca.

La manera en que fueron tomando asiento indicó a Raith y Numa que no había una preferencia o protocolo específico a seguir, por lo que la primera se vio flanqueada por Danila a un lado y Numa al otro, mientras que Jensen y Iara, que ya se servía una espeluznante cantidad de comida en el plato —al igual que Danila y Mërg—, la enfrentaban.

Vio que Jensen llenaba su taza hasta la mitad de café, y luego sus ojos siguieron el recorrido de su mano al dirigirse a la botella, destaparla y terminar de completar el espacio libre de la taza con sangre. Dejó la botella y se llevó la mezcla a los labios mientras su espalda se desplomaba en la silla y su brazo libre se acomodaba sobre el respaldar de la silla de Iara.

Danila tomó una de las botellas, extendió el brazo, y sirvió primero en la taza de Numa y luego en la de Raith, que aún no podían salir de la estupefacción que les causaba la naturalidad con que los lobos convivían en relación a la sed de sangre de los Mörka.

Raith desvió la mirada para encontrar a Rürik, que había tomado la cabecera, llevándose a la boca un trozo de salchicha que pasó por su garganta con un sorbo de café mezclado con sangre, mientras que Apsal elegía llevarse la boca de la botella directo a los labios.

—¿Prefieren tomarla pura o mezclada con café? —preguntó Danila como si les estuviese preguntando si preferían café o té.

—Con café está bien —contestó Raith con voz queda, extendiendo el brazo para tomar una de las tres jarras de café dispuestas sobre la mesa. Sirvió a Numa y luego en su taza.

Sintió que Numa se tensionaba junto a ella cuando una joven humana de considerable altura, esbelta y de unos rasgos exóticos exquisitos, se daba paso hacia el interior del salón cargando un plato con comida que depositó con determinación frente a Jensen.

—Es la última vez que cocino exclusivamente para ti —soltó con actuada irritación en su voz para luego apostarse detrás de la silla de Iara y brindar a la Alfa un beso en la coronilla.

—Dijiste lo mismo la semana pasada —se defendió Jensen.

—Ésta vez lo digo en serio.

—Siéntate. Desayuna con nosotros —pidió Iara.

—No puedo. Hoy tengo la guardia de la mañana —informó despreocupadamente.

Luego miró a Mërg y sus ojos atravesaron al lobo de lado a lado, haciendo que tragara la gran cantidad de comida que se había llevado a la boca con dificultad.

—¿Qué he hecho ahora?

La humana señaló con una floritura en dirección a Raith y Numa, que parecía no poder quitar los ojos de la muchacha.

—¿Cuándo pensabas comunicarme la nueva adquisición?

—Acaba de ocurrir, y no fue idea mía.

Los oscuros ojos de la joven se posaron directo sobre Numa.

—Si creen que cocinaré platillos especiales para ustedes, pues piénsenlo dos veces.

—Yo, no… —Numa parecía no poder ordenar sus ideas para articular una respuesta.

—No será necesario. Con café y…

—Sangre —terminó por ella—. Y hablando de eso. —Miró a Rürik—. Ya han vaciado mi depósito.

—Lo solucionaré esta noche, cariño —respondió Rürik esbozando una sonrisa.

—¿Dónde dormirán estos dos? No te creas que me quedaré un segundo más a acomodar los cuartos de invitados. —Señaló a Mërg con dedo acusador.

—Nos iremos —informó Numa con voz queda, y luego tragó saliva cuando los exquisitos ojos oscuros de la joven se cerraron sobre los verdes transparentes de él.

—Por si no lo has notado, el sol ya está brillando sobre nuestras cabezas. A menos que quieras prenderte fuego como una hoguera, sugiero que encuentres una oscura habitación donde pasar el día.

—Cómo tus pacientes no sienten terror ante tu presencia, es algo que excede mi entendimiento —habló Jensen con la boca llena de panqueques y huevos—. Es la primera vez que veo un Mörka asustado de un humano.

—¿Podrías tragar antes de hablar, por favor?

Raith esbozó una amplia sonrisa al ver que Jensen reaccionaba inmediatamente al regaño de la humana, forzando la comida a través de su garganta.

La joven inclinó el cuerpo sobre la mesa, golpeando a Jensen en su trayecto y extendiendo la mano en dirección a Raith.

—Hola —saludó, sonriente—. Soy Kat.

Raith volvió a sonreír y tomó la mano de Kat con delicadeza y firmeza al mismo tiempo.

—Raith. Un placer.

Kat volvió a su posición original golpeando a Jensen nuevamente, haciendo que el antiguo Mörka pusiera los ojos en blanco.

—¿Y tú? ¿Tienes nombre?

Numa tardó más tiempo del necesario en contestar, ahora todos los ojos de los presentes posados sobre él. Carraspeó, tragó saliva y abrió la boca.

—Numa.

Kat enarcó las cejas y luego giró sobre sus talones.

—Lo que hacen los padres a sus hijos —articuló a medida que se alejaba, haciendo reír a todos con su comentario, y logrando que Numa levantara una de las comisuras de sus labios.

—¿A qué hora estarás de regreso? —indagó Mërg.

—¡Estaré aquí cuando haya caído el sol! —respondió en una exclamación desde el pasillo.

—¿Vive con ustedes? —Quiso saber Raith.

—Así es —respondió Danila—. Apsal y Rürik alcanzaron a salvar su vida hace unos diez años atrás. Toda su familia fue masacrada por un grupo de Vandöda.

—¿Diez años atrás? Era apenas una niña —se alarmó Raith.

—Sí. Tenía dieciséis años.

—Que espanto —lamentó la Mörka.

—¿Es médica? —se animó a hablar Numa.

—Enfermera —contestó Jensen.

—Su cumpleaños es en tres días —sumó Apsal—. Debemos organizarlo.

—¿Y lidiar con sus quejas por haberlo hecho? —pensó Mërg en voz alta—. No creo estar de humor para ello.

—Pues recuerda todo lo que hace por tu triste trasero y ponte de humor —regañó Rürik.

—Muy cierto —aceptó el hermano de Iara con actitud despreocupada.

—¿No comerán? —Los ojos de Iara se posaron sobre Numa y Raith.

—Aún no toleramos bien la comida.

Iara tomó dos botellas llenas de sangre y las puso frente a ellos.

—Entonces beban —pidió en tono de orden—. Porque de poner en riesgo la vida de Kat, les puedo asegurar que sus cabezas no durarán mucho tiempo sobre sus cuellos.

—Nosotros jamás… —intentó Numa.

—Jamás para ustedes dos es hasta que el Vandöda durmiente tome lugar. —El tranquilo, aunque grueso y profundo tono de voz de Rürik generó un silencio sepulcral en el salón, y los dos Mörka lo miraron con expresión dolida—. Son demasiado jóvenes, y aún deben aprender a controlarse alrededor de los humanos. Los lobos pueden defenderse, pero los humanos no. Iara ha decidido que son dignos de estar compartiendo esta mesa, pero yo aún necesito ser convencido de ello. —El enorme torso de Rürik se inclinó sobre la mesa—. Un solo paso en falso, y daré vía libre a Jensen para que los aniquile antes que puedan parpadear. ¿Entendido?

Ambos asintieron comenzando a entender cómo las cosas funcionaban allí. Jensen podía ser el ser más poderoso y peligroso del planeta, pero el que tomaba las decisiones allí era Rürik.

—Hay algo que quisiera agregar a eso. —sumó Iara mientras rebasaba nuevamente su plato de comida. Lo colocó frente a ella y luego, entrelazando los dedos de las manos, los colocó debajo de su barbilla. Jensen, Rürik y Apsal sonrieron al mismo tiempo. Era el idéntico gesto que Oleg hacía cuando se disponía a lanzar una idea que no debía ser refutada—. Por la terquedad que me caracteriza he negado por mucho tiempo ser parte de esta familia, lo que deviene en la triste conclusión que hay muchas cosas que no sé y no entiendo. Todos ustedes han sido instruidos por mi padre por cientos de años. Él les ha enseñado la importancia de amar hasta la criatura más indefensa. —Tomó la mano de Jensen entre las suyas, y luego miró a Apsal y Rürik—. Han tenido años de práctica, acompañados por la sabiduría de mi padre. Si yo, que soy su hija, encuentro difícil entender ciertas cosas, ¿cómo creen que es para ellos? —Señaló en dirección a Numa y Raith—. Esta noche han demostrado que su intención de formar parte nuestra va algo más allá de la orden que les dio Jensen. Pero es más el miedo que sienten por él lo que los motiva, que el amor que sienten por nosotros.

»He estado pensando, y creo que me ayudaría mucho entender ciertas cosas si tengo la oportunidad de conocer el lugar donde todo comenzó. —Los dos lobos y los tres antiguos Mörka compartieron miradas estupefactas—. Y creo que también ayudaría a Numa y Raith. Estoy segura que lo que han escuchado siempre ha sonado a sus oídos como mitos y leyendas. Creo que es hora que ellos y yo conozcamos el lugar donde mi padre y mi madre lograron lo imposible. Convertir a tres despiadados Vandöda en los seres leales y amorosos que son hoy.

—¿Estás diciendo que quieres ir al castillo? —preguntó Mërg, intentando salir de su estupor.

—Sí. Quiero conocer el lugar donde tú, Danila y yo nacimos. Quiero conocer el lugar donde vivió el hombre más altruista que esta tierra haya conocido. —Miró a Rürik esbozando una sonrisa mientras hacía alusión a sus palabras—. Y quiero que Raith y Numa nos acompañen. Por supuesto, si ellos así lo desean.

Los dorados ojos de Iara se posaron sobre ellos para encontrar los de Raith enjugados.

—Sería un honor —habló resolviendo el nudo que se había formado en su garganta.

Luego, los ojos de la Alfa se posaron sobre Numa.

—No sé si me ayudará a encontrar lo que hace siglos busco, pero quizás me acerque a ello.

—¿Qué buscas? —Quiso saber Jensen.

Los ojos verdes de Numa se cerraron sobre los grises de él.

—Paz. Estoy cansado de esta lucha interna constante. Ya no la quiero sentir. Es agotadora.

Danila extendió el brazo y apoyó su cálida mano sobre la gélida de Numa.

—Te ayudaremos a encontrarla. Es posible. Mi tío estaba convencido de ello.

Jensen tomó la botella que Iara había puesto frente a Numa, la destapó y volvió a colocarla frente a él.

—Si Oleg estuviese aquí diría que ya has dado el paso más importante. Ahora, bebe. Porque si atacas a Kat, lamentablemente no podré contemplar tu necesidad de encontrar la paz interior.

Numa tomó la botella y le dio un largo trago.

—Bien. ¿Suecia entonces? —lanzó Mërg.

—Luego del cumpleaños de Kat —sumó Danila.

—Quiero ayudar —confesó Raith—. ¿Qué necesitamos?

—Bueno, ante todo, si ustedes dos van a estar aquí, sangre —razonó Rürik—. Esta noche iré por ella.

—Iré contigo —propuso Numa.

—¿Y permitir que entres a un hospital plagado de humanos? Bajo ningún punto de vista.

—Debes darle una oportunidad —interrumpió Iara—. Que Jensen vaya con ustedes. Detectará con facilidad si Numa tiene dificultades para controlarse, y por supuesto lo sacará de allí antes que una desgracia tome lugar.

—¿Y ahora me he convertido en niñera? —se quejó Jensen. Iara giró la cabeza lentamente hacia él, siendo eso todo lo que hizo falta—. De acuerdo —aceptó de mala gana.

—Ni bien baje el sol, puedes acompañarnos a mí y a Iara a comprar los elementos de decoración. Debemos hacerlo antes que las tiendas cierren —propuso Danila.

—Genial. —Raith se mostró entusiasmada.

—Yo me ocuparé de las bebidas —sumó Mërg, y luego miró a Apsal—. Tú encárgate de la carne para la barbacoa.

—¿Y dejar a Iara y Danila vagando solas de noche por la ciudad?

—Estarán conmigo —interpuso Raith.

—Sin ánimos de ofender, pero la verdad que no me produce ningún alivio —confesó Apsal.

—Si tu preocupación es que Iara aún esté algo débil, no necesita más que mi compañía para garantizar su seguridad —espetó Danila con tono gélido.

—No me preocupa solo Iara.

—Tuviste más de trescientos años para preocuparte por mí. Empezar ahora es ridículo.

—Tenemos compañía —advirtió Mërg.

—Entonces resumámoslo. —Giró la cabeza y miró a Raith y Numa—. Más de cuatrocientos años junto a mí tío, y el muy idiota todavía no ha aprendido cuando ya es demasiado tarde.

Danila se puso en pie con tal ímpetu que la silla tronó contra el piso detrás de ella y rápidamente desapareció.

Iara se incorporó casi en cámara lenta.

—Disculpen. —Miró a Raith—. Ven conmigo.

La Mörka respondió inmediatamente y le siguió los pasos fuera del salón.

Mërg llevó los ojos a Apsal.

—Dale tiempo.

Apsal tenía la vista clavada en su taza de café mezclada con sangre. Sin mediar palabra, se incorporó y con pasos pesados se encaminó a su habitación.

—Bienvenido a la familia —articuló Mërg con tono frustrado, levantando su taza de café, señalando a Numa antes de darle un sorbo al brebaje.

***

Abrió la puerta principal con gestos molestos y la iluminación de la calle mostró la marcada irritación que la gobernó al recaer en que el hall de entrada y claramente toda la casa estaban sumidos en una profunda oscuridad.

Debido que cargaba tres bolsas de papel madera rebosantes de compras del mercado pegadas al pecho para evitar desparramarlas, la suela de su zapatilla encontró la madera de la puerta y la empujó generando un estruendo seco y ensordecedor.

—¡Mërg! —exclamó en un grito enojado.

Rápidamente pensó en qué hacer. Si dejar las bolsas para liberar las manos y encender las luces, o caminar por el largo pasillo en penumbras. Decidió lo segundo.

—Una pensaría que los muy malditos contemplarían la falta de visión sobrenatural de un simple humano. Pero no. —Caminó a paso rápido dándole a ciegas con el codo a un interruptor a su derecha—. Si no fuese por mí, no serían capaces de encontrar sus malditos traseros y ¡así y todo no tienen la decencia de dejar las luces prendidas para los que no podemos ver en la maldita oscuridad! —gritó sabiendo que no había nadie que la escuchara, pero aun así, descargando su frustración.

Lanzó un grito de dolor al llevarse puesta la pared donde el pasillo terminaba, sintiendo la humedad del corte que se había hecho en la frente.

—Genial.

Llegó a la cocina y lanzó las bolsas sobre la enorme mesada de madera. Tomó una servilleta de papel y se apretó allí donde una gota de sangre había asomado.

—Marco. —Escuchó la cantarina voz de Mërg a lo lejos, y en sus ojos asomó la furia.

—Patearé tu lobuno trasero cuando te encuentre.

—Marco.

Detectó que la voz provenía del amplio jardín trasero, y girando sobre sus talones, abrió la puerta de par en par y bajó las escaleras con la velocidad de una bala.

—Eres un idiota, Mërg Ladden.

De repente todo el jardín se iluminó y el grito de bienvenida la frenó en seco.

—¡Sorpresa!

Exclamaron todos al unísono, pero el rostro severo de Kat no mutó a uno de mayor alegría.

Numa ya había olido su sangre y se lamentó por las miradas que le dirigían Jensen y Apsal, claras miradas de advertencia.

Su focalización en la frente ensangrentada de Kat no estaba relacionada a su sed de sangre, sino a un instinto protector que había nacido en lo más profundo de sus entrañas desde el momento en que la muchacha había cruzado el umbral hacia el salón tres días atrás.

—¡¿Sorpresa?! —exclamó—. Podrían haber encendido las malditas luces.

Mërg se acercó a ella sonriente. Su afilada uña lobuna hizo un pequeño corte sobre su muñeca, mojó el dedo índice con su sangre y lo llevó a la frente de Kat.

—Eso ayudará. —La rodeó por completo con sus largos brazos y la elevó del suelo, Kat sin tardar en rodearle el cuello y lanzando un gritito de entusiasmo—. Feliz cumpleaños, nena.

Los abrazos siguieron por el resto de la familia, quedando Numa y Raith para lo último.

—No me digan que han estado involucrados en todo esto.

Raith sonrió, se acercó y le regaló un beso en la mejilla.

—Solo se cumplen veitisiete años una vez.

—Viniendo de una Mörka centenaria, voy a tomar eso como un cumplido.

—Han participado en absolutamente todo —dijo Iara, esbozando una enorme sonrisa—. Comida, bebidas, el pastel.

Iara miró a Numa, y éste le rogó con la expresión, por lo que la Alfa se apiadó de él y lo liberó de la presión.

Numa la saludó manteniendo la distancia y esbozando una sonrisa que Kat escrutó por largos segundos.

Comieron y bebieron por largas horas entre conversaciones distendidas y carcajadas generadas por las ocurrencias de la joven humana, que había logrado arrancar una que otra de la garganta de Numa.

—¿Hace cuánto que están juntos? —preguntó Kat.

Raith frunció el entrecejo, y luego carcajeó cuando entendió a lo que se refería.

—Numa es mi hermano.

—¿Qué? —exclamaron todos menos Jensen, que claramente estaba al tanto del parentesco.

—¿Ustedes dos son hermanos de sangre?

Numa asintió con una media sonrisa.

—Somos mellizos —sumó Raith.

—¿Su familia?

—Masacrada por Vandöda.

—¿Y quién los salvó a ustedes? —Quiso saber Kat.

—¿Llamas a esto salvación? —La intención del pensamiento fue traiconada por el cerebro que materializó las palabras de Numa.

—¡Numa! —reprendió su hermana.

—Me refería a lo que somos.

Un prolongado silencio se apoderó del jardín.

—No veo nada malo en lo que eres. Menos aún cuando no ha sido tu elección —advirtió Kat con suma determinación en su tono, pero Numa no la miró, limitándose a dar un sorbo a su copa de vino mezclada con sangre.

—Fuimos Vandöda por cincuenta años, hasta que Jensen nos encontró y nos ayudó en la transición.

—Aun así, debía haber algo de humanidad en ustedes —dijo Iara—. Cincuenta años es mucho tiempo.

—No en mí. —Se sinceró Raith—. Numa fue siempre el responsable de mantenerme a raya, si existe tal cosa para un Vandöda. Su humanidad siempre se mantuvo encendida en algún lugar de su hermosa alma.

Cuando Kat notó que Numa se disponía a ponerse en pie, se adelantó.

—No te vayas. —El pedido detuvo en seco al Mörka—. Luego de diez años es un alivio pasar un cumpleaños con alguien que no sea estos payasos.

Se mantuvo en su lugar y ésta vez, sus transparentes ojos verdes se cerraron sobre los negros de Kat.

—Bien —lanzó el salvavidas Iara—. Hora de los regalos. Pero nadie te dirá de parte de quién vienen. Deberás adivinarlo.

Cuando su rostro se iluminó como el de una niña, Numa sonrió. Kat tomó el más grande y lo abrió con rápidos movimientos, desplegándose detrás del papel rajado el enorme tomo de un diccionario médico. Carcajeó y miró a Rürik.

—Sí que estás atento cuando me quejo de lo que quiero y no tengo.

Rürik le guiñó un ojo esbozando una sonrisa.

Siguió por asir rápidamente un sobre y al abrirlo carcajeó con más ganas. Sus ojos fueron directos a Jensen.

—El que odia comprar regalos. —Todos rieron—. No lo contaré ahora, pero parece que alcanzará para comprar todo el maquillaje que hace meses quiero adquirir.

—Pues vuélvete loca, pequeña —animó Jensen.

Siguió por la bolsa y abrió la boca grande al extraer la prenda.

—¿Dani?

La aludida negó con un movimiento de cabeza.

—Hace dos noches cuando regresaste de trabajar vi que tu ambo estaba algo raído —explicó Raith.

Kat se puso en pie, rodeó la mesa y esperó a que Raith se pusiese en pie, gesto que imitó Numa. La joven humana se abalanzó sobre la Mörka y la abrazó.

—Gracias Raith. Es perfecto.

Desde donde estaba tomó una pequeña caja chata y de forma rectangular. La destapó y su expresión mutó a una divertida y al mismo tiempo, reprensora. Tomó la delicada y provocativa prenda y la extendió frente a ella. Luego, sus ojos fueron directo a Mërg.

—Eres un idiota —pronunció con voz cargada de diversión.

—Cariño, no haces más que trabajar y cuidar de nosotros. Es hora que busques alguien con quien usar eso.

El jardín se llenó de profundas carcajadas, incluidas las de Numa.

Otro enorme paquete la esperaba, y de allí extrajo un grueso libro.

—Quién iba a decirlo —dijo mirando a Apsal—. Tú también escuchas.

—A veces —respondió con una sonrisa—. Pero para no escucharte a ti habría que estar sordo. Disfrútalo.

Danila puso una enorme caja frente a ella.

—Esto es de parte mía y de Iara.

Comenzó a sacar uno a uno. Vestimenta de todo tipo y color para caminar en la montaña, zapatos acordes para hielo y nieve, dos chaquetas que parecían poder abrigar en el más contrariado clima, linternas frontales y finalmente, un pasaporte y lo que parecía un ticket de avión. Le dio una mirada, y luego sus ojos se posaron sobre Danila.

—¿Suecia?

—Es una invitación que por supuesto puedes declinar sin ningún tipo de compromiso ni ataduras.

—¿Invitación?

—En dos días todos partiremos a Suecia a visitar el lugar donde hemos nacido, para darle una oportunidad a Iara, Raith y Numa a que conozcan toda la historia de la familia. Eres parte de esta familia, y sería una alegría para todos nosotros si aceptaras venir.

—Sería un honor. ¡Sí! —Todos exclamaron de alegría—. Pero según tengo entendido, hay más de cincuenta kilómetros hasta el castillo desde el último punto al cual se puede acceder en vehículo. No haré más que entorpecer la marcha.

—No lo harás —habló Mërg—. Y si nos aburres mucho te cargaré al hombro, tú patearás y lanzarás maldiciones hacia mi persona. Nada que no suceda todos los días. —Todos carcajearon.

—De acuerdo.

—Y ahora —Iara apareció detrás de ella cargando el pastel—, el último regalo.

Numa disimuló el momento en que tomó mucho aire y lo largó lentamente, paralizándose cuando el rostro de Kat se congeló en el tiempo y las lágrimas no tardaron en asomar. El pastel mostraba la imagen de la foto que atesoraba en su dormitorio, la última que se había tomado junto a su madre.

—Dios. —Se escuchó el lamento de Numa—. Lo siento, creí…

Lo tenía muy cerca, por lo que solo tuvo que girar hacia la izquierda para rodearlo con los brazos y esconder el rostro en su cuello. Lentamente Numa dejó sobre la mesa la copa que cargaba en su mano y correspondió el abrazo rodeándole la cintura y ejerciendo una leve presión que hizo que sus cuerpos se fundieran.

—Es perfecto —dijo sin dejar ir del abrazo—. El mejor regalo. Gracias.

Cuando desenroscó los brazos le regaló un suave beso en la mejilla que hizo al Mörka estremecerse de pies a cabeza.

—De nada —logró articular Numa en voz baja.

Iara colocó los números dos y siete sobre el pastel, y encendió las velas dando comienzo al cántico.

***

Bostezando ingresó a su habitación, y cuando estuvo por tenderse sobre el colchón, la pequeña cajita que yacía sobre el acolchado blanco la detuvo en seco. La tomó entre las manos y al destaparla un delicado colgante de piedra turquesa y fina cadena de plata provocó que sus ojos se abrieran como el dos de oro. Luego recayeron en el sobre rojo. Lo abrió, sacó la nota y se sentó en el borde de la cama.

Lamento haber entrado sin permiso a tu habitación. Por segunda vez.
Esta gema perteneció a mi madre. Según ella decía, había estado en la familia por cien años, por lo que entonces creo que debe tener más de doscientos.
No tienes que usarlo, pero es tuyo.
Feliz cumpleaños.
Numa

Lanzó una risa emocionada que acompañó el velo de lágrimas humedeciendo los ojos. Se colocó el colgante rápidamente y luego su espalda tocó el colchón. Llevó la mano a la delicada y hermosa piedra y sus párpados cayeron, su rostro esbozando una relajada sonrisa.

***

La preparación había ocupado gran parte del día, y ya casi cerca del atardecer, sentía los pies palpitando dentro de las zapatillas. Enfrentando las hornallas y revolviendo con ímpetu, secó la transpiración de la frente con el antebrazo. Sintió los pasos detrás de ella, pero no volteó.

—Estoy ocupada, Mërg. No molestes.

El recién llegado sonrió.

—Soy yo.

Giró la cabeza y lo miró a los ojos.

—Lo siento.

Cuando Kat terminó de voltear, los ojos de Numa cayeron sobre el colgante.

Apagó las hornallas y acortó la distancia hasta él, apoyando su cálida mano humana sobra la gélida de él, que bajo la de ella se veía enorme y pálida. La mano libre se apoyó sobre el pecho y Kat siguió el movimiento de los pectorales inflándose y desinflándose para congelarse en ese momento.

Mërg se acercó por detrás, no sin disimular en lo que había reparado, y caminó directo a las ollas humeantes haciendo caso omiso al momento en que Numa y Kat se separaron como si un rayo se hubiese interpuesto entre ellos.

—¿Qué diablos es esto?

—Algo en lo que he estado trabajando todo el día, por lo que agradecería, limites tus comentarios. Y no es para ti.

Kat lo alejó de un empujón, tomó una pequeña cuchara de té y la llenó de la mezcla violácea. Regresó a Numa y extendió la cuchara entre ellos.

—Pruébalo. Necesito saber si lo toleras.

La enorme mano de Numa se dirigió hacia la de ella y la despojó de la cuchara con delicadeza.

—Espera —sugirió Mërg extendiendo una gruesa bolsa de papel madera—. Vomita en esto si tienes que hacerlo.

Kat puso los ojos en blanco y luego los focalizó en los verdes de Numa, que lentamente se llevó la cuchara a la boca. Degustó y tragó.

—Definitivamente sabe bien.

Por supuesto que sabe bien. Tiene más sangre que otra cosa y, además, soy una excelente cocinera.

—¿Quiero saber qué tiene eso? —lanzó Mërg entre atormentado y divertido.

—No. —Cortó en seco Kat.

—Ni siquiera siento náuseas.

—Excelente. Iré a ducharme, y luego seguiré cocinando.

—¿No crees que ya has hecho suficiente? —sugirió Numa.

Kat giró la cabeza en dirección a las cuatro ollas.

—¿Crees que podremos cargar eso en el avión y luego en las montañas? No lo creo. Tengo que ver de qué manera hago diferentes preparaciones que puedan ser transportadas en mochilas.

Numa abrió la boca para replicar, pero Kat no le dio tiempo, ya que lo sorteó y se perdió por el pasillo en dirección a las escaleras que llevaban a las habitaciones. Sintió la mirada de Mërg atravesándolo de lado a lado y tragó saliva al encontrarla.

—Mërg, nada pasó.

—Esa muchacha es como una hermana para mí. Una hija para Rürik.

—Lo entiendo.

—Es la primera vez en los diez años que la conozco que ha mostrado verdadero interés por un hombre.

—Yo…

—No veo nada malo en que correspondas ese interés —interrumpió—. Pero si la lastimas, ya sea físicamente o rompiendo su corazón, antes de arrancarte la cabeza te cortaré el pene. —Dibujó en su rostro una sonrisa de oreja a oreja—. ¿De acuerdo?

Pasó por su lado, le palmeó el brazo y siguió camino, dejando a Numa paralizado en el tiempo.

Mërg giró en dirección a la biblioteca y en la esquina del pasillo se llevó por delante a Raith, a quien asió con fuerza por las muñecas para evitar que el impacto con su fornida estructura lanzara su trasero directo al piso.

La Mörka elevó los ojos hacia los oscuros de él, sosteniendo la mirada que de a poco fue mutando al punto que todo su rostro se derritió. Como por acto reflejo sus labios rozaron los de Mërg que tan bien se sintieron sobre los gélidos de ella. Pero fue un segundo de gloria. Mërg corrió el rostro inmediatamente y le soltó las muñecas con gesto molesto.

—No estoy interesado en las sobras de Jensen. —Al ver lo que esas palabras habían ocasionado, sintió la punzada de la culpa.

Raith lo sorteó y desapareció recurriendo a la sobrenatural velocidad que generó una ráfaga de aire sobre el rostro de Mërg. El lobo tragó saliva y luego obligó a sus piernas a moverse. Cuando abrió las puertas de la biblioteca encontró los rostros cargados de reprensión de Rürik, Apsal y Jensen, que de pie alrededor de la enorme mesa redonda, evaluaban el terreno que deberían transitar a pie.

Mërg se acercó, cruzó los brazos sobre el estómago y miró el mapa.

—¿Cuál es el plan?

—¿Era eso necesario?

Mërg elevó los ojos de mirada gélida y los clavó sobre su amigo.

—¿Cuál es el plan, Jensen? —sugirió nuevamente, su voz saliendo entre dientes apretados.

Jensen tomó mucho aire, lo largó con fuerza, y comenzó el relato.

El regreso a casa

Mërg había indicado a la agencia de alquiler que precisarían los vehículos con el mejor polarizado disponible, lo que les permitía transitar la extensa pradera por debajo de la montaña de bosque que se alzaba frente a ellos.

Numa detuvo el vehículo mientras reía por las ocurrencias de Kat que sacaba una carcajada detrás de otra de Raith. Mërg puso los ojos en blanco, abrió la puerta del vehículo, y un rayo de sol dio directo sobre la rodilla de Raith, que chilló y luego se mordió los labios para ahogar el suplicio del dolor. Dio un portazo y se alejó del vehículo dando grandes zancadas.

Numa había volteado aterrorizado para encontrarse con la imagen de Danila y Kat, que acompañaban en el asiento trasero a Raith, asistiéndola. El pantalón estaba chamuscado y el enorme agujero mostraba la carne al rojo vivo de su hermana.

Danila se apuró a hacerse un tajo en la muñeca y verter su sangre sobre la herida, mientras Kat dirigía la iracunda mirada en dirección a un Mërg que seguía alejándose.

Una vez la conmoción hubo pasado, Kat acarició la enrulada y dorada melena de Raith.

—Danila, pásate para este lado así puedo abrir la puerta. —Raith se arrastró a lo largo del asiento y Danila quedó en su lugar—. Ya vuelvo —informó con tono determinado.

Abrió la puerta solo lo necesario para poder arrastrar su cuerpo fuera y la cerró, Numa siguiendo con la mirada su enfadada marcha hacia Mërg.

—¡¿Cuál es tu maldito problema?! —exclamó tomándolo por el hombro y volteándolo con fuerza para que la enfrentara.

—No estoy de humor, Kat.

—¡Me importa un comino tu humor!

Iara llegó al trote hacia ellos.

—¿Qué sucede?

—El idiota abrió la puerta del vehículo sabiendo que el sol alcanzaría a Raith.

Iara frunció el entrecejo y miró a su hermano con expresión severa.

—¿Es verdad?

Mërg tomó mucho aire y lo largó con fuerza, claramente irritado.

—Lo siento. Fue un error. No volverá a suceder.

—Pero…

—¡Lo siento! ¿De acuerdo? —giró y les dio la espalda encaminándose hacia las profundidades del bosque—. Regresaré cuando caiga el sol.

Kat y Iara compartieron miradas estupefactas y lo observaron alejarse.

—Déjalo ir, Iara. —Escuchó la voz de Rürik desde el interior del segundo vehículo que conducía Jensen.

***

El último rayo de sol destelló sobre el oscuro cabello de Mërg, y ni bien terminó de esconderse, Numa salió del vehículo y le asestó ambos puños sobre el pecho, Jensen y Apsal apurándose a detener un enfrentamiento para el que no tenían tiempo.

—Como vuelvas a hacer algo semejante, tú y yo tendremos serios problemas.

Mërg elevó ambas manos a los costados.

—Lo siento —articuló con voz queda—. No volverá a suceder.

—Eres un idiota.

—¡Numa! —exclamó Raith—. Ya pasó. Déjalo estar.

—Raith

—Déjalo estar —pidió nuevamente, ésta vez con voz apagada.

Raith se cargó la enorme mochila a los hombros y comenzó a caminar en dirección al bosque, seguida del resto.

La marcha disminuyó notablemente cuando el terreno comenzó a escarparse y jugarle una mala pasada a las piernas humanas de Kat, que hacía un gran esfuerzo por mantener la respiración fluida y tranquila.

Habiendo pasado un par de horas se detuvieron en un claro, y los lobos y Kat aprovecharon para tomar agua, ésta última tirando la mochila a un lado y desplomándose en la húmeda tierra.

—Abrígate, o la transpiración se enfriará y enfermarás —sugirió Mërg.

—No me digas que hacer.

—Kat.

—Tiene razón —intervino Numa—. Abrió la mochila de Kat, extrajo el segundo abrigo, y le cubrió la espalda y los hombros.

—¿Los has visto?

Preguntó Mërg sin mirar a nadie.

—Sí —contestó Jensen.

—¿Qué cosa? —Quiso saber Kat.

—Nada, cariño. —Raith se agachó junto a ella y le regaló una sonrisa tranquilizara—. No te preocupes.

—Si me dices que no me preocupe, eso me dice que debería estar preocupada por algo.

—No con Jensen aquí —repuso Apsal.

—¿Alguien podría decirme que está sucediendo? —demandó Kat.

Raith le tomó la mano enguantada.

—Hay un grupo de Vandöda que nos ha estado siguiendo.

El rostro de Kat mutó a una expresión de terror y su corazón comenzó a latir con fuerza contra su pecho, despojándola del poco aire que había recuperado en el breve descanso.

Numa dejó caer las rodillas sobre la tierra muy cerca de ella.

—Jensen se ha mantenido todo el tiempo muy cerca de ti, y por eso no se han atrevido a acercarse. Y no lo harán. Le temen.

Jensen se apostó frente a ella, calzó las manos bajo sus axilas, y la puso en pie de un imperceptible tirón.

—Y ahora. —Le dedicó una amplia y tranquilizadora sonrisa—. Haremos esto como cuando eras adolescente.

Jensen volteó dándole la espalda, y luego, con los movimientos del brazo, indicó a Kat que saltara sobre él.

Iara sonrió al verla saltar sobre su espalda, Jensen tomándola de la parte de atrás de las rodillas y Kat rodeándole el cuello con los brazos.

Numa tomó la mochila que antes Kat había llevado sobre su espalda y retomaron la marcha.

—Me siento sumamente agradecida que seas el desgraciado más temido en el planeta.

Jensen lanzó una carcajada antes de apurar los pasos cuesta arriba.

Las horas pasaron, Kat habiendo caído rendida en la espalda de Jensen, su rostro dormido y pacífico ladeado entre sus omóplatos.

Llegaron al primer sector más poblado de árboles y que había sido pensado como primer lugar de descanso una vez que saliese el sol.

—Será mejor que permanezca dormida. Tenemos solo diez minutos.

Danila tomó delicadamente a Kat asegurándose que no despertara, la acunó entre sus brazos como haría un adulto con un bebé, y apoyando la espalda contra la rugosidad de un árbol, cayó al piso con la muchacha en su regazo.

—Raith, quédate con Danila —susurró, manteniendo la voz muy baja para las siguientes órdenes—. Mërg, ve al sector Norte. Apsal y yo los dirigiremos en esa dirección. —El lobo asintió y rápidamente desapareció—. Rürik, Numa, Iara estará en el Este.

Los Mörka se dispersaron inmediatamente y antes que Iara desapareciera, Jensen le tomó la mano.

—Ten cuidado.

La Alfa sonrió y le atrapó los labios por largos segundos para luego desaparecer.

Jensen le dio una última mirada a Danila y Kat, y a Raith acuclillada junto a ellas y atenta a los sonidos a su alrededor.

Danila esperó a que se alejara.

—No tomes a modo personal lo que ha hecho Mërg. Siempre ha sido un cabrón, pero tiene un buen corazón.

Raith se limitó a callar y mantener la concentración, llegando rápidamente a sus oídos los quejidos desesperados de los Vandöda que estaban siendo claramente acorralados.

Mërg los vio venir en su dirección con Jensen y Apsal pisándole los talones. Con un movimiento brusco de sus manos todas las uñas se manifestaron negras, largas y afiladas, su mandíbula sufrió la proyección de sus dientes lobunos hacia adelante y por fuera de sus labios, ya no pudiendo cerrar la boca, sus ojos refulgiendo más profundos que nunca.

Los primeros rayos del amanecer se reflejaron sobre la espalda de Mërg, y al ponerse en pie, Raith pudo a lo lejos divisar su transformación, sintiéndola imponente y maravillosa. No fueron muchos los segundos que pasaron hasta que las garras de Mërg comenzaron a clavarse en el pecho de los Vandöda, su increíble fortaleza permitiéndole con tan solo girar el brazo por sobre su cabeza, enviar a las desdichadas criaturas por el aire en dirección a la pradera donde los rayos del sol ya refulgían con intensidad, transformando los cuerpos en bolas de fuego que se convertían en ceniza cuando tocaban la hierba.

Giró la cabeza en dirección Este para ver a Iara haciendo lo suyo, en su caso, eligiendo primero desgarrar gargantas y luego lanzarlos hacia el sol con tanta rapidez y agilidad que Raith abrió los ojos como platos, lanzando una leve risa, mezcla de placer y sorpresa.

—Son maravillosos —pensó en voz alta.

—¿Es la primera vez que ves a lobos luchando?

Sin dejar de alternar la mirada entre el sector Norte y el Este, asintió, prácticamente embelesada.

—Mantente alerta, entonces. Aún no has visto nada.

—No sabía que podían ser igual de letales que nosotros.

—Iara puede ser igual de letal que Jensen si se lo propone. Después de todo, es la Alfa.

En cuestión de minutos el grupo de Vandöda había sido aniquilado, y ahora los quejidos habían sido suplantados por las voces alegres y alguna que otra risa perdida en el bosque.

Los primeros en regresar fueron Mërg, Apsal y Jensen, el primero con la camiseta embadurnada de la envenenada sangre púrpura. Cuando el lobo llegó a su mochila y se quitó la camiseta, Raith debió forzarse a desviar la mirada de los abultados y transpirados músculos de los que era dueño. Jamás había visto el cuerpo de un lobo. Sabía que todos eran fornidos, pero nunca lo había visto en vivo y directo.

Danila se mordió los labios para no reír, y miró hacia otro lado para disimular el haber notado la estupefacción de Raith cuando su primo se agachó para revolver dentro de su mochila y extraer una nueva camiseta.

Raith acortó dos pasos hacia Mërg y se detuvo en seco cuando éste le dirigió una mirada gélida.

—Tienes un corte en el cuello.

Mërg se llevó la mano allí y luego delante de su cara, para encontrarla manchada de su propia sangre.

—No sé qué es lo que te preocupa. ¿O será que le temes al instinto de prenderte a mi yugular?

—¿Qué diablos está sucediendo entre ustedes dos? —demandó saber Apsal.

Raith giró para evitar que todos vieran sus ojos anegados de las lágrimas que ya habían comenzado a correr por sus mejillas. Tomó aire para lograr sonar lo más compuesta posible.

—¿Puedo adelantarme?

Jensen supo que la pregunta iba dirigida a él.

—Sí —contestó casi mecánicamente, y en el momento en que Raith desapareció entre los árboles, los gélidos ojos grises de Jensen se posaron sobre los oscuros de Mërg.

Aguzó el oído y aprovechó que, al resto, grupo en el que se encontraba Numa, le quedaba al menos veinte segundos para estar de regreso.

—No sé qué te está llevando a convertirte en este hombre que sé que no eres, pero será mejor que lo resuelvas lo antes posible.

—¿Dónde está mi hermana? —Quiso saber Numa.

Iara resolvió la incógnita rápidamente.

—Quédate con Kat, Numa. Querrá verte cuando despierte. Yo iré a buscar a Raith.

—¿Ha sucedido algo? —Numa dirigió sus ojos acusadores a Mërg.

—No —adelantó Dani—. Ha querido caminar el terreno.

Numa siguió con la mirada los pasos de Mërg cuando comenzó a caminar en la dirección contraria a la que tomaba Iara. La Alfa se apuró terreno arriba hasta que se detuvo en seco al ver a Raith arrodillada sobre la tierra llorando desconsoladamente. Se arrodilló junto a ella y le pasó un brazo por la espalda.

—Lo siento tanto, Raith. No sé qué le sucede a mi hermano.

La Mörka no contestó, limitándose a limpiarse las mejillas y sorberse la nariz.

—Estoy acostumbra al rechazo. —Un sollozo ahogó las palabras, y Iara la abrazó con más fuerza—. Pero en este caso duele demasiado.

—Dime qué te ha dicho.

—Lo besé el otro día —explicó—. Me dijo que no quería las sobras de Jensen. —La expresión de Iara mutó a una sumamente severa—. Lo siento —Se separó de ella y la miró a los ojos—, tienes que saber que…

—Sé de tu historia con Jensen, y no me molesta en absoluto. No entiendo por qué debería molestarle al cabrón de mi hermano.

—No confía en mí. Me alarmé cuando vi el corte en su cuello y lo atribuyó a mi sed de sangre. Jamás haría algo así. Ya no. —Volvió a desplomarse en llanto, y Iara volvió a tomarla entre sus brazos.

—Lo sé, cariño. Lo sé. —La meció sobre su pecho por largos minutos hasta que Raith cayó rendida y Iara se acomodó para acunarla mejor y permitir que descansara, sabiendo ahora que la presencia de un lobo, por la alta temperatura de su cuerpo, le permitiría dormir.

Giró la cabeza cuando escuchó los pasos detrás de ella, y sonrió al ver a Jensen arrastrar la espalda contra un árbol. Una vez sentado con las piernas replegadas hacia su estómago y los brazos descansando sobre sus rodillas, le guiñó el ojo.

—Eres una buena amiga, Iara Ladden —susurró.

—Y tú un buen novio. Y ex pareja —replicó con voz suave.

—Te amo.

—Y yo a ti.

Con Raith entre sus brazos, esperaron la puesta de sol.

***

En el minuto en que el sol había caído aprovecharon para transitar el sector del bosque no tan cubierto por las copas de los milenarios árboles. Ésta vez Kat se había negado rotundamente a ser transportada, o que cargaran la mochila por ella.

Iara y Jensen cerraban la marcha por detrás, simulando no darse cuenta que hacía horas Numa y Kat habían entrelazado los dedos de las manos, el primero evitando una que otra vez que tropezara con las ramas que su visión humana no le permitía ver.

Llegaron al próximo sector protegido por la espesa frondosidad del bosque solo segundos antes que el sol comenzara a despuntar. Se deshicieron de las mochilas y Kat se desplomó en la tierra, Numa cayendo detrás de ella y sirviendo de apoyo para su espalda, no sin antes tener en cuenta colocar el segundo abrigo de Kat entre él y ella, y así evitar que su gélido cuerpo traspasara las ropas y la enfriara.

Quedaban solo diez kilómetros, había asegurado Rürik, que agradecido a Danila por el calor de la cercanía de su cuerpo, cerró los ojos y descansó. Apsal se alejó unos metros, se tumbó en la tierra y dormitó, sin ser realmente capaz de dormir.

Cuando Iara vio que Raith se alejaba en dirección a la pradera donde el sol ya brillaba con fuerza, se apuró a hablar.

—Ven. Siéntate a mi lado y descansa.

—Estaré bien —articuló con voz queda.

Mërg se acercó a Apsal, pero éste hizo un gesto con la mano, desestimando su compañía. El hermano de Iara se alejó unos metros más, cayó rendido sobre la húmeda tierra, y en segundos estuvo dormido. Apsal, Raith y Numa, los únicos que no lograrían conciliar el sueño, serían los responsables de estar atentos.

Las horas pasaron y el calor emanando de la pradera le permitió a Raith dormitar algo más profundamente, alcanzando un estado entre la consciencia y la inconsciencia.

Se sobresaltó al sentir el crujir de las pequeñas ramas del suelo del bosque siendo pisadas, y se incorporó de un respingo, no logrando sentirse algo más tranquila cuando vio que era Mërg el que se acercaba. Sus ojos eran gélidos y el rictus de su boca, aun más.

—Todos acompañados menos tú. ¿Qué te dice eso?

Instantáneamente los ojos de Raith se anegaron de lágrimas.

—Déjame en paz.

—Ambos sabemos que lo último que quieres es que te deje en paz. Has estado anhelando mi tacto desde el momento en que me conociste.

—Y has dejado claro que es algo que no ocurrirá. Ahora vete y déjame en paz.

—Eras una de las Vandöda más despiadadas que la historia haya conocido. Incluso algunos dicen que junto con tu humanidad tu cordura se había perdido. Y que esa locura te acompaña hasta el día de hoy. Verás, te he investigado.

—Ya no soy esa persona.

—No eras una persona. Ni siquiera creo que lo seas ahora.

No pudo evitar el sollozo que la dobló al medio, comenzando a hiperventilar por la falta de aire y el dolor que sentía en el pecho. Le dolía el corazón. Literalmente le dolía, y se llevó la mano allí. Comenzó a caminar hacia atrás cuando Mërg acortó la distancia hacia ella tal como un feroz animal lo haría hacia su presa.

—Creo que deberías hacerle un favor a este mundo y seguir tu camino.

—Mërg —pronunció en un ahogado sollozo.

—Vamos, sigue caminando. Corre y no te detengas.

Raith giró trastabillando, y tal como había deseado Mërg, comenzó a correr, los pulmones quemándole el pecho y el corazón agolpándole la garganta con tanta fuerza que creyó le explotaría y comenzaría a escupir su propia sangre envenenada a través de los labios congelados.

Mërg despertó sobresaltado, y tomando aire como si hubiese estado desprovisto de él por largos minutos, escrutó alrededor poniéndose en pie de un salto.

—Apsal, ¿dónde está Raith?

El aludido y Numa abrieron los ojos, el hermano de Raith poniéndose en pie de un respingo y sobresaltando a Kat.

—¡Raith! —gritó Numa con todas sus fuerzas, exclamación suficiente para despertar al resto.

—¿Qué sucede? —Quiso saber Jensen.

El sol ya comenzaba a asomar en el horizonte, tiñendo el cielo con su primera luz.

—¡Raith! —Numa comenzó a correr cuesta abajo y todos lo siguieron, Danila teniendo que detenerse para esperar a Kat.

A lo lejos la vieron en el centro de la pradera, que de a poco iba tiñéndose con todo el poder del sol.

—¡Raith! —gritó Mërg en una exclamación desesperada.

Sus piernas comenzaron a moverse azotadas por un sentimiento que logró incluso sobrepasar a los Mörka, que en el sector donde el bosque lindaba con la pradera, debieron detenerse en seco cuando el sol les chamuscó la piel.

Los lobos siguieron camino hacia donde los Mörka no podían ir, Kat quedándose junto a un Numa que no dejaba de gritar el nombre de su hermana casi al borde del desquicio, evitando una y otra vez las arremetidas desesperadas de su cuerpo hacia el contacto con el sol que lo mataría, necesitando ayuda de Jensen para contenerlo.

El otro lado de la pradera estaba algo cubierto por otro sector de bosque, pero pertenecía a los lobos, y sin la presencia de un Alfa, la despedazarían. Pero no había otra opción. El sol la alcanzaría en segundos.

La exclamación de su nombre de boca de Mërg logró despertarla del estado semi consciente en el que se encontraba, las palabras dejando de sonar como ecos, llegando fuertes y claras a sus oídos.

—¡Corre al bosque! ¡Corre! —Mërg había sacado una amplia ventaja a su hermana y su prima, pero no sería suficiente.

Cuando Raith reaccionó y comenzó a correr, un grupo de seis lobos la acorralaron evitando que ingresara al bosque.

—¡Limanda! (¡Retrocedan!) —ordenó Iara, y los lobos lo hicieron, pero ya era demasiado tarde.

La espalda de Raith estaba en llamas y los gritos de dolor y desesperación colmaron la pradera y llegaron a oídos de los Mörka al otro lado, Numa cayendo sobre sus rodillas, llorando y gritando en brazos de Kat.

El impulso del cuerpo de Mërg contra el de ella los lanzó directo a las sombras de los árboles, y con movimientos desesperados el lobo comenzó a escarbar tierra y lanzársela al cuerpo para apagar las llamas. Iara y Danila se sumaron a los intentos desesperados por salvarle la vida. Pero ya no escuchaban el latido de su corazón.

Mërg se mordió la muñeca para lograr un mayor torrente de su sangre, y Iara reaccionó inmediatamente elevando el torso de la Mörka y abriendo la boca para que la sangre de su hermano fluyese a borbotones a través de su garganta.

—Detente Mërg. Estás perdiendo mucha sangre. Seguiré yo —propuso Danila.

—¡Estoy bien! —exclamó su primo, sus ojos nublados detrás del velo de las lágrimas que caían sobre el chamuscado rostro de Raith.

Los segundos pasaron y Mërg se abrió la otra muñeca. Iara se la tomó con fuerza y lo obligó a mirarla a los ojos.

—Siente el latido de su corazón. Le salvaste la vida. Ya ha pasado.

—¿Por qué no abre los ojos? —preguntó, transportado por un profundo desconsuelo.

—Necesitará tiempo para sanar. Pero está viva. Seguiremos dándole nuestra sangre, pero tú estás débil ahora.

—¡No!

Intentó acercar otra vez su muñeca a la boca de Raith y Iara volvió a impedírselo.

—Recuéstate junto a ella —dijo como a un niño que necesitaba ser serenado—. Tu calor le sentará de maravilla. Yo seguiré dándole sangre.

Mërg finalmente respondió al pedido de su hermana y con delicadeza tomó el cuerpo de Raith, llevando casi todo su torso hacia el propio y besando la coronilla una y otra vez mientras recuperaba el aliento. Iara miró a Danila.

—Regresa e intenta calmar a Numa.

Danila asintió y salió disparada en la dirección opuesta.

***

Contener a Numa al otro lado había sido una de las tareas más difíciles que Apsal, Rürik y Jensen habían tenido que llevar a cabo en los últimos tiempos, habiendo sido Kat la única capaz de serenarlo, aunque fuese de a ratos.

A medida que el sol se iba retrayendo iban avanzando, hasta que finalmente la pradera se convirtió en un lugar libre de peligro para los Mörka, y Numa comenzó a correr como azotado por un látigo.

Fue doblando las rodillas y se deslizó por la tierra hasta que usó todas las fuerzas de la que era capaz para quedar junto a su hermana y Mërg, que ni siquiera atinó a cubrirse el rostro. Recibió el puñetazo tal como vino, y lo único que se escuchó fue el quejido de su mandíbula quebrándose.

Iara decidió que se interpondría entre ellos en caso que Numa decidiese volver a arremeter. Pero no lo hizo. Tomó el cuerpo algo más compuesto entre sus brazos y apretó a su hermana con fuerza contra el suyo.

—Raith, ¿qué has hecho? ¿qué has hecho? —repitió una y otra vez

Mërg intentó acercarse, pero Numa mostró los dientes filosos y los ojos gobernados por la oscuridad.

—Numa. —El aludido llevó la mirada a Iara con movimiento violento—. Sé que será difícil creerme, pero debes confiar en mí cuando te digo que jamás defendería a mi hermano si él hubiese sido el causante de esto. Estaría respondiendo ante mí. Es la ley.

Jensen se arrodilló junto a Numa.

—Es verdad, hermano. Es una ley inquebrantable entre los lobos. Si uno de ellos pone en peligro a cualquier criatura bajo el ala de protección de los de su propia especie, la sentencia es la muerte. Es una ley suprema y muy dura, y no importa si el que la quebrantó forma parte del linaje real.

Los que habían atravesado la dura decisión que había tenido que tomar Oleg tantos años atrás cuando su propio hijo Köl, segundo de su descendencia, había traicionado la Ley Suprema y aniquilado despiadadamente a cuatro Mörka que formaban parte de la guardia real, se vieron atormentados por el recuerdo.

Los ojos de Numa, ahora de apariencia humana, se posaron sobre el rostro plagado de lágrimas de Mërg.

—¿Qué sucedió?

—No lo sé —respondió Mërg inmediatamente—. Desperté con un sentimiento horrible en el pecho y cuando no la vi, ahí fue cuando pregunté dónde estaba.

Entonces está sucediendo nuevamente.

—¿Qué cosa? —preguntó Jensen.

—Tengo una idea —propuso Iara con voz suave y paciente—. Volvamos al otro lado de la pradera. Los lobos no están contentos con nuestra presencia. —Era evidente que el descontento de los cuadrúpedos estaba directamente relacionado a la presencia de los Mörka, realidad que Iara suavizó incluyendo su propia presencia en el comentario—. Cuando estemos al otro lado podrás contarnos lo que está sucediendo.

Numa se puso en pie con su hermana en brazos.

—Si me permites sugerirlo —habló Jensen con precaución—. El calor de un lobo es ideal en este momento para Raith. Le ayudará a sanar más rápidamente.

—Yo la llevaré si no quieres que Mërg lo haga —adelantó Iara.

Numa dudó hasta que finalmente se acercó a Mërg y pasó a Raith a sus brazos.

Una vez al otro lado, Danila extendió varias mantas sobre la tierra, la bolsa de dormir dentro de la cual Mërg acomodó a Raith, y luego el lobo se acostó junto a ella atrayéndola contra su cuerpo, ambos siendo cubiertos por otra manta. No podría dormir. Estaba atormentado de preocupación, por lo que se acomodó y escuchó a Numa atentamente.

—Raith no perdió la cordura cuando se convirtió en Vandöda —comenzó con voz queda, muy baja y acongojada. Kat le acarició el brazo y comenzó a regalarle suaves y lentas caricias en la espalda—. Era despiadada, pero sus signos de cordura aún estaban allí. Fue luego de la transición. El recuerdo de las atrocidades que había cometido, simplemente no lo podía manejar. —Hizo una larga pausa—. Intentó quitarse la vida incontable cantidad de veces.

Numa se secó las lágrimas, respirando profundamente cuando recibió el suave beso de Kat sobre la mejilla.

—No puedo creer que no me haya dado cuenta. —La culpa en la voz de Jensen fue evidente.

—Fue una maestra para ocultártelo, y me hizo jurar que jamás te lo diría.

—Dios. —Jensen espetó a la nada.

Iara lo rodeó con un brazo y le masajeó el hombro.

—Los primeros años fue en un plano consciente. Pero luego comenzó a estar algo más compuesta. Hasta que me di cuenta que, en un punto, mientras dormitaba, había un momento semi consciente en el que tenía alucinaciones. Hasta que un día lo reconoció. Me comentó que algo o alguien sobre el que se sentía culpable la instaba en la alucinación a quitarse la vida. —Mërg se retorció de culpa bajo la manta, cerrando los ojos con fuerza y apretando aun más el cuerpo de Raith contra el suyo, temblando de ira hacia sí mismo—. Hacía años que no sucedía. Creí que ya había pasado. No debí dejarla fuera de mi vista.

—No es tu culpa, Numa. —Se escuchó la voz nasal típica de los que han estado llorando por una buena cantidad de tiempo—. Dije cosas que no debía haber dicho por el simple hecho que no eran ciertas. Esto es mi culpa. Y te juro que mientras haya vida en mis venas, esto jamás volverá a suceder.

Nadie más habló, todos acomodándose de manera tal que pudieron caer en un profundo sueño.

***

Se removió bajo lo que fuese que generaba peso sobre su cintura, y al abrir los ojos lanzó un grito de horror, se salió de dentro de la bolsa de dormir y se arrastró con velocidad por la tierra para alejarse de Mërg, que se había arrodillado, sus manos sobre la tierra y mirándola con ojos que solo hablaban de querer acercarse y volver a abrazarla, pero era una mirada que Raith no veía.

—Aléjate de mí —pidió temblando y entre sollozos desesperados.

Los ojos de Mërg se enjugaron.

—Raith, escúchame. —Cuando intentó acercarse, ella volvió a alejarse hasta que su espalda dio contra un árbol.

—Raith. —La voz de su hermano logró traerla a la realidad. Una realidad en que el peligro no era tan inminente—. Cariño, escucha. —Se arrodilló junto a ella y acarició la dorada melena—. Fue una alucinación.

—¿Qué?

—Soñaste algo que otra vez hizo que quisieras quitarte la vida.

—No. Mërg estaba ahí. —Sus ojos anegados de lágrimas se posaron sobre el aludido—. Tú me dijiste…

—Jamás te pediría que te quites la vida, Raith.

Logrando volver por completo a la realidad se puso en pie con movimiento brusco y miró a Mërg con suma dureza en su expresión. El lobo se incorporó.

—Pero sí te aseguraste de hacerme saber que no soy digna de ti. —Giró sobre sus talones y comenzó a bajar la cuesta a grandes zancadas.

—Lo eres. Mucho más de lo que crees. —Ella no detuvo la marcha, pero la aminoró—. Lo que dije lo dije por miedo. —Ésta vez Raith se detuvo, pero no volteó para mirarlo—. Ha pasado demasiado tiempo. Tanto que ni siquiera fui capaz de reconocer el amor cuando lo tuve frente a mí. —Hizo una pausa y tomó una gran bocanada de aire, animándose a acortar algo de los pasos que Raith había dado para tomar distancia—. Sabía que tú y Jensen habían tenido una historia y mi orgullo se coló. Fui idiota y escuché a mi cabeza en vez de prestarle atención a lo que estaba sintiendo. Y lo siento tanto. No te das una idea cuánto. De tú haber muerto, hubiese sido mi culpa, y con gusto hubiese aceptado la muerte que mi hermana tendría que haberme dado.

Raith giró sobre los talones y lo miró.

—No es tu culpa que esté loca.

—No estás loca, Raith. —Mërg se acercó hasta que sus rostros estuvieron muy cerca—. Has hecho lo que muy pocos pueden. Eres una mujer sumamente valiente, digna de ser amada por un lobo.

Cuando Raith bajó la mirada, Mërg le elevó el rostro apoyando sus labios contra los de ella, tomándolos en un beso mezcla perfecta de determinación y dulzura.

—Gracias a Dios que solo le llevó cuatrocientos sesenta años volverse un verdadero hombre —articuló Rürik con su profunda voz, arrancando carcajadas de todos los espectadores, y risas ahogadas por la cercanía de sus labios en Mërg y Raith.

Volvieron a besarse, y el resto se dispersó disimuladamente para darles un largo momento a solas.

***

—Genial. Todos con la boca abierta ante la majestuosidad de un castillo que no puedo ver.

Numa sonrió, se colocó detrás de ella, le quitó la mochila, y luego pasó los brazos hacia adelante apoyando suavemente las manos sobre su vientre por debajo del ombligo. Eso había sido suficiente para estremecerla, pero cuando el perfil del rostro rozó su cuello y acarició la mejilla con la propia, sintió un agradable hormigueo en las piernas y brazos que terminó alojándose en la boca de su estómago.

—El paredón tiene unos diez metros de alto. —Le habló al oído susurrando las palabras y sonriendo levemente cuando el estremecimiento del cuerpo de Kat resonó en el suyo—. La puerta es ancha y de unos tres metros de alto, la madera es oscura y me atrevo a decir que es roble. Por detrás del paredón se alcanzan a ver tres torres cilíndricas construidas de una piedra mucho más clara que la del paredón principal.

Todo sucedió demasiado rápido para sus reflejos humanos. Sin saber en qué momento, Numa la enfrentaba lanzando un quejido y apretando los dientes cuando una flecha se clavó en su espalda. El horror de la situación y la rapidez con que todo sucedió no le permitieron siquiera gritar, tomando con desesperación sus manos y cayendo de rodillas al piso con él.

—¡Será mejor que vuelvan por donde regresaron!

Jensen se interpuso entre quien fuese que había lanzado esa flecha y el cuerpo de Numa y Kat, mientras que Raith se apuraba a quitar la flecha de la espalda de su hermano de un tirón que hizo a Numa lanzar la queja a través de su garganta.

—Oh, Dios —pudo articular Kat.

—Estoy bien. Ya está cerrando —intentó tranquilizar Numa.

Iara avanzó dos pasos y otra flecha se clavó tan cerca de su pie que sintió el golpe en su zapatilla. Fue suficiente para que Jensen reaccionara de la peor manera posible, toda la oscuridad que lo gobernaba ya habiendo deformado su rostro en la transformación.

—¡Hemos recorrido un largo camino para llegar aquí y no nos iremos!

—¿Qué les hace pensar que tienen derecho a estar aquí?

—Es mi castillo después de todo —advirtió Mërg con tono tranquilo.

Una larga pausa flotó en el aire, y luego los espectadores protegidos por los diez metros de muro fueron testigos de la transformación de Mërg, su voz sonando rasposa y profunda.

—Mi nombre es Mërg Ladden, hijo de Oleg Ladden, el primero de su descendencia, y ustedes están en mi propiedad.

El crujido de la madera del portón cediendo tronó en el silencio de la oscura noche, y al abrirse de par en par, una mujer vestida con ropas sucias y cargando una enorme ballesta que ahora apuntaba a la hierba de la pradera que se extendía frente al castillo, comenzó a acortar los pasos.

Cuando estuvo muy cerca de Mërg, se quitó el casco y la rubia melena cayó al costado, tan larga que alcanzaba a cubrir los generosos pechos. Rürik ahogó una exclamación y los ojos de Mërg, Jensen y Apsal se abrieron como platos.

El pecho de Mërg comenzó a subir y bajar violentamente, sus ojos llenándose de lágrimas.

—¿Leeta?

La mujer, copia exacta de Aixa, elevó una de las comisuras de sus labios.

—Hola, hermano.

Mërg la rodeó con sus largos brazos, y en ese preciso momento su hermana dejó de lado la actitud fría y desafiante dejando caer el casco a un lado y la ballesta al otro. Escondiendo el rostro en el cuello de Mërg, lloró.

Cuando Rürik se tambaleó, Apsal colocó las manos en su espalda y lo sostuvo.

Jensen apoyó una mano sobre la espalda de Leeta y ésta se colgó inmediatamente a su cuello. El Mörka la apretó con fuerza y la elevó del piso. Cuando la dejó ir, Danila la abrazó como si se le fuese la vida en ello, besándole las mejillas mojadas una y otra vez.

Los ojos de Leeta cayeron sobre Apsal y la mujer corrió a él, que abrió los brazos a ambos lados y recibió el impulso de su cuerpo. Cuando la dejó ir, Leeta extendió la mano y tomó la gélida de Rürik, que parecía estar en shock. Pero el tacto le permitió salir de la estupefacción y observar ese rostro tan parecido al de la única mujer que había amado, borroso detrás del velo de lágrimas. Finalmente, en cámara lenta, se fundieron en un abrazo que hizo ahogar al imponente Mörka los sollozos de recuerdos que se había obligado a enterrar en lo más profundo y se obligaba todos los días a no materializar en su memoria.

Leeta escaneó al resto y cuando reparó en un rostro demasiado familiar, sus pulmones se detuvieron en el tiempo.

—¿Iara? —Parecía no poder creerlo. Acortó la distancia hacia su hermana menor con pasos torpes, las lágrimas corriendo por sus mejillas a borbotones—. No me conoces, pero…

La frase fue cortada cuando Iara la abrazó tan fuerte que sus cuerpos parecieron fundirse en uno.

—Reconozco mi propia sangre cuando la huelo.

Leeta se alejó y le acarició el rostro para luego alejarse un poco más y mirarla de arriba abajo.

—Mírate, tan hermosa. Tan fuerte, tan Alfa.

—Leeta, éstos son nuestros amigos. Kat, Numa y Raith.

—Vamos —invitó—. Amanecerá en una hora. Aún tenemos tiempo para desayunar.

Iara y Leeta lideraron la marcha al interior del castillo, tomadas del brazo y seguidas en fila por el resto.

Mirar atrás

Transitaron los pasillos en silencio, Leeta tomada de la mano de Iara a la derecha y Mërg a su izquierda. Cuando comenzaron a toparse con los Mörka que custodiaban los puntos estratégicos del pasillo, Numa asió la mano de Kat con más fuerza, y luego miró hacia atrás para encontrar en Jensen, Apsal y Rürik la misma desconfianza que a él lo gobernaba.

Pero los Mörka parecían reconocer inmediatamente a su Alfa, sus ojos cayendo a la piedra de cálido color del piso.

Cuando ingresaron a la cocina Rürik se apuró a saludar con un fuerte abrazo a sus tan viejos amigos que codo a codo habían luchado con él incontable cantidad de veces.

—Anton, Iorg.

—Rürik. Hermano. ¿Cuánto tiempo ha pasado?

—Demasiado.

Los saludos procedieron entre palabras emotivas y abrazos hasta que Anton llegó junto a los lobos. Apoyó una mano en el hombro de Mërg y otra sobre el hombro de Iara, alternando la mirada entre ambos. Luego los atrajo hacia su cuerpo de un fuerte tirón.

Numa no se despegaba de Kat, su cuerpo completamente tensionado al igual que los músculos de su rostro.

—Relájate, chico. Nada le pasará a la muchacha—advirtió Iorg.

—Sin ánimos de ofender, pero hay demasiados Mörka en este lugar para un solo humano.

—Les dimos una oportunidad a ti y a Raith. —Jensen habló con voz tranquilizadora mientras apoyaba una mano sobre el brazo de Numa—. Hagamos lo mismo por ellos. —Hizo una pausa, y con un gesto de la mano lo invitó a que se acercara—. Numa, te presento a Iorg, miembro de la guardia real desde los comienzos, y fiel defensor de la causa de Oleg.

Numa estiró el brazo y dio un fuerte apretón a la mano de Iorg, para luego seguir el saludo por Anton.

Se desparramaron a lo largo y ancho de la vieja mesa de madera, y los lobos y Kat comenzaron a darse un festín de frutas, pan casero, quesos, miel, jaleas de todo tipo y café. Leeta extrajo de la nevera pequeñas botellas del líquido viscoso y rojo y las depositó en la mesa.

—Eres la única loba. —No era una pregunta, pero Jensen quería estar seguro de lo que ya había adivinado.

—Así es. Aunque Anton y Iorg prácticamente son más lobos que Mörka.

El aludido se apostó detrás de Leeta y le besó la coronilla. Mërg abrió los ojos como el dos de oro.

—¿Ustedes dos?

—Hace cincuenta años ya —informó Leeta, esbozando una enorme sonrisa.

Los recién llegados respondieron a la novedad esbozando genuinas sonrisas. Los minutos pasaron gobernados únicamente por los sonidos de los que engullían y de los que pasaban sangre por sus gargantas como queriendo apagar el fuego en un desierto.

Raith notó que Mërg apenas tocaba la comida, y recordando las veces que lo había visto comer, el patrón de apetito voraz típico de los de su especie definitivamente había cambiado.

—Nosotros —articuló con voz apagada—, creímos que… —Merg se tomó un instante en que arrojó con fuerza frente a él el trozo de pan que sostenía en su mano—. Lo siento tanto, Leeta.

Su hermana se apuró a apoyar una mano sobre el hombro de su hermano, y luego lo obligó a amurar sobre ella los ojos que había perdido por delante.

—Si no hubiesen hecho lo que hicieron, Iara estaría muerta, y con ella, todos nosotros.

La información que aún no había sido revelada a Numa, Raith y Kat golpeó a los tres como la ola de un tsunami.

—Espera, espera. —Cortó en seco Kat, atravesando a Mërg de lado a lado con la mirada—. Si Iara muere, ¿todos ustedes mueren?

—Creí que lo sabían. —Se lamentó Leeta con voz queda, consciente del error que había cometido.

—Entiendo que aún no confíen del todo en nosotros, ¿pero no creen que es un pedazo de información algo vital? —sumó Numa.

Raith se incorporó de su silla con movimiento molesto y se alejó en dirección a la ventana bien cubierta por los gruesos postigos de madera.

—Bien. Ahora lo saben —habló Rürik por primera vez—. Así como Jensen es la clave de la existencia de los Vandöda y Mörka, Iara es la clave de la existencia de los lobos. De caer ella, todos caerían.

—Por eso se debilitaron de tal manera en el depósito… —pensó Numa en voz alta.

—¿Depósito? —demandó Leeta.

—Leeta se desmayó hace algo más de diez días atrás. Nunca en mi vida sentí tanto miedo —confesó Anton—. Jamás en mis largos años de existencia había visto a un lobo enfermar, menos que menos caer de bruces al piso de la nada. —Se tomó un instante para tragar saliva—. La desesperación de no saber qué diablos sucedía me consumió, hasta que finalmente abrió los ojos.

Leeta giró la cabeza para regalarle un beso fugaz.

—Iara fue secuestrada por un grupo de Mörka —comenzó Jensen.

—Vandöda querrás decir. —Iorg estaba seguro que Jensen se había equivocado, pero cuando vio a su viejo amigo negar lentamente con un movimiento de cabeza, sus ojos se abrieron como platos.

—La drenaron de sangre y mordieron todo su cuerpo.

El primero de los Mörka no lo había notado, pero su mandíbula se había tensionado y hablaba entre dientes. Solo cuando sintió el tacto de Iara en su espalda logró encontrar algo de relajación para los músculos que parecían haber tomado la consistencia de una piedra.

—¿Más de una mordida? —Los ojos de Leeta se habían anegado de lágrimas—. Tendríamos que estar todos muertos.

Numa y Raith sabían que las mordidas de Vandöda o Mörka eran peligrosas para los lobos, pero jamás se imaginaron que fuesen letales.

—Antes de morir, Oleg me pidió que todos los días alimentara a Iara con dos gotas de mi sangre. Me aseguró que, recibiendo mi sangre de tan pequeña y en tan pocas cantidades, no sería letal para ella. Que, por el contrario, mi sangre la convertiría en la loba más fuerte que jamás hubiese existido, y que algún día esas dos gotas de sangre le salvarían la vida. —Hizo una pausa, sus fríos dedos entrelazándose con los de Iara—. Por supuesto que hacía años que Iara no recibía mi sangre, pero aquella noche el veneno se había depositado en todos sus órganos, y no había forma de extraerlo. Así que lo intenté. Le di dos gotas de mi sangre.

—Y aquí estamos —sumó Danila—. Iara se recuperó, aunque estuvo inconsciente por una semana.

—¿Cómo puede ser que los Mörka hayan hecho semejante cosa? —demandó saber Anton, gobernado por un enojo que no hacía más que crecer a medida que pasaban los minutos.

—No estamos del todo seguros —habló Apsal—. Pero tenemos la teoría que los Vandöda que todos estos años Jensen ha logrado mantener a raya han resurgido, pero liderados por un grupo de Mörka que quieren dar fin al linaje real lobuno.

—¿Recuerdas a Lüdg? —Rürik miró a Anton.

—Sí. El maldito que comandó a los Vandöda aquella noche en que atacaron el castillo. Jensen le arrancó el corazón de cuajo.

—Bueno, el que está liderando al grupo de Mörka y Vandöda que secuestraron a Iara es el maldito de su hermano. Un tal Nög.

—¿Estamos seguros que éste Nög es Mörka? Porque Lüdg, aunque en control de su peor lado, era Vandöda cuando se atrevió a llegar a las puertas de este castillo.

—Nög es Mörka, estoy seguro de ello —aportó Numa.

—No lo entiendo —habló Leeta con voz queda, casi un susurro—. No hemos hecho más que apoyar a los Mörka todos estos años. ¿Por qué querrían vernos muertos?

Un largo silencio flotó entre ellos.

—Creo que todos sabemos por qué.

—Iara, no —intentó Jensen.

—Cariño, Numa acaba de interponerse entre Kat y una flecha; por lo que tú mismo me has dicho, Raith aniquiló a incontable cantidad de Vandöda y Mörka para darles tiempo a ti, Apsal y Rürik a que nos sacaran de allí aquella noche. Ambos han arriesgado su vida por nosotros.

—Y no sucede todos los días que el lobo más antiguo y testarudo del planeta se enamore de una Mörka —lanzó Mërg con una seguridad y determinación que sorprendió a varios, incluso a Raith, que al encontrar los oscuros ojos de penetrante mirada tragó saliva, los nervios gobernándola por completo.

Como siempre, Danila se apuró a tirar el salvavidas que ésta vez Raith parecía necesitar.

—Nög habló de una mutación genética que con la sangre de Iara lograría la creación del gen Alfa para crear otro Alfa.

—¿Por qué querrían crear otro Alfa? —La confusión de Numa fue evidente.

—Porque un Alfa bajo el control de los Mörka estaría dispuesto a brindar la sangre que necesitan con un propósito que logra erizar mi piel —explicó Jensen.

—¿A qué te refieres? —Quiso saber Kat.

—La sangre de los lobos no solo permite a los de nuestra especie sanar y ser más fuertes de lo que ya somos cuando la ingerimos. También nos permite caminar bajo el sol.

Numa y Raith quedaron congelados en el tiempo, el primero carraspeando y obligándose a salir de su estupor para articular la idea que se había formado en su mente.

—Eso es inaceptable. —Jensen pareció estar completamente de acuerdo con las palabras de Numa—. No podemos permitirlo. Sería…

—Una masacre. No solo para los lobos, sino también para los humanos —sumó Apsal.

—Aguarden —interrumpió Anton—. No soy un científico ni mucho menos, pero ¿no necesitarían de un lobo receptor de éste supuesto gen creado?

El incómodo silencio se apoderó de la sala.

—Tienen a Kaysa —informó Mërg con voz temblorosa.

El tenedor que sostenía Leeta sonó chillón al caer contra el plato frente a ella. La hermana de Mërg y Iara posó la mirada sobre el rostro de Danila, cuyos ojos habían enrojecido detrás del velo de lágrimas.

—No era...—El sollozo la ahogó—. Ya no era Kaysa. Su mirada estaba perdida tal como la de un Vandöda.

No sabía si lo rechazaría, pero no se detuvo a pensarlo. Apostándose detrás de ella, Apsal pasó los brazos hacia adelante a la altura del estómago de Danila y la abrazó, aliviándose cuando la loba descansó la espalda y la cabeza sobre él, dejando correr las lágrimas que Apsal fue secando con paciencia y delicadeza.

—Tal vez... —habló Leeta con tono acongojado—. Tal vez podemos encontrarla y recuperarla. Tal como lo hubiese hecho papá con cualquier Vandöda.

—Aprovechamos el tiempo que Iara estuvo inconsciente para turnarnos en grupos y buscarla —informó Mërg—. Incluso contamos con la ayuda de los Mörka que aún responden a Jensen. Es como si ella y Nög hubiesen desaparecido de la faz de la tierra.

—¿Estás diciendo que lograron burlar incluso tu sentido del olfato? —Iorg parecía no poder creer lo que escuchaba.

—Es exactamente lo que estoy diciendo.

Leeta se puso en pie de un respigo, Anton dándole el espacio necesario para que lo hiciera.

—Necesito una larga carrera. Seguiremos conversando por la noche.

—Leeta, cariño. —Se lamentó su pareja.

—Estaré bien.

Raith se hizo a un lado cuando la loba se encaminó hacia la ventana.

—Pónganse a resguardo —pidió Leeta a los Mörka en la habitación, que poco a poco fueron pegándose contra las paredes.

Mërg, Iara y Danila se acomodaron detrás de ella, y cuando abrió la ventana, los cuatro tomaron profundas inhalaciones que soltaron lentamente y al unísono.

Estaban a considerable altura del pastizal de la pradera, Kat alarmándose cuando Leeta se colgó de la ventana y saltó. La siguieron Mërg, Danila y por último Iara, que giró la cabeza y clavó sus dorados ojos sobre los de Jensen. Él le guiñó un ojo y antes de saltar, la Alfa respondió esbozando una sonrisa.

Kat corrió a la ventana para ver a los cuatro lobos alejarse a una velocidad que la hizo ahogar un quejido de asombro, largando una carcajada al ver que Iara saltaba sobre su hermano para tumbarlo y ganar terreno.

***

Cuando los últimos rayos de sol del atardecer cayeron sobre el castillo, Iara ingresó a la que le habían indicado como la antigua habitación de Jensen. El Mörka estaba a punto de abotonarse la camisa, y al verla, sus brazos cayeron a ambos lados de su cuerpo.

No se movió, esperando paciente que Iara acortara la distancia hacia él. En el instante en que la tuvo a solo centímetros, tomó una enorme bocanada de aire al tiempo que cerraba los ojos, inhalando el increíble aroma a sol y tierra, y sin despegar los párpados, esbozó una sonrisa que Iara no tardó en atrapar entre sus propios labios.

Lo besó como si se le fuese la vida en ello, subiendo las manos por los pectorales hasta los hombros y luego deslizando la camisa a lo largo de sus brazos. La forma en que la boca de Iara salía al encuentro de la suya no tardó en enloquecerlo, rasgando sus ropas y dejándola tumbada en el colchón de un solo movimiento.

Los ojos de Jensen habían mutado, y los de ella lo hicieron en el momento en que la despojó de los pantalones y la gélida lengua le recorrió el pubis hasta posarse en suaves caricias entre los labios internos de su vagina, obligándola a abrir la boca para liberar el alivio del placer. Perdió la cuenta de los largos minutos que pasaron, transportada por un placer que estaba segura jamás haber sentido, siendo consciente de los ecos de su propia voz rogándole que no se detenga. Pero lamentablemente la lengua de Jensen cesó las arremetidas cuando los nudillos sonaron secos contra la madera de la puerta.

—No tienen idea cuánto lo siento.

Ésta vez fue Iara quién perdió los estribos.

—¡Debes estar jodidamente bromeando, Mërg! —exclamó con furia, sus rodillas ahora juntas y el torso levemente incorporado al haber apoyado los antebrazos sobre el colchón.

La expresión de Jensen indicaba que lo que estaba sucediendo por segunda vez excedía su capacidad de entendimiento.

—No le disparen al mensajero, por favor. —Su voz sonaba apagada con la puerta de por medio—. Me ha enviado Leeta. El salón principal rebosa de comida y bebida para un festín que aparentemente Anton y Iorg han pasado el día preparando con ayuda de Numa, Raith y Kat.

—Creo que si no le debiera mi vida a tu padre estarías gravemente herido en este momento —espetó Jensen con voz ronca, mezcla de la lujuria que aún no lo abandonaba y la porción de oscuridad que el inconmensurable placer no le había permitido manejar.

—Lo sé, y no sabes cuánto lo siento. Tienen el resto de la noche para hacer, bueno, eso.

Escucharon sus pasos alejarse. Iara se llevó ambas manos a la cabeza y apretó allí.

—Creo que perderé la cabeza. Es como darle migajas a un niño que no ha comido ni bebido en días.

Jensen la miró, sin ser capaz de perder la molestia en su expresión. Se impulsó del colchón tomando la camisa que Iara le había quitado.

—No sé cuando, pero te aseguro que las migajas se convertirán en un festín.

Contempló una vez más la completa desnudez de la mujer que amaba tendida en su cama y le alcanzó ropas nuevas, ya que había desgarrado por completo las que llevaba. La tomó de la mano y de un tirón la puso en pie.

—Al menos me daré el lujo de vestirte.

—Que es exactamente lo opuesto a lo que deberíamos estar haciendo.

—Hagámoslo diferente entonces.

La vistió entre caricias y besos que lograron demostrar una porción de lo que disfrutaría cuando lograran finalmente que sus cuerpos se encontrasen.

***

La calidez del salón rebosante de comida, bebida, risas y conversaciones logró remontarlo a los años en que Oleg, su hermano Yür y Aixa arrojaban esos increíbles festines familiares que nunca dejaban de incluir a Apsal, Rürik y a él mismo. Sintió la punzada de la melancolía para luego ser sustituida por el incomparable placer de oír las carcajadas de Iara.

Las llamas del fuego del hogar refulgían con vigor, brindándole esa temperatura que sabía, siempre extrañaría sin importar los años que pasaran desde la última vez que había sentido el calor humano recorriendo sus venas.

Mërg había hecho una pausa entre sus tantas panzadas entre platillo y platillo, sus dedos ahora recorriendo despreocupadamente las cuerdas de una vieja guitarra. Seguía siendo igual de hábil con el instrumento, la melodía obrando de fondo perfecto a las alegres conversaciones.

Estudió a cada uno de los presentes, especialmente a los Mörka que Leeta y Anton habían asegurado ser su mano derecha. El rubio que mantenía la cabellera corta y prolija y con cuyos ojos color avellana intentaba disimular su atracción hacia Danila, era Lars. Sonrió de lado cuando una vez más, Apsal, que no había dejado a Danila un segundo a solas en lo que había transcurrido de la noche, dirigió al rubio y esbelto Mörka una mirada asesina, llegando a Jensen el miedo que se había apoderado del nuevo pretendiente de la loba.

Parecían dispuestos a proteger a los lobos, pero Jensen decidió no fiarse de ellos.

Numa y Kat se divertían dibujando sobre el piso pasos de un antiguo baile de salón que el Mörka intentaba enseñar a la humana, que no hacía más que reír cuando sus pies encontraban y pisoteaban torpemente los de Numa. Resignado, optó por hacerla girar al ritmo de una música que solo ellos parecían escuchar. Activó ese sentido que lo convertía en el primero de los de su especie, llegando a él un amor tan profundo, una devoción absoluta de Numa hacia Kat, que generó en Jensen un nuevo tipo de respeto hacia él. El respeto de la familia. Un sentimiento que lo ayudó a terminar de decidir si llegado el momento, salvaría la vida de Numa, sabiendo ahora que lo haría.

—¿Sabes quién es excelente tocando la guitarra? —preguntó Numa a Mërg sin dejar de hacer girar a Kat alrededor del salón. La respuesta era algo que Jensen ya sabía.

—¿Tú?

—No. Soy incapaz de sostener una nota.

—¿Quién entonces?

Mërg obtuvo su respuesta cuando recayó en la mirada asesina que Raith le dirigía a su hermano. Kat se detuvo en seco.

—¿Tocas la guitarra?

—Solo un poco.

—¿Solo un poco? —Numa miró a Jensen—. ¿Podrías ayudarme aquí, por favor?

Jensen sonrió, el silencio habiéndose apoderado de la habitación.

—Canta muy bien, también.

—Traidor —espetó Raith entre dientes, logrando que Jensen lanzara una carcajada.

—Ha escrito sus propias canciones.

—¿No tienes otro lugar donde estar en este momento? —La irritación de Raith no hizo más que divertir a su hermano.

Mërg, que estaba sentado a algunas sillas de distancia de ella, extendió el brazo y le ofreció la guitarra.

—Ahora definitivamente quiero escuchar alguna de tus canciones.

Raith negó con un nervioso y corto movimiento de cabeza, todos, lobos y Mörka, escuchando que el ritmo de su corazón se había elevado notablemente.

—Las canciones no son alegres. Y estamos disfrutando de un alegre momento.

—No importa —intervino Leeta—. Por favor, hace años que no escucho a nadie cantar. Y de escribir una canción, ¿quién de los aquí presentes podría escribir versos alegres?

Raith respiró, y casi en cámara lenta extendió el brazo para tomar la guitarra que Mërg seguía ofreciendo.

Tocó algunos acordes, ajustó levemente algunas de las clavijas, y sus dedos comenzaron a flotar con agilidad sobre las cuerdas, hasta que luego de largos segundos, una voz profunda y melodiosa logró erizar la piel de todos, y en el caso de Mërg, su estómago y corazón dieron un vuelco que lo obligó a tragar saliva.

La luna se apodera de la mente
Dibujando una blanca sonrisa macabra.
Tuve un sueño horrible y quiero despertar.

La melodía subió en intensidad entre verso y verso.

Desnuda en el océano estoy.
Delfines bailan a mí alrededor,
Protectores de los fríos y afilados dientes
Del tiburón que acecha.
Es un sueño horrible y quiero despertar.

En ningún momento levantó la vista de las cuerdas. No quería. Las palabras saliendo de su boca eran el reflejo de su atormentada alma, y la reacción de los espectadores a ese tormento simplemente le aterrorizaba.

El sol sonríe al delgado esqueleto del pez muerto
Mientras las aves cesan el duelo
Y bailan entre los flotantes cadáveres.

Es una fantasía que debe desvanecer.
Es lo que mi conciencia siempre soñó;
El inconsciente satisface el deseo
Morir en brazos de ese lugar frío y misterioso
Un océano de afilados dientes.
Tuve un sueño horrible y no puedo dormir.

Leeta, Kat y Iara dejaron las lágrimas correr por sus mejillas, las palabras haciendo tragar saliva incluso al siempre frío y distante

Apsal. Los pulmones de Mërg se habían detenido en el tiempo, su corazón latiendo con fuerza y los ojos enjugados.

Desnuda en el océano estoy.
Delfines bailan a mí alrededor,
Protectores de los fríos y afilados dientes
Del tiburón que acecha.
Es un sueño horrible y quiero despertar.

El mundo se convirtió en lo que siempre quise
Y no pude despertar
Convertida en un punto en la oscuridad.

Desnuda en el océano estoy.
Delfines bailan a mí alrededor,
Protectores de los fríos y afilados dientes
Del tiburón que acecha.
Es un sueño horrible y no puedo despertar
Convertida en un punto en la oscuridad.

Cuando los dedos de Raith dejaron de bailar sobre las cuerdas y sus labios ya no se movieron, un silencio sepulcral cayó sobre sus hombros. Se aferró a la guitarra apenas respirando y aterrorizada de solo pensar qué encontraría si despegada los ojos del piso. Estaba paralizada de miedo, por lo que todos sus sentidos se vieron disminuidos, siendo consciente de la presencia de Mërg arrodillado frente a ella solo cuando el lobo la despojó de la guitarra con movimientos cuidadosos y lentos para dejarla a un lado.

No fue mucho el tiempo que tuvo para mirarlo a los ojos. Los cálidos labios atraparon los suyos en un beso tan lento y dulce que hizo el miedo a un lado inmediatamente, tomando lugar la agradable electricidad que la recorrió de pies a cabeza y la hizo olvidar que estaban acompañados. Largos segundos pasaron hasta que Mërg abandonó los labios.

—No eres un punto en la oscuridad.

—No sabes las cosas que he hecho, Mërg —confesó entre llantos—. Soy un monstruo.

El lobo se apuró a interrumpirla acunando su rostro con ambas manos.

—Tienes que dejar de mirar atrás, de lo contrario, seguirá acechando y consumiéndote. De nada servirá el perdón de cuatro lobos y una humana si no logras perdonarte a ti misma. —Las palabras de Mërg calaron hondo no solo en ella, sino en todos los Mörka allí presentes.

Cuando Mërg y Raith se fundieron en un abrazo, Iara giró la cabeza y encontró los ojos de expresión transportada, casi ida, de Jensen, que no tardó en mutar a una de total alarma cuando los aullidos llegaron fuertes y claros al salón.

Todos los lobos se pusieron en pie de un violento respingo.

—Es el Alfa de la manada del sector oeste —informó Leeta dirigiéndose con paso determinado al sector que Jensen recordaba, llevaría a la armería—. Iorg, quédate en el castillo y vigila el muro. Lars, necesito que permanezcas en los lindes del bosque y la pradera y detengas cualquier intento de ataque al castillo. Indícale a Polka que te acompañe. —Daba órdenes cual un comandante lo haría con sus subordinados del cuerpo del ejército. Cuando llegaron a la armería, se colocó una especie de chaleco que no solo protegía su torso, sino que la tela se extendía hacia arriba para proteger su cuello. Tomó tres más y los lanzó en dirección a su hermano, hermana y prima. Luego todos se apuraron a tomar las espadas que Leeta y Anton ofrecían—. Rürik, entiendo si quieres venir, pero me quedaría mucho más tranquila si te quedases con Iorg y comandaras la defensa del castillo.

—Aquí me quedaré, entonces —acordó.

Kat hizo uso de todo lo que tenía en su ser para igualarles el paso, aunque quedó varios metros por detrás. Por una pequeña puertecita de madera de una de las torres salieron a la gélida noche, y alcanzó a ver a los lobos, seguidos de los Mörka, lanzándose al vacío por sobre la cornisa. Numa, que ya se preparaba para saltar junto a Raith, volvió sobre sus pasos.

—No te quedes aquí fuera. Vuelva a la habitación y cierra la puerta.

—Pero…

—Por favor, Kat. —La súplica se hizo audible en su voz. Cuando ella asintió, sus labios se rozaron por leves segundos, y luego desapareció.

Pero violando el acuerdo se acercó al muro y miró a Rürik, que se concentraba en la dirección que tomaban los cuerpos hacia el bosque a increíble velocidad.

—Dime qué ves.

Rürik no la miró.

—Kat, regresa al interior del castillo.

—Pero…

Giró para dirigir a la muchacha una mirada severa.

—Cariño, no sabes la rapidez con que todo puede irse directo al diablo. Por favor, ahora no es momento.

Resignada, giró sobre sus talones y se refugió en el castillo, sintiéndose cobarde y poco útil.

Los ojos de Raith se llenaron de lágrimas cuando en la profundidad del bosque comenzaron a encontrar partes de lobos desperdigadas entre los árboles. Pero no fue mucho el tiempo que tuvo para lamentarse, convirtiendo su angustia en ira cuando sintió a un Vandöda corriendo hacia ella determinado a arremeterla. Se agachó velozmente con la intención que la bestia diese directo contra el tronco de un árbol, atravesó el pecho con la espada, y al saber que no había dado en el blanco, utilizó la mano libre de dedos transformados en afiladas y negras agujas para arrancar una buena cantidad de carne de la garganta del Vandöda, dándose tiempo a liberar el arma y luego rebanar la cabeza a la altura del cuello.

Escuchó el sonido de queja ahogado de un lobo, y cuando sus ojos encontraron la escena, la furia azotó las piernas en una carrera por la que en segundos estuvo sobre el despiadado ser, tumbándolo para sacarlo de encima del animal y aniquilarlo en cuestión de segundos.

Sin dejar ir de su espada, gateó hasta el lobo cuyos quejidos se acomodaban como puntadas en el pecho de Raith. Le acarició el costado de la cabeza y luego acercó el rostro para besar el hocico con labios temblorosos, sintiendo el momento en que la vida abandonó su cuerpo. Se puso en pie lanzando un grito de ira, cargando contra el siguiente grupo de Vandöda que Mërg y Jensen intentaban contener.

—Lo que acabas de hacer nada tiene que ver con las características de un monstruo —dijo Mërg entre arremetida y arremetida de su espada en conjunto con su mano que se había convertido en una letal garra.

—Tengo una eterna lista de Vandöda por matar, así ¡que vengan malditos hijos de perra! —espetó con furia, Mërg entendiendo ahora que la seguridad de Raith no era algo que debiera preocuparlo. Ver la manera en que se movía, rápida y letal, logró generar una punzada, algo molesta en ese momento, en la entrepierna.

—¿Lo ves? —dijo Jensen luego de haber arrancado la cabeza que sostenía entre sus manos y que lanzó en dirección a otro Vandöda con tanta fuerza que logró tumbarlo—. No tienes de qué preocuparte. No por nada se ganó el sobrenombre *Despiadada.*

—Ya lo veo. —Estuvo de acuerdo el lobo.

Las horas pasaban y los Vandöda no hacían más que seguir atestando el bosque, pero, así como aparecían eran liquidados, los lobos cuadrúpedos reorganizados luego de la masacre de varios de los suyos, claramente sacando ventaja de la presencia de los lobos bípedos y sus amigos Mörka.

Iara podía sentir que el Alfa de la manada no confiaba en ellos, pero, así y todo, aceptaba luchar a solo metros de Jensen a un lado y Apsal al otro.

Numa no se había movido del lado de Iara y Anton permanecía muy cerca de Leeta y Danila, que gobernada por una furia que la volvía más letal de lo que por naturaleza era, había dejado caer su espada y luchaba con los rápidos y ágiles movimientos de su cuerpo más las mortales garras lobunas que daban fin las arremetidas de los Vandöda.

—Se están replegando. —Notó Numa.

—Eso es porque el sol saldrá en unos minutos. Regresen al castillo. —Los Mörka entendieron que la orden iba dirigida a ellos.

—Leeta, no te dejaré aquí.

—¿Y qué harás? —Cortó a Anton en seco—. ¿Vagar el resto del día oculto entre las sombras? —Anton arqueó las cejas, el dolor asomando en su expresión—. Lo siento —se apuró a disculparse—. Estoy furiosa. Muchos de los nuestros han caído.

Sus oscuros ojos escrutaron el área donde la imagen de los pedazos de cuerpos de lobos no hacía más que obrar en el peor lado, pero no solo de ella, sino de todos los presentes.

Raith sonrió cuando un enorme lobo negro de ojos amarillos se acercó y le rozó la pierna. Alcanzó a acariciarle la cabeza, pero segundos después el cuadrúpedo se alejó inmediatamente cuando el Alfa lanzó hacia el animal un claro gruñido.

Leeta tomó entre sus dedos la mano de Anton y luego acortó la distancia para atrapar sus labios.

—No estaré sola ésta vez, cariño. Regresa por favor. No podré descansar el resto del día sabiendo que estás aquí fuera.

Anton pensó por largos segundos y luego, de mala gana, giró sobre sus talones y comenzó a caminar en dirección al castillo seguido del resto de los Mörka.

Iara y Jensen se dirigieron una última mirada, y luego el primero de la especie fue testigo de cómo los lobos tomaban los restos de los Vandöda para dirigirlos a la pradera con el objetivo que se convirtiesen en cenizas en el momento en que el sol brillara sobre los pastizales. Por su parte, los lobos cuadrúpedos comenzaron a cavar con sus patas profundas fosas para los suyos.

Odiaba no poder estar allí para los que amaba. Para ella. Se odiaba a sí mismo por lo que era. Tal sentimiento no era algo que le perteneciese únicamente a Raith. Todos los que regresaban a refugiarse en el castillo llevaban ese peso sobre sus hombros, y mientras esos seres sagrados que tanto amaban quedasen detrás, ellos siempre mirarían atrás.

El secreto de Kat

Al entrar en su habitación y escuchar el sonido del agua corriendo, esbozó una media sonrisa que habló inmediatamente del plan que se traía entre manos. Se desnudó por completo y sigiloso como el animal que era, logró sorprenderla al meterse en la tina y de un tirón acercar el cuerpo empapado al de él.

Raith elevó el rostro en un lento movimiento, quedando los celestes ojos transparentes amurados a los oscuros de Mërg. Había visto los de ella anegados de lágrimas más cantidad de veces de las que había podido soportar, esperanzado que esos días de tormento comenzaran de a poco a quedar atrás. Su expresión en ese momento era un buen indicio. Una mezcla perfecta de nervios que lograron derretirlo y por detrás, el asomo del placer. Luego de largos segundos de mantenerse la mirada, —el esbelto y delicado cuerpo de Raith encerrado entre los fuertes brazos del lobo—, las bocas arremetieron en un enredo de lenguas y succiones a los que se sumaron quejidos de placer cuando comenzaron a acariciarse el cuerpo mutuamente. Las manos de Mërg no le daban descanso, y cuando la recorrieron desde los pechos que había tomado, y comenzó a bajar al estómago hasta encontrar la entrepierna húmeda y fresca, los dedos de Mërg hicieron lo que ninguna otra criatura en el planeta podía hacer por una Mörka: transformar esa fresca humedad en una que paulatinamente fue aumentando temperatura hasta un punto febril que llevó a Raith a tirar la cabeza hacia atrás entre profundos gemidos de placer y jadeos que le fueron quitando el aliento. Pero el lobo no se detuvo. La volteó, con una mano le recorrió los pechos, y con la libre siguió torturándola, besándole el cuello y la mejilla hasta que Raith ladeó el rostro y encontró sus labios. La sentía temblar y aun así, no se detuvo.

Cuando supo que había alcanzado el clímax volvió a voltearla, la tomó por la parte trasera de los muslos para elevarla y penetró, al principio muy lentamente, en sintonía con los labios y lengua que encontraron los de Raith en dulces caricias. Pero la Mörka se vio obligada a despegar su boca de la de él cuando Mërg decidió que no había tenido suficiente. Raith creyó que la cabeza le explotaría, siendo consciente que por primera vez desde su transformación sentía calor dentro de su cuerpo. Se miraron a los ojos mientras Mërg arremetía vigorosamente decidido a no darle respiro.

Sintió que se acomodaba para tomarla con un solo brazo y con el libre alcanzar el grifo y cerrar la ducha. La asió con fuerza de las caderas, y sin haberse salido de ella, la transportó a su cama, donde la depositó con suma delicadeza. Raith lanzó un quejido de lamento cuando se salió de dentro de ella, el lamento transformándose inmediatamente en gemidos de placer cuando la lengua de Mërg encontró su entrepierna.

Le hubiese gustado tomar el control al menos por algunos minutos, pero su cuerpo simplemente no respondía, derretido bajo el de él cuando nuevamente la penetró, ésta vez muy lentamente, torturándola hasta que la escuchó suplicar que la llenara, y por horas, así lo hizo.

***

Despertó sobresaltado, y Raith se sobresaltó sobre él cuando llegó a sus oídos el sonido de un elemento filoso cortando el aire, clavándose en alguna superficie y al compás de ello, el quejido femenino del esfuerzo, un timbre de voz que él reconoció inmediatamente.

—¿Qué es eso?

—Es Kat.

Se incorporó, no sin antes regalarle un tierno beso en la frente, para caminar a la ventana. Volteó para mirarla.

—Deslízate hacia la izquierda.

Lo hizo inmediatamente, y cuando estuvo seguro que la luz no la alcanzaría, abrió una de las hojas de los postigos para encontrarse con la imagen de Kat asestándole a pedazos de troncos de tamaño medio, intentando en un marcado esfuerzo y sin suerte de su lado, partirlos al medio. Mërg frunció el entrecejo, cerró el postigo y meditó algunos segundos.

—Ve —pidió Raith.

Caminó a la cajonera de un viejo armario y sacó unos jeans holgados justo en el instante en que los nudillos tocaron a la puerta.

—Mërg. —Se escuchó la gruesa voz de Rürik.

—Sí, lo sé. Estaré afuera en un minuto.

—¿Qué diablos le sucede? —inquirió el Mörka.

—No tengo la menor idea.

Terminó de vestirse, se acercó a la cama, besó a Raith por largos segundos y salió de la habitación con paso apurado. Rürik lo acompañó hasta donde el sol le permitió, y le palmeó el hombro antes que el cuerpo del lobo fuera bañado completamente por los potentes rayos de mediodía.

Esperó a que Kat diera otra oportunidad a sus intentos fallidos, y luego se aclaró la garganta.

—¿Qué diablos estás haciendo?

Kat detuvo el movimiento del hacha hacia arriba a medio camino, ladeó la cabeza para mirarlo de reojo, y luego terminó el trayecto del arma blanca hacia arriba para volver a asestarle al tronco, ésta vez, logrando su cometido. Tomó otro leño y lo depositó en la pequeña plataforma.

—Vuelve por donde viniste y déjame en paz.

Mërg enarcó las cejas, apurándose a detenerla asiendo con determinación el hacha entre el filo y su mano.

Kat lo hizo a un lado de un fuerte empujón.

—¡Maldita sea, Mërg! ¡Lo digo en serio!

El lobo tomó asiento en un grueso leño y esperó paciente. Cuando la vista de Kat fue levemente hacia atrás en el intento de seguir asestándole al leño, la furia se apoderó de su expresión.

—¿Es que estás sordo? ¡Vete!

—No lo haré. Puedes darme con esa hacha si quieres. Sano rápidamente, así que no me iré.

—Por favor, Mërg. —Cuando el enojo fue sustituido por la súplica cortada por un sollozo, Mërg reaccionó inmediatamente en su segundo intento de acercarse, nuevamente sin suerte, ya que ella interpuso el hacha entre sus cuerpos—. Por favor.

—Kat, habla conmigo. Siempre hablas conmigo.

—De acuerdo. —Le asestó a la madera, ésta vez con tanta fuerza que el quejido de esfuerzo se transformó en uno de dolor—. ¿Cómo estuvo tu noche con Raith?

La sorpresa de lo último que se esperaba lo dejó de una pieza.

—¿Es eso algo que te moleste? Nunca creí que…

—No seas idiota.

Mërg se rascó la cabeza, la confusión gobernándolo por completo.

—¿Se trata de Numa? ¿Te ha hecho algo?

Kat lanzó una pequeña carcajada irónica y se secó las lágrimas.

—Ese es justamente el problema. No me ha hecho nada. Se rehúsa a tocarme. Apenas me abraza, salvo que acepte poner una incontable cantidad de mantas entre nuestros cuerpos, y por supuesto, como no lo acepto, no me abraza.

Mërg se tomó algunos segundos para pensar.

—Cariño, creo que lo que está haciendo es porque no quiere correr el riesgo de lastimarte.

El rostro de Kat esbozó otra irónica sonrisa.

—¿Y qué entonces? ¿Algo incoherente y estúpido como lo que hacen Danila y Apsal? Gracias. Paso.

No había nada que pudiese decir a tal verdad.

—¿Has intentado hablar con él?

—¿Y rogar su atención? Ni loca. Si no le resulto lo suficientemente atractiva como para ponerme las manos encima, que así sea. Me limitaré a asestarle a los leños.

—Kat, créeme que esto nada tiene que ver con falta de atracción.

Kat giró con movimiento lento, amenazador, el rostro hacia él, y luego volvió a interponer el hacha entre su cuerpo y el de Mërg.

—Dime que no has tenido nada que ver con esto, porque te juro Mërg que me olvidaré de lo que significas para mí.

El lobo elevó las manos a ambos lados en son de paz.

—Solo dije que, si te lastimaba, lo mataría.

—¡¿Qué crees que te da derecho?!

—¡¿Qué me da derecho?! ¿De veras lo preguntas?

Kat quitó los ojos de él, bajó la cabeza y perdió la mirada en la seca tierra que la brisa había comenzado a levantar.

—Es la primera vez desde… —El llanto ahogó la garganta. Cuando Mërg dio un paso adelante, volvió a detenerlo con un gesto de la mano—. No puedo dejar de pensar que aquella noche fui capaz de escaparme de la garra de los Vandöda. Al menos por los segundos que llevó a Rürik y Apsal aniquilarlos. Pero luego descansé en ustedes. Me confié. Ya no soy esa chica que alguna vez pudo defenderse. Ambos lo sabemos.

—Kat —pronunció su nombre con determinación—. Eso no fue tu culpa.

—Y ahora el hombre del que estoy enamorada ni siquiera me toca. No puedo defenderme, no puedo ayudarlos a ustedes, no puedo…

—Kat, ¿qué quieres? Dime qué quieres.

—Quiero aprender a luchar. Quiero poder sentirme útil.

Mërg se lo pensó por largos segundos.

—De acuerdo.

—¿De acuerdo?

—Hablaré con Jensen. Entre los dos idearemos algo para entrenarte.

—Jensen jamás lo aceptará.

—Sí lo hará. —El silencio flotó entre ambos—. Mira, si quieres puedo hablar con Numa y retirar mi amenaza de muerte.

—Ese tema está terminado. Ya te lo dije. Si no siente suficiente atracción hacia mí.

—Kat —interrumpió.

—No, Mërg. El rechazo y yo somos mejores amigos ahora, y nos ahogaremos en extenuante trabajo que nos hará sudar y olvidar.

La conocía muy bien y sabía que la terquedad no la abandonaría tan fácilmente. Era mejor dejarlo estar.

—Bien. Dame esa hacha.

Kat le dirigió una mirada asesina.

—¿Quieres aprender a blandir un arma o no? Para empezar, estás agarrando el mango en todas las formas equivocadas posibles, por no agregar que todos los movimientos de tu cuerpo son exactamente contrarios a lo que deberían ser si realmente quieres lograr resultados con estos leños, o en su defecto, un Vandöda.

De mala gana le extendió el hacha y escuchó atentamente su primera lección, ninguno de los dos reparando en la presencia de Numa resguardado en las sombras de la torre principal.

***

Habiendo cenado temprano, la última luz del sol que ya se había escondido en el horizonte aún pintaba de naranja el cielo. Era una luz que no presentaba una amenaza para los Mörka, por lo que la familia se había dispersado en el patio delantero del castillo, sentados despreocupadamente en troncos o fardos y prestando atención a los dos en el centro.

El único de los espectadores en pie era Mërg, que hacía girar un hacha con un relajado movimiento de muñeca y esbozando una sonrisa que obró en el peor lado de Kat.

—Dime que alguna vez tendré la posibilidad de borrarle esa sonrisa socarrona de su estúpido rostro.

Mërg lanzó una carcajada, pero Jensen se limitó a mirarla a los ojos.

—Eso, ahí, es justamente lo que te matará en un enfrentamiento con un Vandöda o Mörka. —Kat se limitó a apretar los dientes y tensionar la mandíbula—. Si crees que Mërg es burlón y condescendiente con su actitud, puedes esperar algo diez veces peor de un Vandöda. Y si te enojas y pierdes la concentración, bueno, no hay forma de decirlo de otra manera. Estás muerta antes que puedas pensar en tu siguiente movimiento. —Mërg seguía girando alrededor de ellos con marcha despreocupada, semblante tranquilo y esa sonrisa que hacía a Kat querer asestarle un puñetazo. Recordó que una vez lo había hecho y por poco se quiebra la mano, por lo cual desestimó la idea rápidamente.

—Recuérdame una vez más por qué no transformarme en uno de ustedes y terminar con esto una vez.

—Porque es algo que no le deseo ni al peor de mis enemigos. Odio a mis enemigos y a ti te adoro.

Iara sonrió, complacida con la respuesta, Jensen habiendo logrado sacar una sonrisa en Kat.

La muchacha puso los ojos en blanco y volvió a sonreír.

—De acuerdo, Romeo. ¿Cómo haremos entonces para no convertirme en la próxima comida de tus enemigos?

—Ante todo, debes entender cómo se sentirá para ti la forma en que un Vandöda se mueva. Mejor dicho, primero debes entender su esencia. Son salvajes, pero no como un animal.

—Quieres decir como Mërg. —Jensen sonrió.

—Exacto.

—No olvides que soy tu cuñado ahora.

Jensen sorteó con la mirada el rostro de Kat y posó sus ojos sobre él.

—Siempre has sido mi hermano, y siempre he disfrutado darte la lata. —Mërg puso los ojos en blanco—. Como decía, los animales sienten. Los Vandöda no. Están tan cegados por la sed de sangre y de matar que sus cerebros apenas funcionan. Están más movidos por la energía venenosa que los recorre que por su propia sinapsis neuronal. Por supuesto que la tienen, pero solo para torturar y disfrutar del suplicio que infligen.

—Encantador.

Era valiente, no podía negarlo. Las palabras que a cualquier humano le hubiesen erizado la piel, a la muchacha no le movían un pelo. Su ritmo cardíaco permanecía pausado y tranquilo.

—Jamás podrás seguir sus pasos, siempre serán demasiado veloces para ti.

—Reconfortante.

—Pero sí puedes entender cómo se mueven, y anticipar esos movimientos.

Jensen arremetió contra ella y Kat se mareó al creer que lo tendría justo por delante, hacia donde extendió los brazos. Segundos después, Jensen le tocó el hombro del lado izquierdo, lado totalmente contrario por el que había atacado.

—Y... estás muerta —advirtió Mërg con voz tranquila.

—Púdrete —espetó Kat en su dirección, y Mërg sonrió.

—Siempre harán esto —siguió Jensen—. Siempre creerás que el ataque será frontal, cuando en realidad su velocidad permitirá burlar todos tus sentidos para marearte y colocarse detrás. Por lo que tú defensa con el arma que estés blandiendo, ¿hacia dónde tiene que ser?

—Hacia atrás.

—Exacto.

Mërg lanzó el hacha hacia Jensen en un movimiento que Kat apenas pudo discernir.

—Eres zurda, y eso es genial porque te permite mayor amplitud hacia donde siempre debes girar, que es a la izquierda.

—¿Por qué?

—Porque siempre se posicionarán del lado izquierdo.

—¿Por qué?

—Me recuerda los tiempos de tu adolescencia en que preguntabas por qué a todo.

—Siempre he sido curiosa.

—Sí. Siempre lo has sido —aceptó esbozando una sonrisa que todos los espectadores acompañaron, especialmente los que por tantos años la conocían.

—Porque el lado izquierdo de tu cuello es el que bombea sangre con más fuerza y velocidad.

—Entendido.

Jensen se alejó varios metros.

—Recuerda lo que te enseñó Mërg. No uses solo tu brazo. Usa todo tu cuerpo.

Kat asintió. El primer segundo lo vio arremeter, y al siguiente ya no lo vio, por lo que giró sobre su eje a la izquierda doblando algo las rodillas, y asestó un latigazo hacia atrás con el hacha. Cuando nuevamente pudo enfocar lanzó un grito, soltando el mango del hacha y llevándose las manos a la boca mientras los ojos se le llenaban de lágrimas al ver el filo del arma metido en el flanco izquierdo del cuerpo de Jensen, que sonreía mientras el resto aplaudía y vitoreaba. Cuando el primero de los Mörka vio que Kat comenzaba a temblar por el llanto aflorando en su garganta, le dio un tirón al hacha, liberando el área de sus costillas y apurándose a apostarse frente a ella.

—No hagas eso. No te asustes. No pierdas el control.

—Oh Dios. —Kat llevó una mano a la camiseta ensangrentada. Jensen se la levantó y expuso esa parte de su cuerpo.

—Ya cerró. —Kat apoyó los dedos sobre donde debería haber habido un enorme tajo—. Lo único que puede matar a un Vandöda o Mörka es darles directo en el corazón o cortarles la cabeza. La próxima vez tendrás dos armas. Una para detenerme y la otra para darme en el pecho o el cuello.

—¡Bajo ningún punto de vista haré tal cosa!

—Kat, cariño. —Se escuchó la gruesa voz de Rürik—. Te detendrá antes que puedas realmente lastimarlo. Recuerda que es el más rápido de todos.

—¿Eres incluso más rápido que esos malditos desalmados?

Jensen se limitó a responder con un corto asentimiento.

—Bien, aunque seguirás practicando, creo que la fase uno se ha entendido. La fase dos estará a cargo de Danila y Leeta mañana. Son nuestras mejores arqueras, y ahora que sabes cómo debes moverte, ellas te enseñarán a hacerlo con un arco.

—Suena difícil.

—Lo es. Pero hay algo peor.

—¿Qué cosa?

—El peor de los casos.

—Que sería que me muerdan.

—Así es.

—En tal caso estaría muerta.

—No necesariamente.

Kat se limitó a enarcar las cejas, y Jensen se colocó detrás de ella.

—El motivo por el que se posicionarían detrás de ti es para hacer esto. —Le inmovilizó los brazos tomándola por las muñecas con medida fuerza—. Y luego morderte.

—No entiendo la parte en que sobrevivo a tal situación.

—Hay cinco segundos, cinco segundos exactos entre que los dientes penetran la piel y la sangre fluye dentro del sistema del Vandöda. Son segundos en que la criatura se debilita por el frenesí. La mayoría de las víctimas están paralizadas por el miedo y no reconocen el momento en que dejan ir de sus manos. Ese es un momento que debes aprovechar al máximo para asestar con todas tus fuerzas un codazo en el centro del estómago, alejarte y rebanar la cabeza.

—De acuerdo.

Jensen la soltó y se colocó frente a ella.

—Son cinco segundos, Kat. Luego de eso, no hay escapatoria.

—Lo entiendo. Probémoslo.

El silencio que se apoderó del área hizo que Kat escrutara los rostros de todos.

—No, lo siento. No puedo.

—Vamos, Jens. Sé que no me lastimarás.

—No es eso.

—¿Qué, entonces?

—Es que…—Kat vio los nervios asomando en su amigo y frunció el entrecejo—. Ni siquiera puedo decirlo.

—Lo que Jensen está tratando de decir, muy inarticuladamente debo agregar —explicó Raith—, es que no es solo el miedo lo que paraliza a las víctimas.

—¿Qué quieres decir?

—En el momento de la mordida se establece una conexión con la víctima. Una conexión placentera.

—¿Ah? —Kat estaba completamente perdida.

—Sexual, Kat —lanzó Mërg sin reparos.

El rostro de la muchacha adquirió el gesto de una persona que acababa de chupar un limón, alejando a Jensen de un empujón.

—Mantente alejado. —Todos, Jensen incluido, rieron.

—Sería un momento en que deberías juntar toda la voluntad en ti para sobreponerte a eso.

—Ya, ya, lo entiendo. —Se apuró a detener el relato de Mërg—. Bien, Hazlo tú. —Señaló a Raith, que la miró con los ojos como platos.

—La conexión sexual se establecería de todas maneras.

—¿Y? Prefiero tenerla con Raith y no con Jensen, Apsal o Rürik.

Éste último se tapó los oídos.

—Es más de lo que quería escuchar —lanzó con tono de queja.

—A mí tampoco me importaría esa parte —explicó Raith con tranquilidad—. Pero no confío en mí misma, y jamás me perdonaría hacerte daño, aunque sea por el instante que le lleve a Jensen intervenir.

—Entonces estamos jodidos.

—Yo lo haré.

Mërg saltó sobre sus talones y luego se llevó una mano al pecho donde su corazón latía desbocado.

—Hermano, ¿de dónde diablos has salido?

—¿Te asusté, lobito?

Mërg puso los ojos en blanco cuando Numa le dedicó una sonrisa burlona.

—¿Estás seguro? —Quiso saber Jensen.

—¿Quién de los Mörka aquí presente ha mordido a un humano sin matarlo? —El silencio otorgó la respuesta—. Eso creí.

—¿Qué hay de ti? —demandó Apsal, pero fue Raith la que contestó.

—Lo ha hecho. Lo he visto. Se ha detenido justo cuando debía hacerlo. Cada vez.

—Kat, ¿estás de acuerdo?

Jensen amuró sus penetrantes ojos grises en la muchacha, que se limitó a asentir.

Numa se colocó detrás de ella y le inmovilizó los brazos. «Ni siquiera hace falta que me muerda», pensó para sus adentros.

—Esa no es ni la mitad de su fuerza, por lo que, si alguna vez algo así sucede, deberás ser valiente para soportar el dolor en tus muñecas y brazos —advirtió Jensen.

—Relájate —susurró, y fracción de segundo después los dientes de Numa le penetraron la carne. Sintió la puntada en la entrepierna, el agradable escozor en los pezones, toda la electricidad del placer recorriéndola por completo. Un segundo, dos segundos, tres segundos, y lo único que podía pensar era en dejarse ir.

Al quinto segundo Numa retrajo sus dientes, sorbió el resto de sangre que le había quedado en la boca, y se limpió los labios con el dorso de la mano.

—Y ahora estás muerta —advirtió el hermano de Raith, dejando ir de sus muñecas.

Numa vio que todos se paralizaban, Mërg siendo el único que se movía para abrirse la muñeca con sus propios dientes, y mojando los dedos con su sangre, la pasó rápidamente por el cuello de Kat, la herida cerrando en segundos. Pero la expresión en el rostro de su hermana lo alarmó, y cuando se apostó frente a ella, vio las lágrimas que caían a borbotones.

El corazón de Numa comenzó a latir descontrolado dentro de su pecho, y con movimiento desesperado, le tomó la muñeca para controlar su pulso. Descontrolado como el de él, pero fuerte.

—¿Te dolió? No debería haberte dolido.

Kat estaba paralizada.

—Numa. —Jensen lo tomó delicadamente del brazo—. No está lastimada.

—Físicamente —agregó Mërg, interrumpido por su hermana, que interponiéndose entre Kat y los hombres, le acunó el rostro con ambas manos y luego pronunció dulcemente su nombre, logrando arrancarla del estado en el que se había sumido.

—Vamos, cariño. Ven conmigo.

Leeta, Danila y Raith se apuraron a salir detrás de ellas.

—No entiendo.

—Tú eres más tonto que yo —lanzó Apsal.

—¿Disculpa?

Rürik dio media vuelta y se esfumó en la dirección contraria, Apsal esperando paciente a que se alejara lo suficiente, asegurándose que no lo escuchara.

—Está enamorada de ti, idiota. Y su primera conexión sexual contigo fue a través de una mordida. Sin tener en cuenta que ahora sabe que tu negativa a ponerle una mano encima nada tiene que ver con tu falta de control. Debes ser el único Mörka en el planeta con esa capacidad de dominio sobre sí mismo.

—Yo…

—Vamos Numa, ¿a qué diablos le temes tanto? —intervino Mërg—. Esa muchacha jamás ha mostrado interés por ningún otro hombre, y tu rechazo la está matando.

—No lo entenderías.

Apsal se apostó frente a él y le dedicó una mirada gélida.

—Tómalo de alguien que hizo exactamente lo mismo que estás haciendo tú. Cuando quieras repararlo, porque te darás cuenta de todo el tiempo que has perdido, será demasiado tarde. Sé que crees que no hay nada peor que la transición, pero créeme que lo habrá cuando Kat se canse de esperarte y prefiera estar a metros de distancia más que entre tus brazos. Solo… —Numa, Jensen y Mërg tragaron saliva cuando la voz de Apsal se quebró y sus ojos quedaron ocultos detrás de un velo de lágrimas—. Deja de perder tiempo.

Cuando una lágrima rodó por su gélida mejilla, Apsal giró y desapareció.

***

Casi había amanecido cuando Kat regresó a su habitación, paralizada en el tiempo al verlo tendido despreocupadamente sobre el colchón sosteniendo un libro en su mano. Lo dejó a un lado y se incorporó rápidamente, cuidando de mantener un ritmo que ella siempre pudiese discernir.

Cuando lo sorteó y se encaminó hacia el baño, recurrió a la velocidad y le cortó el paso en seco. Cuando elevó el rostro y encontró los ojos verdes de felino, no pudo evitar el escozor de las lágrimas asomando, liberándose paulatinamente la angustia a medida que la lengua de Numa acariciaba la suya con movimientos lentos y succiones firmes de sus labios que lograron aflojarle las rodillas, momento en que se aferró a su cuello y Numa le sujetó la cintura firmemente. El Mörka se alejó unos centímetros y la miró a los ojos.

—Mantenerme alejado de ti ha sido una tortura. Y créeme que sé de lo que hablo cuando se refiere a tortura. Es que —tragó saliva— no quiero que el frío que contamina mis venas afecte tu cuerpo.

—Numa, el solo tenerte cerca me hace bullir la sangre. Un poco de frío no me viene nada mal.

Kat no le dio tiempo a replicar, buscando su boca en un beso suave y profundo que logró sacar un gemido de placer de la garganta de Numa. Sin dejar de besarla la desvistió, acariciando lentamente cada centímetro de piel a su paso, alternando la lengua entre los carnosos labios de Kat, su cuello, los firmes y redondos pechos, las voluptuosas caderas y los costados del cuerpo. Sus labios no dejaron centímetro sin recorrer, su miembro ávido de ella cuando Kat abrió las rodillas y su cadera se movió hacia adelante para recibir los dedos de Numa, que le torturaron el clítoris tan exquisitamente que creyó se desmayaría.

Gemía sobre sus labios, y hubiese querido tomarla en ese mismo instante, pero decidió tomarse su tiempo. Esa era definitivamente una tortura que disfrutaba. Kat también lo acarició y por largos minutos se dieron placer mutuamente, sus labios fusionados en un eterno beso.

No se sorprendió cuando esos frescos labios y esa lengua que tan bien había sabido recorrerla le masajearon la vagina, estando segura que había alcanzado el clímax por segunda vez. Así se lo decía su cuerpo relajado y tembloroso, la explosión recorriéndola.

Y cuando creyó que había sido lo mejor que jamás hubiese sentido en toda su vida, Numa le demostró lo contrario al introducirse en ella, arrastrándola a una dimensión donde ya no podía pensar. Supo que lo acarició, supo que lo besó, y ya nada importaba. Lo amaba y le pertenecía. Ese Mörka le pertenecía.

***

Tendido boca arriba, descansaba los ojos con los párpados caídos, disfrutando de las caricias de Kat en su pecho y estómago. Haciéndole honor a su siempre testarudo carácter, se mantuvo pegada al cuerpo del Mörka, aliviada al caer en la cuenta que era mucho menos grave de lo que Numa aseguraba. No era un frío insoportable, y definitivamente nada superaba tener su cuerpo desnudo tendido junto al de ella.

Había doblado el codo para apoyar la cabeza sobre la mano y así poder contemplarlo, y en todo ese tiempo lo había hecho con una expresión relajada y una sonrisa embobaba que de a poco fue cambiando. No se trataba de miedo, tampoco de preocupación, pero fue un sentimiento que logró apoderarse del pecho de Numa, que abrió los ojos, ladeó la cabeza y la miró.

—¿Qué sucede?

Kat cesó las suaves caricias sobre la fresca y tersa piel, dejando la mano apoyada en su pecho, del lado del corazón. Sonrió por una fracción de segundo, y luego los pensamientos volvieron a gobernarla.

—Kat —volvió a intentar.

—Necesito contarte algo.

Él incorporó el torso cuando ella lo hizo, ambos descansando la espalda en la hermosa madera tallada del respaldar de la cama.

—Ya sabes que Rürik y Apsal me rescataron hace diez años atrás. —Él asintió—. El trauma de haber visto a mis padres y mi hermano masacrados por los Vandöda me acompañó por muchos años. Tantos que apenas pude tener una vida normal, algo en lo que Mërg, Danila y Iara me ayudaron mucho. Si no fuese por ellos, jamás hubiese terminado mis estudios en la escuela de enfermería. Allí conocí gente y empecé a salir con amigas. Larga historia corta, tenía veintitrés años y aún era virgen. —Se animó a levantar la vista para mirarlo por una fracción de segundo, para descubrir que el rostro de

Numa no se había inmutado. Permanecía atento y concentrado en el relato, y la porción de información que le había brindado parecía no haberlo sorprendido—. Mis supuestas amigas insistían en que lo hiciera de una vez, así que una noche accedí a bailar con un tipo que había estado buscándome por semanas. No voy a entrar en detalles, porque estoy segura que no es algo que quieras escuchar.

—En eso tienes razón.

Kat respondió con una triste sonrisa.

—Le advertí que era virgen y al principio, aún con ropas de por medio, todo parecía ir bien. Pero luego comencé a sentirme incómoda, y quise irme.

Cuando Kat hizo una larga pausa, el rostro de Numa mutó a una expresión mezcla de ira y consternación.

—Dime que no. —El solo pensarlo cortó en seco la idea que había materializado con voz tensa y ronca.

—Fue peor que la noche en que Rürik y Apsal me salvaron de los Vandöda.

El pecho de Numa comenzó a subir y bajar con movimientos bruscos, todo su ser gobernado por la oscuridad. En un ágil movimiento quedó sentado en el borde de la cama, los codos apoyados sobre los muslos, las manos entrelazadas con tanta fuerza que sintió sus propias falanges crujiendo, y la cabeza apoyada sobre ellas, respirando profundamente en un intento de serenarse.

Kat se arrodilló junto a él y lo abrazó.

—Por favor, no te vayas —rogó en un sollozo ahogado—. Sé que fui estúpida, sé que cometí un error.

Numa incorporó el torso y la miró, sus ojos vacíos y negros.

—Kat, tú no hiciste nada malo.

Jamás había visto tan de cerca el rostro transformado de un Mörka. Notó que la piel se aclaraba aún más, pasando de un blanco leche a un gris pálido. Los labios se tornaban morados y podía detectarse el recorrido de la sangre púrpura por las venas, especialmente las de la frente, entendiendo ahora que era esa sangre la que alimentaba la cavidad ocular y convertía los ojos en negros, detectando de cerca que no eran negros, sino púrpura. Pero la dentadura había permanecido en su lugar. Kat se acercó y apoyó los labios temblorosos por la tristeza del recuerdo sobre los de él. Cuando se alejó, los felinos ojos verdes habían vuelto a tomar lugar.

Numa atinó a tomar una manta para cubrirla, y cuando Kat lo detuvo, algo de irritación asomó en sus ojos.

—Estás temblando.

—No estoy temblando de frío, Numa. No hagas esto ahora, por favor. Necesito sentirte. —Cuando el sollozo cortó las palabras, él se apuró a abrazarla.

—De acuerdo, de acuerdo.

En un abrir y cerrar de ojos Numa estuvo nuevamente acomodado contra el respaldar de la cama con Kat en su regazo, logrando que las lágrimas fuesen reemplazadas por una risa de sorpresa. Ella acomodó la cabeza sobre su hombro, la frente rozando el cuello del Mörka.

—Cuando regresemos buscaré a ese imbécil y…

—Está muerto. —El silencio flotó por un largo instante—. Estuve internada e inconsciente por un largo tiempo. No solo por eso, sino porque me golpeó. Me fracturó las costillas y un brazo. —Kat notó que Numa se tensionaba bajo ella, y supo que había vuelto a transformarse—. Mërg quiso darme su sangre, pero Danila advirtió que sería demasiado evidente. No habría motivo lógico por el que un paciente tan maltrecho sanara tan fácilmente, por lo que se vieron obligados a esperar.

»Entonces, Iara hizo algo que sorprendió a todos. Llamó a Jensen. Según me contó Mërg, estuvo allí en cuestión de horas. Iara se coló en el laboratorio del hospital para recuperar el semen de ese malnacido, así Jensen podía olerlo y encontrarlo. Lo único que supe cuando desperté es que estaba muerto. Y luego comencé a hurgar en las noticias. El tipo había sido encontrado en el basurero, desmembrado y desprovisto de su pene. —Se acurrucó contra Numa, que la rodeó más firmemente, cuidando en todo momento de no excederse—. Me sentí feliz sabiendo que Jensen lo había hecho sufrir. Y luego culpable.

—Nada de eso. Se lo merecía.

—Lo se —Kat hizo una larga pausa—. Luego de años de apenas acercarse a su familia, Iara permaneció por meses conmigo. Ella es muy especial cuando se trata de estas cosas. Es su profesión, tú sabes, tratar con mujeres violadas, tanto física como emocionalmente. Sabe exactamente qué hacer y decir, y cuándo hacerlo. Me ayudó a superar el terror de volver a salir a la calle. Porque eso sentía. Sentía terror, aunque sabía que ya estaba muerto. Todos los hombres me producían terror. Incluso me costó volver a confiar en Mërg, Apsal y Rürik, algo que sé, los carcomió por dentro. Pero fueron pacientes, y dejaron que Iara hiciese su trabajo de hormiga.

»En una de nuestras tantas charlas le dije que me sentía sucia y que no creía que ningún hombre volviese jamás a fijarse en mí. Que algo dentro de mí estaba manchado y quebrado y que nadie jamás amaría esa porción. —Numa quiso interrumpirla, pero fue paciente y esperó—. A lo que respondió que cuando el hombre adecuado llegara, me daría cuenta porque saldría de mí contarle mi historia, porque ese hombre me daría la seguridad necesaria para hacerlo. —Numa cerró los ojos y su pecho se infló, largando la gran cantidad de aire que había tomado lentamente—. Y tenía razón. Creí que jamás sería capaz de disfrutar del sexo porque siempre me llevaría a ese momento. Y nunca estuve más equivocada. Porque anoche, cada momento me alejó por completo de eso. Temía que esa, aquella noche, siempre sería mi primera vez. Pero no es así. Anoche lo fue. Así que ahora sabes lo que significó para mí. Lo que tú significas para mí. Espero que no sea demasiado.

—Mírame —pidió Numa con voz suave. Kat se incorporó, y sus ojos se cerraron sobre los de él—. Dedicaré el resto de los días que tengamos juntos, que serán muchos, a recordarte lo hermosa, atractiva, dulce y maravillosa que eres. Y esa noche pasará de ser un mal recuerdo a ni siquiera existir en tu memoria. Te lo puedo asegurar. —Los ojos de ella se enjugaron.

Ella asintió, respondiendo al pasar una pierna al otro lado de Numa para quedar a horcajadas sobre él, quién se sintió avergonzado al reaccionar inmediatamente, y luego aliviado cuando Kat elevó las caderas y logró acomodarlo dentro de ella.

—Aún tengo mucho por aprender.

—Cariño, créeme, tienes un talento natural.

Se fundieron en un enredo de labios y lenguas mientras Kat experimentaba dominar a un hombre bajo sus propios movimientos por primera vez.

***

Aprovechando el corto tiempo que Numa le había prometido se ausentaría para cazar en compañía de su hermana y Apsal —los Mörka habían decidido turnarse para alimentarse—, recorrió los pasillos del castillo a la carrera, gobernada por una renovadora energía como la que nunca antes había sentido. Al llegar al salón principal sorprendió a Jensen al darle un fuerte empujón para apartarlo de una Iara de cuyo cuello se colgó, la Alfa teniendo que hacer uso de los músculos de sus piernas y abdominales para no caer tumbada sobre la piedra.

—Tuviste razón —habló con el rostro ahogado en la larga melena de Iara.

La Alfa supo inmediatamente a qué se refería, por lo que la apretujó algo más contra su fuerte cuerpo, esbozando una sonrisa de oreja a oreja con ojos emocionados.

—¿Qué sucede? —Quiso saber Mërg, algo alarmado.

Sin perder el contacto con Iara, Kat se acomodó sobre su pecho y miró a Mërg con una sonrisa y expresión que fue suficiente tanto para él como para Jensen.

Ambos hombres se miraron y luego sonrieron.

—No sabes cuánto me alegro, pequeña —confesó el hermano de Iara con tono emocionado.

—Yo también. Aunque debo rogar que te ahorres los detalles.

La broma de Jensen hizo a todos carcajear. Kat tomó distancia de Iara y luego le asió la mano con movimiento enérgico.

—Es por eso que me llevaré a Iara bien lejos de aquí donde pueda detallarle mis numerosas sesiones sexuales a lo largo de la noche y el día, debo agregar.

Jensen se tapó los oídos y puso cara de haber acabado de chupar un limón, expresión a la que se sumó Mërg mientras Iara y Kat se alejaban en dirección a los pasillos de habitaciones entre risas.

El Mörka se sentó frente al lobo, extendió hacia él la copa rebosante de sangre, y sonrió.

—Por Kat y sus nuevas actividades.

Mërg rio, chocando contra la copa de Jensen la cerveza que el lobo sostenía entre sus manos.

***

En la madrugada Jensen y Numa reemplazaron a Mërg y Anton en la guardia. Solo los sonidos del cercano bosque obraban como alternativa al silencio que Numa no tardó en romper.

—Quizás no tenga sentido para ti, pero necesito agradecerte por matar a ese maldito mal nacido.

Jensen se tomó algunos segundos para replicar.

—Lo más importante lo has hecho tú. Has devuelto el alma al cuerpo a esa muchacha, algo que creí jamás sucedería. Somos nosotros lo que debemos estar agradecidos.

Numa se limitó a mantener la mirada sobre la pradera y más allá.

—Cuando salí en su búsqueda tenía la idea de simplemente abrirle la garganta y dejarlo allí para que se desangre. Pero cuando di con él estaba haciendo lo mismo que le había hecho a Kat. Perdí los estribos y le di la peor muerte posible.

—Me alegro —articuló entre dientes.

Nuevamente silencio.

—¿Qué haremos, Jensen? Eventualmente deberemos regresar y enfrentar la realidad de lo que está sucediendo allí.

—Lo sé. Es solo que este siempre fue nuestro hogar. Ver a Iara aquí, tranquila y feliz. Creo que todos estamos extendiendo el sueño.

—Lo entiendo.

—Pero tienes razón. Debemos volver y enfrentar lo que está sucediendo: la cruel verdad que un desquiciado Vandöda pretende encontrar la solución final desangrando a la mujer que amo y luego utilizarla como rata de laboratorio.

—No sucederá.

—Son muchos y ya no responden a su creador como solían hacerlo. Están ansiosos por desvincularse de mí, y creen que encontrarán la solución en Iara.

—Entonces encontraremos a aquellos que aún quieren estar vinculados a nosotros. Conozco cada grupo de Mörka en la ciudad.

En cuanto regresemos, puedo indicarte los que creo, aún son fieles a ti.

Jensen se tomó un instante para contestar.

—Lo harás tú. Si así lo quieres, por supuesto.

—¿Qué cosa?

—A mí me temen. A ti te respetan. —La estupefacción gobernó la expresión de Numa por completo—. Te escucharán realmente.

—Entiendo lo que dices, pero no pienso hacerlo solo. —Aprovechó el momento de silencio para acomodar sus ideas—. Yo también te temía antes que te involucrases con mi hermana. Luego ese temor se esfumó, pero nunca terminaste de caerme bien del todo. —Sonrió cuando Jensen lo hizo—. Hasta aquella noche en tu departamento cuando te vi con Iara en brazos, desahuciado y desesperado. Al saber la verdad logré comprenderte. Y ahora que Kat está en mi vida —Resolvió el nudo en la garganta ante la idea que algo malo le ocurriese—, haría cualquier cosa por protegerla. Que es justamente lo que has hecho tú con Iara todo este tiempo. Equivocado o no, no importa. Así que no, Jensen. No iré grupo por grupo por mi cuenta. Tú vendrás conmigo, y les haremos ver la importancia de lo que has estado haciendo todos estos años.

—¿Crees que sea prudente darles a conocer la verdad acerca de Iara? ¿Acerca de su sangre?

—Creo que tarde o temprano lo sabrán, y siento que sería mejor que lo sepan de nuestras bocas para lograr su apoyo.

Ambos se sumieron en sus propios pensamientos hasta que finalmente, luego de un largo silencio, Numa oyó la larga inspiración de Jensen.

—Lamento mucho no haberme dado cuenta de lo que le estaba ocurriendo a Raith.

—No es tu culpa, Jensen. Ya tienes suficiente sobre tu espalda. No te cargues con eso.

—¿Siempre has sido así de sabio?

Numa carcajeó y Jensen lo acompañó esbozando una media sonrisa.

—Créeme, he sido un estúpido de primera clase más de una vez.

—Es un alivio no estar solo en eso.

—Imagino que luego de tantos años de desear a la mujer que amas sin la posibilidad de realmente amarla, debes estar ansioso por regresar a ella cada vez que te alejas, aunque ahora sean solo metros de distancia.

Jensen se frotó la frente y se mordió la comisura interna del labio, expresión que hizo a Numa fruncir el entrecejo. Cuando el primero de los Mörka abrió y cerró la boca repetidamente cual pez fuera del agua, la sensación de misterio terminó de apoderarse de Numa.

—¿Qué?

—No he hablado con nadie de esto. Jamás pensé que hablaría de esto con alguien.

—Si sirve de algo, puedes decirme lo que sea. Aquí morirá tu confesión.

Jensen lo miró a los ojos y luego volvió a perder los propios en la oscura pradera frente a ellos.

—Cada vez que... tú sabes.

—Sí.

—Hemos sido interrumpidos. —Numa enarcó las cejas—. No estoy exagerando. Es increíble. Hasta cierto punto parece orquestado por una suerte que parece estar riéndose de nosotros. Ha pasado tantas veces ya, que hasta temo volver a acercarme con el propósito de finalmente estar con la mujer que amo. Ésta mañana, tú sabes...

—Sí.

—Y Rürik de todas las personas decide que es el momento ideal para pensar en táctica de defensa frente a un posible segundo ataque de Vandöda. Iara estaba tan enojada que espetó en exclamaciones que hasta que no estuviésemos seguros de estar completamente a solas, no permitiría que le ponga una mano encima.

—Realmente es increíble.

—Dímelo a mí. Iara tiene razón. Es como darle migajas a una persona que no ha comido por días.

—Quizás sea mejor poner eso en espera hasta que regresemos. Allí hay formas de asegurar que nadie los interrumpirá.

—¿Estás seguro de ello? La primera vez que nos interrumpieron fue en mi apartamento, y el zángano de Mërg, de todas las personas.

Numa rio, apoyando una mano con fuerza en el hombro de Jensen.

—¿Recuerdas esa responsabilidad que pusiste en mis hombros la noche en que asesinaste a esos traidores? —Jensen asintió—. Bien, mi primer acto como tu primero al mando será asegurarme que Iara y tú tengan una gran cantidad de horas a solas.

Jensen rompió en carcajadas.

—Te tomo la palabra.

—Hazlo. Mi palabra nunca falla.

—Lo sé.

Y hasta la primera luz del amanecer la conversación se desvió a todo tipo de temas que Numa y Jensen disfrutaron tal como lo harían viejos amigos.

Tierra de lobos

A medida que los días pasaban Kat iba adoptando velocidad, precisión y una fuerza que sorprendía a todos los no humanos que la rodeaban, la expresión de Numa desbordada de orgullo cuando la muchacha lograba asestar uno que otro hachazo y espadazo a los que en ese momento servían de medio para su entrenamiento.

Por supuesto que él había sido el primero en ofrecerse como receptor de esos precisos ataques, pero Kat se había negado rotundamente aseverando que ni loca se arriesgaría a infligirle siquiera un rasguño, por más rápido que sanase, por lo que Numa tuvo que conformarse con solo mirar, tarea que disfrutaba con creces, poniendo los ojos en blanco cuando su hermana se burlaba simulando arrastrarle una invisible baba. Y luego sonreía. Estaba perdidamente enamorado de esa mujer, y no se molestaba en esconderlo.

El compartir momentos íntimos con ella le permitía ver algo que el resto no veía, y eso era la seguridad interna en sí misma que años atrás se había quebrado. Kat era consciente de su propio avance a través de los entrenamientos, y Numa sabía que ello reconfortaba el alma que ese animal había ultrajado. A veces se permitía creer que él mismo tenía algo que ver con eso, pero no lo sentía en verdad así. Kat era completamente responsable de su voluntad, una voluntad que cada vez crecía más y que parecía estar moldeándose a una suerte de característica inquebrantable.

Sonrió ante la expresión letal cuando Mërg la empujó haciéndola perder el equilibrio que por poco la hizo caer de bruces al piso. Los golpes ya no le dolían, por el contrario, la enojaban, y el enojo parecía ser el motor adecuado para volverse veloz y precisa.

Logró esquivar el brazo de Mërg que se dirigía hacia ella para asirla y someterla, ágilmente se arrodilló, por el piso se deslizó hacia atrás, y logró infligir un corte con la espada detrás de la rodilla que hizo al lobo exclamar una maldición.

Iara rió con ganas, pero la diversión se esfumó en el momento en que Iorg exclamó el nombre de Leeta con desesperación en su voz. La hermana de Iara y Mërg corrió con todo lo que su esencia le permitía seguida del resto, Kat accediendo a que Numa la cargase a la espalda y así no quedar rezagada ante una velocidad que sus piernas jamás igualarían.

La mandíbula de Jensen cayó al dar con la imagen de lo que se extendía frente al castillo, los ojos de todos abiertos como platos, sus respiraciones contenidas y un miedo creciendo en su interior como el que pocas veces habían sentido.

—¡Arqueros! —exclamó Leeta con furia en su voz, y la lluvia de flechas hizo caer la primera línea de la hueste de Vandöda que se acercaba formados cual soldados de un ejército hambriento de guerra.

Los gruñidos y aullidos de los lobos que saltaron del bosque hacia la pradera para atacar los flancos de los despiadados seres colmaron la noche, mezclados con los espantosos quejidos guturales de los Vandöda que recibían los colmillazos de las fauces de los cuadrúpedos. Una ventaja con la que éstos contaban en relación a los bípedos. La sangre de los despiadados no era venenosa para ellos, por lo cual podían morder y arrancar pedazos de carne como si de manteca se tratase. Pero los Vandöda no tardaron en responder al ataque, y cuando el gemido ahogado de dolor de uno de los lobos colmó la noche y Raith encontró con sus ojos al Vandöda alimentándose desalmadamente del cuadrúpedo, la ira logró cegarla.

—¡No! —gritó antes de saltar al vacío.

—¡Raith! —exclamó Mërg—. ¡Maldita sea!

El lobo saltó detrás de ella, que corría hacia la hueste de criaturas azotada por su demonio interno.

Iara y Jensen se miraron compartiendo la preocupación por una fracción de segundo, para luego seguir la suerte de los primeros en lanzarse a la batalla, ya transformados hacia sus esencias animales ávidas de venganza.

—Quédate aquí y comanda a los Mörka —espetó rápidamente Apsal antes de volar por los aires y caer sobre el pastizal, grácil como un gato.

Leeta no parecía estar del todo de acuerdo con la idea, pero no parecía haber otra alternativa viable. Miró alrededor.

—¿Dónde está Anton?

—No lo sé —advirtió Rürik—. Pero no hay nada que podamos hacer en relación a ello ahora. Démosle a estos malditos algo por lo que lamentarse.

Leeta entendió que Rürik había decidido quedarse a su lado, algo que su fuero interno agradeció enormemente.

Numa giró hacia Kat.

—Tengo que ir allí. Regresa al interior de castillo.

—Ni loca.

—Kat.

—Esto es justamente para lo que he entrenado. No me escabulliré cual gusano bajo tierra. —Cuando detectó que Numa expondría la siguiente excusa, su expresión tomó un giro severo que hizo al Mörka cerrar la boca—. Estaré bien. Rürik se asegurará de ello.

Numa volteó hacia el aludido, que, pensándoselo por algunos segundos, terminó asintiendo con un movimiento corto y seco de cabeza. Numa tomó mucho aire, lo largó con fuerza, giró hacia el muro del castillo y saltó.

Danila había sido detenida por un grupo, tres de ellos ya muertos a sus pies. Numa se apuró a quitarle de encima a los otros tres, y juntos se sumaron a la incansable lucha de Apsal, Raith, Mërg, Iara y Jensen, completamente transformado por la oscuridad y transportado por un desquicio que alarmaría de no ser que lo conocía. Apenas detectaba los movimientos del responsable de su existencia, sabiendo que era justamente esa responsabilidad la que caía con tanta fuerza sobre los hombros de Jensen. Pero tal responsabilidad se transformaba en culpa cuando se trataba de esos seres perversos que seguían avanzado hacia el castillo, aliviado de ver que las flechas de los que allí permanecían lograban enlentecerlos, permitiendo a los cuadrúpedos terminar el trabajo de aniquilarlos.

Hubo algo que logró quitarle el aliento. Jamás había visto a Iara en su completo estado de transformación. Había una leve diferencia si comparaba con las transformaciones de su hermano y prima. Aunque levemente, los músculos de Iara parecían haber aumentado en tamaño, incluso parecía algo más alta, como si sus huesos se hubiesen estirado, y definitivamente sus manos habían aumentado al menos en tres medidas, convirtiendo sus garras en un arma letal. Pero fueron sus ojos los que terminaron de pasmarlo. Definitivamente se habían agrandado ¿Era posible que la cavidad ocular adquiriese mayor tamaño? Dentro de ella, las motas verdes fluorescentes bañaban por completo los dorados ojos con mucha más intensidad que los de Mërg y Danila.

Numa seguía luchando incansablemente, pero decidido a apostarse junto a Iara para protegerla, tal como le había prometido a su ahora amigo Jensen, eran detalles que no podían escaparse. La

Alfa se había convertido en un verdadero animal, y así luchaba, como un animal, saltando con ayuda de sus manos, cayendo sobre sus presas grácil y ágil como un felino, y luego quitando la vida con golpes secos y zarpazos que bañaban su rostro y pecho del líquido púrpura que infestaba las venas de los Vandöda. Si había algo que estaba entendiendo en ese momento era que Iara era sumamente peligrosa, tan peligrosa como Jensen.

El gemido de queja de un cuadrúpedo y la posterior exclamación en furia de su hermana llamaron su atención, para ver a Raith llegar justo a tiempo y salvar a un cuadrúpedo de las venenosas fauces de un Vandöda. El lobo parecía estar muy maltrecho, y Numa abrió los ojos como platos al ver a su hermana tomando en brazos al animal y luego correr hacia el castillo.

—¡Raith! —gritó Mërg, su voz ronca y profunda por la transformación que lo convertía en el animal que era. Pero su mujer ni siquiera reaccionó a su llamado.

Mërg terminó de decapitar a la bestia frente a él y corrió tras ella. Raith depositó al lobo con suma delicadeza frente a las puertas del castillo, y cuando Mërg llegó a su lado, la Mörka elevó el rostro hacia él, sus ojos anegados de lágrimas.

—Por favor, sálvalo —pidió en un sollozo ahogado.

—Raith, amor.

Sabía lo que le diría. El momento era el menos oportuno. A varios metros de ellos los suyos luchaban incansablemente para impedir el avance de los Vandöda. Lo sabía. Pero no podía luchar contra la necesidad de salvar a ese cuadrúpedo. Mërg observó las lágrimas corriendo y arrastrando a su paso la sangre seca de los que Raith había aniquilado.

—Por favor. No puedo soportar otra de sus muertes. No puedo, ellos son sagrados igual que tú. Por favor, Mërg.

Resignado, se arrodilló junto al lobo, se infligió un profundo corte con sus afilados dientes lobunos y dejó caer la sangre dentro de la boca del cuadrúpedo, que poco a poco fue relamiéndola para introducirla a su sistema. Finalmente abrió los ojos y Raith largó un suspiro de alivio entre sonrisas y sollozos.

—¡Abran la puerta! —ordenó Mërg poniéndose en pie.

El grueso roble cedió y Raith entró con el lobo en brazos, los Mörka que custodiaban la puerta transportados por la estupefacción. Le siguieron los pasos cuando ella se dirigió hacia un montículo de heno y depositó al cuadrúpedo con sumo cuidado.

—La próxima vez que alguno de los míos se acerque a la puerta y no la abran, les arrancaré el corazón de cuajo. —La amenaza del lobo hizo a los Mörka temblar.

Cuando Raith llegó a su lado, apoyó una mano en la parte baja de la espalda de Mërg, y juntos regresaron a la batalla.

Los únicos que no mostraban señales de haber sido lastimados eran Iara y Jensen, los Alfa. Raith corrió hacia Numa y le apoyó una mano en la camisa ensangrentada a la altura de las costillas del lado derecho.

—Estoy bien —advirtió, jadeante. —Ya está cerrando.

La frase quedó en el aire cuando dos Vandöda arremetieron contra él expulsándolo varios metros en dirección al castillo, un tercero asiendo a Raith con todas sus fuerzas cuando ella intentó asistir a su hermano.

Numa luchaba tendido en la hierba, evitando con una mano que una de las bestias fuera por su cuello, sin poder librarse del segundo que logró clavar los putrefactos y negros colmillos en su antebrazo. Apretó la mandíbula y se concentró para no perder fuerzas y sufrir una segunda mordida de los colmillos que arrojaban tarascones en dirección a su cuello.

Sintió el latigazo de la flecha, el impacto y el Vandöda que mordía su brazo cayendo seco en el piso. En fracción de segundo se incorporó, se colocó detrás del otro y le arrancó la cabeza de cuajo. Miró en dirección al castillo y vio el rostro sonriente de Kat. Ella no alcanzaría a verlo, pero le devolvió la sonrisa y en sus ojos, el agradecimiento de haberle salvado el trasero.

Raith enloqueció cuando vio que el filo de un colmillo había alcanzado a rasguñar el antebrazo de Mërg. Sabía que algo tan superficial no lo envenenaría, aunque le dejaría una marca. Una marca que azotó la furia interna de la Mörka, llevándola a interponerse entre Mërg y el Vandöda cuyo corazón arrancó bruscamente para luego apretarlo entre sus manos hasta que quedó reducido a nada.

—No era necesario, pero gracias.

Se limpió la mano en el pantalón, intentó serenarse y se acercó a él para tomarle el brazo y escrutárselo con detenimiento.

—No es nada.

—Si puedo evitarte una mordida de estos desgraciados, lo voy a hacer.

Volteó y siguió luchando desenfrenadamente. Las flechas de los que habían quedado en el castillo los ayudaban, pero eran muchos, tanto para los Mörka en el terreno, los lobos bípedos y cuadrúpedos. Sin importar cuantos matasen, seguían estando en desventaja numérica. Jensen había pensado en introducirse en el bosque y buscar el origen del ataque. Cortar el problema desde la raíz. Pero lo necesitaban allí.

De repente fueron conscientes de los gritos de Leeta, Kat, Rürik y Iorg, hasta que cayeron en la advertencia de que el cielo ya había clareado. Fue más allá del entendimiento de Jensen el motivo por el cual los Vandöda no se replegaban. Algunos habían cesado sus arremetidas, pero no se retiraban.

Iara lo asió del brazo y lo miró a los ojos.

—Regresa.

—No. Vienes conmigo o me quedo.

—No tenemos tiempo para esto, Jensen. —El horror asomó en sus ojos al ver el primer destello del sol por detrás del castillo—. La altura del castillo los resguardará. Quédense fuera contra el muro, pero váyanse de aquí.

Apsal tiró del brazo de Jensen con mucha fuerza.

—No les servimos de nada carbonizados. ¡Vámonos!

Los gritos desaforados de Kat hicieron a Numa salir de su estupor y correr en dirección al castillo seguido de Raith —Mërg le había pedido con el más gélido de los tonos que se largara de allí—, y luego, casi a la rastra, Apsal logró poner a Jensen a resguardo, que una vez pegado al muro del castillo, observó el avance del sol sobre la hierba, sus ojos de mirada asesina clavados sobre los Vandöda que habían dejado de pelear pero que no se replegaban.

—¡¿Por qué diablos no se esconden del sol?! —espetó Rürik, que había saltado al vacío para apostarse junto a los suyos.

Jensen respondió con un rugido temerario de su garganta, luchando contra el impulso de correr hacia Iara. Logró focalizar la ira cuando la pared que formaban los Vandöda comenzó a abrirse, los lobos cuadrúpedos atentos a cualquier intento de ataque, interpuestos entre las criaturas y los bípedos. Jensen sintió el corazón dándole un desagradable vuelco en el pecho al ver a lo lejos, casi al final de la pradera, a Anton, de rodillas, inconsciente y sostenido por dos Vandöda a cada lado.

—¡No!

Leeta saltó al vació y comenzó a correr hacia ellos, pero jamás llegaría a tiempo. Algo que Rürik entendió inmediatamente cuando su trasero cayó con fuerza al piso, lanzando maldiciones en exclamaciones que lograron erizar la piel de todos.

Kat había corrido las escaleras ignorando los golpes de la torpeza que la velocidad que llevaba infligía a sus movimientos, y al abrir las pesadas hojas de roble, el lobo que Mërg había salvado salió en dirección a la pradera con la velocidad de una bala, mientras que ella se apostaba junto a Numa, que había caído, sus rodillas azotadas por el dolor.

Iara, Mërg y Danila corrían hacia Anton entre los cuerpos de los Vandöda que se carbonizaban uno a uno a medida que el sol avanzaba, pero no podrían ganarle a ese avance. Aunque en su cabeza lo habían entendido, sus corazones no lo aceptaban, y corrían a toda velocidad con los lobos cuadrúpedos a la par.

Cuando la intensidad amarilla de la luz alcanzó el final de la pradera, Iara lanzó un grito de furia desgarrador que luego fue acompañado por los aullidos de los cuadrúpedos.

Mërg se obligó a detenerse y regresar sobre sus pasos para frenar el avance de Leeta, que gritaba entre llantos desgarradores al ver convertido el cuerpo del hombre que amaba en una inmensa llamarada. Apenas logró interceptarla, viéndose obligado a usar todas sus fuerzas para evitar que el fuego entrase en contacto con ella y la quemara.

Arrastrándose a lo largo de la hierba donde había caído presa del dolor, obligándose a ignorar el espantoso olor a carne quemada que se había apoderado de la totalidad de la pradera, Danila logró llegar a ellos y ayudar a Mërg a retenerla, siendo necesario que fuese sometida no solo por ellos dos, sino también por el muro formado por cuatro imponentes cuadrúpedos que evitaban que avanzara.

La única que permaneció muy cerca del cuerpo reducido a cenizas de su cuñado fue Iara. Incluso a lo lejos, la postura de su cuerpo era desgarradora para Jensen. Arrodillada sobre la hierba, su torso estaba doblado al medio a la altura del estómago, como si le hubiesen proferido una letal patada allí, y el cuello caía, la cabeza colgando hacia adelante, totalmente rendida y abatida.

De repente comenzó a hiperventilar, algo que no pasó desapercibido a la aguda vista del primero de los Mörka. Creyó que sería la angustia creciendo desmedidamente, pero segundos después supo lo equivocado que había estado.

Con movimiento brusco el rostro de Iara encontró en cielo, y el cielo encontró el gruñido desgarrador y temible proferido desde lo más profundo de su instinto animal. El gruñido de Alfa que hizo a los cuadrúpedos lanzar ahogadas quejas de miedo y posteriores posturas de sumisión.

***

La expresión en el rostro de Iara había incluso paralizado a Jensen. En su mente se imaginaba abrazándola, consolándola, pero algo le decía que, si materializaba tal idea, recibiría un fuerte golpe en alguna parte de su cuerpo que dolería mucho.

El lobo cuya vida Mërg había salvado, había logrado escabullirse por los pasadizos del castillo y ahora descansaba a los pies de una Raith que apenas parecía respirar. El enorme cuadrúpedo alzó las orejas y luego elevó la cabeza cuando el hermano de Iara apareció en el salón con paso rápido y molesto, movimientos que compartían característica con su rostro desfigurado por el enojo. Sin mediar palabra se sentó al otro lado de la mesa desplomándose en una silla y luego apoyando la sien en el puño cerrado de su mano.

—Quiero a todos los Mörka aquí en cinco minutos —demandó Iara con tono cortante y gélido.

Seguidamente giró sobre sus talones y se encaminó hacia el pasillo de habitaciones. Cuando Mërg atinó a ponerse en pie, Numa le puso una mano sobre el hombro.

—Yo iré. Apsal, ayúdame a juntarlos —pidió.

Y ambos Mörka salieron en direcciones opuestas. Mërg giró la cabeza, extendió la mano a lo largo de la mesa y Raith se apuró a tomarla entre las suyas. Acercó el rostro, se la besó, y luego le dedicó suaves caricias que paulatinamente lograron calmar el marcado mal humor del lobo.

En menos tiempo del solicitado por Iara, todos los Mörka que por años habían convivido en el castillo junto a Leeta y Anton habían llenado el salón principal, lanzando miradas de desconfianza hacia el cuadrúpedo que mostraba sus dientes y emitía un constante gruñido bajo.

—Ba kan sa (para ya) —dijo Mërg con voz baja, pero que fue suficiente para que se detuviese en seco—. Min sanso (es molesto).

El lobo giró la cabeza con gesto desafiante hacia él, a lo que Mërg se limitó a enarcar las cejas devolviendo el desafío. El cuadrúpedo giró sobre sí mismo y se dejó caer nuevamente a los pies de Raith.

—¿Qué le dijiste? —Quiso saber Raith, pero él no alcanzó a contestar. Su hermana había regresado prácticamente echando humo, más irritada que antes, si semejante cosa era posible.

Sin mirar a nadie caminó de un lado al otro del salón por una buena cantidad de segundos.

—Kat, ve con Leeta por favor.

La muchacha respondió incorporándose de un respingo y saliendo en dirección al pasillo casi al trote.

Iara se detuvo en el extremo opuesto de la mesa, dejó caer la cabeza levemente hacia adelante y cerró los ojos. Casi todos fruncieron el entrecejo, incluido Jensen, siendo Mërg el único que parecía saber exactamente lo que su hermana estaba haciendo. Lo había visto a su padre hacerlo incontable cantidad de veces, y por lo general, cuando sucedía, el resultado era preciso y certero.

De a poco Iara fue logrando lo que necesitaba. Salirse de sí misma y observar. Permanecía con los ojos cerrados, ya que esa porción que pocos conocían veía mejor que si los tuviese abiertos. Los segundos pasaron y la visión se fusionó con un sentido que nadie más que ella tenía. Era prácticamente imposible de explicarlo con palabras, pero era una habilidad que permitía a sus células sentir más allá de lo que cualquier otro ser pudiese percibir. Angustia, desazón, enojo, cansancio, hambre, misterio, y finalmente su corazón se aceleró al borde del desboque al dar con lo que buscaba. Culpa.

Solo pocos detectaron el momento en que la mano de Iara se cerraba sobre la garganta del Mörka para elevarlo por sobre su propio cuerpo al levantar el brazo y luego arrojarlo al otro lado, donde golpeó con tal fuerza que la piedra de la pared del salón se quebró. Sin siquiera darle tiempo a nada ni nadie, Iara estuvo nuevamente sobre él tomándolo de la garganta, pero ésta vez, sus afiladas uñas clavadas dentro mientras lo arrastraba contra la pared y lo elevaba del piso.

La voz profunda de la transformación se sobrepuso a los murmullos de sorpresa y miedo. Jensen miró rápidamente a Mërg, que a su ya actitud despreocupada le sumó el esbozo de una media sonrisa que llevó al Mörka a fruncir el entrecejo.

El lobo cuadrúpedo parecía estar disfrutando de la escena tanto o más que Mërg, mientras Danila, de pie junto a Apsal y cruzada de brazos, se limitaba a mantener la expresión severa de su rostro.

Los ojos de Jensen cayeron luego en Rürik, que hizo un gesto de *ni idea* con los hombros. Pero ninguno de ellos, los de la familia, atinaron a intervenir.

—Si quieres vivir me dirás exactamente con quién has estado tratando todo este tiempo.

Todos abrieron los ojos como platos.

Lars, el segundo al mando de Leeta y Anton, asió la muñeca de Iara con ambas manos con la intención de hacerse de apoyo y poder ingresar algo de aire a sus pulmones, pero Iara apretó la carne por dentro de su garganta con más fuerza, el chorro de sangre saltando hacia un costado y cayendo a los pies de Jensen, que parecía no poder creer las palabras que habían salido de boca de su mujer.

—Parpadea una vez si has entendido.

En el momento en que el Mörka lo hizo, Iara retiró la mano con movimiento rápido y seco, y Lars cayó a sus pies, ahora amenazado por los dientes del cuadrúpedo que lanzaba tarascones hacia él.

—No te lo preguntaré otra vez. —La amenaza en su voz logró erizar la piel de varios.

—Se suponía que solo debían asustarlo.

—¡¿Qué?! —Iorg se lanzó hacia Lars con tanto ímpetu y velocidad que incluso Jensen debió aplicar algo más de fuerza de lo normal para detenerlo—. ¡Maldito hijo de puta! —espetó a través de su mandíbula transformada—. ¡Anton era como mi padre! —Seguía arremetiendo, ahora con Numa ubicado al otro lado para evitar que llegase a él—. ¡Te arrancaré las entrañas, maldito desgraciado!

Numa no pudo evitar pensar que semejante personalidad, esa desmedida fuerza y determinación, les sería de mucha utilidad para los días que se avecinaban.

—Lo siento —alcanzó a decir antes que Iara lo pusiera en pie tomándolo por la camisa, a lo que después siguió la arremetida que le dio contra la pared, los huesos de la cabeza del Mörka crujiendo en el golpe.

—Tienes cinco segundos para decirme quién diablos quería ver a Anton muerto.

—Günta. Es del linaje de Lüdg. Hace años que buscan venganza por su muerte.

—¿Dónde está?

Al detectar que Lars vacilaba, Iara le atravesó el pecho y apretó el corazón, que fue disminuyendo los latidos bajo la fuerza de sus dedos. El Mörka gimió de dolor respirando con dificultad.

—En la ladera sur de la montaña. Hay una cueva. La cueva donde tu padre encontró a Jensen. La han convertido en su guarida.

Iara aflojó sus dedos dentro del pecho y retiró la mano con movimiento lento. Lars aprovechó el alivio para respirar grandes bocanadas de aire.

—¿Estás recuperado? —preguntó Iara con genuina preocupación en su voz, logrando sorprender a todos.

—Sí, gracias.

—Genial. Así podrás ser consciente de lo que Anton ha atravesado por tu traición. ¡Mërg!

Lars apenas tuvo tiempo para sorprenderse. Iara ya lo sostenía con demasiada fuerza, apostándolo de espaldas a la ventana.

—Dijiste que me dejarías vivir.

Mërg abrió los postigos, la luz sin tocar el cuerpo del Mörka.

—Mentí.

Se alejó unos centímetros, elevó la rodilla hacia el estómago y le asestó una patada tan fuerte que Lars voló a través de la ventana, su cuerpo cayendo ahora transformado en una bola de fuego.

Esperó unos segundos hasta que la respiración que la furia en sus venas había agitado se calmó.

—Danila, Mërg, vámonos —ordenó.

—Iara —intentó Jensen, pero ella ni siquiera atinó a detener la marcha, desapareciendo rápidamente de su vista.

Mërg, Danila y el cuadrúpedo le siguieron los pasos con igual actitud. Sin mirar atrás.

***

Sentado en el piso con la espalda contra la pared, las rodillas dobladas hacia el estómago y los codos apoyados sobre ellas, las manos de Jensen apretaban la parte alta de su cabeza. Desde el momento en que Iara, Mërg y Danila habían decidido abandonar el castillo mientras el sol seguía brillando sobre sus cabezas, no había sido capaz de regresar a su estado humano, su garganta profiriendo un gruñido bajo y constante. Toda su postura y actitud era la de un animal enjaulado.

La mirada que asomó en el rostro de Apsal cuando giró lentamente la cabeza hacia Jensen le dijo a Rürik que el primero estaba a segundos de perder los estribos.

—Te lo pido encarecidamente, ¡detente!

Numa y Iorg supieron que se refería al molesto sonido emanando de lo más profundo de la fibra sobrenatural de Jensen.

En cámara lenta Jensen elevó el rostro gobernado por la oscuridad.

—Deberías estar agradecido que no he asesinado a la mitad de los habitantes de este castillo —advirtió a través de una voz ronca y profunda que sonaba incluso más temeraria entre puntiagudos y afilados dientes ávidos de cacería—. ¡¿Cómo diablos puedes estar tan tranquilo?! Danila…

En el instante en que pronunció su nombre Apsal arremetió hacia él y Jensen respondió poniéndose amenazadoramente en pie. Numa se apuró a interponerse entre ellos, acto que Rürik valoró sumamente imprudente. Pero para su sorpresa, ambos se detuvieron muy cerca del cuerpo de Numa, que había elevado una mano hacia Jensen y otra hacia Apsal, mirándolos alternativamente como en un partido de tenis.

—No podemos hacer nada más que esperar, y lo haremos recurriendo a la porción que hace a los lobos y humanos tenernos algo de respeto. Si van a mantener esta actitud estúpidamente hostil, sugiero que lo hagan en sus habitaciones.

Ambos retrocedieron cual animales habiendo cambiado de opinión en relación a su presa, girando sobre sus talones para darse la espalda.

—Sé que no quieres escuchar esto ahora, pero creo que todos aquí podemos acordar que ese tal Günta está en serios problemas con Iara pisándole los talones.

Jensen se limitó a mantener silencio.

—Jamás había visto a un lobo transformarse así —confesó Apsal con voz tranquila—. Ni siquiera a Oleg. Casi toda su anatomía se transformó.

—Lo sé —asumió Rürik—. Leeta y yo lo vimos desde aquí.

—Entonces, ¿lo que ocurrió en la pradera fue una sorpresa para ustedes también? —preguntó Numa.

—Sí que lo fue —contestó Apsal.

—Puede estar relacionado a que haya recibido mi sangre. —Jensen permanecía de espaldas, pero su voz había mutado al tono de su porción humana.

—¿Tu sangre no es venenosa para ella? —Quiso saber Iorg.

Jensen volteó. Iorg tragó saliva cuando los penetrantes ojos grises lo miraron. Había dejado la transformación atrás, pero su mirada dejaba ver el mal humor que lo gobernaba.

—No en pequeñas cantidades —contestó secamente.

—¿Qué haremos? —preguntó Iorg.

—Tú no harás nada —espetó Jensen.

Un largo silencio flotó en el aire hasta que Iorg acomodó las palabras en su cabeza.

—Entiendo tu frustración, pero debes comprender que Anton era como un padre para mí. Leeta es mi familia, te guste o no. Así que repito, ¿cuál es el plan?

Rürik sonrió de lado casi imperceptiblemente.

—Esperaremos a que baje el sol y nos sumaremos a la batalla. —respondió—. Es lo único que podemos hacer. Esperar —aseveró Rürik.

—Bien. —El tono de voz de Iorg fue gélido—. Estaré en la habitación de Leeta.

Jensen le siguió los pasos con la mirada. Rürik se acercó lentamente a él hasta que estuvo muy cerca y lo miró a los ojos.

—Sé que no juegas bien en equipo cuando la vida de Iara está en juego, pero tendrás que encontrar la manera de hacerlo.

La respuesta de Jensen fue pasar junto a él y desaparecer del salón.

***

Apsal se cansó de recorrer los pasillos, hasta que la idea lo golpeó. Se apuró hacia el pasadizo dentro de la pared frontal del castillo y se alivió al ver la escotilla fuera de lugar. Se introdujo, gateó, y a lo lejos la luz del sol le indicó el camino.

Cuando asomó la cabeza encontró los ojos de Jensen, que seguidamente volvieron a perderse en la resplandeciente hierba bañada por el sol. Con sumo cuidado de no entrar en contacto con esos potentes rayos, se dio paso, acortó la distancia hacia él y se desplomó a su lado. Era poco el tiempo que les quedaba allí fuera. Pronto el sol brillaría sobre las cabezas que no tardarían en prenderse fuego.

—¿Qué haces?

Jensen se tomó un instante para responder.

—Escucho.

—¿Y?

—Ningún decibel que me indique la voz de Iara.

—Lamento haber perdido los estribos.

—No debería haber nombrado a Danila.

—No, no deberías haberlo hecho.

—Es un maldito círculo vicioso.

—¿A qué te refieres?

—Ellos intentan protegernos a nosotros, nosotros intentamos protegerlos a ellos, y al final de cuentas aquí estamos. Ellos allí, arriesgando sus vidas, y nosotros acá, arrastrándonos por pasadizos como los gusanos que somos.

—Si Oleg te escuchara en este momento, te asestaría un amistoso pero fuerte golpe en la cabeza.

—Le juré que la protegería.

—Lo sé. Pero Jensen, sabes bien que no solo se lo juraste a Oleg. Te lo juraste a ti mismo. Y esto no se trata de tu superioridad como el primero de la especie. Porque bien sabes que Iara es igual de peligrosa que tú. Después de lo que vi anoche, me atrevo a decir que más. Esto se trata de esa parte que tenemos los hombres, esa necesidad de proteger a la mujer que amamos para luego caer en cuenta que, en el caso de Danila y Iara, pueden protegerse a sí mismas lo más bien. Y eso nos pega en el enorme ego que tenemos.

—Si algo les sucediese.

—Si algo les sucediese es muy sencillo, amigo. Caminamos unos pasos hacia adelante y le damos fin a esta condena. —Señaló con un gesto de la cabeza hacia la pradera bañada de dorado.

—O podría hacerlo yo, y todo esto se terminaría.

—Sabes que eso mataría a Iara. Lo sabes, y por eso no lo has hecho.

—Egoísta de mi parte.

—No. Aunque no lo quieras aceptar, en el fondo sabes que te ama y que no admitiría vivir en un mundo sin ti.

Mantuvieron el silencio por un largo momento.

—Por favor, no te enojes por lo que voy a decir. —Apsal sonrió de lado y sus ojos verdes transparentes se posaron sobre los grises de Jensen—. ¿No crees que es hora ya? No soy el único que ha sido amado por incontable cantidad de años. Siglos en tu caso.

Apsal tomó mucho aire y lo largó con fuerza.

—¿Quieres la verdad?

Jensen asintió.

—No tengo la mínima idea de qué hacer para siquiera lograr que esa mujer me escuche. Me odia con la misma intensidad con la que me ama.

—Hace muchos años la encontré llorando en el pasillo. A solo metros de aquí. Te había visto con una de las humanas. Ya no recuerdo quién. Intenté explicarle lo que ella significaba para ti por el solo hecho de ser una loba, pero siguió sosteniendo, pensando y sintiendo que ella no era suficiente para ti.

—Dios —se quejó.

—Quizás ese sea el problema. Siempre ha sido sumamente insegura de sí misma como mujer. Eso lo sabes. Si le sumas a eso que la rechazaste por años.

—No la rechacé, Jensen —espetó.

—Así lo sintió ella. Así lo siente hoy por hoy, quizás. —Se sumieron en un largo silencio—. No sé cómo. Si se me ocurre algo te lo diré, pero deberías poner tus energías en demostrarle que es la única mujer con la que quieres estar.

—Gracias, doctor amor.

Jensen carcajeó con ganas.

—Vámonos de aquí antes que el sol nos consuma.

En el instante en que el pie de Apsal se introdujo dentro de la piedra, el sol bañó por completo el muro.

***

Iorg, Raith, Numa, Apsal, Rürik y Jensen, protegidos por el enorme muro y sus gruesas puertas de roble, aguardaban los dos minutos que le faltaría al sol para esconderse detrás del bosque ubicado en sentido opuesto a la pradera. En cuanto sucedió, Jensen y Numa descorrieron las trabas y se dieron paso al tiempo que lo hacían los Mörka que quedarían allí para proteger el castillo.

Ni bien dieron unos pasos hacia adelante, lo que vieron a lo lejos los detuvo en seco. Desde el lado izquierdo del bosque aparecieron Mërg y Danila, y segundos después, un Mörka que era dirigido por detrás por Iara. La expresión de la víctima era claramente de insoportable dolor, jadeaba, gemía y se trastabillaba, para en respuesta, recibir el puñetazo de Iara en la cabeza.

Los tres lobos estaban bañados en la sangre de sus víctimas de pies a cabeza, y si bien su andar era despreocupado, la expresón de sus rostros rayaba el desquicio.

No hizo falta que llegaran a ellos para ver que las manos del Mörka habían sido cortadas, y su torso desnudo mostraba incontable cantidad de profundos cortes de donde la sangre púrpura manaba a borbotones. Era evidente que lo habían torturado. La idea de lobos torturando logró poner a prueba la capacidad incluso de Jensen de dar crédito de lo que veía.

Cuando llegaron al grupo de Mörka que armados hasta los dientes habían tenido intención de salir a su rescate, Iara golpeó con fuerza la parte trasera de las rodillas de Günda, y en el momento en que cayó con las piernas quebradas sobre la hierba, Iara retiró la mano del corazón que estrujaba. Así lo había mantenido todo ese tiempo, sometiendo el corazón del Mörka a la presión de sus dedos.

Con mirada claramente desequilibrada por la adrenalina de la lucha y la ira, Iara miró a Iorg.

—Trae a Leeta. —La voz de Iara fue ronca y profunda. Parte de ella se mantenía humana, y la otra parte transformada. Otra novedad para los testigos.

Jensen recibió como un flechazo en el pecho la realidad de que Iara en ningún momento lo había siquiera mirado. Sus ojos de mantenían enceguecidos por la furia y amurados en el quejumbroso Mörka a sus pies.

—¡Cállate! —profirió una patada en la cara de Günda, que cayó de bruces sobre la hierba.

Apsal y Rürik compartieron miradas, y Danila alcanzó a ver la mezcla de admiración y miedo en sus ojos.

Cuando Leeta se acercó, Danila tomó a Günda por el cabello, tiró con fuerza de él hacia arriba y logró incorporar el torso del moribundo Mörka.

La hermana de Iara y Mërg contempló a la víctima por largos segundos, sus oscuros ojos amurados sobre los vidriosos de dolor de la criatura. Cuando Leeta dio un veloz paso hacia adelante y sus uñas se extendieron para dar lugar a una mortal garra, Danila lo sostuvo con más fuerza para que su prima pudiese introducir el puño en su pecho cual latigazo, y cuando el corazón rodó sobre la hierba, dejó ir del Mörka para evitar que el chorro de sangre le escupiese la cara en el momento en que Leeta tomó la cabeza con ambas manos y de un casi imperceptible tirón, la arrancó. Antes que el cuerpo cayese, Mërg y Iara estuvieron sobre él, el primero ocupándose de los brazos y la segunda de las piernas, descuartizando lo quedaba de la criatura.

Elevando el rostro muy lentamente hacia la cornisa donde el resto de los Mörka atestiguaba la escena, los ojos transformados de Iara los escrutó uno a uno. Entendiendo inmediatamente, saltaron al vacío, esperando lo peor.

—De ahora en más todos ustedes responden a mí y nadie más que a mí. —Los cuadrúpedos se habían formado en un amenazador muro en torno a los Mörka—. Si tienen un problema con eso pueden intentar correr y escabullirse antes que Jensen los deprede. —Hizo una pausa para volver a mirarlos uno por uno, incluso a aquellos que formaban parte de su familia. Incluso a Jensen—. Hay un solo linaje real en estas tierras, y está frente a ustedes. ¡Sugiero que muestren respeto!

Los primeros en caer sobre sus rodillas y perder la mirada en la hierba fueron los miembros de la familia, incluidos Numa, Kat, Raith y Iorg. Luego lo hizo el resto.

—Levántate, Kat —ordenó Mërg con voz tan gélida que la muchacha ni siquiera se atrevió a oponerse. Tomó la mano que Mërg le extendía y permaneció a su lado.

—¡Esta es tierra de lobos!

El grito de Iara logró estremecer, y seguido a ello, el rugido que Apsal, Danila, Mërg y Rürik habían escuchado solo una vez en la vida, cuando Jensen los había abandonado, estremeció la tierra y viajó por quilómetros a la redonda, los pájaros huyendo en ruidosas bandadas que no tardaron en ser aplacadas por los rugidos gruesos y profundos de Mërg, Danila, Leeta, y luego los cuadrúpedos, que alzaron las cabezas al cielo y aullaron hacia la oscura noche que se avecinaba.

La cabeza del fuego

Jensen abrió la puerta, se hizo a un lado para permitirle el paso, y arrastrando ambas maletas por detrás de ella, la observó ingresando al baño y cerrando la puerta tras de sí.

Diez días habían pasado, y entre la organización del viaje de regreso que había incluido a Leeta, Iorg y varios Mörka que se habían mostrado fieles, más la persecución que Iara había ordenado de los que habían huido al día siguiente de la cruel muerte dada a Günda, los diálogos entre los Alfas se habían mantenido entre estrategia, respuestas monosilábicas y silencio.

Los momentos que habían compartido cama, todo el lenguaje corporal de Iara le indicaba que acercarse no era una opción. Por lo cual no lo había hecho, y por ello, hacía días que había vuelto a la antigua rutina de no dormir. Aunque tendidos sobre el mismo colchón, sus cuerpos se mantenían separados, por lo que el calor no era suficiente para permitir a Jensen conciliar el sueño.

Escuchó el agua de la ducha correr, y sin darle demasiadas vueltas al asunto, se decidió. Ingresó al baño, se quitó rápidamente el calzado y la ropa y una vez con ella, observó por algunos segundos el agua caliente recorriéndole la espalda. Acortó la poca distancia que los separaba y con delicadeza le rodeó el cuerpo, incluyendo los brazos de Iara en el abrazo.

La sintió tensarse en los primeros segundos para luego sostener su peso cuando se desplomó en un angustioso llanto. Lentamente la volteó para que lo enfrentara y la rodeó más firmemente cuando su cabeza cayó sobre su pecho y el llanto tomó matices que lograron constreñirle el corazón. Largos minutos pasaron, el agua caliente de la ducha corriendo incesantemente al igual que las lágrimas de Iara.

—Ya no sé quién soy, Jens.

—Eres la mujer que amo.

—¿Amas a una asesina?

—Amo todas las características en ti.

—No quiero ser esta persona. No quiero ser el ser al que se le da en la tecla justa y se convierte en un monstruo.

Jensen no había dejado de acariciarla en ningún momento, recorriéndole la espalda, los brazos, la larga melena y el costado del rostro, alternando las caricias con suaves besos en la coronilla y la frente.

—Todos, Mörka, lobos, incluso humanos, nos hemos convertido en monstruos cuando se nos ha dado en la tecla justa.

Iara elevó el rostro enrojecido, y los ojos anegados de lágrimas encontraron los de Jensen.

—Se supone que los lobos estamos en esta tierra para proteger la vida, no quitarla. —Perdió los ojos en el pecho de Jensen—. Mi padre se avergonzaría de mí.

Jensen se apuró a tomarle el rostro con ambas manos y volver a elevárselo para perder sus grises ojos en los dorados de ella.

—Tu padre hizo lo que hiciste diez días atrás más veces de las que puedo recordar. Cada vez que alguien que él amaba había sido puesto en riesgo o moría. La primera vez fue con tu hermano Köl. No estuve allí, pero Mërg sí estuvo. Participó de ello. Hiciste lo que cualquier Alfa haría para preservar el linaje. —Cuando supo que se opondría a sus palabras se apuró a seguir hablando—. No te lo estoy diciendo para que te sientas mejor. Te lo estoy diciendo porque es la verdad. Como Alfa harás cosas por las que luego te sentirás mal. Y volveremos a hacer esto. Llorarás en mis brazos de la misma manera que tu padre lloraba en los brazos de Aixa, y a medida que vaya pasando el tiempo, daremos vuelta la página y no miraremos atrás. No podemos mirar atrás, Iara. De lo contrario, la culpa se vuelve insoportable.

Iara acortó la distancia hacia su boca, apoyó los labios sobre los de él suavemente, y luego volvió a acomodar la cabeza sobre su pecho.

—No debí haberte mantenido alejado de mí. Lo siento.

—Yo también. Todas esas noches sin dormir —bromeó, haciéndola reír entre las últimas lágrimas.

—Dormir. Creo que podría dormir dos días seguidos.

—Entonces terminemos de lavar este hermoso cuerpo, y a la cama.

***

Aunque había sido necesario destapar la olla y dar con el verdadero estado de ánimo, verla y escucharla llorar de esa manera lo había alterado al punto tal que la cercanía de la mitad del cuerpo de Iara sobre el suyo no era suficiente para que lograse conciliar el sueño.

Sus ojos habían permanecido amurados sobre el techo mientras ella respiraba pausadamente, sumida en un total estado de inconsciencia relajada.

Aunque era evidente que ni siquiera el sonido de una corneta lograría sacarla de ese estado, se deslizó por el colchón con sumo cuidado de no despertarla, y abriendo el falso pedazo de techo, salió a la terraza, el calor remanente del cuerpo de Iara en su piel abandonándolo en cuestión de minutos a medida que avanzaba entre los senderos del iluminado jardín.

Cortó una manzana de uno de los árboles en la esquina posterior derecha y le dio una profunda mordida, disfrutando del agua dulce de la fruta inundando sus sobrenaturales papilas gustativas. Se sentó en el banco de madera, corrió el trasero hacia adelante para poder alcanzar el respaldo con la cabeza, y siguió comiendo con los ojos cerrados.

—No sabía que te gustaba la manzana. —Lo inesperado de la sorpresa hizo que saltara sobre el asiento.

Iara sonrió, y cuando comenzó a caminar hacia él, Jensen evitó que asomara en su expresión el impacto que le ocasionaba en cada célula de su cuerpo, específicamente las de su entrepierna, la imagen de esa mujer en ropa interior, y esa fina camiseta blanca que apenas lograba sostener los voluminosos pechos que no llevaban sostén.

Desvió la mirada y respiró profundamente. La respiró a ella cuando se sentó a su lado, el brazo de Jensen estirándose a lo largo del respaldar del banco para darle lugar muy cerca de él. Lugar que Iara aprovechó pegándose a su cuerpo, algo que no ayudó en absoluto a esas células de ese lugar tan particular que el Mörka intentaba mantener bajo control.

—Me gustan casi todas las frutas.

—¿Cuál es tu preferida?

Jensen pensó la respuesta por algunos segundos.

—Creo que todos los frutos rojos.

—Somos dos. —Extendió la cerveza que había traído para él, y dejó la suya en el piso—. En mis tantos viajes a Nueva York de joven, siempre visité ese bar en el Bronx. Al que van todos los Mörka.

Jensen frunció el entrecejo.

—¿De veras? Ese lugar es horrible. —Jensen dio un sorbo a su cerveza.

—Sí que lo es. En fin, creo que iba porque allí escuchaba hablar de ti.

Esta vez enarcó las cejas.

—No me digas. Decían que camino bajo el sol y adoro al diablo y todos sus séquitos.

Iara carcajeó.

—Entre otras tantas cosas. —Tomó la cerveza que había dejado a un lado y le dio un sorbo—. Dentro de ellas, una vez escuché hablar a tres mujeres Mörka.

—¿Quiero saber qué decían?

—Probablemente no.

—De acuerdo.

—Pero te lo diré igual. —Jensen se llevó la botella a los labios sin saber que se arrepentiría—. Las tres se jactaban de haberse acostado contigo. —El líquido ya había ingresado a su boca, pero aún no lo había tragado—. Y que durante las seis horas seguidas que habías durado… —Lo dijo justo en el momento en que Jensen había decidido tragar, a lo que le siguió la tos ahogada de la porción de cerveza que se había ido a sus pulmones. Iara se mordió los labios para suavizar la carcajada, y le brindó unos golpecitos en la espalda que se había incorporado del respaldo con el impulso de la tos ahogada. Cuando estuvo compuesto, volvió a morderse los labios para no lanzar la siguiente carcajada. Jensen ladeó levemente la cabeza y la miró de reojo—. ¿Debería seguir?

—Por favor, no.

Ésta vez no contuvo la risa. Una vez terminada la carcajada que hizo a Jensen sonreír de oreja a oreja, Iara se llevó su propia cerveza a los labios.

—En Rumania un grupo de idiotas me pidió que demostrara que el rumor de que caminaba sobre el agua era cierto. La gente dice todo tipo de estupideces.

Había mantenido la postura del torso inclinado hacia adelante y los codos apoyados sobre los muslos, por lo que volvió a mirarla de reojo para seguirle los movimientos cuando deslizó el trasero hacia adelante y acomodó la cabeza sobre el respaldar del asiento.

—Seis horas es mucho.

Jensen desvió la mirada hacia adelante, y sonrió de lado.

Aunque sus habilidades habían aumentado con el paso de los días, seguía siendo más rápido que ella. Siempre lo sería. La picardía que había dejado la conversación en los ojos de Iara desapareció en el momento en que la acomodó a horcajas sobre él, ya desprovista de la fina camiseta que no había hecho más que enloquecerlo.

En un acto reflejo comenzó a friccionar su entrepierna contra lo que tantas veces había sentido pero que aún no había podido disfrutar, mientras Jensen le recorría los costados de la cintura y las caderas aferrándose a su carne, alternando la lengua entre el cuello, los pechos y los labios que succionó y mordió ocasionándole un exquisito dolor que Iara manifestó entre gemidos ahogados en su garganta.

Se despegó levemente de él para arrancarse la ropa interior de un tirón, Jensen aprovechando para bajarse los pantalones cómodos con los que había ido a la cama, y Iara convirtiendo la camiseta que llevaba en meros jirones de tela.

Cuando volvió a bajar hacia él no hizo falta siquiera que se acomodasen, ambos lanzando un ahogado quejido de alivio y placer al encontrarse. Iara tuvo unos segundos de cordura para rápidamente terminar de entender el motivo por el cual cuando había tenido sexo con otros hombres siempre faltaba algo. En el momento en que se habían encontrado segundos antes, se había producido un anclaje. El cuerpo de ella estaba anclado al de él, y ya no eran dos.

Todos los rumores que había escuchado acerca de él como hombre habían logrado generar una especie de inseguridad en ella, desconfiando de poder satisfacerlo. Pero teniéndolo dentro de ella, moviéndose sobre él sabiendo exactamente qué hacer y cómo hacerlo, como si hubiesen estado juntos incontable cantidad de veces, la inseguridad se esfumó por completo.

Se miraron a los ojos por largos segundos, y luego Jensen arremetió contra su cuello, sabiendo también que la enloquecería aun más. Y así lo demostraron las arremetidas de Iara contra él, subiendo en intensidad y fuerza. Le abandonó el cuello y acercó los labios a su oído.

—A modo informativo —susurró sin dejar de acompañar las caderas de Iara en cada movimiento de su propio cuerpo, y sus manos que se aferraban allí como si el mundo estuviese dando vueltas a su alrededor y el cuerpo de Iara fuese el pilar al que debía aferrarse—. No hay límite de tiempo. Y contigo las horas se convertirán en días.

Esas palabras susurradas con la voz naturalmente grave transportada por el placer la hicieron estremecerse de pies a cabeza, Jensen aprovechando el momento para cambiar de posición y acomodarla sobre el banco, donde la tendió y volvió a introducirse dentro de ella, ésta vez torturándola lentamente. La besó hasta que sintió que sus propios labios explotarían del calor y la hinchazón, y cuando se alejó para mirarla, ambos contemplaron la transformación del otro: Jensen con sus profundos ojos oscuros y Iara con las motas verdes resplandecientes en su iris.

—Tu lado oscuro será el que más amaré, Iara. Siempre.

Notó que hacía acopio de toda su voluntad para poder hablar.

—Y yo el tuyo. Jura que me lo permitirás.

—Te lo juro —aceptó sin vacilar, encontrando un ritmo que les permitió disfrutar de las horas que los llevaron a ver el cielo clarear.

Una vez protegidos del sol dentro del apartamento, el día transcurrido con Jensen amando cada centímetro de su cuerpo sin reparos le demostró que nada tenía que envidiar a los rumores.

***

Iara estaba tendida con el torso algo incorporado debido al montículo de cojines que había situado en su espalda, y las rodillas algo dobladas, formando sus muslos, pubis y vientre bajo una almohada que se amoldaba perfectamente a la cabeza de Jensen, cuyo cuerpo estaba acomodado perpendicularmente al colchón. Él había doblado el brazo izquierdo a la altura del codo para llegar a la parte baja de la pierna de Iara en suaves caricias, mientras que la otra jugueteaba con sus dedos.

—¿Qué hiciste todo el tiempo que te mantuviste alejado?

—Intenté mantener bajo control a los Vandöda. Recorrí el mundo buscando a aquellos que mostrasen potencial para transformarse en Mörka. Ese era el objetivo de Oleg, ¿sabes? Soñaba con un mundo distinto.

—Era un soñador.

—Era un visionario.

—Lo extrañas.

—Todos los días. Su muerte fue una de las peores cosas que tuve que atravesar en mi vida.

—Y lo dice un hombre que se encadenó a sí mismo a la piedra de una cueva.

—Perder a Oleg fue peor —aseveró.

—¿Y qué consideras que fue lo peor que has atravesado?

—Abandonarte y mantenerme alejado —contestó sin ningún tipo de reparo.

—¿Aún sientes culpa por las cosas que has hecho cuando eras Vandöda?

—Si no estoy contigo, sí.

—¿Cómo?

—No tengo del todo claro cómo funciona. Es como si el ancla adormeciese todos esos recuerdos que son un tormento. Tu presencia convierte todo eso en algo lejano y que no duele tanto.

—¿Qué hacías antes? De que te convirtieses en el primero de los Vandöda, quiero decir.

—Era vikingo. Luchaba. No mucho más.

—¿Por qué tengo la sensación que hay algo que no me estás diciendo? —preguntó con tono de voz alegre, y rio cuando Jensen lo hizo.

—Había sido proclamado Rey un par de años antes que la enfermedad me transformase.

—Me estoy acostando con un Rey.

Jensen rompió en carcajadas. Volteó y le besó el vientre repetidamente. Luego apoyó la cabeza de lado y cerró los ojos, disfrutando de las caricias que Iara le brindaba en el cabello.

—Jens.

—Mmm —respondió en estado relajado.

—Necesito que me prometas que no harás ninguna locura. —El Mörka abrió los ojos para mirarla y tragó saliva al ver los de Iara enjugados—. Sé que más de una vez has pensado en quitarte la vida para darle fin a todo esto. —Los ojos tímidamente humedecidos se anegaron de lágrimas—. Tienes que entender que no eres únicamente responsable de la razón de existir de los Mörka y Vandöda. Sin ti, yo no existo.

Jensen se movió para acostarse a su lado. Le secó las lágrimas con movimientos suaves, y luego apoyó sus labios sobre los febriles de ella.

—Es cierto. Más de una vez lo pensé. Y más de una vez me sentí egoísta por no hacerlo. Por primera vez en mi vida siento merecer algo más que la responsabilidad, la culpa y el tormento. No pienso renunciar a lo mejor que me pasó en la vida. A ti. Ya no.

Iara le atrapó los labios en un beso lento y suave en el que no tardaron en fundirse. Se acomodó para darle lugar entre sus piernas, y de la misma manera que continuaron besándose, en cámara lenta y muy suavemente, volvieron a hacer el amor.

***

Abrió los ojos en cuanto el sonido llegó a sus oídos. Sonrió y respiró la gloria de tenerlo pegado a su espalda, el brazo aferrado a su cintura. El móvil volvió a repiquetear. Volteó con cuidado y le acarició el rostro.

—Jens.

Sonrió al saber que estaba profundamente dormido. Le causaba una enorme alegría poder brindarle ese alivio. El alivio del verdadero descanso. Pensó en no despertarlo, pero era la primera vez en dos días que sus móviles mostraban alguna señal de comunicación, y podía ser importante.

Apoyó sus labios sobre los de él y cuando se alejó, vio la sonrisa formándose en su rostro.

—Hola —susurró.

Los párpados de Jensen se despegaron y Iara sintió el cosquilleo recorriéndola.

—Eres tan condenadamente hermosa.

—Lo mismo digo. De mí, por supuesto.

Jensen rio.

—Tienes el mismo sentido de humor retorcido de tu hermano.

Iara carcajeó.

—Lo sé. Y hablando de eso. Tu móvil ha repiqueteado dos veces.

Jensen movió el torso hacia la derecha y estiró el brazo para alcanzar el teléfono.

—Y la gloria en el paraíso se termina. —Se quejó mientras se lo llevaba con parsimonia frente a él, acomodándolo de manera tal que ambos pudiesen leer los mensajes.

Numa

Lo siento amigo. No sabes cuánto. Pero tenemos un problema. Desde que llegamos Leeta no ha salido de la habitación y lo que es peor, no ha ingerido siquiera agua. Ha perdido peso radicalmente y Mërg y Rürik no logran hacerla entrar en razón. Raith y Kat no abandonan su lado, pero ya no sabemos qué hacer.

Numa

Mërg cree que tú serás el único al que escuchará. No sé por qué, pero eso dice. Evité que vaya a buscarte bajo la promesa que te escribiría. Siento molestarte. Ven cuando puedas.

Se incorporaron al mismo tiempo y comenzaron a vestirse.

—¿Crees que realmente te escuchará?

—No pienso darle mucha alternativa.

—Buena respuesta.

***

Entraron a la cocina a paso rápido.

—¿En qué habitación está? —preguntó Jensen.

—Hola —respondió Mërg, para luego fruncir la nariz y todo su rostro adoptar el gesto de haber acabado de chupar un limón—. Ustedes sí que apestan a sexo.

Rürik se atragantó con el café que pasaba por su garganta, y Raith se atragantó con la risa.

—¿Puedes oler el sexo? —Quiso saber la Mörka, divertida.

—Uno de los aspectos negativos de ser un lobo.

—Habitación —demandó Jensen, determinado a no entrar en el juego de su cuñado.

Mërg señaló con su mano despreocupadamente hacia arriba al tiempo que llevaba su café a los labios.

—Segunda a la izquierda.

Jensen desapareció generando una brisa a su alrededor.

El primero de la descendencia de Oleg señaló a su hermana con el dedo índice.

—Tú, hermanita, necesitas una ducha urgentemente.

Iara puso los ojos en blanco, giró con molestia sobre sus talones y se fue casi al trote, dejando atrás las risas contenidas, incluidas las de Rürik.

Entró a la habitación de Danila sin llamar, y cuando su prima la vio, sonrió.

—¡Hey! —Su rostro adoptó la misma expresión que el de Mërg minutos antes —Apestas a sexo.

Ésta vez Iara tomó mucho aire y lo largó con desmedida fuerza. Se quitó el abrigo de cuero y mientras se encaminaba al baño fue quitándose las zapatillas y luego el jean.

—Necesito ropa.

Danila escuchó el sonido del agua corriendo.

—Claramente, porque pienso quemar la que acabas de quitarte. –Tomó las prendas con las puntas de los dedos, frunciendo la nariz.

—¡No mi abrigo de cuero!

—Te compraré otro.

Jensen se sentó con delicadeza en el borde del colchón, escrutando el rostro pálido y ojeroso de una Leeta que ni se molestó en mirarlo.

—¿Has venido a decirme que ésta no soy yo? ¿Qué dónde está la temeraria Leeta Ladden que alguna vez fui?

Él negó con un lento movimiento de cabeza.

—Todos los años que me mantuve alejado de Iara sentí que a mi cuerpo le faltaba una parte. Había momentos en que sentía que me faltaba todo. Pero algo en lo más profundo de mi ser sabía que ese algo que me faltaba existía, que estaba. No lo tenía, pero podía sentirlo. Anton ya no está. —Todo el cuerpo de Leeta se contrajo en el llanto—. Así que no, cariño, no estoy aquí para decirte nada de eso.

Tomó una bocanada ahogada y asió con fuerza la almohada.

—No sé cómo vivir sin él.

—La experiencia me dice que el dolor que en este momento te está paralizando puede ser convertido en un excelente motor para seguir adelante.

—Ya no le encuentro sentido.

—Lo sé. Quizás puedas ceder y permitirnos a nosotros encontrarle un nuevo sentido a tu vida. Mi vida tomó un nuevo sentido al descubrir que vivías. —Leeta lo miró detrás de un borroso velo de lágrimas—. Oleg y Aixa viven en Mërg, aunque me pese —bromeó, logrando que sonriera muy levemente—, en ti y en Iara. Yür vive en Danila. Ese fuego propio de ellos vive en su descendencia. Es un tipo de fuego que nunca se apaga. La llama puede ser reducida pero nunca se apaga. Es una llama que nosotros, los Mörka, sentimos claramente. En Mërg y Iara es más evidente la presencia de Oleg. En ti es cien por ciento Aixa. Y déjame decirte, pequeña, esa mujer sí que era testaruda, temeraria y perseverante. Todas ellas características con las que cuentas. Aunque no las sientas en este momento, están. Las veo. Te lo puedo asegurar.

Jensen se tomó largos segundos para ordenar las siguientes ideas, que fueron interrumpidas por la voz nasal de llanto de Leeta.

—Sigues hablándome como lo hacías cuando era pequeña.

—Lo siento.

—No lo sientas. Es reconfortante. Siempre te adoré. Lo sabes.

—Y yo a ti, pequeña loba.

Leeta incorporó rápidamente el torso y se lanzó a los brazos donde lloró por largos minutos.

—Apestas a sexo —dijo con la voz ahogada por tener el rostro hundido en el hombro de Jensen, con tono igual de despreocupado como si le hubiese dicho que tenía sed.

—Creo que cruzaré el pasillo y utilizaré la ducha de Apsal.

—Por favor, hazlo.

Se separaron y se miraron a los ojos.

—¿Me ayudarás?

—En cada paso que des.

Le besó la frente, se puso en pie y le extendió la mano para que la tomara y lo imitara.

Golpeó los nudillos contra la madera de la puerta que no tardó en abrirse.

—Necesito tu ducha. Y ropa.

Apsal enarcó las cejas.

—¿Debería preguntar?

Leeta apareció por detrás de Jensen.

—Apesta a sexo.

—Gracias. Es todo lo que no quería saber —bromeó y salió de su habitación dándole lugar a Jensen a que pasara.

Esbozando una enorme sonrisa tomó la mano de Leeta y comenzaron a caminar en dirección a la escalera.

—Vamos, pequeña. Metamos mucha comida en tu sistema.

—Suena genial.

Jensen los observó alejarse, también dibujando una sonrisa en su rostro.

Cerró la puerta de la habitación de Apsal determinado a que los lobos dejasen de darle la lata con su supuesto apestoso olor a sexo, aunque sabía que Mërg no abandonaría el asunto. La idea volvió a dibujarle otra sonrisa en los labios.

***

Kat ingresó como una tromba a la biblioteca generando que el concentrado semblante de Numa se suavizara por completo.

—Bien. Aquí están.

Se desplomó en el sillón de cuero de un cuerpo y cruzó las piernas.

—¿En qué podemos ayudarte, querida Kat? —preguntó Mërg con sumo tono sarcástico.

—¿Tú? En nada.

Mërg respondió esbozando una enorme sonrisa, Kat escrutando los rostros sonrientes de todos los presentes que siempre se divertían con sus respuestas. Cuando pasó por el de Numa, suavizó el gesto y guiñó un ojo, recibiendo la misma respuesta del Mörka. Luego se detuvo en Iara.

—He estado pensando.

—Esto será interesante —dijo Mërg tomando asiento en una silla.

Kat le dirigió un gesto de burla que Mërg devolvió.

—Ustedes dos tienen una relación que no entiendo —confesó Raith, divertida.

—No pierdas tiempo en pensarlo. Es un imbécil que quiero, y yo soy la astilla en su culo que él adora.

—Excelente descripción —advirtió Mërg

—Gracias —respondió Kat.

—Volvamos al punto —pidió el lobo—. Tengo hambre. y Dios sabe que tus pensamientos pueden desviarse por horas.

—Pues búscate un hueso para roer.

Jensen largó una carcajada y luego adoptó una actuada expresión seria cuando Mërg lo aniquiló con la mirada, el resto apurándose a morderse los labios para evitar justamente eso.

—Como decía —siguió Kat airosamente—, estuve pensando, y creo que deberíamos detenernos por un minuto y mirar todo esto desde una perspectiva algo más científica.

—Me has perdido por completo —espetó Apsal.

—Paciencia, pequeño saltamontes. —Apsal sonrió—. Acabo de empezar.

Jensen se sentó en el sillón junto al que ella había tomado, su atención definitivamente captada.

—Esto es lo que creo que han pensado hasta ahora. Reclutar Mörka fieles a la causa, ejecutar a los que no lo son. —Hablaba como si se estuviese refiriendo a simples planes de fin de semana—. Formar un ejército lo suficientemente fuerte para luego salir en busca de los que están llenando el diminuto cerebro de los Vandöda de suficiente porquería para comandarlos contra nosotros.

Los Mörka presentes esbozaron sonrisas cuando se refirió a los Vandöda y su diminuto cerebro.

—¿Has estado escuchando detrás de las puertas? —Quiso saber Mërg.

—Es una regla de tres simple, Mërg. No es física teórica.

Jensen se mordió el labio sonriente.

—Ahora sí que me siento inteligente —bromeó el primero de los de su especie.

Kat estiró el brazo para apoyar su mano sobre la congelada de Jensen.

—No estoy trabajando y tengo demasiado tiempo libre. Cuando tengo demasiado tiempo libre enloquezco. Para no enloquecer, pienso. Y cuando pienso, bueno, en fin. —Quitó la mano de la de su amigo y siguió—. Aunque el plan puede tener consecuencias positivas, esas consecuencias serán al corto plazo. —Miró a Rürik—. Me dijiste que aquella noche en que capturaron a Iara, el idiota ese, ¿cómo se llama?

—Nög.

—Ese. Dijiste que estaba buscando una especie de solución final con la sangre de Iara. ¿Pero sabemos específicamente a qué se refería? Quiero decir, sé que se trata de la estúpida idea de que los Mörka y Vandöda sean de repente mágicamente inmunes al sol. Sin ofender —advirtió.

—No ofendes —respondieron todos los Mörka al unísono.

—Habló de burlar el gen de Kaysa para lograr una mutación genética. No soy médica, pero como enfermera puedo asegurar que para lograr semejante cosa se necesita no solo muchísimo dinero, equipamiento y recursos que se encuentran en muy pocas partes del mundo, sino un genio detrás de todo eso. La pregunta es, ¿cómo es posible que puedan acceder a todo esto? Creo que ésta es la cabeza del fuego, y es allí donde debemos atacar.

—¿Cabeza del fuego? —Mërg frunció en entrecejo.

—Como hacen los bomberos en un incendio.

—¿Cómo sabes estas cosas?

—Se llama leer. Deberías probarlo.

—Ni loco. Demasiado aburrido.

—¿Qué sugieres? —interrumpió la simbiótica dinámica Jensen, atrapado e intrigado por el rumbo que habían tomado los pensamientos de Kat.

—Sugiero que primero sepamos qué es lo que pretenden. A ver, ¿mutar un gen? —Miró a Mërg—. ¿Alguna vez a alguno de ustedes les han hecho siquiera una prueba de sangre?

—No.

—Menos aun, de ADN —sumó Kat.

—Sigo sin entender dónde quieres llegar —habló Iorg por primera vez.

—Tenemos que saber qué es lo que pretenden. Analizar el ADN de los lobos, el de ustedes. Su sangre. Saber cuáles son las posibilidades para entender qué se propone realmente este tal Nög.

—¿Y cómo podríamos hacerlo si es tan caro y difícil? —preguntó Rürik.

—Espera. ¿Es este el principio del plan que alguna vez habíamos ideado para despojar a Jensen de todos sus millones y evaporarnos de la faz de la tierra? —Mërg actuó entusiasmo, llevándose la mirada divertida de Jensen, que frunció el entrecejo y luego miró a Kat.

—Estaba enojada contigo.

Jensen enarcó las cejas.

—¿Por qué? —Su tono denotó la sorpresa.

—Tenía 18 años, y no viniste para mi cumpleaños. Quise idear un plan para darte donde te doliera.

—¿Dinero?

—Si, si, ya lo sé. El dinero te podría importar menos que una hormiga. No te conocía tan bien en ese entonces.

—¿Podríamos…? —Leeta hizo un gesto ansioso con las manos.

—Sí, por supuesto. —Se limitó a decir Kat con actitud comprensiva—. Resulta que tengo un amigo. Es un genetista conocido a nivel mundial. Se cansó de hacer dinero a lo largo de toda su carrera y ahora está retirado y hace solo trabajos a pedido. Es un genio.

—Espera. —Iara abrió los ojos grandes—. No estarás hablando de Logan Lidvick, ¿verdad?

—El mismo.

—¡Ese hombre es una eminencia!

—¿Debería estar celoso? —advirtió Jensen con humor.

—Juega para el otro equipo, mi amor.

—¿Logan es gay? —Mërg parecía no poder creérselo.

—¿Lo conoces? —inquirió Iara.

—Fui con Kat a un par de fiestas que organizó cuando se retiró. Ese hombre sí que sabe dar una buena fiesta. —Pareció perderse en el recuerdo.

—Veo en tu rostro algo que me parece que no quiero saber. —advirtió Raith, divertida.

—Créeme —intervino Kat—. No quieres.

—¡Hey!

—Sí, sí, ya lo sé, me lo llevaré a la tumba.

—Más te vale. Hicimos un pacto de sangre.

—¿Pacto de sangre? —Apsal parecía perturbado.

—Sí. —Kat sonrió de oreja a oreja—. Su sangre entró en mi sistema ese día, por eso soy tan bonita y fuerte —bromeó, haciendo a todos carcajear.

—No quiero ni imaginar de qué están hablando. —Se quejó Rürik—. ¿Crees que este Logan accederá a ayudarnos?

—Una pregunta más importante —habló Iorg—. ¿Queremos involucrar a un humano en toda esta locura?

—Logan siempre ha sido bueno con lo raro.

—Gracias. —Dijeron todos al unísono, Numa limitándose a sonreír.

Kat puso los ojos en blanco.

—Qué susceptibles están. De acuerdo, con lo diferente.

Apsal miró a Numa.

—¿Sabías todo lo que la pequeña se traía entre manos?

El aludido sonrió y perdió la mirada en ella.

—Gracias por compartir —espetó Mërg.

—No te preocupes, mi amor. Está celoso porque ya no es la primera persona a la que acudo.

El hermano de Raith frunció el entrecejo y miró a Mërg, dibujando la pregunta en su expresión.

—Lo estoy. Lo superaré. Trabajaré en ello, lo prometo —se sinceró con humor.

Numa sonrió de lado y luego posó sus felinos ojos sobre ella.

—Iorg está compartiendo la misma inquietud que surgió en mí cuando me dijiste todo esto. El plan suena fantástico a excepción de poner en riesgo la vida de esta *eminencia*. —Marcó la última palabra dirigiendo una mirada divertida a Iara, que se limitó a sacarle la lengua, arrancando una carcajada a Numa y una amplia sonrisa al resto.

—Lo sé. Pero sinceramente creo que tenemos una gran oportunidad tratándose de él. Tiene el equipo, tiene los medios, y más importante aún, el cerebro. A ese hombre lo han llamado de todas partes del mundo para solicitar su consejo profesional, o bien contratar sus servicios.

—Es cierto —acordó Iara.

—¿Y qué haremos? ¿Llamarlo aquí y pedirle que observe nuestras transformaciones? Saldrá corriendo en la dirección contraria —aseguró Iorg.

—Confía en mí. No lo hará.

—¿Por qué estás tan segura que accederá? —Quiso saber Jensen.

—Digamos que en su momento lo ayudé —El Mörka enarcó las cejas—. A salir del closet, por así decirlo. Cuando estamos solos me llama *mi divina liberación.*

—Interesante —aportó Mërg.

—Bien. No sé qué piensa el resto, pero Kat definitivamente tiene razón. El saber qué diablos se trae entre manos Nög podría darnos ventaja. Hasta ahora siempre ha estado un paso por delante de nosotros, y eso me está gustando cada vez menos—. Dio su opinión Jensen—. Es algo radical, por lo cual no voy a tomar la decisión yo solo.

—Por mí está bien —aportó Apsal.

Mërg miró alrededor.

—¿Dónde diablos está Danila?

—Está fuera. —Lo vago de la respuesta de Iara sorprendió a todos—. Me encontraré con ella en un rato y le comunicaré el plan. ¿Estamos todos de acuerdo, entonces?

La sala se llenó de asentimientos y afirmaciones.

Jensen se puso en pie cuando Iara caminó a la puerta de la amplia biblioteca.

—¿Está todo en orden? —susurró Jensen.

—Sí, es cosas de chicas.

—¿Pero ella está bien?

La tristeza asomó en los ojos de Iara y el peso se apoderó del pecho de Jensen cuando ella negó con un movimiento de cabeza. Sabiendo que Apsal estaba atento, lo tomó de la mano para salir de la habitación.

—No quiere seguir viviendo aquí. Dice que verlo día y noche la está matando. Quiere su propio piso y algo de soledad. Pero ante todo necesita hablar. Todavía no sé dónde llevarla, porque en el estado en que está, abre la boca y llora. Un restaurante o un bar sería de lo menos apropiado.

Jensen metió la mano en el bolsillo y sacó las llaves del auto y las de su apartamento.

—¿Y tú qué harás?

—No te preocupes por eso.

Le rodeó el cuello, y Jensen la cintura.

—Ojalá encontrasen la manera de perdonarse susurró sin perder contacto con él—. Porque Apsal lo ha arruinado, pero Danila tiene la capacidad de perdón completamente apagada.

Jensen le acarició la cabeza, le regaló un beso en la mejilla, otro en la nariz que la hizo reír, y luego apretó sus labios contra los de ella suavemente. Se apartó, la miró a los ojos y acarició la mejilla con el pulgar.

—Se han torturado el uno al otro por siglos, y ambos se han olvidado de cómo comunicarse. No es algo que se pueda resolver en el corto plazo.

—Te amo.

Ésta vez Iara atrapó los labios en un beso que logró dejar sin aliento al Mörka. La mirada que recibió de Jensen le dijo todo, y se obligó a alejarse dando un paso atrás. Luego giró y se encaminó a la salida.

—No debería haber hecho eso. —La confesión fue sincera, pero cuando giró la cabeza para mirarlo, sin detener la marcha, Jensen vio la picardía en sus ojos.

—No. No deberías.

La observó alejarse hasta que dobló en el siguiente pasillo a la izquierda y regresó a la biblioteca obligándose a no mirar a Apsal.

—Ya he llamado a Logan —informó Kat—. Espera a toda la familia mañana a las 8 en punto para cenar.

—¿Dijiste que irías con toda la familia?

—Pues claro. Luego de decirle todo voy a necesitar que le muestres tus grandes ojos oscuros —bromeó.

—¿Soy el único al que éste plan le parece una locura? —Iorg parecía estar más allá de la incomodidad.

—Es un plan inteligente, Iorg —intervino Leeta—. Ir contra Nög con un ejército de Mörka fieles a Jensen no nos servirá de mucho. Debemos intentar al menos discernir qué diablos se trae entre manos.

—Bien —espetó, no sin irritación, y cuando abandonó la biblioteca con paso rápido, Leeta salió tras él.

—Algo me dice que Iorg sigue siendo un aburrido —pensó Mërg en voz alta.

—¿Cómo estarías de humor tú si perdieses al que ha obrado como padre para ti todo este tiempo? —Jensen miró a Rürik, y luego a Mërg.

—De acuerdo. Estoy siendo insensible. Entendido.

—¿Nos vamos? —dijo Raith a Kat.

—¿Dónde? —preguntó Numa.

Raith se puso en pie y apoyó una mano en el hombro de su hermano.

—Kat y yo saldremos a cenar.

—Y luego iremos a algún bar —sumó Kat.

Mërg señaló a Numa.

—¿Y tú estás totalmente de acuerdo con este plan del cual veo que a ti tampoco se te había informado?

El hermano de Raith sonrió.

—Diviértanse —sanjó Numa.

Kat trotó hacia él, lo besó y salió corriendo.

—Estaré lista en cinco minutos.

—¡Te espero en el auto! —Raith besó a Mërg y salió siguiendo los pasos de la novia humana de su hermano mellizo.

Jensen miró a los cuatro hombres allí.

—¿Lafayette? —propuso el restaurante.

—Lafayette —acordó Rürik.

—¿Recuerdan los tiempos en los que las mujeres no gobernaban nuestras vidas? —bromeó Mërg siendo el último en salir, apagar la luz y cerrar la puerta—. Buenos tiempos.

—Deja de quejarte —pidió Jensen.

Todo sea por la ciencia

Mërg bajó unos centímetros el menú que sostenía con ambas manos, y por sobre él, contempló el rostro de Apsal, y luego las manos que no dejaban de juguetear con los utensilios cuyos chillidos al chocarse unos contra otros se convertían paulatinamente en algo de lo más molesto para los oídos sobrenaturales de los hombres sentados en círculo alrededor de la mesa. Enarcó las cejas cuando Apsal se reacomodó en su silla por quinta vez sin ser capaz de mantener los ojos en un mismo lugar.

Todos los hombres compartieron miradas, y cuando Apsal levantó el cuchillo y sin poder controlar los movimientos de su cuerpo le asestó a la copa que por poco se quiebra, Mërg apoyó con cuidado sobre la mesa el menú que había cerrado con un golpe seco.

—¿Con qué te has dado? —Apsal frunció el entrecejo ante la pregunta de Mërg—. No logras quedarte quieto por un segundo. Pareces estar enchufado a algo, ¿qué es?

—Muérdeme —espetó mirando a otro lado.

—No me apetece sangre Mörka en este momento. Pero gracias por la oferta. —Apsal ni se molestó en replicar—. ¿Vas a decirnos qué diablos te sucede?

Logrando salir del irritable estado en el que se había sumido, señaló a Jensen.

—No te voy a pedir que me digas qué está pasando porque sé que jamás violarías la confianza de Iara. Pero sé que algo está pasando, no lo niegues.

Jensen tomó mucho aire, lo largó con fuerza, rodeó la copa de vino con sus largos dedos y se la llevó a los labios.

—Bien. Dos de cinco. ¿Quién sigue?

—¡¿Es todo una maldita broma para ti?! —Apsal no tardó en salirse de sus casillas.

Mërg siempre había tenido dos personalidades. El ocurrente humor sarcástico que servía de mucho en ciertas ocasiones, claramente no para la que se había presentado, y esos momentos de total cordura que normalmente utilizaba cuando las cosas se salían de foco y era necesario poner orden. Esta era una porción a la cual no disfrutaba recurrir, pero lo hacía de ser necesario.

—Por supuesto que no, Apsal. Pero contigo nunca se sabe. —habló con tono tranquilo y amistoso—. No tengo la menor idea de qué te está pasando, pero quizás puedas compartirlo. No digo que encuentres la solución en nosotros, pero puede aliviarte.

—Es que —se pasó las manos por el cabello oscuro que últimamente llevaba corto, y las dejó en la nuca, donde entrelazó los dedos, sus transparentes ojos clavados en el techo del restaurante—, ya no sé siquiera cómo acercarme a ella, menos que menos sé cómo hablarle, y ni pensar en qué decirle. —Dejó ir las manos y apoyó los antebrazos en la mesa, perdiendo la mirada en el inmaculado mantel. Tomó aire y siguió—. Danila siempre ha sido terca hasta la médula, pero últimamente apenas me habla. Me evita. Y cuando decido acercarme me paralizo. No sé cómo hacerlo. No sé.

—Apsal. —Levantó la vista cuando Mërg lo llamó—. ¿La amas?

—Sabes que sí.

—¿Por qué asumes que lo sé?

—Lo siento, pero debo decirlo —interrumpió Rürik. Estaba sentado a su lado, por lo cual para hacer más evidente su determinación, echó el brazo por detrás de la silla y giró el torso para enfrentarlo. Mërg, Numa y Jensen se removieron en sus sillas, conteniendo el aliento—. ¿Qué esperabas? Explícamelo porque no lo entiendo. Desde el momento en que Danila te amó al presente han pasado más de trescientos años. Ahora decides que estás preparado para recibir ese regalo y ¿realmente esperabas que reciba tu, debo agregar, tardía decisión, con los brazos abiertos? —Los tres notaron que el pecho de Apsal empezaba a bajar y subir a un ritmo algo más acelerado, y los tres supieron que no se trataba de enojo—. ¿Algo en tu mente te hizo fantasear con la escena de que se lanzaría a tus brazos sin más?

Cuando Mërg vio rodar la lágrima por su mejilla, apoyó una mano en el antebrazo de Rürik.

—Hey —dijo con voz baja y conciliadora.

—No. —Se secó las lágrimas que habían comenzado a caer por sus mejillas—. Tiene razón.

Rürik abrió la boca para tomar mucho aire y largarlo lentamente elevando el rostro, algo de arrepentimiento asomando en sus ojos.

—Creo que lo que Rürik está tratando de decir —se animó Jensen—, es que trescientos años quizás requieran actos. Deja de pensar en qué podrías llegar a decirle y empieza a pensar en qué podrías llegar a hacer por ella.

—O a ella —sumó Mërg, recibiendo la mirada fulminante de Jensen—. Juro que no lo dije sarcásticamente. Vamos, hombre. Después de todos estos años, dudo mucho que lo único que haya visto tu imaginación haya sido a Danila arrojándose a tus brazos.

—Apenas me habla, y estás sugiriendo que la arrebate sin más.

—¿Qué tienes para perder? En el peor de los casos recibirás un rodillazo en los huevos.

—De Danila —aclaró Jensen—. Los huevos se le saldrán por los ojos.

—Es más rápido que ella. Puede evitarlo.

—O puede permitírselo —se animó a hablar Numa.

—Me gusta como piensas, chico —bromeó Rürik, y todos sonrieron, incluido Apsal, aunque sus ojos aún estaban húmedos.

—Diré solo esto porque me siento identificado —siguió Jensen— Danila se quiere mudar de la casa. —Cuando todos menos Numa abrieron la boca para hablar, Jensen levantó la mano para detenerlos—. Lo que no es absolutamente malo si quieres acercarte a ella. Tendrá su propio espacio. Allí puede lanzarte elementos punzantes sin que alguien la detenga.

—Gracias.

—Mientras no te de en el corazón estarás bien —bromeó Rürik, haciéndolo sonreír de lado.

—¿Sabes dónde está ahora?

Jensen dudó en dar la respuesta, pero se sentía tan reflejado en su dolor que se apiadó de él.

—Están en mi casa. Cuando llegamos aquí recibí un texto de Iara. Me dijo que ya habían encontrado apartamento. Danila hizo la transferencia para reservarlo. Mañana por la mañana harán los papeles, y en lo que reste del día, Mërg y Iara la ayudarán con la mudanza.

—Perfecto. No solo mi novia decide por mí, ahora también mi hermana y mi prima —se quejó el lobo.

—Cállate. Te encanta —provocó Rürik, haciendo reír a todos.

—Debo decir que estás de muy buen humor esta noche. —advirtió Mërg.

—Hay una fibra en mí que se alegra cuando tengo la oportunidad de reprender a mis muchachos. —Rürik apoyó una mano en el hombro de Apsal—. Mërg tiene razón, por más que me pese decir esto. Siempre has sido mejor comunicándote con el cuerpo que con las palabras. Hazlo. Pero por favor, no quiero saber nada al respecto.

La mesa se colmó de carcajadas, la conversación desviándose a temas triviales que lograron relajar a Apsal y aliviar el peso en su pecho.

***

Iara estaba sentada sobre uno de los tirantes de la cama de Danila que ya habían acomodado en la parte trasera de la camioneta, llevándose la botella de agua helada a los labios. Mërg llegó cargando en su hombro una de las mesas de noche.

—Deja. Yo me encargo —lanzó hacia su hermana.

—¿Crees que sea una buena idea que se mude?

—Tú la ayudaste con esto, ¿y me lo preguntas a mí?

—¿Por qué estás tan irritado?

Merg se sentó en la portezuela de la vieja camioneta y arranco de manos de Iara la botella de agua para darle un sorbo.

—Me molesta cuando las cosas son sencillas y la gente las complica.

—Quizás no sea tan sencillo.

—Iara, vi a Apsal llorando dos veces en mi vida. Una vez fue sobre el cadáver de nuestros padres, y la otra fue anoche. Créeme, es sencillo.

—¿Lloró?

—¿Quién lloró? —preguntó Danila, que parecía haber aparecido de la nada.

Mërg carraspeó.

—Jensen. Le gané una partida de póquer, le saqué varios dólares y el hombre más peligroso del planeta lloró como un bebé.

Iara se mordió el labio y ladeó la cabeza para esconder la diversión que le había causado la respuesta de su hermano. Por su parte, Danila se limitó a dirigir a su primo una mirada gélida.

—Apsal. —El tono de Mërg había mutado del sarcasmo a uno quedo y dolido. Se incorporó de la portezuela y acomodó mejor la mesa de noche—. Apsal lloró.

—¿Por qué?

El lobo tomó aire y lo largó con fuerza, volteando para mirarla

—Antes que me asestes un puñetazo quiero dejar claro que, para nadie, jamás han existido bandos. Pero como hombre debo decirte que reconozco a otro que está sufriendo. —Cuando su prima abrió la boca para espetar lo que seguramente sería alguna maldición, levantó la mano hacia ella—. Todos nos equivocamos, Danila. Unos más que otros. Apsal realmente la jodió. Nadie lo niega. Pero más importante aún, él no lo niega. Lo único que estoy diciendo es que está sufriendo porque sabe que se equivocó, porque te ama y no sabe cómo diablos acceder a ti. Y, por otro lado, y esto te lo digo como tu primo, creo que estás siendo estúpidamente terca.

—¿Disculpa?

—Estamos en medio de un lío en el que, aunque nadie lo diga, es muy probable que muchas cabezas se pierdan. ¿Te has preguntado cómo te sentirías si una de esas cabezas termina siendo la de Apsal? Lamento decírtelo de ésta manera, prima, pero estás perdiendo tiempo.

—¡¿Yo perdiendo tiempo?! ¿Qué me dices de los trescientos diez años que él se empecinó en perder?

—Fue un estúpido. ¿Serás tú igual de estúpida?

Terminó sabiendo que ese sería el final de la conversación. Cerró la portezuela, se puso al volante de la camioneta y esperó a que Danila se subiera en la parte trasera con Iara.

Le dio arranque al motor y por el resto del día Mërg y Danila se limitaron a acomodar los muebles en el nuevo apartamento sin siquiera cruzar palabra.

***

Logan pasó la mirada de los oscuros y grandes ojos de Kat a la botella de whisky que ella había colocado estratégicamente delante de él. Hacía largos minutos que paralelamente al relato de la muchacha, al que prestaba suma atención mientras sentía dentro de su cerebro las neuronas aumentando el ritmo de sinapsis, se preguntaba en qué momento la comida que había ingerido en la fastuosa cena que había preparado se molestaría en subir desde el saciado estómago a lo largo del esófago y luego hacerse visible sobre el delicado mantel rojo.

El comedor principal de su casa se había sumido en un silencio que hizo a todos los sobrenaturales presentes compartir miradas ansiosas y preocupadas.

—Logan —intentó Mërg, pero se detuvo en seco cuando el científico elevó una mano con movimiento brusco, tomó la botella frente a él ignorando el vaso donde podría haber servido una mediada, y la empinó directo a su boca.

Iorg notó que ni siquiera el brebaje mágico por excelencia que hacía elevar la temperatura corporal de cualquier humano estaba sirviendo de ayuda para eliminar el aspecto enfermo que gobernaba todo el lenguaje corporal de Logan. Dejó la botella sobre la mesa, largó el quejido típico de la quemazón del alcohol recorriendo todo su torso, y sus ojos se perdieron en el mantel.

—Doctor Lidvick. —Hizo un segundo intento Iorg. Su voz profunda y gruesa pareció lograr sacarlo del trance en el que había entrado.

—Logan —pidió el aludido—. Dr. Lidvick me hace sentir viejo. Aunque considerando que mi casa está plagada de criaturas inmortales…—La broma asomó en su tono de voz, y Iorg no pudo evitar sonreír, al igual que el resto.

—No sabes cuánto lamento tener que arrastrarte a esto —siguió Kat. Y no tengo problema en reconocer que es egoísta. Pero la vida de las personas que más amo en este mundo corre sumo peligro.

—Incluyendo la de tu novio. —Miró a Numa por una fracción de segundo—. Gran partido has atrapado, querida —bromeó nuevamente.

Kat y Numa sonrieron ampliamente, se miraron a los ojos por un instante y luego entrelazaron las manos.

—Doctor. —Cuando Jensen recibió la mirada reprensora del científico, sonrió—. Logan. —Se corrigió—. Necesitamos que sepa que entenderemos completamente en caso de no querer formar parte de esto. Diga las palabras y le prometo que será como si jamás nos hubiese conocido. Nunca más sabrá nada acerca de nosotros.

—¿Algo así como un muy buen y terrorífico sueño?

De a poco entendían el motivo de la entrañable amistad entre Kat y Logan. El científico contaba con un sentido del humor ácido y tajante como un afilado cuchillo.

En respuesta Jensen enarcó las cejas rápidamente, Logan no habiendo quitado la vista de él.

—Hay algo en lo que no puedo dejar de pensar —empezó, quitando los ojos de Jensen y posándolos en la nada, sus pensamientos gobernando por completo todo su ser. Iorg admiró que fuese posible detectar la evidencia de sus pensamientos en cada una de sus células. En todo su lenguaje corporal—. A lo largo de mi carrera he hecho prácticamente todo, al punto de aburrirme de mi propia profesión. Considero mi involucramiento en esto una de las cosas más estúpidas que podría hacer, y les puedo asegurar que he hecho cosas estúpidas.

—Richard —pensó en voz alta Kat, refiriéndose a algo definitivamente estúpido que había hecho su amigo.

—Por ejemplo —acordó Logan haciendo sonreír a todos—. Esto es lo que todo científico en mi línea de trabajo alguna vez soñó. Algo que la comunidad científica siempre ha planteado como un imposible. Es la utopía en su máxima expresión. Y en este momento la tengo en el comedor principal de mi casa.

—¿Entiendo que esto es algo bueno? —inquirió Mërg.

—Depende. ¿Quién se ocupará de mantener a salvo mi hermoso trasero?

Mërg sonrió de oreja a oreja, Logan respondiendo de igual manera. Jensen dio un paso adelante.

—Yo seré responsable de su seguridad.

—¿Qué significa eso?

—Que estaré aquí día y noche.

Logan lo miró por largos segundos.

—Logan. —Llamó su atención Mërg—. Contar con la oferta de protección de Jensen Larko no es algo de los que muchos se puedan jactar.

—Sí —confirmó Iara, su tono alegre desviando la curiosidad de Logan—. Creo que estoy celosa —bromeó haciendo carcajear a todos, incluido Logan, que se puso en pie con el llamativo y encantador porte de un cuerpo del que solo un hombre de raza negra como él se podía jactar.

—Relájate cielo, tu novio no es mi tipo.

—Ouch —actuó quejarse Jensen, sin perder la diversión.

Logan volvió a posar su mirada sobre él.

—Demasiado pálido.

—Me lo imaginé —replicó Jensen entre risas.

—Vengan —propuso Logan—. Es hora que conozcan mi oficina.

Recorrieron los pasillos de la enorme casa hasta dar con una puerta de grueso aluminio al final del último corredor. Logan apoyó el dedo índice de la mano derecha sobre un lector de huellas digitales, y la primera luz roja que se veía en un panel por sobre la puerta cambió a verde. Había tres más, todos entendiendo que las huellas de sus dedos mayor, anular y meñique serían las responsables de terminar de destrabar el complejo mecanismo de seguridad. Luego de apoyar el último dedo, el sonido agudo de un corto timbre precedió al movimiento de la puerta que se corrió rápida y automáticamente hacia la izquierda.

Logan fue el primero en entrar y comenzó a bajar las escaleras, mientras que el resto, desde la plataforma, observaba la totalidad de la enorme sala con los ojos como platos, boquiabiertos.

Incontable cantidad de máquinas que no se detuvieron a intentar discernir qué eran, computadoras, microscopios y una enorme pantalla frente a todo ese panel de trabajo que solo habían visto en películas sorprendió incluso a Jensen, ahora convencido que aún no había visto todo.

Para darle lugar a los que se veían paralizados por la imagen, Iara y Kat fueron las primeras en seguirlo escaleras abajo, mientras que el resto luchaba por salir de su estupefacción.

—Veo que tu sala de juegos no ha cambiado —advirtió Kat.

—¿Has estado aquí antes? —Quiso saber Iara, que no dejaba de girar lentamente en redondo escrutando la maravillosa tecnología.

—Es la única que ha estado aquí.

—Tú sabes, cuando… —Soltó, haciendo referencia a su pasado—. Hablando de eso, ahora puedo decírtelo. Jensen fue el responsable de esa masacre.

El primero de los Mörka ya estaba junto a ellos, por lo que Logan lo miró a los ojos.

—Me caes cada vez mejor, muchacho.

Jensen se limitó a sonreír de lado.

Logan pasó la mirada de él a Numa, hacia el que acortó la distancia y apoyó una mano sobre su hombro.

—Pero tú, tú me caes incluso mejor. Es un milagro ver esa hermosa chispa en los ojos de Kat nuevamente.

—Es su logro, no el mío.

—No seas modesto, chico.

Dio media vuelta y caminó hacia la mesa a la que se sentó tomando un block de notas y un bolígrafo. Miró a Jensen y dio unos golpecitos en la silla frente a él. El Mörka lo complació inmediatamente y se acomodó, relajado.

—Empecemos por lo que parece ser el principio. —Cruzó una pierna por sobre la otra y miró a Kat—. Kat, cariño, empieza a preparar los tubos y las placas de muestra en el orden en que los entrevistaré, por favor. —Ella asintió y se puso manos a la obra, enguantando sus manos ágilmente—. Bien, Jensen. Fecha y lugar de nacimiento.

—Antigua Escandinavia, año 767.

Mientras anotaba, Logan lanzó un gracioso y fuerte silbido que hizo a todos reír.

—Qué joven me haces sentir. Bien. Mil doscientos años de vida. Cuando terminemos con la parte seria, tú y yo nos tomaremos una cerveza y me dirás cómo has hecho para no aburrirte todos estos años.

—Tienes un trato —aceptó, esbozando su natural seductora sonrisa.

—¿Recuerdas cuántos años tenías cuando la enfermedad produjo cambios en tu cuerpo?

—Treinta y siete.

—La edad que aparentas. Lo que significa que el virus detiene inmediatamente el envejecimiento.

Logan tomaba notas mientras pensaba en voz alta.

—¿Es un virus entonces? —preguntó Apsal.

—Me atrevo a asegurar que sí. Teniendo en cuenta la época a la que nos estamos refiriendo, no es posible la exposición a altos niveles de radiación, que sería uno de las principales causas de mutación genética, si es a lo que nos estamos refiriendo. Lo próximo capaz de generar tal cosa en el cuerpo humano es un muy potente virus. Pero solo estoy pensando en voz alta. Necesito analizar a todos y cada uno de ustedes.

—¿Harás esto con cada uno de nosotros? —preguntó Raith.

—Por supuesto. Primero con todos los de tu especie, y luego con los que dicen ser lobos. Dios, todavía no puedo creer que esté diciendo esto. Sigamos. ¿Recuerdas cuáles fueron los primeros cambios?

—Recuerdo que sufrí dolores insoportables. Como si algo estuviese carcomiendo incluso mis huesos. Y sentía los músculos retorciéndose. Luego el dolor comenzó a ser visceral. Me desmayaba.

Todos escuchaban atentos un relato al que jamás habían tenido acceso, Iara volteando disimuladamente para esconder los ojos que se habían llenado de lágrimas.

—La inconsciencia es el mecanismo de defensa ante el dolor insoportable.

—En los momentos en que lograba regresar de ese estado, no podía moverme. Tampoco abrir los ojos. Pero escuchaba los murmullos a mí alrededor. Decían que cada vez estaba más pálido y no entendían por qué mis venas se habían ensanchado y vuelto negras.

—¿Sentías que querías hablar o moverte, pero no podías? ¿Algo así como que tu cuerpo no respondía a las órdenes comandadas por tu cerebro?

—Eso es exactamente lo que sentía.

—¿Qué sucedió cuando volviste a tu estado de consciencia?

—No lo hice. No realmente. Los Vandöda no tienen consciencia.

—¿Y cómo describirías el momento en que abriste los ojos y fuiste capaz de incorporarte?

—Todo el cuerpo me quemaba por dentro, como si fuego recorriese mis venas. La sensación de sed era desesperante y lo primero que hice fue dirigirme al mar gélido y zambullirme en él. Luego regresé a mi choza y tomé litros y litros de agua, pero la sed no calmaba. Lo único que me mantenía focalizado por períodos, segundos de consciencia, era el dolor. Finalmente, alguien entró. Ahora sé que era la mujer que había sido designada para casarse conmigo. —Mërg miró de reojo a su hermana para entender inmediatamente que esa era información con la que ella tampoco contaba—. Pero en ese momento no la reconocí. Sentí mi mandíbula transformarse al punto tal de no poder cerrar la boca. Me llevé la mano allí y me corté el dedo con solo apoyarlo sobre los colmillos. Nada de eso había sido voluntario. No entendía qué me pasaba. Lo único que sabía era que la solución a ese dolor inexplicable que no me abandonaba estaba en esa mujer. Me moví tan rápido que me asusté de mí mismo, y cuando la tuve cerca no pude controlar el impulso. Bebí su sangre, y a medida que lo hacía, el dolor me abandonaba. Pero no fue suficiente.

—En ese momento, en la primera transformación. ¿Cuánta sangre aproximadamente crees que hizo falta para que el dolor se volviese soportable?

—¿Cómo sabes que nunca me dejó por completo?

—Lo veo en tus ojos. Lo sigues teniendo —afirmó, y todos se miraron, abriendo los ojos grandes cuando Jensen asintió.

—Sé que esa noche masacré a toda la aldea. Ochenta y siete personas.

—¿Hay algo que quite el dolor de tus venas? —Jensen no respondió, generándose un vacío en la habitación—. Jensen, hasta el más ínfimo detalle es importante.

El Mörka se tomó largos segundos para responder.

—La sangre de Iara.

Jensen giró la cabeza y encontró los ojos que lo atravesaban de lado a lado.

—¿Has ingerido la sangre de algún otro lobo?

—Oleg forzó su sangre a través de mi garganta una vez.

—¿Y tuvo el mismo efecto que tiene la de Iara?

Jensen negó con un movimiento de cabeza.

—Interesante —articuló Logan.

—Sumamente. —La frialdad en la voz de Iara hizo a Jensen respirar hondo y largarlo con fuerza, pero no la miró.

—¿El resto siente el mismo dolor constante que siente Jensen? —preguntó Logan sin levantar la vista de la hoja sobre la que seguía tomando nota incansablemente. Tomó aire y habló, nuevamente sin levantar la vista—. Voy a necesitar que se mantengan concentrados. —Sus ojos se despegaron de la hoja de notas para escrutar el rostro de todos los presentes—. Todos. —Su tono se volvió firme en la última palabra.

Cuando ninguno contestó, fue Jensen el que los miró.

—Voy a llevar a cabo muchos estudios sobre el cuerpo de Jensen y también sobre el de cada uno de ustedes. Sin embargo, hay algo de lo que estoy seguro, y eso es que el cuerpo de este hombre ha logrado adoptar un mecanismo que le ha permitido vivir con su dolor.

—Estamos de acuerdo, doc —habló Mërg con voz queda—. Pero si el muy imbécil hubiese compartido esta información, te puedo asegurar que yo mismo hubiese forzado la sangre de mi hermana a través de su estúpida garganta.

El lobo hablaba entre dientes y mirando a los ojos al aludido con tanta severidad que hizo a Jensen tragar saliva.

Logan dejó el block de notas sobre la mesa, y tirando el torso hacia adelante, quedando el costado de su cuerpo muy cerca del de Jensen, apoyó los antebrazos en los muslos.

—Si vamos a hacer esto —empezó con voz tranquila y conciliadora—, vamos a empezar a pensar en dos sectores. Éste será el sector en el que manejaremos datos, hechos e información relevante que nos permitirá encontrar respuesta. —Señaló en dirección a la puerta—. Aquel lado de la puerta será el sector donde podremos llevar a cabo todas las sesiones de terapia familiar que sean necesarias. —No había ni una pizca de burla en su tono—. Puedo fácilmente notar que amas a Jensen como a un hermano, y créeme que entiendo tu frustración. Pero ahora debemos focalizarnos en los hechos. —Miró a Raith—. ¿Qué hay de ti? ¿Sientes ese dolor al que Jensen se refiere?

—No.

Luego Logan miró uno a uno al resto de los Mörka, que fueron negando con un movimiento de cabeza.

—Bien. —Tomó su block de notas, la pluma, y volvió a posar sus oscuros ojos sobre los grises de Jensen—. ¿Hay algún otro dato que consideres relevante en cuanto a las sensaciones de tu cuerpo luego de la transformación? Ya hemos abordado que lo único que quita esa sed desesperante es la sangre. —Jensen asintió—. ¿Qué hay de tus habilidades?

—Tengo un buen sentido del olfato, aunque los lobos me superan en ello. Logro ver a largas distancias.

—¿Cuánto dirías?

—Algo más de tres kilómetros quizás.

—¿Te refieres a que ves a tres kilómetros como un humano vería algo muy de cerca?

—Así es.

—Bien. ¿Qué más?

—Oído muy agudo.

—Estudiaré los decibeles con un medidor.

—De acuerdo.

—¿Qué más?

—Me muevo rápido.

Danila largó una ahogada carcajada, y Logan la miró.

—¿Algo para agregar?

—Oh, no sé, ¿quizás que es el ser más rápido y más fuerte del mundo?

—Bien. —Logan volvió a anotar sobre la hoja—. ¿Es más rápido que el resto de los de su especie?

—Es más rápido que yo —confesó Iara, que no lograba dejar ir de la amargura que la había gobernado.

—¿Y tú eres rápida?

—Resumámoslo de esta manera —empezó Mërg—. Supongamos que quiera compararme con Apsal. Naturalmente es más rápido que yo, lo que no significa que, con esfuerzo, mucho esfuerzo, no pueda igualarlo. Con algo menos de esfuerzo, mi hermana puede sacarle varios metros de distancia a Rürik o Apsal, que de aquí y luego de Jensen, son los Mörka más antiguos. Cuanto más antiguo el Mörka, más desarrolladas sus habilidades —aclaró—. Ahora, pongamos a Iara y Jensen. Ni haciendo su mayor esfuerzo sobrenatural Iara podría sacarle ventaja en una carrera. Nadie podría.

—Resumámoslo en que ningún otro Mörka o Vandöda lo iguala en ninguna de sus habilidades —sumó Numa.

Logan miró a Jensen.

—Algo me dice que nada de esto te hace sentir bien.

—En absoluto —contestó perdiendo la mirada en las rodillas que se mantenían separadas por su posición cómoda en la silla.

—¿Cómo es que has transformado a otros?

—Nunca fue voluntario. Simplemente me he alimentado de personas. Algunas han muerto y otras se han transformado.

—Esto es sumamente importante. Significa que el virus necesita de algo, ya veremos qué, para prosperar, y algunas personas lo tienen y otros no.

—Tengo una teoría. No es algo que haya probado científicamente, por supuesto, pero lo he comprobado en el tiempo.

—El tiempo es una de las principales armas de la ciencia.

Jensen sonrió levemente.

—Creo que solo aquellos que yo he mordido han podido lograr la transformación de Vandöda a Mörka.

—Tiene sentido. Eres el portador original del virus. Cuanto más puro el virus, más fidedigno es. A partir de ti, la cadena comienza a debilitarse. —Mantuvo silencio mientras seguía anotando—. Si serás mi guardaespaldas personal —Jensen sonrió— tú y yo tendremos mucho tiempo para seguir hablando. Quisiera seguir por el resto. Kat tomará una muestra de tu cabello. También necesito sangre.

—De acuerdo.

Se puso en pie y caminó hacia Kat, que no tardó en arrancar un cabello de la cabeza que seguidamente metió en un tubo que contenía un líquido cuyo aroma se alojó ácidamente en la garganta de Jensen, para luego depositarlo en una máquina que parecía iba a moverse con movimientos centrífugos cuando la encendieran. Alcanzó a ver su nombre y la fecha actual en la etiqueta alrededor del tubo.

—¿Quién sigue en antigüedad?

Rürik elevó tímidamente una mano, sonriendo cuando Logan dio unas palmaditas en la silla en la que se había sentado Jensen.

—Mierda —espetó Kat.

Logan se puso en pie para ver la aguja que había introducido en la parte interna del codo de Jensen quebrada, notando que gran parte había quedado dentro de él.

Jensen sacó una navaja de la parte trasera de su jean, desplegó la hoja y se escarbó el brazo para sacarla. Logan abrió los ojos grandes al ver que la herida cerraba inmediatamente.

—Lo siento —se disculpó Jensen—. Creo que se me pasó un importante detalle.

—¿Lo crees? —espetó Logan irónicamente.

—Puedo abrirme una vena y depositar mi sangre en el tubo.

—Tu piel la contaminaría. La necesito limpia. —Caminó a un aparador y extrajo un estuche—. Utiliza éstas. Son mucho más gruesas, y el material no debería quebrarse.

Se quedó en pie junto a ellos hasta estar seguro de su teoría, y cuando la sangre oscura llenó la jeringa. volvió a su silla.

—Bien. ¿Así que tu sangre es negra? —preguntó a Rürik, que carcajeó.

Mërg se acomodó en su silla trayendo a Raith hacia su regazo, que no tardó en acurrucarse sobre él.

—Esta será una larga noche —susurró el lobo.

—Sí que la será.

Logan interrogaba a Rürik, el resto se dispersaba en la sala, y cuando Jensen encontró los ojos de Iara, sintió la puñalada cuando ella la desvió y giró para darle la espalda.

***

Iorg devolvió la botella que había tomado en el momento en que el aroma de Logan llegó a sus fosas nasales, alcanzando a cerrar la puerta de la nevera detrás de la cual apareció la imponente figura del científico. Pasó entre la puerta y el Mörka, que incómodo, dio un paso atrás. Logan abrió la nevera, extrajo la botella y se la extendió.
—Kat me dijo que cuando no se alimentan, se debilitan.

Iorg tomó la botella y cuando dio un paso al costado que le indicó a Logan que se retiraría, la voz lo frenó en seco.

—No tienes que esconderte para beberla. De veras, Iorg. No me produce rechazo, si es eso lo que temes.

El Mörka volteó, se sentó a una de las butacas de la isla de la cocina que estaba conectada con el sector de anafes y horno, y lo miró.

—Luces muy cansado.

Logan no lo miraba, sus ojos focalizados en el cuenco donde ya había arrojado algo de aceite y ahora especias de todo tipo caían sobre el viscoso líquido ámbar.

—Tú también. Bebe eso.

Iorg sonrió de lado, giró la tapa a rosca y el alivio lo recorrió al mismo tiempo que la sangre ingresaba en su sistema.

—¿Cocinarás?

—Sí. Carne más bien cruda para ustedes dos, y pollo para mí. Hice instalar un enorme toldo en el área de jardín donde suelo hacer barbacoas para protegerlos del sol. —Ahora batía la mezcla con fuerza—. Me gustaría que me acompañen mientras cocino.

Iorg no estaba muy seguro de qué responder a todo eso. No estaba acostumbrado a ese tipo de amabilidad de parte de un humano. Apenas había estado en contacto con humanos desde la muerte de Oleg. Solo lobos y aquellos de los de su misma especie.

—¿Te ayudo en algo? —dijo después de darle otro sorbo a la botella.

—Podrías alcanzarme una cerveza si quieres.

Pidió nuevamente sin mirarlo, concentrado en la tarea de macerar el pollo que había estado descongelándose en una enorme fuente de vidrio.

Cuando se incorporó y Iorg estuvo de espaldas, lo miró, transportado por los movimientos suaves de una criatura que, en verdad, era letal.

Se trataba de cerveza artesanal importada, por lo que la tapa no era a rosca como las locales. Logan dejó ir del destapador esbozando una media sonrisa cuando Iorg abrió la botella haciendo uso de justamente lo que lo convertía en ese ser letal.

—Estoy sorprendido —confesó volviendo a la butaca.

—¿Con qué, específicamente?

—La naturalidad con que estás tomando todo esto. Y por supuesto que me alegra y me alivia que no nos tengas miedo.

—¿Cómo sabes que no te tengo miedo?

—Porque puedo sentir los latidos de tu corazón. —Logan levantó el rostro lentamente, y sus enormes ojos oscuros se clavaron sobre los de color miel de Iorg—. Y también puedo oler la adrenalina emanando de los poros de los humanos cuando tienen miedo. Es realmente fascinante lo que hace el cuerpo humano ante emociones fuertes.

—El cuerpo humano es una máquina fascinante y de funcionamiento impecable. Y el cerebro es algo que la ciencia no ha terminado de entender. Y tan solo pensar que usamos una pequeña porción de él —pensó en voz alta.

—Estoy seguro que tú usas una porción mucho mayor.

Logan se limitó a sonreír tímidamente sin quitar la vista de la carne que ahora sazonaba.

—¿Dónde está Jensen? —Cambió de tema.

Ésta vez sí levantó la vista y detectó el momento en que las orejas de Iorg se movían milimétricamente hacia arriba y su expresión cambiaba sutilmente. Hubiese querido decirle que sus descubrimientos lo llevarían a la conclusión que ese virus que Jensen le había transmitido lo convertía en algo completamente distinto a la valoración que ellos tenían de sí mismos. Kat se lo había dicho y le había roto el corazón saber que se odiaban a sí mismos de esa manera. Pero en unos días tendría las pruebas científicas para refutar esa teoría que llevaba a los Mörka a considerarse seres inferiores en relación a los lobos e incluso a los humanos.

—Está… —Logan notó que enarcaba las cejas rápidamente—. Hablando por teléfono con Mërg.

—Hola, hermano —saludó el lobo.

Jensen abrió la boca para hablar y la cerró inmediatamente cuando los escandalosos sonidos llegaron a su agudo oído. Escuchó los sonidos de la garganta de Iara, esos que profería cuando atacaba desalmadamente, y todo su cuerpo se tensionó, dispuesto a lanzar una serie de opiniones que Mërg no tomaría con alegría. Pero la voz de Leeta y lo que dijo lo paralizó.

—Aquí tienes tu helado.

Leeta saltó sobre el enorme contenedor, le extendió el helado a su hermano, le dio un lengüetazo al suyo, y observó a Mërg hacer lo mismo.

—Tenías razón. Este helado es increíble.

—Te lo dije.

—¿Está bueno? —Ésta vez fue la voz de Danila la que se sumó.

Aun así, por detrás de esas voces seguía escuchando claramente los gritos de dolor de Vandöda, distinguiendo los sonidos de gargantas siendo arrancadas y porciones de cuerpos siendo desmembradas.

—Lo está. Pero como no has querido, limítate a tus palitos de mantequilla de maní bañados en chocolate.

—Lo haré. Están buenísimos.

—¡Mërg! —exclamó Jensen con toda su furia, grito que llegó a oídos de Iorg en la cocina.

—Oh, sí, Jens. Hola, hermano. ¿Cómo estás?

—¡¿Cómo estoy?! —Jensen tomó aire llevándose una mano a la cabeza y luego, intentando mantener un decibel normal, habló entre dientes—. He estado llamando al móvil de Iara en las últimas doce horas sin dar con ella, llamo a su hermano y ¡me encuentro con una maldita masacre de fondo mientras tú te comes un helado!

En la cocina Iorg informaba a Logan la conversación.

—¿Qué quieres que te diga? —dijo al tiempo que daba un lengüetazo a su sorbete—. La pequeña necesitaba liberar tensiones, y aquí estamos.

—¿Dónde, precisamente? —demandó con la mandíbula apretada.

—No lo sé —respondió Mërg relajadamente—. Dani, ¿dónde estamos?

—En algún lugar en las afueras de la ciudad. No me acuerdo.

Jensen respiró muy profunda y lentamente, su cabeza a punto de estallar entre la furia y la preocupación por ella, que por lo que se escuchaba de fondo, parecía seguir arremetiendo desalmadamente.

—Mërg —pronunció con voz gélida, algo de su animal esencia asomando en su pecho y manifestándose en su garganta.

—¡Uh! —exclamó Mërg con sorpresa y emoción—. Ese fue un movimiento impecable —sumó al ver a su hermana saltar por sobre dos criaturas y al voltear, introducir sus manos en las espaldas de los Vandöda y arrancar sus corazones de un tirón.

—Lo sé —acordó Leeta—. Es fenomenal, ¿no lo crees?

Llegó a oídos de Jensen la relamida que la hermana mayor de Iara le daba a su helado.

Cuando el cuerpo decapitado de un Vandöda voló por sobre ellos, se encogieron levemente para proteger la panzada dulce que los tres se estaban dando.

—¿Me das un palito de mantequilla de maní para remojar en mi helado? —pidió Mërg.

—De acuerdo. Pero solo uno.

—¡Yo también quiero! —sumó Leeta.

—Maldición —lamentó Danila.

—Ustedes tres y yo vamos a tener una seria conversación cuando nos reencontremos.

—Relájate, Jensen —pidió Mërg—. Está todo bajo control. Si la vieras en este momento. Estarías orgulloso.

—Estoy seguro que sí. ¡Y me encantaría verla, pero se empecina en evadirme!

—Por lo que esto le vendrá de mil maravillas. La ayudará a tranquilizarse, y cuando esté calmada, estoy seguro que irá a verte.

—¡Chorro de sangre! —advirtió Leeta, que alcanzó a hacerse a un lado ágilmente, la sangre púrpura bañando por completo el helado de Mërg, su camisa blanca y parte de su rostro.

—¡Iara! —espetó irritado—. ¡Has arruinado mi helado y mi camisa nueva! —Jensen escuchó que Iara se limitaba a responder con un rugido—. Jens, debo irme.

—¿Por qué vendrías a cazar con una camisa nueva y blanca, de todas las opciones?

Alcanzó a escuchar que Danila preguntaba antes que Mërg cortara la comunicación.

Jensen alejó el teléfono de su oído y recurrió a toda su voluntad para no pulverizar el móvil entre sus dedos.

—Estamos en la cocina. —Escuchó como un eco la voz de Iorg, y a grandes zancadas molestas se dirigió allí.

Lanzó con fuerza el teléfono sobre la isla de mármol blanco, se sentó en la butaca junto a Iorg, arrancó la botella de sangre de sus manos y la vació en pocos tragos. El Mörka se limitó a ponerse en pie con parsimonia, caminar a la nevera, extraer otra botella y volver sobre sus pasos.

Logan ya había colocado frente a Jensen un vaso de whisky con hielo en el que servía ahora una medida doble que Jensen vació de la misma manera que había vaciado la botella de sangre.

—No es mucho lo que recuerdo de mujeres, porque hace tiempo ya que no lidio con ellas de esa manera —intentó bromear haciendo sonreír a Iorg, pero sin lograr una pizca de alivio en Jensen—. Pero si hay algo que recuerdo, más allá que son criaturas asombrosas en todo sentido, es que hacen lo que quieren, cuando quieren y como quieren. No hay nada que un hombre pueda hacer al respecto.

—Ni que lo digas. —Logró que espetara Jensen.

Logan y Iorg rieron.

—Sí que lo sería. Pero estás perdidamente enamorado de una mujer. Es lo que te toca, hermano.

—Ustedes son dos malditos suertudos, ¿lo sabían? —lanzó mientras se servía otra medida de whisky a la que se limitó a darle un sorbo.

Logan notó la incomodidad en Iorg. Era algo que el impecable radar de todo hombre homosexual ya había revelado a Logan, y era evidente que no era algo que Jensen no supiese, pero por más naturalidad con la que el primero de la especie lo viviese, Iorg parecía no sentirse del todo relajado.

—Vamos, haremos una barbacoa en el jardín. Comerás, beberás y te relajarás —propuso Logan.

Jensen miró hacia afuera.

—Por más que sería de gran agrado para mí ser alcanzado por los rayos del sol, le juré justamente a la mujer que hace lo que quiere, cuando quiere y como quiere, que no lo haría.

—Hizo colocar un toldo. —Se limitó a informar Iorg con voz tranquila.

Jensen seguía con la mirada puesta en el jardín, cayendo ahora en la sombra que se extendía varios metros desde la puerta ventana hacia adelante.

—En ese caso. —Tomó la botella de whisky, volvió a arrebatar de manos de Iorg la cargada de sangre, y salió hecho una furia.

—Logan, yo…

—No hay nada que tengas que decir o explicar —interrumpió mirándolo a los ojos, ya cargando las fuentes de carne y pollo—. Es un placer tenerte aquí, y no solo por la protección que necesito. —Se mantuvieron la mirada por largos segundos—. Vamos. Toma otra botella de sangre, copas y el vino. Sé que es agradable para ti mezclarlo.

Iorg quedó de una pieza mientras seguía los pasos de Logan hacia afuera con la mirada. Tanta naturalidad le resultaba abrumadora, pero no podía negar que también resultaba agradable. Más que agradable.

***

Dos semanas después, la sala de trabajo de Logan oía los murmullos de las conversaciones mantenidas mientras aguardaban la llegada de Iara. Jensen, que estaba apoyado sobre sus antebrazos en uno de los paneles escuchando atentamente a Logan, giró la cabeza y elevó el rostro siguiéndole los pasos mientras bajaba las escaleras, y sin siquiera mirarlo, tomaba asiento junto a Mërg, saludándolo con un beso y una sonrisa y luego estirando el brazo para tocar suavemente la mano de Raith y darle un amistoso apretón.

—Bien —empezó Logan—. Estamos todos aquí, y ésta será una larga explicación, por lo que sugiero que se pongan cómodos.

Jensen era el único que estaba de pie. Dio unos pasos atrás para sentarse adoptando una posición relajada y despreocupada.

Cuando Logan dirigió un corto asentimiento en dirección a Kat, la muchacha le dio a un interruptor y la enorme pantalla que abarcaba toda la pared frontal de la sala se colmó de imágenes.

El reconocido genetista sostenía un control remoto en su mano. Le dio a un botón y dos espirales de ADN se desplegaron en enormes dibujos. El de la izquierda leía en letra pequeña Iara Ladden, y el de la derecha, Jensen Larko.

—Creo pertinente empezar por lo que nos ha traído a todos aquí. Y eso es el misterio por detrás de los genes que convierten a estos dos seres en los Alfas de su especie. Definitivamente las combinaciones genéticas son diferentes a las de la raza humana, y también entre ellas. —Apretó otro botón en su control remoto y las imágenes de los espirales de ADN de Jensen y Iara se separaron, y entre medio apareció otro cuya leyenda leía *ADN humano — Kat Greynor*—. No voy a entrar en detalles porque, bueno, porque sería aburridísimo. —La sala se colmó de risas suaves—. Pero básicamente, como ven, el ADN de Kat y Jensen no varía en su composición, sino en las conexiones establecidas entre la información genética que hace a sus esencias, humana y Mörka respectivamente. —Logan le dio a otro botón y los espirales de Kat y Jensen se superpusieron, haciendo esa diferencia clara a la vista a través de la imagen—. Si prestan atención pueden ver que en la muestra de Kat, solo verde se conecta con azul y rojo solo con amarillo. En el caso de Jensen, todas las conexiones son posibles, lo que lo que lo convierte en una especie distinta. Estas combinaciones múltiples son las responsables de las habilidades que lo diferencian ampliamente de los humanos. Rapidez, precisión, fortaleza, sanación física inmediata, en fin... es seguro decir que lo localiza en la cúspide de la pirámide alimentaria del reino animal, del cual los humanos formamos parte.

»En relación al ADN humano, el ADN de Jensen es perfecto. El virus modificó su antiguo ADN humano a éste que ven, siendo justamente ese el motivo por el cual sufrió tanto en la transformación. Un cambio estructural de éste tipo en un ser adulto y vivo es básicamente la destrucción de todos sus órganos tal cual eran para dar lugar a una nueva estructura. Si lo pienso, aún me cuesta creer que haya sobrevivido a esto. Cualquier humano corriente hubiese muerto rápidamente. —Logan hizo una pausa—. Sé que se están preguntando si efectivamente fue un virus el causante de esto. Y sí, lo fue. He logrado aislarlo. —Le dio a otro botón, y una flecha se extendió desde el ADN de Jensen, desplegándose una imagen algo más pequeña—. Éste es el cromosoma de Jensen, y el virus está metido dentro. —Otra flecha se extendió dando lugar a otra imagen algo más pequeña que la anterior—. Hablando en términos muy básicos...

—Gracias a Dios. —Se escuchó la voz de Mërg, y todos rieron, incluido Logan.

—El cromosoma está formado por dos partes. El telómero y el centrómero. El virus está aislado, encapsulado, en el centrómero. —Otra imagen se desplegó. Una esfera plagada de un montón de otros círculos pequeños con aspecto de esponja que parecían tener agujas emanando de ellos, y de un color azul intenso—. Este virus es algo que jamás he visto y les puedo asegurar que he visto muchos a lo largo de mi vida.

Logan miró a Kat y todos se sorprendieron cuando a la izquierda, sobre la pared, un proyector envió luz y una nueva imagen, todos girando sus cabezas hacia allí.

—Aislé el virus y lo hice interactuar con células madre de Kat que he tenido congeladas por un tiempo ya. Y para mi sorpresa… —Otra imagen se desplegó sobre la pared—. Las células se fusionan con el virus y se produce una transformación estructural en ellas. De éstas células estar dentro del cuerpo de Kat, bueno, digamos que ya no sería nuestra Kat humana. —Hizo una pausa, le dio a otro botón, la imagen anterior se esfumó y le dio paso a otra—. Éste es Mërg. Extraje sus células madre de su columna vertebral.

—Lo que fue divertidísimo, debo agregar. Esa agujota sí que es una perra.

Logan rio mientras el resto digería una información de la que no estaban al tanto.

—Lo siento.

—Todo sea por la ciencia.

Logan fue apretando botones mientras hablaba.

—Éste es el momento de fusión del virus con las células madre de Mërg. Dos horas después. —Se desplegó la imagen de la célula que había perdido su forma esférica—. Cinco horas después. —La célula no solo había perdido forma, sino que su tamaño había disminuido considerablemente—. Diez horas después. —La imagen mostraba puntos negros separados—. Destrucción total.

Logan hizo una larga pausa y el silencio cayó pesado sobre los hombros de todos.

—En unos minutos iremos a los resultados de los estudios de sangre. Pero puedo adelantarles a partir de lo que les he mostrado que ésta es la prueba científica de que la sangre de un Mörka no es la responsable de la destrucción de las células de uno de los de la especie de Mërg. No es la sangre la que porta el virus. Como les dije, el virus está aislado en el centrómero del cromosoma. Por lo que me atrevo a decir que es la saliva que penetra en el sistema en el momento de la mordida.

—Disculpa, Logan. —Levantó la mano Mërg.

—Dime.

—Dices que la saliva es responsable. No quiero hacer esto demasiado gráfico, pero Raith y yo no estamos manteniendo una relación a base de besos inocentes.

Logan rio.

—Estoy seguro que no. Creo que la diferencia está en que la salivación es profusa en el momento de contacto en la mordida, y no olvides que, al atacar una vena de acceso directo al torrente sanguíneo el virus tiene un acceso mucho más directo a los órganos que en un beso. Por más ardiente que sea —bromeó haciendo reír a todos—. Y para terminar de concretar esa duda específicamente, analicé los colmillos de Jensen. Todos sus dientes humanos se transforman en colmillos, más otros que hacen a su naturaleza como Mörka, y todos y cada unos de ellos cuentan con un ínfimo canal, como un tubo muy pero muy pequeño a través del cual la saliva corre profusamente al momento de la mordida.

—¿Queremos saber cómo es que sabes esto? —preguntó Kat.

—Es algo que Jensen y yo llevaremos a nuestras respectivas tumbas —bromeó—. Pero esa cantidad de virus en contacto directo con el torrente sanguíneo de un lobo es suficiente para matarlo en diez horas o menos, dependiendo del tamaño de ese lobo, asumo.

—¿Sabemos el motivo por el cual las células madre de un humano pueden convivir con el virus y no así las de un lobo? —habló Rürik.

—Sí. —El equipo que proyectaba imágenes hacia la pared izquierda se apagó, y todos siguieron los movimientos de Logan cuando dirigió el control hacia la gran pantalla frente a él—. Se trata de compatibilidad. —La pantalla había desplegado nuevamente la imagen inicial con los tres ADN, lobuno, humano y Mörka—. Aunque el ADN de Iara cuenta con las bases del ADN humano, eso sería los A, C, G, T, y los pares de bases se unen de igual manera que el de Kat, podrán ver que hay más componentes que hacen al ADN de Iara —de todos los lobos—, y que, en honor al primer lobo Alfa, he denominado O y L. Como verán, O se entrelaza entre A-G y L entre T-C. Esto es algo que la comunidad científica establecería como un imposible, al igual que si le diesen una mirada al ADN de Jensen. Como dije antes, el ADN humano es compatible con el virus. Su composición le permite al virus interactuar y modificar. Pero fíjense lo que sucede cuando introduzco el virus en el centrómero del ADN de Iara. —Las imágenes de los espirales de Kat y Jensen desaparecieron y a través del control, Logan dio lugar a dos imágenes junto al ADN original de la Alfa—. El virus no puede ingresar al centrómero, que es donde actúa para producir los cambios metamórficos, anatómicos y fisiológicos que crean un Mörka. Cuando vi lo que sucedió, no sé por qué se me vino a la mente que el virus se aburre dando vueltas dentro del cromosoma, y como no puede cumplir su función, comienza a roer, por así decirlo, las conexiones entre las bases. —Las imágenes mostraban las bases A-G-O y T-C-L separadas—. Como vimos antes, total destrucción, pero aquí no se trata de células madre, sino del ADN puro.

—Hay algo que no entiendo —habló Apsal.

—Sí, dime.

—La noche en que secuestraron a Iara, las dos gotas de sangre que Jensen le dio le salvaron la vida.

—Entiendo la confusión. Tienes que pensar que tu esencia consta de dos partes. Una la hace el ADN y otra la hace la sangre. Nada tiene que ver una con la otra en relación a sus efectos, tanto sobre la especie lobuna como sobre la raza humana.

Cuando Jensen me dijo lo que pasó aquella noche y los días subsiguientes, llevé a cabo una prueba muy específica. – Iara miró en dirección a él para suspirar disimuladamente al dar con el perfil de su rostro. Siempre le había parecido más condenadamente atractivo de lo normal cuando su semblante adoptaba esa expresión concentrada y taciturna. – No contaba con células madre de Iara, así…

—¿Por qué no me llamaste? —indagó la aludida, atravesando el perfil del rostro de Jensen con una mirada asesina, pero el Mörka ni se inmutó, permaneciendo con la mirada clavada en la pantalla.

—Fue decisión mía —intervino su hermano—. No vi motivo para que te sometieses al procedimiento, y en caso que no hubiese funcionado, por supuesto te lo hubiésemos pedido.

—No veo la hora que llegue el día en que dejen de tomar decisiones por mí —espetó con voz gélida.

—Iara. —El tono de voz de Rürik fue el que sus muchachos y muchachas bien conocían y que, sorprendiendo a Logan, fue el justo y necesario para lograr que Iara cerrase la boca y volviese a su estado de concentración.

—Lo siento, Logan. Continúa por favor —pidió la loba.

—No te preocupes. Lo que hice fue tomar una ínfima cantidad de la sangre de Jensen e insertarla en la célula madre de Mërg. Luego repetí el proceso de hacer interactuar el virus con el ADN de Iara y esperé dos horas. Cuando detecté que la destrucción comenzaba, introduje la célula madre afectada por la sangre de Jensen, y lo que vi fue fascinante. La célula actuó como una especie de buffer. Primero neutralizó el virus y luego lo destruyó.

—¿Entonces los ADN Mörka y lobuno no son compatibles, pero sí la sangre Mörka con el ADN lobuno? —preguntó Kat.

—No es tan sencillo, pero puedo decirte que sangre Mörka y sangre lobuna son compatibles la una con la otra.

—¿Qué? —Abrió la boca Jensen por primera vez, su voz sonando baja y transportada por la estupefacción.

Las imágenes anteriores desaparecieron y aparecieron tres más que nada tenían que ver con las anteriores, y que sorprendieron a todos. En el mismo orden que antes, las imágenes leían: «sangre Iara Ladden», «sangre Kat Greynor», y «sangre Jensen Larko».

La del centro pasó desapercibida ante lo imponente de las otras dos. La de Iara contaba con el fondo rojo esperado pero plagado de luminosos y diminutos puntos dorados, mientras que la de Jensen era la viva imagen de una noche clara estrellada: púrpura de fondo y luminosos y diminutos puntos plateados que fácilmente podían ser comparados con la visión del firmamento nocturno plagado de estrellas.

—Primero hice interactuar la sangre de Jensen con la de Kat y puedo garantizarles que el resultado no es bueno. No lo entenderán a través de la imagen. —Señaló con un láser rojo en dirección a una imagen que se había desplegado por encima de la imagen de la sangre de Kat—. Si Kat recibiese la sangre de Jensen en ínfimas cantidades, definitivamente se sentiría enferma. Como si tuviese una gripe. En grandes cantidades… —Otra imagen se desplegó.

—Por el amor de Dios —dijo Kat con voz ahogada.

—Así es. —Estuvo de acuerdo Logan—. Las células sanguíneas se destruyen por completo.

—¿Qué significa eso? —preguntó Raith.

—Que de recibir grandes cantidades de sangre Mörka, un humano moriría. Se produce una especie de infección de la sangre que terminaría infectando todos los órganos hasta producir la muerte. —La sala quedó en total y completo silencio—. Totalmente lo contrario sucede al mezclar la sangre de Iara con la de Kat. —Otra imagen se desplegó y los componentes de la sangre humana destellaban en la muestra—. Es como si los componentes de la sangre de Iara realzaran todos los mecanismos humanos. Como si los perfeccionara.

—¿Y qué componentes son? —Quiso saber Rürik.

—Nada que haya visto antes. No tienen nombre aún. Podemos pensar en ello juntos si quieres.

Intentó suavizar, sabiendo que lo que había informado en todo ese tiempo había generado sensaciones en los oyentes similares a estar sentados en el carro de una montaña rusa. Rürik sonrió y devolvió los ojos a la pantalla.

—Sucede exactamente lo mismo al hacer interactuar las sangres Mörka y lobuna. Se realzan la una a la otra. Mucho más que lo que perfecciona la sangre lobuna a la humana.

Desplegó dos imágenes en las que claramente se notaba la diferencia entre la muestra de la sangre de Iara limpia y la muestra de esa sangre fusionada con la de Jensen, y viceversa al otro lado. Los incontables destellos luminosos blancos de la sangre de Jensen se habían transformado en destellos dorados y el fondo, antes púrpura, había adoptado un blanquecino refulgente.

—Resumiendo, las especies de destruyen a nivel genético y se potencian a nivel celular, específicamente sanguíneo. Es por eso que Jensen pudo salvar la vida de Iara, y aunque es algo que no se ha comprobado, me atrevo a decir que salvaría la vida de cualquier lobo.

—¿La sangre de cualquier Mörka? —Quiso saber Danila.

—Interesantemente, no. Hice una prueba de tu sangre con la de Raith y el resultado no fue bueno. Lo repetí con la de Jensen, y sí lo fue. Luego seguí por la de Rürik, y al igual que con la de Apsal, los resultados son positivos. Lo que me lleva a pensar que la antigüedad del Mörka tiene mucho que ver en esto.

—Me está dando vueltas la cabeza —se quejó Mërg, inclinando el torso sobre las piernas y llevándose las manos a la nuca.

El lobo reaccionó cuando Raith le acarició la espalda, incorporando el torso y acercándose para regalarle un suave beso.

—¿Preguntas? —bromeó Logan, y Iorg no pudo evitar esbozar una enorme sonrisa.

—¿Crees que es posible que los que están determinados a encontrar esa solución final cuenten con toda esta información?

—No dentro del país. En Estados Unidos solo yo cuento con la tecnología para llevar a cabo estas pruebas.

—Y el cerebro —agregó Kat—. Sé que quizás no logren apreciarlo científicamente… —explicó, sus ojos escaneando a cada uno de los presentes—. Pero lo que ha hecho este hombre en dos semanas… —Miró a su amigo—. Debería crearse un nombre para los de tu raza. Ya sabes: alto, moreno, apuesto, y con un cerebro que nada tiene que envidiar al de Einstein.

Logan se limitó a darse la vuelta para apagar la pantalla, y luego darle al interruptor que iluminó la totalidad de la sala.

—Esto es bueno —siguió Kat—. Es muy bueno.

—Estoy seguro que sí, pero ha sido tanta la información que ya ni siquiera sé qué parte es buena —confesó Mërg.

—Tienes que pensarlo de esta manera. —Logan comenzó a caminar con andar relajado y tranquilo, gesticulando con las manos tal cual Kat sabía que lo había hecho al disertar en clases, congresos, y todos los lugares donde había impartido conocimiento—. ¿Qué solución genética podrían hallar para los Mörka si en el momento en que los genes de Iara entran en contacto con el virus, son destruidos? Lo único que se me ocurre que puede estar pasando por sus retorcidas cabezas es utilizar la sangre que han obtenido de Iara cuando la capturaron para sintetizarla y clonarla. ¿Pero es esa una solución final? —Miró a Jensen—. ¿Sería para estas personas una solución final alimentarse de la sangre de Iara cada dos horas para poder caminar bajo el sol?

—No. —Se limitó a contestar.

—Y no es gente —remarcó Iorg.

—¿Ahora qué, entonces? —indagó Mërg.

—Necesito estudiar una cosa más —informó Logan.

—¿Qué?

—Necesito un Vandöda.

Todos respondieron enarcando las cejas.

—¿Quieres traer un Vandöda? ¿Aquí? —preguntó Iorg, y cuando Logan asintió, su semblante pasó de la sorpresa a la severidad—. Absolutamente no.

—Iorg.

—No.

Rürik miró a Jensen, dibujando en sus ojos la pregunta de si tenía pensado intervenir, éste último limitándose a negar con un corto movimiento de cabeza.

—Lo que sabemos hasta ahora es que no llegarán a ningún lado teniendo en cuenta las combinaciones genéticas de un lobo y el virus de un Mörka. ¿Pero si es distinto en el caso de un Vandöda?

—¿Por qué lo sería? —Quiso saber Apsal.

—Porque en el Vandöda la afección es original. Es pura.

—¿Pura? —El semblante de Iorg se endureció al punto del congelamiento—. ¿Sabes lo que es capaz de hacer un Vandöda? Créeme que nada está relacionado con pureza.

—Me estoy refiriendo a la parte científica. No a moral, voluntad ni actos.

—¿Y crees que los resultados de los estudios de un Vandöda arrojarían conclusiones distintas a los de un Mörka? —preguntó Danila.

Logan se llevó una mano a la frente, tomó mucho aire y lo largó con fuerza.

—Creo que hay algo en todo esto que nada tiene que ver con la ciencia. Soy científico y deben creer que todo para mí es dos más dos cuatro. Pero puedo asegurar que a lo largo de mi carrera he visto cosas intangibles modificar lo tangible, que es lo que creo que ha sucedido aquí.

—No entiendo.

—Amor, Mërg. Amor, voluntad, pasión. No hay explicación científica alguna para el cambio que los Mörka aquí presentes han sufrido. Alguna vez fueron Vandöda, ¿no es así? Que alguien me explique, científicamente, ¿cómo es posible que hayan doblegado la esencia asesina que solían tener y transformarla al punto tal de convertirse en seres que hoy velan por la raza lobuna y humana? Qué aman cuando en realidad el virus los transformó en seres despiadados, no pensantes, pero más importante aún, no sintientes. Porque déjenme decirles que en las últimas semanas he convivido día y noche con dos Mörka, y sentimiento es todo lo que aflora por sus poros. Así que vamos, soy todo oídos. Díganme ¿cómo pudo eso haber ocurrido objetivamente?

Un silencio mortal gobernó la sala.

—Eso creí. Entonces, seamos prácticos y asegurémonos de cubrir todos los flancos posibles. Si hay una diferencia entre las estructuras genéticas Vandöda y Mörka, necesito saberla.

Jensen miró a Iorg.

—Podemos capturarlo, torturarlo para debitarlo, y luego traerlo aquí maniatado.

Iorg pasó la mirada a Logan, que no tardó en discernir la preocupación que claramente había gobernado al primero.

—¿Un cadáver no bastará?

Iorg estaba apoyado contra el escritorio de uno de los paneles. Logan acortó la distancia, se acomodó tan cerca como para que los costados de sus cuerpos quedasen en contacto y al igual que él, cruzó los brazos sobre el estómago.

—Lo necesito vivo al menos para extraer su sangre. Y quiero analizar los órganos. —Iorg contestó tomando mucho aire y largándolo con fuerza—. Necesito hacer esto —insistió Logan en un susurro.

Iorg lo miró a los ojos y luego asintió.

—Bien. Para capturarlo necesitamos carnada —dijo Iara.

—Que claramente no serás tú —retrucó Jensen.

—¿Y por qué demonios no?

Jensen se puso en pie lentamente con movimientos prácticamente felinos.

—Aquí vamos —murmuró Danila, poniendo los ojos en blanco y resoplando.

—¿Has escuchado todo lo que acaba de decir Logan?

—Absolutamente todo. ¿Cuál es tu punto?

—¡Mi punto es, que es una estupidez que salgas allí y te expongas!

—¡Eres un maldito arrogante!

—¡Y tú una cínica sin remedio!

Iara lanzó una carcajada irónica.

—¡¿Yo cínica?! ¡Al menos estoy haciendo algo al respecto de todo esto!

—¿Y eso qué demonios significa?

—¡Qué tú y tus órdenes pueden irse directo al infierno!

—¡Ya tuve suficiente! —Logan saltó sobre sus talones, y luego tembló al ver el rostro transformado de Rürik. Iorg tocó su espalda para tranquilizarlo. El científico recorrió los rostros de todos para encontrarlos con la mirada perdida en el piso—. ¡Se están comportando como animales rabiosos! Y eso, damas y caballeros —Rürik miró uno a uno a los ojos, a medida que pasaba por sus rostros, los aludidos levantando la mirada—, es simplemente inaceptable.

»Voy a empezar por señalar la falta de respeto hacia este amable, y debo agregar, valiente profesional, que ha dedicado incontables horas de su tiempo en los últimos días para ayudarnos, sin aceptar un solo céntimo de nuestro dinero. ¡Por lo que mínimamente van a empezar a mostrar el respeto que se merece!

»¡Si Oleg estuviese aquí con nosotros estaría igual o más decepcionado que yo en este momento! ¡¿Es que se les ha subido el poder al cerebro?! ¿Han olvidado, después de todo, quién toma las decisiones cuando de misiones se trata? De ser así, ¡déjenme recordarles que no correspende a ninguno de ustedes dos!

Miró a Iara y Jensen alternativamente con una expresión tan dura que hizo a Iara perder los ojos en sus zapatillas, y a Jensen a tomar aire muy lentamente, cuidando de apenas moverse.

—Lo siento —dijeron los dos al mismo tiempo, con voz queda.

—¡Pues métanse las disculpas donde mejor les quepa y empiecen a actuar de manera tal que no tengan que disculparse! ¡Parecen dos mocosos caprichosos, maldita sea! —Hizo una pausa y sin descruzar los brazos que había descansado sobre el estómago, caminó con parsimonia a lo ancho de la sala—. Llevaré conmigo a aquellos que recuerdan que cada paso que damos significa una misión para proteger a los que no pueden hacerlo por sí mismos. A los que recuerdan que en todo esto somos simples soldados. Y un soldado se mantiene en misión, focalizado en el objetivo y haciendo a un lado todo aquello que pueda doblegar su voluntad. Y eso ya no incluye a ninguno de ustedes dos.

Jensen se desplomó en la silla, y Iara, apretándose el estómago con los brazos que mantenía en cruz, se apoyó en uno de los paneles, manteniendo los ojos sobre sus zapatillas.

—Iorg, Apsal, Numa. Mërg será la carnada.

Los cuatro nombrados se pusieron en pie en silencio, en el caso de Iorg, despegándose del escritorio y recibiendo la caricia de afecto de Logan en su espalda. Subieron las escaleras cuidando de generar el mínimo ruido posible y se perdieron a través de la puerta.

—El resto se queda aquí y no se mueve. ¿He sido claro? —preguntó específicamente a Jensen y Iara.

—Sí.

—Sí.

Rürik giró sobre los talones y luego se detuvo. Volteó lentamente y ambos Alfas levantaron la mirada y tragaron saliva, avergonzados de sí mismos.

—Lo que sea que esté sucediendo entre ustedes, —Los señaló—, resuélvanlo. Y pronto —espetó, tajante.

Iara esperó que Rürik se ausentara.

—Jensen.

El Mörka se puso en pie con movimiento irritado y comenzó a caminar hacia la escalera.

—No puedo hablar contigo. No cuando te pones así.

—¿O sea que esto es mi culpa?

Cuando Logan notó que Jensen se tensaba y giraba lentamente para dirigir a Iara una mirada asesina, dio un paso adelante elevando las manos a ambos lados en son de paz.

—Si me permiten —empezó con voz conciliadora y baja, casi anestésica—. Quizás deberían llevar la conversación por el lado de lo que ambos están sintiendo realmente, y no darle tanta importancia a dónde radica la culpa. Sinceramente, si me lo preguntan, no creo que haya culpables en esta historia. Y una cosa más. —Ambos lo miraron, Logan relajándose al notar que sus semblantes habían aflojado—. El dolor es manejable. Pero el enojo se sale rápidamente de control llevándonos a arrepentirnos de lo que hacemos y decimos. —El silencio flotó por largos instantes—. La casa es grande. El parque que la rodea, más aún. Y sin ánimos de ofender, pero creo que a ambos les vendría bien algo de aire.

Kat siguió a Logan escaleras arriba, y luego los imitaron Danila, Raith y Leeta.

Una vez a solas, se miraron a los ojos.

—Lo siento —se disculpó Jensen con tono acongojado.

—Yo también.

—Hay una salida hacia el parque aquí mismo. —Jensen indicó una puerta por detrás de Iara, quién no tardó en despegarse del escritorio, finalmente desenroscando los brazos y saliendo fuera seguida de él.

Subieron las escaleras de piedra necesarias para llegar al nivel principal de la casa y comenzaron a caminar con paso lento, él metiéndose las manos en los bolsillos delanteros del jean, y ella en los traseros.

—Rürik sigue metiéndome el mismo miedo que cuando era pequeña.

Jensen sonrió entre divertido y desganado.

—A mí me lo ha metido por cientos de años. —Se dio unos instantes para organizar sus ideas—. Sé que algo ocurrió entre el momento en que Logan me entrevistó y cuando comenzaste a evadirme. Pero no sé qué es. ¿Se trata de la mujer a la que hice referencia cuando era humano? ¿Con la que iba a casarme?

Iara iba unos pasos por delante y Jensen no veía su rostro.

Cuando ella se detuvo y vio las mejillas empapadas de las lágrimas que caían a borbotones de sus ojos, abrió los suyos como platos.

—Iara, ¿qué…?

Jensen elevó los brazos en gesto de envolverla con ellos, pero Iara dio un paso atrás y se secó una mejilla, dándole lugar al siguiente mar de lágrimas.

—¿Realmente crees que eso es lo que me pasa? —preguntó con la voz chillona por el llanto—. ¿Crees que estoy celosa?

—Es que no sé que te pasa —replicó sumido en la desesperación que le causaba verla así.

—Jens, ¿por qué te cuesta tanto ponerte en mi lugar?

—No entiendo.

Iara elevó el rostro enrojecido e hinchado por el llanto hacia el oscuro firmamento desprovisto de estrellas, y tomó aire para serenarse y lograr articular las palabras que los sollozos no le permitían.

—¿Cómo te sentirías? —Se detuvo para ahogar el llanto y Jensen decidió que, aunque no supiera de qué se trataba, ésta vez sí que la había arruinado. Lo que sea que había hecho había causado en ella una angustia como la que jamás le había visto—. ¿Si supieras que desde el momento en que te fuiste hasta la fecha he sufrido un dolor físico insoportable, visceral, y lo mantuve en secreto para que la única persona capaz de apagar ese dolor no se enterase? —Jensen cerró los ojos por un instante, entendiendo a qué se refería—. Una persona que te ama más allá de todo entendimiento posible. ¿Cómo se supone que debo vivir sabiendo que sufres un dolor constante y que puedo darte lo que necesitas, pero no lo aceptas? No es justo, Jensen.

Él intentó acercarse nuevamente, pero una vez más, Iara dio un paso atrás.

—No confías en mí —lanzó ella en un agudo sollozo.

—¿Cómo puedes decir eso? Confío en ti con mi vida.

—No. Confías en subestimarme para seguir empecinado en protegerme. Estás obsesionado con resguardarme y eso no te permite ver que yo también puedo protegerte. No puedes ver que tu vida es igual de valiosa que la mía. No puedes ver que tu dolor es igual de desesperante para mí que mi dolor para ti. Y no puedo seguir así.

—Iara, ¿qué estás diciendo? —Se alarmó, y su corazón le dio un desagradable vuelvo en el pecho, revolviéndole el estómago.

—Estoy diciendo que te amo más que a nada en este mundo, pero no puedo confiar en ti cuando tú no confías en mí. Pero más importante aún, no puedo amarte si tú te empecinas en no permitírmelo.

Pasó rápidamente por su lado y se metió a la casa, quedando Jensen paralizado en el tiempo.

La muerte es una segunda oportunidad

Sacó el móvil que repiqueteaba en el bolsillo delantero del jean azul oscuro, y al contestar y oír lo que sonaba por detrás, se puso en pie, Raith y Danila haciendo exactamente lo mismo.

—Mërg, ¿qué?

El Mörka abrió los ojos grandes y salió con la velocidad de una bala, una bala con la que Raith y Danila no pudieron mantener el ritmo. Cuando Iara, Logan y Leeta vieron a las dos mujeres pasando por fuera del despacho del científico como un suspiro, se miraron y corrieron tras ellas.

Jensen les había sacado varios segundos de ventaja, alarmando a Kat, que había permanecido en la sala de trabajo documentando datos, cuando abrió la puerta que daba al jardín, obligado a espabilarse de la estupefacción al ver a Mërg cargando al hombro a un inconsciente Apsal, la camisa del lobo empapada en la sangre de su amigo.

Mërg entró justo en el momento en que Danila y Raith llegaban a la plataforma. Ambas abrieron los ojos como platos, sorprendiendo al recién llegado Logan cuando saltaron por sobre la baranda de la plataforma hacia el vacío, sin haberse dado cuenta que Iara y Leeta habían hecho lo mismo, las cuatro aterrizando gráciles como gatos.

El científico se apuró a bajar las escaleras al ver que Jensen dirigía a un muy maltrecho Iorg hacia una silla, para luego liberar a Numa y Rürik del deber de mantener al Vandöda a raya.

Logan se distrajo de Iorg al llegar a sus oídos el quejido gutural y horripilante que la criatura profirió cuando Jensen lo asió del cuello con una sola mano. Las distracciones eran demasiadas y la situación no pintaba nada bien, por lo que Jensen tomó una decisión. Quebró el cuello del Vandöda y haciendo uso de toda su velocidad, lo maniató por completo a una silla.

Luego corrió a la camilla que habían colocado para asegurar allí al Vandöda, pero que ahora ocupaba un pálido y de aspecto enfermo Apsal. Dani recorría las heridas con manos temblorosas, sin saber por dónde empezar.

—Ve con Apsal —pidió Iorg a Logan con voz entrecortada por el dolor—. Necesita tu ayuda. Estaré bien.

—¿Qué diablos sucedió? —preguntó Jensen mientras inspeccionaba el cuerpo de Apsal.

Mërg mostraba tajos y arañazos en todo el cuerpo, sus ropas no solo revelando la sangre de Apsal y de los que hubiese matado, sino también la de él. Estaba con las manos apoyadas sobre la camilla y jadeaba.

—No nos salió bien.

—Iara, rápido, ve a buscar sangre a la nevera y asegúrate que Iorg la beba. Está muy débil. Numa también —pidió Rürik, que gentilmente le indicaba a Leeta que se encontraba bien, aunque era claro que no. Todos estaban muy maltrechos y habían perdido mucha sangre.

Pero Kat no había esperado, y haciendo caso omiso a las quejas de Numa, se había abierto la muñeca y forzado sangre hacia su boca. Resignado y sin fuerzas para seguir oponiéndose, bebía de ella con suma cautela, su cuerpo comenzando a reaccionar paulatinamente.

Al ver que Danila temblaba al punto de la histeria, sus ojos nublados por el velo de lágrimas que corría a mares por sus mejillas, Leeta le rodeó los hombros y la apartó.

—Tranquila, cariño —pidió con voz suave y baja. Luego se abrió la muñeca y Jensen reaccionó inmediatamente abriendo la boca de Apsal. Pero los agujeros en su torso no cerraban.

—¿Por qué no reacciona? —La desesperación fue clara en la voz de Jensen.

Mërg se tambaleó y luego luchó por permanecer en pie, pero Raith le acercó una silla, obligándolo a sentarse. El lobo usó algo de su sangre para cerrar la herida de la muñeca de Kat.

—Están usando armas. ¿Puedes creerlo? Las balas venían por mí, pero el muy tozudo se puso en el medio.

—Me han disparado antes —confesó Jensen—. Debería estar sanando.

Logan miró a Kat.

—Trae bisturí, pinzas, alcohol y mucha gasa.

Kat salió corriendo hacia una puerta en la que nunca habían reparado, ingresó como una tromba, tomó rápidamente todo lo indicado y regresó sobre sus pasos a la carrera.

—Lo que sea que hayan metido a las balas, debe estar envenenándolo.

—Logan —Danila apenas podía articular palabras claras—. Por favor.

Hacía unos segundos Iara había regresado con numerosas botellas de sangre que Rürik y Iorg comenzaron a vaciar, aliviados que el dolor de las heridas comenzara a abandonarlos, pero aterrorizados por el aspecto de Apsal —el aspecto de un muerto—.

Iara rodeó a su prima con un brazo y luego la envolvió por completo cuando Danila volteó, escondió el rostro en su pecho y lloró desconsoladamente. Agitada por la preocupación, la loba Alfa elevó los ojos y encontró la misma expresión en los ojos de Jensen, enjugados al igual que los de ella.

Logan rompió la camiseta de Apsal de un tirón, arrojó alcohol sobre su torso y abdomen y cortó para agrandar el sector de entrada de una de las balas, la mayoría desviando la mirada cuando comenzó a hurgar con la pinza. Luego de varios segundos de luchar para encontrarla, tiró con cuidado y la depositó en la fuente donde Kat había traído los elementos.

El científico saltó sobre sus talones cuando Danila lanzó un grito ahogado y luego abrió los ojos como platos cuando vio que Jensen se dejaba caer al piso.

—¿Qué?

Rürik se limpió las lágrimas.

—Su corazón acaba de dejar de latir.

—No, no, no. —Logan se negaba a aceptarlo, por lo que comenzó a trabajar sobre él con mayor rapidez y precisión, haciendo caso omiso a los sollozos de la familia y amigos de su paciente.

Sin poder soportarlo, Mërg apartó la mirada y escondió el rostro entre las manos, intentando controlar la ira que lo gobernaba.

Logan cortó, hurgó y sacó, y Kat lo asistió controlando el miedo y la angustia.

—Listo. Iara, aliméntalo por la boca. Leeta, asegúrate que tu sangre caiga sobre las heridas. Danila, cuando yo te diga, insúflale aire. —Mientras ellas hacían lo indicado, Logan comprimía su pecho—. Ahora —indicó a Danila, y Iara apartó su mano. Cuando la primera terminó con su tarea, Logan indicó a la segunda que siguiera dejando correr su sangre, por lo que Iara se abrió la otra muñeca mientras Logan reiteraba las compresiones.

—Las heridas están comenzando a cerrar —advirtió Leeta.

Danila le insufló la segunda bocanada de aire y en el segundo en que se alejó, Apsal respiró con la boca abierta como si hubiese estado ahogándose por una eternidad, al tiempo que abrió los ojos y con gesto desesperado se llevó las manos hacia donde sabía que estaría herido. Sin ser capaz de controlar el impulso, Danila se lanzó sobre él y comenzó a llenarle el rostro de besos que terminaron en la boca del Mörka, confundiéndolo aun más.

—Como vuelvas a hacer algo así, maldita sea —espetó Rürik.

—¿Qué pasó?

—¿Qué pasó? —Mërg se puso en pie apartando a su prima—. Pues no tuviste mejor idea que saltar frente a una lluvia de balas venenosas. ¿En qué estabas pensando?

El lobo se arrojó hacia su amigo y lo abrazó.

—En salvar tu trasero, quizás —replicó, recordando—. ¿Balas venenosas? —preguntó cuando Mërg lo dejó ir.

Jensen tomó mucho aire y lo largó con fuerza.

—Una teoría por ahora. Pero lo que sea que fuesen, te estaban matando. Logan te salvó la vida.

Apsal estiró el brazo para darle una palmada y regalarle una amplia sonrisa, algo que todos sabían, no era común en él.

—Gracias, Doc.

—No lo hice solo.

Numa se acercó y lo rodeó con sus largos brazos.

—Qué alivio tenerte de regreso, amigo. Nos diste un susto terrible.

Se sobresaltaron al escuchar el sonido de la puerta que daba al jardín abrirse, y Apsal miró hacia atrás justo a tiempo para ver la figura de Danila perderse fuera. Sus pies tocaron el suelo y cuando sus piernas flaquearon, Jensen se apuró hacia él para sostenerlo.

—Esto es nuevo —bromeó Apsal acerca de su propia debilidad, ahora con Raith trabando su hombro debajo de su axila al otro lado y rodeándole la cintura—. ¿Me ayudarían a llegar a casa? Realmente necesito una ducha, una cerveza y comida.

—¿Comida regular o de envase humano? —bromeó Mërg.

—Ambas.

—Numa, Iorg, ¿podrían quedarse aquí controlando a éste? —Jensen señaló con la cabeza en dirección al Vandöda.

—Iara y yo nos quedaremos —propuso Leeta—. Deberían descansar.

—Regresaré en cuanto pueda— avisó Jensen.

Los siguieron con la mirada escaleras arriba mientras Jensen y Raith avanzaban cuidadosamente, oficiando de soporte.

***

Sentado al cómodo sillón individual que había acercado a la cama donde Apsal disfrutaba del peso de todas las mantas que habían colocado sobre él, conversaban tan relajadamente como si lo estuviesen haciendo en un bar con cervezas de por medio.

Ambos miraron en dirección a la puerta, manteniendo las sonrisas que la última ocurrencia de Jensen había dejado en sus labios. Éste pasó los ojos del rostro pálido y ojeroso de Danila al de Apsal, que poco a poco iba recuperando color. Sus mejillas jamás tomarían el natural rosado de un humano o lobo, pero al menos el gris verdoso por el que todos habían temido lo peor se iba disipando.

Al tiempo que se puso en pie, le dio un golpecito a su amigo a la altura del muslo, pasó junto a Danila y cerró la puerta detrás de sí.

No era el juego que siempre habían mantenido y a través del cual se habían torturado mutuamente por años. No lo comunicaron, pero los dos supieron que ya no era así. No obstante, él volvió a ganar, como siempre lo había hecho. Danila bajó la vista y los ojos de transparente esmeralda de Apsal continuaron amurados en ella. Pero sí ganó Danila el segundo round en el momento en que comenzó a caminar hacia él y Apsal no pudo controlar los latidos del corazón que horas antes se había detenido y que ahora agolpaba el pecho.

La respiró cuando se sentó con cautela en el borde del colchón, la cadera de ella rozando la de él, cuya espalda estaba tendida sobre una montaña de cojines que Mërg y Jensen habían acomodado y que mantenía el dolorido torso levemente incorporado.

Las palabras nunca habían sido fáciles para él, ni cuando se sentía feliz, ni cuando sufría. Simplemente no salían.

Para ella siempre habían sido como un torrente dispuesto a aniquilar cuando la gobernaba el enojo. Pero el Möra detectó que ya ni siquiera eso estaba allí.

—¿Cómo estás? —Fue todo lo que pudo decir él, enarcando las cejas cuando a través de su perfil vio la sonrisa que esbozaba. Pero luego el asombro se esfumó al ver las lágrimas correr por las mejillas de Danila.

Apsal extendió la mano y tomó la de febril calor de la loba.

—¿Cómo estoy? —Utilizó la mano libre para secarse las lágrimas y sorberse la nariz—. Bueno, Apsal, estoy teniendo la peor noche de mi vida.

—Lo siento.

Sus ojos se encontraron, y Apsal tragó saliva como por acto reflejo.

—Si hay alguien que debe lamentarse aquí, esa soy yo.

—Dani.

—Déjame decirlo.

Apsal complació, cerrando la boca y manteniendo silencio. Danila se acomodó mejor en la cama para enfrentarlo. Tomó la mano de él entre las suyas, regalándole suaves masajes.

—Lamento tanto tener que haberte perdido, aunque haya sido por minutos, para darme cuenta que hace tiempo ya no estoy enojada contigo. Me di cuenta que lo único que he hecho en todos estos años fue castigarte.

—Me lo merezco.

—No. No de esa manera. Apsal, hay personas que viven toda su vida sin dar con lo que tú y yo tenemos. Amar a una persona incluso cuando la odias no sucede todos los días.

—Así es. Pero hay algo que necesito que sepas. —Hizo una pausa, y esperó a que ella elevara los oscuros ojos de la mano que acariciaba—. Sé que la he jodido, la he jodido tanto que no espero que tenga solución. Y puedo asegurarte que prefiero pasar los años que me queden de vida peleando contigo, que tener una tranquila relación con cualquier otra.

Danila estiró el brazo para acunarle la mejilla. Lo sintió estremecerse bajo su tacto al tiempo que el Mörka cerraba los ojos, disfrutando lo que ella estuviese dispuesta a dar, por mínimo que fuese.

Y cuando sintió la humedad y el calor de su boca sobre la gélida de él, quedó detenido en el tiempo. Trescientos diez años habían transcurrido desde que Danila había ido en su búsqueda aquella noche y él había intentado hacerle ver que no era digno de ella. Trescientos diez años de afrontar las consecuencias de la peor decisión que había tomado en su vida, y ahora, la muerte pasajera a la que había sido sometido parecía estar dándole una segunda oportunidad. Dani se apartó para mirarlo a los ojos que se habían humedecido tímidamente.

—¿Puedo tener ambas? —susurró, casi rozándole los labios—. ¿Puedo seguir peleando contigo y comenzar a hacer el amor contigo?

La respuesta fue más que afirmativa cuando los labios de Danila se vieron atrapados bajo el impulso casi desesperado de la boca de Apsal, el beso transformado en un enredo de lenguas y succiones que no tardó en desbocarles el corazón y enviar descargas que los estremecieron, sus respiraciones agitadas, y en el caso de ella, las mejillas encendidas al punto que sintió el rostro explotar. Todas las descargas fueron directo a su entrepierna cuando los besos pasaron de su boca al cuello, las manos de Apsal alternando caricias y leves apretujones en los costados del voluminoso cuerpo que por tantos años había deseado. Con la boca liberada, intentó concentrarse para hilar las palabras.

—¿Significa esto que finalmente me pondrás las manos encima?

Estaba débil, pero no tanto como para no ser capaz de pasarla por sobre él y tumbarla de espaldas sobre el colchón en un solo movimiento, inclinándose sobre ella y mirándola a los ojos.

—Pienso recorrer cada centímetro de tu cuerpo, y puedo asegurarte que no lo haré solo con las manos.

Dedicó el resto de la noche a besar y recorrer, tal como había prometido, cada centímetro de su cuerpo. La besó por los trescientos años que estúpidamente había decidido no hacerlo, y no le bastó.

Ni las horas que pasó dentro de ella fueron suficientes, pero tenían algo que pocos tenían. El tiempo no era su enemigo. Para el tiempo, ambos eran inmortales. Y si había algo de lo que estaba seguro Apsal era que haría lo imposible para que aquellos que podían hacer lo que el tiempo no podía, fallaran en su intento de arrebatarle lo único que siempre supo y ahora corroboraba, lo hacía verdaderamente feliz.

***

Ella levantó la vista y él detuvo la marcha en seco. Por un largo instante se la mantuvieron, incontable cantidad de palabras manifestadas a través del espacio que los separaba.

Iara se incorporó rápidamente, corrió, y rodeándole el cuello con los brazos, se estrelló contra su cuerpo, aliviada al sentir la presión de los brazos envolviéndola.

—Lo siento. Lo siento tanto, Jens.

El Mörka cerró los ojos tomando mucho aire y largándolo lentamente.

—Yo también. Ya no quiero pelear.

Iara le besó el cuello, subió por la mandíbula, le regaló varios besos en la mejilla, y luego apoyó sus cálidos labios sobre los de él. Al alejarse, los ojos de Jensen cayeron sobre los anegados de lágrimas que se apuró a secar cuando le acunó el rostro.

La besó, ésta vez sus lenguas encontrándose en un beso demandante.

La condujo hasta la isla de la cocina y se sentaron en butacas, muy próximos el uno al otro. Jensen le tomó ambas manos que acarició en suaves masajes, y luego sus penetrantes ojos grises encontraron los dorados de Iara.

—Tienes razón en todo lo que dijiste. —Al detectar la sorpresa en el rostro de Iara, sonrió de lado, la sonrisa viéndose atrapada en un fugaz beso.

—¿Podrías decir eso una vez más? No creo que vuelva a escucharlo jamás.

La carcajada de Jensen se alojó en su estómago y la recorrió en agradables descargas que le hicieron desear estar a solas con él.

—Tienes razón. —Complació, logrando que esbozara una amplia sonrisa—. Prometo poner todo de mí para confiar en ti como es debido. —Hizo una pausa, y sus ojos cayeron sobre las manos entrelazadas—. Hay algo que necesito que sepas. No es subestimación. —Sus miradas volvieron a encontrarse—. Tengo muy claro lo fuerte que eres, física y emocionalmente, y sé que no me necesitas.

—Estás equivocado. Sin ti, yo no existo. Te lo dije aquella noche, y lo dije en serio. He sido hipócrita porque te pedí que te pusieses en mis zapatos cuando yo no puedo ponerme en los tuyos. Pero lo he hecho, y si decidieses salir por tu cuenta a poner tu vida en peligro, perdería los estribos. También me enojaría y querría zamarrearte para hacértelo entender. Podré ser la loba Alfa, pero sigues siendo el ser más letal en este planeta, y, así y todo, no soporto la idea de que te pongas en peligro por mí ni por nadie. Así que tú también tenías razón.

Jensen procesó la información por un instante.

—¿Podrías decir eso una vez más? —bromeó, haciéndola carcajear.

—Tú también tenías razón. —Complació, para luego cerrar el trato con un beso suave que no tardó en dejar a ambos sin aliento.

Se separaron como si electricidad de hubiese interpuesto entre ellos al escuchar el grave sonido de carraspeo de la garganta de Iorg.

—La criatura está despertando y no sé ustedes, pero yo quisiera terminar con esto de una vez.

Giró sobre sus talones y regresó por dónde había venido.

—Insistí en que descansara, pero parece no querer dejar a Logan solo ni por un instante.

Jensen se puso en pie, la tomó de la mano y comenzó a caminar lentamente hacia el sector de la sala de trabajo.

—Un sentimiento con el que ambos estamos familiarizados.

—¿Crees que esa dupla funcione?

—Un Mörka taciturno y malhumorado con un científico templado y objetivo, ¿por qué no? –

El sarcasmo había hecho a Iara reír desde el momento en que Jensen había comenzado a manifestarlo en su voz.

—Si tú y yo podemos hacerlo funcionar, démosle crédito.

—Amén. —Estuvo de acuerdo.

Ni bien cruzaron el umbral, el Vandöda reaccionó a la presencia de su creador retorciéndose bajo las gruesas cadenas que lo maniataban a la camilla, lanzando guturales y agudos quejidos que no tardaron en tornarse irritantes.

Jensen llegó a su lado sosteniendo la mano de Iara, Logan notando cómo su expresión mutaba a una de completo rechazo.

—Cállate —espetó entre dientes, todos aliviados cuando la criatura dejó de gemir, pero retorciéndose bajo las cadenas.

Logan se acercó y el maniatado envió un tarascón en su dirección. Cuando Iorg se disponía a abalanzarse sobre el Vandöda, Jensen ya había soltado la mano de Iara, mano que ahora se cerraba en torno al cuello de la criatura, su rostro transformado a solo centímetros del gris arrugado y de putrefactos colmillos. La gruesa y rasposa voz del Jensen gobernado por la oscuridad se hizo audible en palabras que Logan no entendió, notando que Leeta y Iara intercambiaban miradas nerviosas.

—¿Qué le está diciendo? —susurró Logan en dirección a Iorg, que no quitaba del Vandöda la vista de mirada cargada de repulsión.

Pero Iorg no contestó. Ante la frustración, Logan puso los ojos en blanco y suspiró.

Jensen incorporó el torso lentamente, miró a Logan con ojos oscuros, y luego asintió.

El Vandöda apenas se movió cuando la aguja ingresó en la parte interna del codo y comenzó a sustraer la sangre, que a simple vista Logan notó que era mucho más oscura que la que había extraído de los Mörka. Pasó la sangre a un tubo que ya cargaba la etiqueta *sangre Vandöda*, lo taponó, y en el momento en que sus manos comenzaron a acortar el recorrido hacia la boca de la criatura, Iorg interpuso el brazo.

—Logan —dijo con tono gélido—. Si vamos a hacer esto, tendré que pedirte encarecidamente que pienses antes de dar el siguiente paso.

—Lo siento.

Leeta y Iara sintieron el dolor flotando en su voz.

—¿Qué necesitas hacer? —preguntó Jensen, habiendo recobrado el temple que lo convertía en humano.

—Estudiar sus colmillos.

Jensen giró la cabeza y Iara entendió inmediatamente. Se colocó en el extremo de la camilla para sostener con fuerza la cabeza. Cuando Jensen obligó la mandíbula de la criatura a abrirse, Logan vio todo lo que tenía que ver. La cercanía de Iara había hecho al Vandöda comenzar a salivar profusamente, la viscosidad portadora del veneno chorreando ahora por las comisuras de una boca que mostraba todos los signos de putrefacción.

Logan tomó unos guantes y se los extendió a Iorg.

—Póntelos y luego, con éste tubo —Se lo entregó—, toma una muestra de la saliva.

Claramente impaciente, Iorg hizo uso de toda la velocidad que lo convertía en esa especie, y en segundos había culminado la tarea encomendada.

—Ya está. ¿Ahora qué?

Jensen y Iara compartieron miradas.

—Estoy entendiendo que girarlo sobre su estómago sería inconveniente.

—Sería estúpido —espetó Iorg.

—¿Mantendrás esta actitud por mucho tiempo más? —Por primera vez eran testigos de la irritación asomando por todos los poros del científico—. Porque de ser así, creo que sería prudente que esperaras en la cocina.

—Logan, danos un minuto por favor —pidió Jensen, que si limitó a hacerle una corta seña con la cabeza a Iorg.

Se alejaron varios pasos y Jensen escrutó su perfil de expresión dura, radiante de irritación.

—Créeme que te entiendo, hermano. —Iorg lo miró—. De veras. Sientes que estamos poniendo en riesgo la vida del hombre que te importa, pero por otro lado sabes bien que entre tú y yo podemos resolver rápidamente lo que sea que se presente. Por no decir que Iara y Leeta también están aquí. Si necesitas desquitarte con alguien, hazlo conmigo, pero no con él. Lo único que lograrás será un innecesario desagradable roce entre ustedes.

—No lo entiendes, yo nunca… —Iorg hizo una pausa y tomó mucho aire, la irritación esfumándose y el miedo haciéndose evidente en toda su expresión—. Nunca me había enamorado.

Jensen lo imitó al tomar mucho aire y largarlo lentamente, asintiendo a medida que lo hacía.

—El miedo de que algo le suceda a los que amamos bajo el yugo de estas cosas es exasperante. Lo sé. Pero creo que ambos sabemos que hay algo más.

Sus miradas volvieron a cruzarse.

—Sí —aceptó.

—Por lo que he visto de ese hombre, no creo que sea algo siquiera digno de detenerte a pensar, y menos temer.

—No lo puedo evitar.

Jensen apoyó una mano en su hombro.

—Terminemos con esto de una vez.

Volvieron sobre sus pasos, Logan notando que Iorg estaba algo más calmado. Lo asistieron en absolutamente todo, el científico retrocediendo cuando la tarea se tornaba demasiado peligrosa para él, permitiendo que Iorg y Jensen siguiesen sus instrucciones.

Luego de extraer las células madre de su cadera, Logan estudió con todo tipo de maquinaria el funcionamiento de los órganos y luego, protegido de pies a cabeza, hizo la autopsia posterior a que Iorg arrancara de cuajo el corazón del pecho de la criatura.

Una vez terminado, ambos Mörka salieron al jardín para encargarse de hacer desaparecer el cadáver, mientras Iara y Leeta seguían los movimientos lentos de Logan al quitarse las ensangrentadas protecciones, arrojarlas a un tacho que leía *residuos altamente peligrosos* y luego, sin decir una sola palabra, subía las escaleras sin mirar atrás.

***

Apoyado en el marco de la puerta abierta y con los brazos cruzados sobre el estómago, se regaló unos segundos, dándose cuenta que no lo estaba mirando, lo estaba admirando. Siguió los movimientos de la camiseta blanca que caía al piso y suspiró profundamente. Con ropas sobre el torso su contextura era evidente, pero desprovisto de ellas la imagen simplemente le quitaba el aliento.

Cuando se sentó en el extremo de la cama para quitarse los zapatos, la figura de Iorg entró en su campo de visión. Lo miró por un instante y luego siguió con la tarea de descalzarse con movimientos parsimoniosos.

—Leeta ha regresado a la mansión, y Iara se quedará aquí —informó, el silencio entre ellos interponiendo más distancia de la que había entre la puerta y la cama—. ¿No hablarás conmigo?

Terminó de quitarse los calcetines, apoyó los antebrazos sobre los muslos, entrelazó las manos por delante y giró la cabeza, sus oscuros ojos encontrando los dorados del Mörka.

—A menos que tu intención sea explicarme, sin rodeos ni mentiras, de qué se trató todo eso, no, Iorg, no hablaré contigo. —Su voz era tranquila y cansada.

—Todo eso se trató de miedo.

—¿Miedo a qué?

—Miedo por ti y miedo por lo que pudieses llegar a pensar de mí.

—¿Pensar de ti?

—Yo soy eso, Logan.

—Eras eso.

Iorg se limitó a tomar mucho aire para largarlo con fuerza cuando elevó la mirada hacia el techo.

—Déjame preguntarte algo. —Volvió a hablar, ésta vez acortando la distancia, y cuando llegó a él, estiró el brazo y descruzó los que había notado, comprimían con fuerza el estómago. También notó que se relajaba con su tacto, por lo que sostuvo su mano entre las suyas—. ¿Cuándo fue la última vez que te alimentaste de un humano?

—Hace diez minutos, antes de subir a tu habitación.

—Voy a reformular la pregunta. ¿Cuándo fue la última vez que atacaste a un humano para alimentarte?

—No lo sé.

—No lo sabes porque ha pasado demasiado tiempo.

Iorg no contestó. Logan se acercó más y apoyó las manos a ambos lados de la cintura, cayendo en la cuenta que el Mörka se relajaba por completo. Cuando cerró los ojos, acunó la mejilla y disfrutó del movimiento de su pecho inhalando el alivio.

—Desde que me conociste, ¿cuántas veces has sentido la necesidad de hincar tus colmillos en mi cuello?

Iorg abrió los ojos y sonrió de lado.

—Ninguna.

—¿Cuántas veces has sentido la necesidad de besarme?

La respiración del Mörka, así como los latidos de su corazón, comenzaron a aumentar.

—Demasiadas.

—¿Qué estás esperando, entonces?

Sus bocas se encontraron en succiones desesperadas, Logan recorriendo con sus manos los costados y espalda del cuerpo de Iorg mientras que Iorg alternaba las caricias entre cuello, hombros y brazos. De a poco la desesperación fue disminuyendo, sus lenguas logrando degustarse en cámara lenta, las manos de ambos siguiendo el mismo ritmo en el recorrido de sus cuerpos. Logan se alejó y lo miró a los ojos.

—Para mí no eres Mörka. Eres simplemente el hombre con el que sueño todas las noches desde el momento en que lo conocí.

No le dio tiempo a replicar, atrapando nuevamente los labios de Iorg entre los suyos, ésta vez en un beso suave del que se obligó a despegarse para conducirlo a la siguiente habitación: un enorme y lujoso baño de amplia ducha que Logan abrió para dejar el agua correr.

Lo desvistió lentamente, recorriéndolo y besándolo con tanta dulzura que logró derretir el hielo que caracterizaba su personalidad. Por primera vez en sus largos años de Vandöda y luego Mörka, sintió las rodillas a punto de traicionarlo, notando que los brazos de Logan se cerraban algo más firmes sobre él.

El científico decidió darle un respiro a esa boca que había descubierto exquisita e intrigante para conducirlo bajo el agua donde la dulzura siguió su curso por horas de las que aprovecharon cada minuto para explorarse mutuamente.

La lentitud siempre resultaba exasperante a los de su especie, pero Iorg descubría bajo el exquisito tacto de las manos de Logan que no existía otra forma en que quisiese que lo recorriera.

Estaba transportado en ese ritmo, en esa dulzura que Logan le transmitía, por primera vez convencido de querer entregarse por completo, olvidándose de lo que era y limitándose a ser simplemente un hombre. Un hombre enamorado.

La tercera leyenda

Iorg, sin reparos ni culpa en relación a su necesidad de ingerir sangre, se sentía aliviado de que ninguno de sus instintos animales se activase cuando Logan lo abrazaba y besaba, sumergiéndolo en un mundo del que no estaba dispuesto a salir, y que en ese momento no le permitó recaer en la numerosa audiencia que los observaba desde la plataforma.

—Yo diría que esta es una excelente forma de trabajar —lanzó Mërg con aire despreocupado, Logan y Iorg separándose rápidamente en el instante en que su voz se materializó—. ¿No lo dirías, cariño? —preguntó el lobo a Kat, ambos, al igual que Jensen y Iara, con los antebrazos apoyados en la barandilla y los torsos inclinados hacia ella.

Por detrás, Numa, Rürik, Leeta y Raith se mordían los labios, haciendo un gran esfuerzo por no reír. Pero Jensen no tuvo suerte, la diversión evidente en su rostro a medida que la incomodidad de Iorg aumentaba.

—Productiva en muchos sentidos.

—Cualquier cosa que logre poner en el rostro de Iorg ese nivel de relajación es productivo. ¿Alguna vez lo habías visto así de relajado? —Mërg giró la cabeza en dirección a Rürik, que, de haber tenido la capacidad de tomar color, estaría rojo de tanto contener la risa.

El Mörla carraspeó y negó con un movimiento de cabeza.

—No. Jamás.

—¿Jens?

—No.

—¿Han terminado de divertirse ya? —preguntó Iorg, que con Logan a su lado sonriendo, no pudo evitar hacer lo mismo.

—Amigo, ésta te la recordaré por el resto de tu vida —espetó Mërg.

—Es Mërg —advirtió Logan.

—Sí, desde su nacimiento, lamentablemente.

Apsal y Danila se dieron paso entre la pequeña multitud reunida en la plataforma.

—¿Qué sucede? —preguntó el Mörka.

—Iorg tiene novio.

Apsal enarcó las cejas y miró a su viejo amigo.

Todos carcajearon, incluido el aludido.

—Algo que pensé jamás ocurriría —replicó Apsal.

Cuando Mërg vio los dedos entrelazados en las manos de su prima y su amigo, se incorporó de la barandilla y abrió los ojos como platos.

—¿Ustedes dos? —Los aludidos se miraron y sonrieron—. De acuerdo, no sé ustedes, pero considero que hay mucho por celebrar. Iorg ha sonreído más en el último minuto que en cuatroscientos años; ustedes dos finalmente dejaron de ser idiotas. Voy a organizar una fiesta.

El lobo giró sobre sus talones, tomó la mano de Raith, que lanzó una carcajada cuando tiró de ella, y desaparecieron.

—¿Quién lo diría? —pensó Rürik en voz alta—. Todos mis muchachos y muchachas finalmente encaminados en la vida. Siento ya no tener propósito.

Jensen se incorporó y le palmeó el hombro.

—Descuida. Estoy seguro que encontraremos la manera de hacer algo mal y podrás volver a poner en moción tus consejos, o gritos parentales.

—Tienes razón.

—O si prefieres podemos encontrarte una agradable señora mayor —propuso Apsal, riendo cuando Rürik le dirigió una mirada asesina.

—Por si lo has olvidado, mi cuerpo humano cuenta solo con cuarenta y ocho años, y estoy bien, gracias.

El, para todo interés y propósito, padre de cada uno de los allí presentes, giró y comenzó a bajar las escaleras seguido del resto.

—¿Cómo podemos ayudar? —preguntó Rürik al llegar junto a Logan y Iorg.

—Kat.

—Yo me encargo. —La muchacha extendió guantes a cada uno de los presentes—. No toquen nada a menos que se los diga, y más importante, no estorben.

—Prefiero recibir órdenes de ti —lamentó Iorg.

Logan sonrió y le regaló un beso en la mejilla.

—Lo siento, pero debo ocuparme de la artillería pesada.

Giró sobre sus talones y Iorg le siguió los pasos con la mirada hacia una máquina demasiado grande, con demasiadas luces y botones que Logan comenzó a activar ágilmente, para luego tomar asiento en una butaca y dirigir su mirada hacia lo que Iorg consideró, un muy avanzado en tecnología microscopio.

***

El peor insulto conocido en la lengua inglesa se hizo audible a través de los labios de Logan, el científico no habiendo despegado los ojos del avanzado microscopio. Los espectadores aguardaron conteniendo la respiración.

Iorg acortó la distancia y apostándose muy cerca de él, esperó. Cuando sus ojos se encontraron, el temor en la expresión de los de Logan lo llevó a tomar una gran cantidad de aire y largarlo con fuerza.

—¿Cancelo la fiesta? —preguntó Mërg sin una pizca de humor en su tono.

Logan apoyó los codos a los lados del microscopio, y llevándose ambas manos a la cabeza, frotó la frente con movimientos lentos. Iorg se decidió y le acarició la espalda, lo que llevó al científico a reaccionar y tomar la mano libre del Mörka entre las suyas. Los círculos de cansancio alrededor de sus ojos se manifestaban en profundas hendiduras, especialmente en el párpado inferior.

—Deberías descansar —sugirió Iorg con voz suave.

Luego de lo que acabo de ver, descansar ha sido empujado al fondo de mi lista de cosas por hacer.

—¿Cuán malo es? —se animó a preguntar Jensen.

—Muy.

—Suéltalo. Quizás compartirlo te haga sentir mejor —propuso Leeta.

—Lo dudo. —Se llevó una mano a la nuca e hizo girar el cuello, sosteniendo con su mano libre la de Iorg—. La sangre de Iara está modificando la estructura celular del Vandöda.

—¿Lo que implica? —indagó Apsal.

—Que con grandes dosis de su sangre, los Vandöda tienen una gran posibilidad de transformarse en algo diferente. No quiero usar la palabra superior, pero temo que puedan llegar a igualar las habilidades de Jensen. Y me atrevo a decir que sería muy difícil doblegarlos. Matarlos incluso. No lo sé.

—Quizás éste sea el motivo por el cual últimamente ya no responden a tu presencia como solían hacerlo —pensó Rürik en voz alta.

—Si lo pensamos, es inteligente. —Las palabras de Logan hicieron a todos enarcar las cejas—. Estoy intentando pensar fríamente. Jensen es el único capaz de doblegarles la voluntad, ya que sienten una conexión directa con él como creador. Sacarlo de la ecuación no es una opción porque ello implicaría que tanto Mörka como Vandöda mueran, por lo que la segunda mejor opción es encontrar la manera de volverlos más fuertes.

—Eso no les garantiza una victoria —razonó Apsal.

—Pero sí los acerca a ella —replicó Jensen.

—Lo que no logro entender es a quién tienen de su lado —sumó Logan.

—¿A qué te refieres? —inquirió Iorg.

—Tienen que tener un científico detrás de todo esto, de lo contrario, sería imposible lograr lo que quieren. Y no solo eso, necesitan equipamiento, y mucho dinero.

Rürik, Apsal y Jensen intercambiaron miradas.

—Supongamos que cuenten con el dinero —comenzó a razonar Mërg—. Casi todos los inmortales tienen acceso a gran cantidad de dinero, especialmente aquellos que han sido Mörka por mucho tiempo. Ya sea convirtiéndose en empresarios exitosos o robándolo, han tenido la oportunidad de, a lo largo de sus años de existencia, convertirse en seres ricos, incluso millonarios.

—Aquí estamos hablando de millones —advirtió Logan.

Mërg señaló a Jensen con gesto despreocupado.

—Tienes un millonario a metros de distancia de ti.

—Bien —aceptó Apsal—. Supongamos que exista otro Mörka igual de acaudalado que Jensen. ¿Cuál es el próximo científico, además de Logan, que cuente con el cerebro y la tecnología para hacer exactamente lo mismo que estamos haciendo en este laboratorio?

—En cuanto a tecnología, el único lugar en el que puedo pensar en este momento es Alemania.

—¿Y qué hacen? ¿Transportar la sangre de Iara a Alemania? ¿Tiene sentido? —preguntó Raith.

—Buena observación —razonó Logan—. No lo tiene. No tiene sentido que quién sea que esté de su lado esté trabajando fuera del país. Y debo agregar que han descubierto esto mismo que yo acabo de descubrir mucho antes.

—Logan. —Jensen pensó por un instante sus próximas palabras—. Pensando fríamente, como bien dijiste, y si fueses ellos, ¿cuál sería tu próximo paso?

—Si no tengo acceso a Iara—

—No lo tendrán. —cortó fríamente el primero de los Mörka.

—Me pediste que pensara fríamente.

—Disculpa. —Se apuró a enmendar el error de su impulso.

—Créeme que lo entiendo —apretó con algo más de fuerza los dedos de Iorg que sostenía entre los suyos—. Clonaría su sangre.

—Quiero creer que clonar la sangre de alguien no es tarea fácil —materializó sus pensamientos Danila.

—Suponiendo que el dinero no sea un problema para los que están detrás de esto, aún necesitan equipamiento de alta complejidad, y alguien que sepa lo que está haciendo.

—Alguien como tú —dijo Kat, pero Logan no contestó.

—¿Crees poder darnos un listado de lugares donde es posible llevar a cabo algo así? ¿Otros laboratorios? —pidió Rürik.

—Sí, por supuesto.

—¿Qué tienes en mente? —preguntó Jensen al único en el que descansaba sin reparos ni preocupación.

—Lo primero que vamos a hacer será organizarnos, y eso implica modificar nuestras actuales situaciones de vivienda. Ya no es una opción que Iara y tú permanezcan solos en tu apartamento. —Miró a Danila—. Lo mismo va para ti. —La loba asintió sin presentar queja alguna en su expresión—. Iara, cariño, sé lo difícil que esto es para ti, pero lamento decirte que de ahora en más contarás con una gran guardia veinticuatro horas al día, siete días a la semana, y esa guardia incluirá a Jensen. Deberás consentir recibir sus directivas.

Iara tomó aire y lo largó lentamente.

—Haré lo que sea que tenga que hacer, aunque implique quedarme encerrada.

—Bien, porque justamente esa es mi idea. —Miró a Logan—. No sabes cuánto lamento tener que preguntarte esto.

—Las puertas de mi casa están abiertas a todos y cada uno de ustedes. —Se adelantó—. Realmente creo que sería lo mejor. Hay habitaciones de sobra.

—No me alcanzan las palabras para agradecer todo lo que estás haciendo por nosotros. —Se sinceró Rürik.

—No hace falta. Al principio todo se trató de ciencia. Pero ahora las cosas son distintas. —Se llevó la mano de Iorg, que en ningún momento había dejado ir, a los labios.

Rürik sonrió al tiempo que asintió.

—Numa, despierta todas las células de Mörka que se mantienen fieles a nosotros. Quiero esta casa custodiada desde el minuto en que el sol se esconda hasta que vuelva a elevarse.

El aludido asintió, sacó el teléfono y comenzó a subir las escaleras del laboratorio.

Rürik miró a Mërg.

—Tú, Leeta y Danila permanecerán juntos siempre que salgan de esta casa. No me importa si implica ir hasta la tienda en la siguiente esquina. —El lobo asintió—. Tendrán la custodia de Raith, Apsal y

Numa a todas horas, y dejaré a Numa decidir tres Mörka más que se sumarán a esa guardia. —Hizo una pausa que aprovechó para pasear con parsimonia alrededor de la sala, como siempre lo hacía mientras su cerebro devanaba posibilidades—. Quiero que aprovechen las cuatro horas que nos quedan de luz, pero quiero hacer énfasis en lo siguiente. De las cuatro horas usarán dos. Bajo ningún punto de vista quiero que corran el riesgo de estar hasta último momento, y como siempre lo hacemos, al margen de los últimos minutos hasta que cae el sol. Irán al pantano. Intenten reclutar la mayor cantidad de cuadrúpedos posibles para que permanezcan en el perímetro de la mansión. Serán relevados a última hora del día por los Mörka que tomarán la guardia nocturna, sabiendo los lobos que deben regresar ni bien despunte el alba.

Iara asintió.

Rürik miró a Iorg.

—Permanecerás aquí con Jensen y conmigo.

—Gracias. —El alivio en su expresión fue notable. Estaría exactamente donde quería estar, cuidando de Logan a sol y sombra.

—La tercera hora de sol que nos queda, los lobos irán en busca de sus pertenencias. Una hora. —Hizo énfasis señalando con el dedo índice—. Los quiero de regreso a las seis en punto.

Los cuatro aludidos asintieron.

—No cancelaremos la fiesta. Quiero utilizarla para evaluar. Hay alguien que está filtrando información, y si la suerte está de nuestro lado, lo descubriremos esa noche. —Comenzó a caminar hacia las escaleras—. Jensen, ven conmigo. Lobos, sugiero que comiencen a moverse.

Los cuatro salieron por la puerta que daba al jardín mientras el resto seguía con la mirada a un Rürik, que no tardó en perderse a través de la puerta, y un Jensen que no tardó en alcanzarlo.

—Ese hombre sí que sabe dar órdenes —articuló un admirado Logan.

—Ni que lo digas —confirmó Kat—. No ha impartido ni una hacia mi persona.

—Eso es porque sabes exactamente lo que tienes que hacer —advirtió Apsal, esbozando una sonrisa.

—El mismo destino de Iara. Encerrada entre cuatro paredes. —Se quejó desplomándose en una butaca y escondiendo el rostro en un microscopio.

—Creí que ésta era la casa de tus sueños —bromeó Logan.

—Lo es. Pero no me agrada en absoluto que Numa esté allí fuera arriesgándose mientras yo disfruto de las comodidades de tu suntuosa mansión —confesó sin despegar los ojos del aparato.

Riath se acercó y le apoyó una mano en el hombro.

—Nada le ocurrirá. —Kat la miró—. Apsal y yo nos aseguraremos de ello.

La muchacha miró a su entrañable amigo, que asintió con seguridad y certeza en su expresión.

—Más te vale que lo cuides, o encontraré la manera de patearte el trasero.

Apsal lanzó una carcajada.

—Sé que lo harás, pequeña.

***

Para agrado de los que contaban con altas temperaturas febriles en sus cuerpos, el verano comenzaba de a poco a abandonarlos, siendo notable en la vestimenta de los Mörka que portaban gruesos sweaters, o aún no se habían quitado sus abrigos.

Jensen iba y venía de un lado a otro del gran salón de fiestas de la casa de Logan acompañado de Numa, sus palabras materializándose en profundo agradecimiento hacia aquellos que habían elegido apoyar la causa y evitar la extinción de los últimos sobrevivientes del linaje real lobuno.

La sorpresa en los receptores de sus palabras era más que evidente. En sus mentes permanecía la imagen del Jensen que golpeaba antes de preguntar, el que torturaba antes de escuchar. El portador de una esencia tan desalmada que lograba infligir tormento incluso a los de su propia especie.

Ahora los atormentados caían en cuenta que ese Jensen ya no existía, y que su creador era tan solo un hombre enamorado e incluso desesperado por mantener con vida a los que amaba, especialmente la única mujer que traía a su rostro la luz que los Mörka ahora veían en él.

Jensen y Numa conversaban con la pareja más elegante de la noche, el Mörka de origen alemán Torben y su hermosa esposa Giza.

—Aún tengo mis dudas acerca de ti Jensen, no lo negaré. —El primero de los de la especie aceptó tal verdad recibiéndola con un asentimiento—. Sin embargo, esta nueva versión de ti me indica que todo tiene que ver con los lobos, especialmente con la Alfa.

—Así es.

—Lo que mi esposo está tratando de decir —sumó Giza con voz suave, su expresión gobernada por una dulce sonrisa y una tranquilidad que logró serenar a Jensen—, es que un ser capaz de devolver la humanidad a alguien como tú es definitivamente digno de nuestra atención. Todos nosotros somos seres oscuros, nos guste o no. Los lobos han demostrado ser seres de luz, una luz que estamos dispuestos a proteger. Y hablando de eso.

Giza miró por encima del hombro de Jensen, que giró para inmediatamente quedar paralizado. Sabía que Mërg cruzaba la sala a lo ancho para saludar a un grupo de viejos amigos Mörka que hacía tiempo no veía, acompañado de una despampanante Raith, que, por contar con la cercanía del lobo, no necesitaba portar ropas abrigadas, la tersa y blanca piel de su espalda desnuda en el escote que llegaba a la altura de sus lumbares.

También supo que Numa abandonaba su lado para dirigirse a una Kat luciendo exquisita en un vestido verde claro que hacía resaltar su trigueña piel, especialmente a la altura del pecho donde el escote acentuaba sus curvas. Notó que Torben y Giza se le sumaban y se sumían en una alegre conversación con la muchacha humana.

Por el rabillo del ojo creyó ver a Apsal haciendo girar con movimiento elegante a una llamativa Danila que no se había esforzado por disimular las curvas, su cuerpo enfundado en un sencillo y delicado vestido rosa claro bordado con hilo que parecía brillar bajo la impecable iluminación del salón. Leeta, cuya seda del vestido negro se adaptaba increíblemente a su voluptuosa figura, y Rürik, conversaban y reían cerca de ellos, ya todos comenzando a moverse alrededor del salón para mezclarse entre los invitados, iniciando conversaciones distendidas que nada tenían que ver con la guerra que se aproximaba.

Los agudos sentidos lo mantenían conectado con su alrededor, pero su atención se mantenía paralizada en un único punto, haciendo que todos los movimientos y conversaciones se sucedieran en un mundo paralelo que logró detenerse por completo cuando ella comenzó a acortar lentamente la distancia.

Ya no escrutaba cada centímetro del voluminoso e impactante cuerpo enfundado en la exquisita tela roja del vestido con corte corazón a la altura del pecho, y tan largo que, de no ser por los altos tacones, arrastraría a su paso. Supo que, a algunos metros de él, Iorg y Logan se divertían a costa de su expresión pasmada y embobada, el Mörka y el humano siguiendo con la mirada los pasos de Iara, cuya pierna izquierda era visible a través del exquisito corte de la tela que llegaba bien arriba del muslo.

Su aroma lo había inundado desde el momento en que había cruzado el umbral de la puerta, golpeándolo al punto del mareo. Logró reaccionar apoyando una mano en su cintura, dejando vagar la libre por el costado de la espesa cabellera negra que parecía brillar más que nunca, consciente que muchos de los pares de ojos de los invitados estaban posados sobre ellos.

—Y yo que pensaba que la única manera de detener mi corazón era estrujarlo en un puño —cnfesó con voz baja y transportada.

Iara esbozó una tímida sonrisa.

—Ahora sabes lo que siento cada vez que te miro.

Jensen acortó la poca distancia entre sus rostros y apoyó con suavidad los labios sobre los levemente maquillados de ella. No era el beso que hubiese querido darle, casto y fugaz, pero decidió que ya tendría tiempo para demostrar lo que ese atuendo había obrado en él. La noche era larga, y con el invierno en sus talones, el sol les daría unos minutos más de tregua no solo a él, a todos los oscuros allí presentes.

Cuando se alejó y fue capaz de recobrar todos y cada uno de sus sentidos, cayó en cuenta que el salón estaba gobernado por un amable silencio. Iara se acomodó a su lado y tomó su mano, tragando saliva al notar todos los pares de ojos sobre ellos.

—Creo que es seguro decir que ya no estarás necesitando tu abrigo, amigo. —Todos rieron ante el salvavidas lanzado por Logan, incluido Jensen, que soltó la mano de Iara para permitir al científico despojarlo de su abrigo de cuero negro.

Volvió a entrelazar los dedos con los febriles de la loba, tomándose un breve instante para acomodar sus ideas. Sabía que ninguno de los presentes —salvo su familia y amigos— lo habían visto nervioso antes, hecho que no colaboró en tranquilizarlo. Pero luego sintió el leve apretón de Iara sobre sus dedos, y cada uno de sus músculos se relajó.

—Lo he dicho a cada uno individualmente, y no tengo problema en volver a repetirlo. No me alcanzan las palabras para agradecer. —Hizo una pausa en la que tomó aire y perdió la mirada en el pulido piso de madera algunos metros por delante, transportado por sus propios pensamientos—. He hecho tantas cosas mal a lo largo de mi existencia, que la lista se ha vuelto interminable. —Levantó la vista para recibir la mirada atenta, y por parte de muchos, comprensiva—. Y lo lamento tanto. No voy a negar mi esencia, sería estúpido hacerlo. —Iara se acercó hasta quedar muy pegada a su cuerpo, rodeándole la cintura con el brazo libre y regalándole un beso en el hombro para luego dejar la mejilla apoyada allí, animándolo con el gesto a que siguiera hablando. Jensen giró la cabeza para besarle la frente, y luego devolvió los ojos a los espectadores—. Perdí la cuenta de la cantidad de veces que pensé en quitarme la vida para darle fin a todo esto. Y sé que hasta ahora saben que no lo he hecho por Iara. Pero no es el único motivo. Dejar de existir puede significar el fin de la lucha, pero también significaría que Logan perdería a Iorg, que Danila perdería al único hombre que ha amado en toda su vida, que Mërg, una de las personas que más amo en este planeta, aunque me cueste admitirlo —El salón se llenó de risas, haciéndose audible la carcajada del aludido—, perdería a Raith. Que la mujer humana más valiente que he conocido en mi larga vida pierda a Numa. —Llevó la mirada hacia Rürik y señaló con un gesto de su mano hacia él, dejando luego caer el brazo pesado a un costado, todo su rostro gobernado por la emoción—. Que el hombre que ha obrado como mi padre por más de trescientos años deje de existir. —Todos contuvieron el aliento cuando Jensen se limpió la lágrima que no se molestó en contener—. Verán, he tenido el honor y la dicha de conocer dos excepcionales hombres. Uno de ellos fue Oleg Ladden, el primer lobo Alfa del linaje real. El otro se encuentra en esta habitación, y sinceramente no sé qué sería de mí sin él. Si quieren ver a un hombre regañar al ser más peligroso del planeta como a un niñito, manténganse cerca —bromeó, las suaves risas colmando por algunos segundos el salón—. Creo que lo que estoy tratando de decir es que esto no se trata solo de Iara y de mí. Esto se trata de nuestra familia. Porque eso es lo que somos, una familia. Y esta noche no se trata solo de invitarlos a una fiesta. Se trata de invitarlos a formar parte de eso. Sé por experiencia que la vida de un Mörka puede ser tortuosamente solitaria, y soy gran parte responsable de que hayan vivido de esa manera por tantos años. Creo que eso es lo que más me pesa. Los he obligado a vivir bajo el tormento y la soledad. Y por ello no tengo excusa. Lo único que puedo hacer es abrir las puertas de un corazón que muchos dudaban que tuviese. Bien. —Tomó una gran bocanada de aire que logró serenar levemente los nervios de estar abriendo su alma de semejante manera—. Lo tengo, y es altamente vulnerable, especialmente cuando se trata de mi familia y de la mujer que amo. —Se tomó un largo instante antes de seguir, todos expectantes—. No les puedo prometer una victoria, porque debo confesar que lo único que sé en cuanto a lo que se vendrá es que será malo. Lo que sí puedo prometerles es que lucharé codo a codo con cada uno de ustedes para alargar lo más que pueda algo tan hermoso como contar con la compañía de seres que hacen de nosotros, los oscuros, lo que Oleg Ladden soñó. Seres oscuros iluminados. Él tuvo fe en mí, creyó en mí. Y uno de esos tantos graves errores que cometí fue no tener fe en ustedes. Quise mantener el sueño de Oleg a flote, pero no lo hice de la mejor manera. Hay algo que el Rey se cansó de trasmitir durante mi proceso de transformación de Vandöda a Mörka. Decía que nunca es tarde para hacer lo correcto. Y como he logrado traer esta fiesta al mínimo nivel de diversión posible —Todos rieron—, le doy la palabra al único que puede subsanar mi error. —Señaló en dirección a Mërg.

—No crean que es un aburrido hasta la médula. —Jensen se sumó a las carcajadas de los invitados—. Suele reírse de vez en cuando. —Se había sentado despreocupadamente en uno de los muebles antiguos de Logan sobre el que habían colocado el equipo de música, ahora incorporándose y esbozando su encantadora sonrisa—. Creo que mucho más por decir no hay, salvo que se sientan totalmente libres de atiborrarse de todo el alcohol, comida y sangre disponible en los mobiliarios dispuestos alrededor del salón.

Giró, le dio al botón que hizo correr la alegre música, y los invitados comenzaron a dispersarse, muchos de ellos dirigiéndose hacia Iara y Jensen.

Las horas pasaban, los invitados bailaban, comían y bebían, ninguno de ellos mostrando interés alguno en abandonar la fiesta.

Cuando hizo girar a Iara al comienzo de la antigua pieza de baile, Leeta entró en su campo de visión y Iara notó su expresión ensombreciéndose, por lo que detuvo los pasos inmediatamente. Una punzada de dolor asomó en su pecho al ver a su hermana sentada a solas, transportada por sus propios pensamientos.

Se miraron y entendieron sin cruzar palabra, Iara tomando la dirección contraria a la que tomó Jensen, que al llegar junto a Leeta, extendió cortésmente la mano con gesto de antiguo caballero que hizo a la loba reír.

—Ahí está mi chica. —La elevó del suelo levemente al hacerla girar, y ambos comenzaron a moverse como una sola pieza al compás de la música.

Ella mantenía la vista clavada en su pecho, Jensen pudiendo sentir su nerviosismo que rayaba el malestar.

—Hey. —La llamó con voz dulce—. ¿Qué es lo que te está incomodando tanto?

Al girar en el paso de baile, la mirada de Leeta se posó brevemente por detrás de su hombro, por lo que Jensen la hizo girar nuevamente para mirar en esa dirección y ver a Rürik carcajeando junto a una de las Mörka invitadas.

Jensen no pudo evitar enarcar las cejas y abrir los ojos como platos que depositó en su rostro, la estupefacción imposible de disimular en su expresión.

—No me mires así.

—Tú…

—No lo sé —espetó.

—Pero…

—No me estás ayudando.

Jensen la tomó de la mano y abandonó el salón arrastrándola detrás de él a la próxima habitación.

—¡¿De veras?!

—¡¿Crees que no me odio por ello?!

Jensen largó una carcajada.

—Bueno, si me lo preguntas, creo que es genial.

—¡¿Genial?! ¡¿Es que estás ebrio?!

—Algo, pero ese no es el punto.

Leeta comenzó a caminar de un lado a otro de la habitación con marcha rápida y nerviosa, apretando los puños y asomando en su rostro una expresión que no hizo más que incrementar la diversión en Jensen.

—Deberías estar diciendo que es retorcido, que está mal.

—¿Cuándo te he dicho lo que quieres escuchar?

Leeta se frenó en seco y lo fulminó con la mirada.

—¡Pues podrías empezar ahora!

La respuesta fue genuina carcajada.

—¡Jens!

—¿Qué?

—No puedes decir que no es retorcido. Todos y cada uno de los miembros de esta familia lo consideran un padre.

—¿Y? Eso no significa que tenga que ser igual para ti.

Leeta se tapó el rostro con ambas manos.

—Me siento tan estúpida. ¿Sabes lo que hice?

Leeta se destapó el rostro, y Jensen encontró las mejillas encendidas.

—¿Qué?

—Me rasuré hasta el último centímetro de mi cuerpo que no dejé de embadurnar de una increíble aromática loción, y me puse mi más provocativa ropa interior, todo pensando en él. ¿Puedes creerlo? —lanzó con enojo hacia sí misma—. He perdido la cabeza. —Se quejó, elevando el rostro.

—No sabes cuánto extrañaba nuestras charlas de íntimos amigos. —Fue todo lo que dijo Jensen al tiempo que esbozaba una sonrisa.

—Oh, Jens. —Leeta se apuró hacia él y apoyó ambas manos en los costados de los brazos que mantenía sobre su estómago, apoyado relajadamente en la puerta que había cerrado tras ellos—. Tienes que jurarme que no le dirás a Iara.

—Cariño, tú y yo hemos sido íntimos amigos mucho antes que Iara naciera. Nada cambiará eso. ¿Cuándo he traicionado tu confianza?

Por primera vez desde que habían ingresado en esa habitación, Leeta pareció respirar, ahora recostando la cabeza sobre el pecho de él, que no tardó en rodearle el cuerpo con sus largos brazos.

—Me siento como una estúpida colegiala.

—Es lo que el amor suele hacer.

—Jamás en mi vida creí que sentiría celos de las mujeres que se le acercasen a Rürik.

—¿Por qué no lo has invitado a bailar? Podrías acaparar toda su atención si te lo propusieses.

Leeta se separó para mirarlo.

—Sí, cuando no tenía sentimientos por él quizás podía. Ahora que los tengo, apenas puedo acercarme.

Jensen esbozó una comprensiva sonrisa, y acercó los gélidos labios a la febril frente de la loba.

—¿Arrancarías por mí la cabeza de la Mörka que ha estado seduciéndolo toda la noche?

Jensen despegó los labios para largar una carcajada y luego volver a envolverla en un abrazo.

—Luego del discurso de apertura que di, creo que sería muy poco conveniente. Pero puedo ayudarte a arrancarlo de sus encantos.

—De acuerdo.

El momento fue interrumpido por los gritos desesperados provenientes del salón, al que no tardaron en llegar en un abrir y cerrar de ojos para encontrarse con la peor escena: incontable cantidad de Vandöda, algunos de ellos habiendo derribado a Mörka y arrancando la carne de sus gargantas.

La esencia que había dicho no poder negar no tardó en asomar, sus afiladas uñas arrasando en movimientos veloces y letales. Leeta corrió al círculo que habían formado los lobos, moviéndose como un solo bloque que aniquilaba incansablemente, y dentro del cual habían colocado a Kat y Logan, ambos pendientes de Numa y Iorg, que junto con Apsal y otros Mörka, se habían colocado estratégicamente intentando formar un muro que no pudiese llegar a lobos y humanos. Pero eran demasiados y los lobos se encargaban de rápidamente sacar de juego a los que se colaban.

Jensen salió al jardín seguido de Torben y Giza, la imagen congelando aun más sus ya gélidas venas. Lobos cuadrúpedos intentaban impedir el avance de una columna de tantos Vandöda que hizo incluso al primero de la especie dudar si saldrían de allí con vida.

Pero segundos después tuvo la respuesta. La columna de criaturas comenzó a desregularizarse, muchos cayendo luego de sus cabezas rodar a sus pies, y cuando finalmente el muro se rompió y disipó, Jensen devolvió la sonrisa al hombre de melena rubia oscura, barba prolija de igual color, y ojos tan turquesa que incluso destellaban bajo la luz de la luna. Unos ojos que no tardaron en mutar hacia la completa oscuridad, la sonrisa de ambos esfumándose cuando el grupo que contaba con Jensen arremetió desde la mansión, y el grupo que comandaba el recién sumado a la batalla hizo lo mismo del lado opuesto. Contaban no solo con espadas, sino con armas de fuego, agradeciendo Jensen que el vecino más cercano se encontrase a varios kilómetros de distancia.

Mientras luchaba haciendo uso de sus manos y de la inigualable velocidad, fuerza y precisión que se alivió de notar que aún los Vandöda no igualaban, aguzó el oído y logró respirar algo más holgadamente al saber que la situación dentro de la mansión estaba bajo control, sintiendo la cercanía de Iara a tan solo pocos metros.

Escuchó silbar al recién llegado y sonrió entre arremetida y arremetida.

—Cariño, jamás pensé que viviría para verte vistiendo tan sexy.

La carcajada de Iara hizo que la sonrisa de Jensen se estirara.

—Y yo creí que jamás volvería a verte.

—Soy una caja de sorpresas —replicó el aludido antes de cortar la cabeza de una criatura e impulsarse sobre sus pies para tomar una buena distancia del césped y evitar la arremetida de otras dos de las que no tardó en encargarse.

—Siempre lo has sido.

—Me halagas, loba.

—Concéntrense —pidió Jensen, que había aniquilado a tres criaturas en menos de un abrir y cerrar de ojos.

El hombre de mirada turquesa ahora gobernada por la oscuridad lo señaló con la espada embadurnada en sangre Vandöda que sostenía en su mano derecha.

—Tú, mi amigo, sigues siendo un amargo.

Jensen respondió saltando por sobre dos Vandöda y arrancando las cabezas en su trayecto hacia la hierba donde cayó grácil como un gato, sin limitarse en su oportunidad de esbozar una sonrisa de suficiencia hacia su amigo.

—E igual de arrogante —sumó con humor el que aún lo señalaba con la espada, haciendo carcajear a Iara, a quién miró—. Ese sonido de tu risa sigue siendo música para mis oídos.

—¿Podrías dejar de coquetear con mi novia? —Se quejó Jensen con sentido del humor.

—¿Novia? —El ataque que sufrió por las espaldas lo hizo girar sobre la hierba, impulso que detuvo inmediatamente, y aún de rodillas, lanzó un rápido puñetazo para deshacerse de un Vandöda, darse tiempo y clavar la espada, directo en el corazón de otro, terminando el trabajo con dos más que arremetieron contra él, disparando y dando en el blanco justo, haciendo a las criaturas desplomarse a solo centímetros de sus pies—. ¿Has finalmente decidido hacerte hombre y tomar las riendas del asunto?

Jensen rio con ganas.

—Exactamente. Así que compórtate.

—Lo intentaré.

Los minutos pasaron y el jardín trasero de la casa de Logan se transformó en un cementerio de Vandöda, al igual que su salón de fiestas, aunque allí algunos Mörka que habían sido tomados por sorpresa en el ataque sin posibilidad de defenderse también habían caído.

Jensen ingresó a la mansión seguido de Iara, Torben, Giza y otros cinco Mörka invitados a la fiesta que habían luchado codo a codo con ellos. Y por último el hombre de cabellos largos, penetrantes ojos turquesa y aspecto salvaje que hizo incluso a Kat esconder el «wow» que su garganta estuvo a punto de materializar y traicionarla.

Raith notó que el maltrecho Mërg se tensaba a su lado, y siguió la dirección de los ojos que parecían haberse congelado en la figura que acababa de entrar.

—¿Kai? —El pasmo fue evidente en su voz.

—Hola, Mërg.

Apsal se apuró a acortar la distancia hacia el recién llegado y envolverlo en un fraternal abrazo que Kai devolvió, los saludos sucediéndose con toda la familia y prolongándose con Rürik, cuyos ojos se habían enjugado.

—No te das una idea lo oportuna que es tu llegada —comunicó Rürik con voz emocionada.

—Señoras y señores —habló Jensen—. Les presento a Kai, uno de los mejores guerreros que la época vikinga haya visto.

—Espera un minuto —habló Torben transportado por la sorpresa y una pizca de emoción que se presentó sutilmente en su voz—. ¿Malakai? ¿Malakai Lanbrök?

Ante la pronunciación de su nombre completo, los invitados ahogaron quejidos de sorpresa. Había una tercera leyenda en el mundo de los Mörka, una leyenda que se había transformado en el más grande misterio, y cuyas historias superaban la incógnita en relación a Iara y Jensen. El más letal luego de él, y el más salvaje incluso comparado con el primero de la especie. Y ese era Malaki Lanbrök, el segundo más antiguo, y el segundo más temido tanto por Mörka como por Vandöda.

—En carne y hueso —contestó el aludido elevando los brazos levemente, su mano derecha sosteniendo la espada ensangrentada.

Todos los que ya lo conocían sonrieron ante la reacción de los invitados, pero Raith notó que Mërg seguía con los ojos húmedos amurados sobre los turquesas de Kai, su rostro habiendo palidecido, y su expresión rayando la tristeza. Fue claro para ella cuando los ojos del lobo y el Mörka volvieron a encontrarse, generando que el primero tragara saliva.

—Nadie más que tú podría haber organizado una fiesta así de entretenida.

Malakai acortó la distancia hacia él con paso lento y medido, y cuando estuvo muy cerca, los ojos de ambos se humedecieron.

—Y tú sí que sabes hacer una entrada para el recuerdo en cualquier fiesta.

Kai soltó la espada que en ningún momento había dejado ir, el ruido metálico sobreponiéndose al silencio, y luego lobo y Mörka estrecharon sus cuerpos con determinación y una fuerza que fue evidente en los músculos de los brazos de Mërg, manifestados a través de la ceñida camisa negra.

Cuando se alejaron, los increíbles ojos de Kai se posaron sobre Raith, sorprendida al recibir el suave contacto de los labios del Mörka sobre el dorso de la mano.

—Algo me dice que tú debes ser la increíble mujer que está soportando a este patán.

Ella sonrió ampliamente.

—Raith —pronunció su hombre.

—Mucho gusto, Raith. Soy Malakai. Kai para éste particular grupo. —Giró en redondo para mirar a sus amigos—. Bien —siguió—. Veo que han estado sumando enemigos a la lista. ¿Qué dicen de ponerme al tanto? —Los invitados lo miraban con los ojos como platos, no logrando salir de su estupefacción—. De acuerdo. —Miró a cada uno de ellos a los ojos—. Todo lo que han escuchado es probablemente cierto, pero prometo comportarme. —Se pensó sus propias palabras—. No debería haber usado la palabra promesa, pero Jensen les promete mantenerme a raya. —Tomó la espada que había dejado caer—. Ahora, si no les importa... —El cinismo que afloraba por cada poro de su piel hizo a varios de los invitados estremecerse—. Lárguense.

—Kai —llamó su atención Apsal con tono que sugería comenzar a hacer honor a sus anteriores palabras.

—Lo siento. —Volvió a mirar, pero sin mirar, a los invitados—. ¿Podrían, por favor, si serían tan amables, largarse? —Miró a Apsal—. Lo siento. Es todo lo que puedo hacer por ahora.

Malakai giró sobre sus talones y salió del salón para adentrarse en la mansión.

—¡¿Dónde vas?! —demandó Rürik.

—¡A encontrar un baño! ¡Necesito una ducha!

—Dios. —Se quejó Jensen—. Lo siento, Logan.

El científico elevó las manos, denotando en su gesto que no era problema, pero Jensen no tardó en salir siguiendo los pasos de su poco cordial amigo.

Rürik dio un paso adelante.

—Si les parece bien a todos, lidiaremos con el arribo de Malakai, que, aunque no lo parezca aún, es una buena noticia dadas las circunstancias, y mañana volveremos a ponernos en contacto con cada uno de ustedes.

Los invitados comenzaron a abandonar el salón a través del jardín trasero, perdiéndose en la negrura de la noche. Torben y Giza fueron los últimos en salir, acompañados de Rürik y Mërg.

—Lamento mucho los inesperados giros que se han sucedido esta noche. Y eso incluye a Kai —articuló el lobo.

—¿Es realmente tan peligroso como dicen?

Rürik y Mërg disimularon el intercambio de miradas.

—Una vez que se lo conoce, es fácil tratar con él. —mintió Rürik—. No hay nada de qué preocuparse.

Torben asintió.

—Buenas noches.

Se despidieron y rápidamente desaparecieron.

—Que Kai esté aquí—

—Lo sé —interrumpió Rürik—. Es el perfecto *yin y yan*. Excelente y catastrófico.

—¿Crees que será divertido? —Rürik dirigió a Mërg una mirada desaprobatoria—. ¿Qué? ¿No puedo siquiera bromear al respecto?

La respuesta de Rürik fue abandonar su lado, lo que dio a Mërg la oportunidad de que aflorara en su expresión todo lo que estaba sintiendo. Y esa era una expresión que nadie le conocía aún, una expresión gobernada por el miedo y algo mucho más paralizante.

El lobo dejó su corazón correr permitiendo a su respiración agitarse, sacado repentinamente del pozo en el que se estaba sumiendo por el tacto de la cabeza de un cuadrúpedo en su muslo. Lo acarició y permitió que el lobo le hiciese compañía, a él y la maraña de pensamientos que atestaban su mente y se materializaban en un nudo emocional en su estómago mientras se disponía a colaborar con el desastre en que se había transformado el salón de fiestas.

Raith miró en su dirección e inmediatamente supo que algo no iba bien, pero también supo que no era momento de indagar.

El secreto de Mërg

De la misma manera que había llegado, caminando con suma parsimonia, ingresó a la cocina frotándose un ojo, y cuando pasó junto al lobo que de un respingo se paró en sus cuatro patas, gruñendo y mostrando los dientes que le rozaron la pierna, ni siquiera se inmutó.

Raith recordó el miedo que había sentido aquella vez en el pantano cuando había recibido la misma advertencia de un cuadrúpedo, y no pudo evitar admirar ese supuesto lado salvaje que lo convertía en algo amedrentador y que evidentemente, nada temía.

Los allí presentes le siguieron los pasos con la mirada cuando se dirigió a la nevera, abrió la puerta tal como si se tratase de su propia casa, extrajo una botella de sangre y la vació en pocos tragos. Las dos mujeres que no lo conocían, Kat y Raith, no pudieron evitar reparar en la incontable cantidad de cicatrices que portaban su espalda, brazos y torso desnudo.

Tomó asiento junto a Apsal en una de las butacas, enfrentando directamente a Kat, que tenía a Raith a su lado. Mërg ingresó desde la puerta ventana del jardín en el momento justo en que Kat se abalanzó sobre la isla desayunador y extendió la mano en dirección a Malakai.

—Hola. Soy Kat.

El Mörka sonrió de lado, soltó el pedazo de pan que sostenía con ambas manos y que había empezado a cortar, y envolvió la pequeña mano de la muchacha con la pálida, callosa y de enorme tamaño de él.

—Sé quién eres.

—¿De veras?

Mërg puso los ojos en blanco al notar la emoción al punto de actitud de colegiala de Kat. Fue un entusiasmo que Malakai notó y que hizo que volviera a sonreír de lado mientras tomaba la taza de café que Apsal le había servido.

—De veras. —Se limitó a replicar.

—¿Debo recordarte que estás felizmente en pareja? —bromeó Mërg, dirigiéndose a la nevera para extraer una botella de agua.

Kat había enmarcado su propio rostro con las manos a medio cerrar, y no quitaba la vista del nuevo integrante del grupo.

—Solo estoy mirando sus ojos —contestó sin quitar la vista de los enormes círculos turquesa—. Jamás había visto ojos así —informó al dueño de ellos.

—Siempre hay una primera vez para todo —replicó Kai, sin una pizca de incomodidad en su voz.

Numa ingresó por el mismo lugar que lo había hecho el, aparentemente, nuevo residente de la casa de Logan.

—Hola. —Extendió la mano hacia él—. Soy Numa.

—El novio de Kat. —Estuvo seguro Malakai.

—¿Ya ha estado torturándote con respecto a tus ojos?

—Veo que no eres celoso.

—En absoluto.

—Eso —Señaló a Numa con el dedo índice— me gusta. Habla de un hombre seguro de sí mismo.

Numa replicó esbozando una sonrisa de lado.

—No es que no esté disfrutando de las encantadoras presentaciones, pero si no te importa decirnos, ¿cómo supiste que estaríamos en problemas? —preguntó Mërg mientras se servía una taza de café.

—No lo sabía.

—Elabora la idea —propuso Apsal.

Kai le dirigió una mirada irritada, pasó el pedazo de pan que masticaba con un sorbo de café, y tomó aire para hablar.

—Leeta sabía que llegaría al castillo semanas después que ustedes regresasen aquí. Siempre la visito en la misma época.

—¿Visitabas a Leeta en Suecia? —El tono de Mërg sonó ofendido—. ¡Por el amor de Dios, Kai! ¡¿No te pareció prudente informarnos que mi hermana estaba viva?!

Nada del enojo de Mërg hizo a Malakai reaccionar. El Mörka volvió a llevarse la taza de café a los labios tragando con parsimonia, en ningún momento habiendo quitado la mirada del lobo.

—No era información mía para transmitir. Y por si lo has olvidado, fueron ustedes los que decidieron formar una vida aparte de todo. Si te sientes mejor poniendo la culpa en mí, adelante. Hazlo. Sabes que no me detendré en ello ni por un segundo.

—¿Leeta te llamó? —interrumpió Apsal antes que Mërg tuviese tiempo de replicar.

—No. Me dejó una nota.

—¿Y la nota decía que estaría aquí? —pensó en voz alta Mërg.

—Entre otras cosas.

—¿Cómo qué?

Ésta vez Kai no respondió, y todos notaron que no era su intención hacerlo.

—¡Eres imposible! —se quejó Mërg al punto de romper en ira.

El aludido enarcó las cejas y volvió a llenar su boca del aromático café negro y amargo.

—Entonces —habló dirigiéndose a Apsal, —¿qué diablos está sucediendo?

—Ve a ponerte ropas. Kat y Numa te esperarán y guiarán al laboratorio.

—¿Laboratorio?

Apsal palmeó con fuerza la espalda de su amigo.

—Más te vale que te armes de paciencia para aguantar una buena cantidad de horas en las que tendrás que escuchar.

—¡Genial! —se quejó.

Se puso en pie, y de la misma manera que no había prestado atención al lobo cuadrúpedo al entrar, salió de la cocina dejando atrás sin ningún tipo de reacción a los gruñidos y tarascones que amenazaron sus piernas.

***

Durante las horas que duró el relato científico, más las ideas que iban sumando los integrantes del grupo, Kai se limitó a escuchar sin decir palabra. Cuando la última frase de Logan terminó de materializarse, un mortal silencio cayó sobre todos los presentes.

—Kai —llamó Jensen con voz suave.

—Ni siquiera lo digas. —Lo cortó en seco, el resto sorprendido cuando Jensen se limitó a cruzarse de brazos.

—¿Qué sucede? —demandó Rürik.

—Digamos que en cierta forma Kai predijo que esto sucedería. —explicó el primero de la especie.

—¿Qué? —Mërg no cabía en su propia estupefacción.

—Con todo respeto al científico presente, pero no hace falta ser un genio para saber que el pequeño proyecto de Jensen no tardaría en morderle el trasero. —Se incorporó del panel donde se había apoyado despreocupadamente y abrió los brazos a los costados, dejándolos luego caer pesados a ambos lados—.¿Realmente creyeron que darle capacidad de pensar a los Vandöda tendría consecuencias positivas? ¿Realmente creyeron que se mantendrían fiel a una causa con la que ni siquiera se sienten identificados?

—Tú te sientes identificado —interrumpió Logan.

—Me crié entre lobos mucho antes que Jensen fuese descubierto por Oleg. Mucho antes que Rürik y Apsal. No pueden pretender que un grupo de descerebrados entienda la importancia de la raza humana para el planeta. No les importa.

Se frenó en seco a sí mismo, llevando las manos a las caderas y dando la espalda al resto, su cabeza cayendo por delante y sus pensamientos resonando dentro de su cabeza, que segundos después giró para encontrar el rostro de Rürik.

—Soy todo oídos —ofreció Malakai.

—¿De veras quieres escuchar y acatar un plan?

—Dije que soy todo oídos. Lo escucharé y luego decidiré a que parte del plan acatarme.

—¿Nos ayudarás? —Se sorprendió Leeta.

Malakai giró, su expresión severa suavizándose al encontrar el rostro de la loba.

—No viví todos estos años para ver la descendencia de Oleg caer en picada.

—¿Significa esto que contamos contigo y con tus hombres? —Se entusiasmó Apsal.

—Mis hombres tienen mente propia. Les transmitiré la situación, y si deciden quedarse, que así sea. Pero no obligaré a ninguno.

—No por nada Oleg siempre dijo que fuiste su mejor comandante —recordó Iorg, pero Kai ni siquiera se inmutó ante el halago.

Luego de escuchar atentamente el plan expuesto por Rürik, se tomó algunos segundos para hablar.

—Hay algo que tu plan no incluye, y no me importa si estás de acuerdo o no en que sea sumado.

—De acuerdo. ¿Qué es?

—Kaysa.

—Kai —llamó Danila—. Ya no era ella.

—No me importa, Dani. La encontraré y yo mismo decidiré si puede ser recuperada. Y en caso que no lo sea, la mataré. Pero es una de nosotros, y no podemos hacer la vista gorda a su existencia. Si ustedes quieren hacerlo, háganlo, pero yo no lo haré.

Comenzó a subir las escaleras y se detuvo a la mitad para dirigir sus ahora gélidos ojos turquesa a Rürik.

—Haré esto a mi manera. No me pidas que pregunte o que escuche, porque no lo haré. Si tengo que matar, mataré sin pensarlo.

—¿Dónde irás? —preguntó Iara.

—A encontrar a Kaysa. Y lo haré por mi cuenta.

Terminó de subir las escaleras y se perdió a través de la puerta.

***

No contaba con la misma resistencia que los Mörka ante la falta de descanso, pero se sentía más alerto y despierto que nunca, no obstante, el nudo en su estómago no había hecho más que cerrarse y comprimir al punto que tenía que obligarse a respirar profundamente.

La taza de café giraba con parsimonia entre sus dedos, el sonido áspero de la porcelana sobre el mármol de la isla desayunador obrando como un ancla en la que se concentraba para evitar incorporarse de un respingo y adentrarse en la negrura de una noche fría y cerrada.

Miró el elegante reloj de muñeca y se restregó el rostro con impaciencia al ver las agujas marcando las cuatro y media de la madrugada. Se llevó el café a los labios, sus orejas reaccionando al mismo tiempo que lo hicieron las del cuadrúpedo.

—Moltan (quédate) —indicó al mismo de su especie, pero que no contaba con suerte bípeda.

Salió de la cocina directo hacia las escaleras y recorrió los pasillos con marcha rápida. Al llegar a la puerta elevó la mano, los nudillos flotando frente a ella con vacilación. Pero los dedos cayeron sobre el pomo para darse paso sin llamar.

Al tiempo que cerraba la puerta tras de sí, fue golpeado por el olor a sangre que bien conocía, la camiseta blanca que se había quitado en el trayecto hacia el baño no solo hecha jirones, sino también embadurnada en la viscosidad púrpura.

Tomó aire y miró la puerta entreabierta del baño, acortando la distancia hacia allí con paso determinado. La abrió con movimiento lento, y la espalda lastimada al punto que todo era púrpura y nada de la blancura de la piel se mostraba visible, lo llevó por acto reflejo a apretar la mandíbula.

Era evidente que estaba demasiado débil, de lo contrario, lo hubiese olido desde el momento en que había ingresado a la habitación. Lo despojó de la toalla que torpemente intentaba hacer llegar a su espalda, logrando sobresaltarlo.

Kai giró para mirarlo, pero Mërg ya tenía los ojos puestos en el grifo que dejaba correr el agua caliente y con la cual empapó la tela de algodón.

—¿Qué haces despierto?

—Date la vuelta.

Su amigo lo complació, agradeciendo que Mërg no intentase castigarlo infligiéndole dolor con el paso de la toalla sobre la lastimada espalda.

Llegó a oídos del Mörka la transformación de la mandíbula de Mërg.

—No.

—Cállate.

Se mordió la muñeca con un corte tan profundo que parte de su sangre cayó directo al piso. El resto comenzó a recorrer la espalda de Malakai en gruesos surcos que no tardaron en abarcar todas las heridas que fueron cerrando lentamente. Estaba débil, pensó. Muy débil.

La muñeca ya había cerrado, por lo que se mordió la izquierda. Pasó el brazo por sobre encima del hombro de Kai hasta dejar lo que obraría como la mejor de las medicinas muy cerca de su boca. Pero el Mörka giró la cabeza hacia el lado opuesto.

—Kai, no quiero discutir.

—Entonces saca tu muñeca de mi rostro. —La oscuridad había asomado en su voz.

—Tú harás las cosas a tu manera y yo a la mía. —La muñeca había cicatrizado, por lo que removió la mano para volver a abrirla y colocarla, ésta vez, mucho más cerca de su boca—. Por favor, Kai. —La voz de Mërg se suavizó al punto del susurro.

El Mörka giró la cabeza lentamente, sus labios dando directo con la sangre, y al separarlos, los apoyó con suma delicadeza a cada lado de la herida que comenzó a succionar. Mientras lo hacía Mërg notó que las cicatrices cerraban por completo y la piel regresaba a su natural color blanco, reemplazando el grisáceo que le había indicado que su amigo había regresado débil al punto del desmayo.

Kai se retiró y giró para encontrar los oscuros ojos de Mërg atravesándolo de lado a lado.

—Gracias.

Mërg no contestó, limitándose a terminar de limpiar la sangre púrpura que ya se había secado en el pecho y abdomen con movimientos parsimoniosos, sus ojos ahora siguiendo los movimientos de sus propias manos.

—Necesito… —Su dificultad para encontrar las palabras justas no había mejorado en la cantidad de años que habían transcurrido desde la última vez que se habían visto— contar con tu apoyo.

El lobo se tomó los segundos que necesitaba para terminar de limpiarlo, arrojar la toalla al tacho de basura, y luego apoyarse despreocupadamente en el lujoso mármol del lavabo cruzando los brazos sobre el estómago.

—¿Contar con mi apoyo para que aniquiles a cualquiera que se cruce en tu camino?

—A cualquiera que se atreva a impedir salvar a tu especie.

Mërg se pensó la respuesta mientras lo miraba profundamente a los ojos.

—Lo haré si aceptas negociar algo a cambio.

Malakai sonrió de lado y se acomodó abriendo levemente las piernas para lograr mejor apoyo sobre ellas y cruzando, al igual que Mërg, los brazos sobre el estómago.

—De acuerdo.

—Permitirás que vaya contigo en las redadas.

El Mörka tomó aire y lo largó con fuerza.

—Iara no es la única en peligro aquí.

—Lo sé, pero…

—Si te ven, lo primero que harán será capturarte para negociar un intercambio. Tu vida por la de Iara. Sabes bien que tu hermana encontrará la manera de escaparse para hacer realidad ese acuerdo, y de allí todo se irá en picada. —Cuando el lobo estuvo a punto de interrumpir, Kai se adelantó—. Lo sabes, Mërg. Mi oposición a que abandones esta casa no es capricho, hermano. Qué más quisiera que tener a una de las personas más letales junto a mí en el campo de batalla. Pero tácticamente es estúpido.

—¿Qué se supone que debo hacer? ¿Permanecer aquí esperando que tú soluciones todo?

—Tu acción toma lugar durante el día. La mía por la noche. Y esto no tiene nada que ver con permanecer encerrado cuando el sol cae. Quieres estar a mi lado para controlarme.

—Cuidarte. —Lo cortó en seco—. Mírate, Kai. Apenas podías permanecer en pie cuando llegaste.

—¿Qué parte de que soy el segundo oscuro más antiguo de este planeta te está costando recordar? Puedo cuidarme solo, Mërg. Lo he hecho durante todos estos años.

—Esa fue tu elección.

El semblante de Malakai se transformó inmediatamente, ensombreciendo y endureciendo su expresión, los increíbles ojos turquesa habiéndose transformado en témpanos de hielo.

Señaló al lobo con el dedo índice, un movimiento que denotó marcada irritación.

—No vayas ahí.

Abandonó el baño con marcha rápida. Mërg se incorporó del lavabo y le siguió los pasos, pero en su caso, con parsimonia.

—Lo siento. Tienes razón —aceptó con voz baja mientras lo observaba cubrirse el torso con una camiseta negra de mangas largas que sacó bruscamente de un bolso negro—. He perdido demasiado, Kai. No puedo… —El silencio flotó entre ellos por un largo instante—. Tienes mi apoyo. Haz lo que tengas que hacer. Pero también necesitaré que confíes en mí.

—La encontré.

Los pulmones y corazón de Mërg se detuvieron en el tiempo. Se sentó en el borde de la cama cuando Malakai se desplomó en ella lanzando un leve quejido que denotaba su cansancio. Los prologados silencios de Kai era algo que siempre lo había sacado de quicio, realidad que luego de cuatroscientos cincuenta años se resignaba a aceptar con paciencia. Y así esperó, siguiendo sus movimientos cuando sacó un pequeño chip del bolsillo delantero del pantalón de cuero negro y lo introdujo en el computador que tomó de la mesa de noche.

Cuando la imagen se desplegó, Kai dejó el computador sobre el colchón y lo giró hacia Mërg, cuyos ojos se abrieron como platos, su expresión evidenciando que no podía dar crédito de lo que veía. Cuerpos enganchados a todo tipo cables flotaban en un líquido ámbar dentro de tubos que estaban enganchados a paneles cilíndricos y se extendían hasta el techo. Cuando la imagen comenzó a desplazarse hacia atrás, los cuerpos humanos fueron reemplazados por Vandöda, luego una hilera de lobos cuadrúpedos que terminó de revolverle el estómago y, por último, al final de lo que parecía un enorme depósito, la jaula. Los ojos se llenaron de lágrimas, y en el momento en que comenzó a hiperventilar, Kai cerró con fuerza el computador, lo hizo a un lado y sin pensarlo dos veces, envolvió a Mërg entre sus brazos, brindando al lobo la energía que la imagen le había arrebatado.

—Oh, Dios —sollozó con los labios apretados contra el hombro de Kai.

El Mörka se alejó para mirarlo a los ojos.

—Eso que acabas de ver se termina mañana. Te lo juro, Mërg.

—¿Qué haremos?

—Tengo un plan, pero necesito que me apoyes cuando lo transmita al resto.

—¿Mostrarás esto?

—Tengo que hacerlo. No puedo volver solo. Esa imagen corre por diez segundos más y luego cincuenta Vandöda se cerraron sobre mí.

Mërg se puso en pie de un respingo.

—¡No puedes pedirme que no vaya contigo!

—Mërg.

—¡No, Kai! ¡Esto sucederá conmigo en el grupo de redada o no sucederá! ¡Así que más te vale ingeniártelas para convencer al resto de que así sea!

Malakai saltó sobre el colchón cuando las paredes retumbaron luego del portazo.

***

Apsal y Logan ya habían visto las imágenes, en el caso del primero, en un intento de que convenciese a Danila de no estar allí cuando las mostrasen, algo que llevó al Mörka a mantener una acalorada discusión con su mujer hasta que llegó a un punto muerto en el que debió ceder sin remedio. Por su parte, Logan había llegado a algunas conclusiones, conclusiones que habían acordado entre los ya conocedores del contenido del video, serían expuestas antes que fuese mostrado.

—Lo que filmó Kai anoche revela que los que estén detrás de esto están haciendo lo mismo que nosotros, pero en su caso, experimentando sin piedad ni reparo moral. Ya no tengo dudas que están sintetizando y clonando la sangre de Iara, utilizándola sobre humanos, Vandöda, Mörka y lobos en búsqueda de la solución final. Sinceramente no creo que hayan dado con nada fructífero, al menos no en relación a esa solución final. Pero la incógnita acerca de si cuentan con la tecnología y el dinero para llevar a cabo todos estos experimentos definitivamente se ha resuelto. Cuentan con ello y con alguien que parecería contar con conocimiento científico, y que es lo suficientemente desquiciado y desalmado como para llevar a cabo este tipo de pruebas.

Cuando calló Kai, llevó sus ojos a Danila.

—Dani.

—No me iré.

Los enormes círculos turquesa volvieron a caer sobre Logan, y cuando el Mörka asintió, el científico dejó correr el video, que, al llegar a la última imagen, no fue solo el grito ahogado de Danila el que colmó la sala.

La jaula contenía lo que alguna vez había sido Kaysa, pero ya no lo era. La figura no era humana, tampoco lobuna ni Mörka. La piel trigueña típica en todos los lobos era visible desde la mitad del muslo hacia arriba y hasta el pecho, sus extremidades habiendo sido reemplazadas por la anatomía de un cuadrúpedo, por lo que la hermana de Danila se movía dentro de la jaula en cuatro patas, su desfigurado rostro mostrando una leve protuberancia, como algo intermedio entre las facciones humanas y lobunas, aunque dentro de su boca todos sus dientes se asemejaban a los de un Mörka tranformado. Gruñía como uno, pero al rugir su mandíbula babeaba como lo hacía la de un Vandöda. Y finalmente lo que terminó de hacer que Danila se desmoronara en brazos de Apsal: los ojos vacíos y gobernados por la oscuridad.

La imagen de Kaysa fue tapada por todos los Vandöda que habían atacado a Malakai, y luego todo se tornó negro, el silencio cayendo pesado en la sala, ésta vez, no por segundos, sino por minutos.

Mërg alcanzó a ver a Kai apretándose los ojos antes de carraspear.

—Esta noche la sacaré de allí. —Esperó largos segundos antes de seguir—. Llegué aquí hace dos noches con veinte hombres de los que solo permanecen ocho. Jensen deberá quedarse aquí. No podemos arriesgar que su ausencia implique una invasión de la casa para tomar a Iara. Contando a Leeta, Danila y Iorg, aún siento que es poco. Al menos dos Mörka más deberían quedarse.

—Te estás olvidando de Mërg —razonó Iara entre llantos que no podía controlar luego de lo que había visto. Ni siquiera la cercanía de Jensen y sus caricias en la espalda lograban calmarla.

—Necesito a Mërg conmigo.

—Pero, Kai, es demasiado arriesgado —interpuso Rürik.

—Con Jensen fuera de esto necesito a alguien que sepa lo que estoy pensando incluso antes que lo piense. Y ese es Mërg. Me ayudará a impartir órdenes y no tendré que preocuparme de si son las correctas. —Los que ya lo conocían sabían bien que estaba en lo cierto, por lo que a su última aseveración le siguió el silencio—. Iorg, sé que quieres quedarte con Logan, pero realmente necesito a los más rápidos y fuertes.

—Iré —ofreció sin pensarlo dos veces.

—Yo me quedaré en la mansión protegiendo a los lobos —informó Raith, y Kai asintió, complacido.

—Necesitamos al menos un Mörka más que se quede aquí.

—Puedo quedarme —propuso Numa.

—No. Te vi luchar. Te necesito conmigo.

—¿Giza? —soltó Leeta.

—Y Torben podría venir con nosotros —razonó Apsal.

—¿Confías en él? —inquirió Malakai—. No podemos arriesgar errores.

—Lo viste luchar —habló Jensen por primera vez—. Es preciso y letal.

—Entonces que alguien le deje claro que, si cuestiona alguna de mis órdenes, lo usaré para distraer a los Vandöda.

Se acercó a Danila y la despegó del cuerpo de Apsal, apoyando ambas manos a los costados de sus brazos.

—No puedo prometerte que recuperaremos a nuestra Kaysa, pero te juro que ésta noche tu hermana dejará de ser el instrumento de prueba de esos malditos hijos de perra.

Danila lanzó un sollozo ahogado y Kai la envolvió con sus brazos.

—¿Qué harás con ella?

Malakai se alejó para acariciar la mejilla empapada de lágrimas de Danila.

—Mis hombres han encontrado un lugar seguro donde llevarla. Pero no te preocupes por eso ahora. Intenta descansar cariño, porque a partir de mañana comenzaremos a intentar recuperarla, y tú tendrás mucho que ver en ello.

Danila asintió enérgicamente entre llantos.

—Logan, unas palabras por favor.

El científico acarició la mano de Iorg a su paso y luego siguió la marcha rápida de Malakai escaleras arriba.

***

El vapor de una sola boca se reflejaba contra la negrura de la gélida noche, y Kai se regaló unos segundos para contemplar sus pasos, suaves y rápidos como los de una pluma.

Los Mörka podían ser rápidos y precisos, muy silenciosos si se lo proponían, pero había algo en la sutileza de los movimientos de un lobo que siempre lo había cautivado.

Recordó la última vez que habían cazado juntos, algo más de 400 años atrás, y no pudo evitar que sus labios se curvaran en una fugaz sonrisa. Esperó a que su grupo se perdiera a través de la alcantarilla que llevaría al túnel interno del depósito, dando la orden de avanzar ni bien el último de los hombres en el grupo de Mërg desapareció.

La duplicación de la guardia era algo de esperarse, y cuando comenzaron a abalanzarse hacia ellos, la fugaz sonrisa en la que se habían curvado sus labios segundos antes se extendió a la complacida, radiante y desafiante de la que era dueño.

Asomando la cabeza para esperar el momento justo, Mërg puso los ojos en blanco ante esa expresión. Malakai siempre había amado la cacería, y el correr de los años no había menguado en absoluto esa característica.

En un abrir y cerrar de ojos sus movimientos se convirtieron en un juego imperceptible de manos y piernas. La matanza había comenzando, y como siempre, Kai la encabezaba con letalidad. Pero la situación no tardó en salirse de control cuando una marea de Vandöda ingresó al depósito en todas las direcciones posibles, y Mërg tomó una decisión.

Desde su escondite bajo tierra terminó de correr la pesada escotilla de un solo movimiento y Kai siguió la trayectoria de su cuerpo como una flecha impulsada por un arco, luego cayendo algunos metros hacia adelante grácil como un gato.

—Fanfarrón —lanzó Kai, recibiendo como respuesta la carcajada de Mërg, cuyas garras no tardaron en empezar a arrasar con gargantas que ahogaban a los Vandöda en su propia sangre.

—¿No has logrado saltar así de alto aún? —Se tomó unos segundos para burlarse de su viejo amigo.

—Cállate —espetó irritado, recibiendo una vez más una divertida y profunda carcajada como respuesta.

El movimiento que uno empezaba el otro terminaba, no necesariamente turnándose para arremeter, derribar y dar fin a la vida de las criaturas, ambos sonriendo para sí mismos, transportados en viejos tiempos y anécdotas que solo ellos conocían.

Pero la diversión duró lo mismo que un suspiro cuando al girar para terminar de decapitar un Vandöda, entró en el campo de visión de Mërg la imagen de otros cinco intentando sacar a Kaysa de la jaula, tirando de la cadena que sujetaba su cuello mientras otros fallaban en maniatar las patas traseras y delanteras. La loba lanzaba tarascones y zarpazos que impedían el trabajo.

Malakai detectó el momento en que Mërg elevó el rostro transformado al igual que el de él, y estudió un plan B. Cuando el lobo lo miró, el Mörka asintió, y al unísono tomaron impulso y saltaron sobre los tubos que contenían los cuerpos en proceso de cultivo, Kai cayendo sobre la hilera izquierda y Mërg sobre la derecha. A la carrera comenzaron a saltar para burlar la distancia entre tubo y tubo. Al llegar al último, ambos dieron un giro en el aire que les permitió transportarse hacia adelante, el Mörka cayendo con tanta fuerza sobre los de su especie que logró disiparlos, permitiendo al lobo, que había caído directo sobre la jaula, deslizarse hacia abajo y meterse en ella con movimiento ágil, enfrentando ahora a una Kaysa que liberada de los tirones de la cadena que rodeaba su cuello, mostraba los dientes plagados de baba, gruñendo y amenazando a un primo que claramente no reconocía.

Malakai había alcanzado a deshacerse del grupo sobre el que había caído y dar la orden al resto de que mantuviesen a los Vandöda alejados de la jaula, sonriendo de lado al ver el par incontenible que seguían haciendo Rürik y Apsal. Numa y Iorg se habían colocado muy cerca de la celda para evitar cualquier tipo de interrupción.

Kai entró a la jaula con movimientos medidos y lentos para colocarse junto a Mërg.

—¿Lo tienes? —inquirió el lobo.

—No, me lo olvidé —respondió entre dientes.

—No es momento para bromas —reprendió por lo bajo.

—¡Por supuesto que lo tengo! —espetó, irritado.

—¿Por qué diablos te irritas conmigo?

Kai se tomó algunos segundos en los que aprovechó para tomar una profunda bocanada de aire.

—Lo siento. Estar en una jaula con una enorme loba que debería ser bípeda, pero es cuadrúpeda, se ha colado en mis nervios.

—Tranquilo. Lo haremos tal cual lo repasamos veinte veces antes de venir.

—¿Sigues quejándote de la cantidad de veces que te hice decirlo?

Mërg lo miró.

—¿No te parece que veinte veces es algo excesivo?

—Oh, por el amor de Dios. —Se quejó Iorg a lo lejos—. ¡Háganlo de una vez!

—Tiene razón —aceptó Kai.

—¿A la cuenta de tres?

—Yo diría que ya.

Malakai se movió tan rápido que Mërg apenas pudo verlo, y cuando logró distinguirlo, fue solo por las quejas de Kaysa. El Mörka había saltado sobre ella cual un jinete salta sobre su caballo. La desesperación asomó en la expresión de Mërg cuando Kaysa saltó impulsando sus enormes y peludas cuatro patas, logrando llegar a los barrotes que obraban como techo de la jaula para estrujar el cuerpo de Malakai contra ellos. Cuando regresó a la base de la celda, Kai aún permanecía sobre ella.

—Si no te importa apurarte —articuló, dolorido, usando todas las fuerzas de la que era dueño para, por un lado, permanecer sobre ella, y por otro, ejercer presión sobre su garganta y así impedir cualquier otro abrupto movimiento.

Rápidamente Mërg estuvo sobre su prima para clavar la enorme aguja portada por una aun, más imponente jeringa plagada de un líquido viscoso y ámbar, disponiéndose luego en colaborar para inmovilizarla por los segundos que el brebaje preparado por Logan surtiese efecto.

Finalmente sucedió, Mërg apartándose para no quedar aplastado bajo los kilos de peso de animal en que se había transformado su prima y siguiendo los movimientos del cuerpo de Kai que se dejó caer al piso con gesto agotado, extendiendo los brazos a ambos lados y las piernas abiertas, su pecho subiendo y bajando en la agitación.

—Necesito un trago —confesó el Mörka.

Mërg se acercó colocándose en el espacio que sus piernas abiertas habían dejado, le extendió la mano y cuando Kai la tomó, lo puso en pie en un rápido movimiento.

—Hay algo en lo que no hemos pensado.

Advirtió un Numa que asomaba la cabeza a través de la puerta de la jaula.

—¿Qué? —preguntó Kai.

—¿Cómo haremos para transportar un lobo inconsciente de unos cien kilos?

Mërg palmeó con fuerza el brazo de Kai.

—Creo que ese trago deberá esperar. —Pasó por su lado y salió de la jaula.

Kai miró el cuerpo de respiración pausada de Kaysa.

—¡Maldición! —espetó con suma irritación.

***

Aseado, vistiendo ropas no ajadas y que ya no portaban la sangre de sus numerosas víctimas, ingresó a la silenciosa sala de estar, se sentó en el extremo derecho del sillón de cuero marrón de tres cuerpos próximo al individual en el que Malakai descansaba con postura despreocupada con la cabeza echada hacía atrás y los ojos cerrados.

Hizo girar el vaso en su mano para que los hielos chocaran contra el vidrio, surtiendo en Malakai el preciso efecto que Mërg esperaba, que abriese los ojos e incorporase la cabeza. Su amigo tomó el vaso de sus manos y le dio un medido trago, que no tardó en asomar en su rostro la expresión de complacencia.

—¿Dónde lo has conseguido?

—Hace muchos años, en Inglaterra.

Kai le dio otro pequeño sorbo y volvió a relajar la nuca contra el respaldo del sillón. Mërg imitó el gesto que permitió al añejado brebaje llenar su boca, en su caso, de una medida algo mayor a la que había tomado su amigo. Tomó aire y lo miró.

—¿Hablaremos de lo que no estamos hablando?

No hizo falta que tuviese los ojos abiertos para ver el cambio en su expresión, ya que el lenguaje corporal mutó en cada uno de sus músculos.

—Demonios, Mërg. —Kai volvió a incorporar la cabeza y dio un trago en el que se esmeró por vaciar el vaso, pero se contuvo.

—Han pasado años, Kai. Deberíamos poder hablar de ello.

—Pues yo no tengo nada para decir. Si tú tienes algo, soy todo oídos.

Los enormes ojos turquesa se cerraron sobre los oscuros de Mërg, que abrió y cerró la boca cual pez fuera del agua.

—Eso creí.

Kai terminó de vaciar el recipiente que depositó con fuerza sobre la delicada mesa ratona de madera tallada, se puso en pie de un respingo y salió de la habitación con la velocidad de una bala.

***

Raith ingresó a la habitación y sus ojos fueron directo sobre la figura de Mërg sentado al borde de la cama. Qué bien le sentaba la ropa negra, pensó para sus adentros.

No le hicieron falta palabras. Hacía tiempo no le hacían falta, pero igual tomó una profunda bocanada de aire.

Acortó la distancia para sentarse con delicadeza junto a él, tomando la mano entre las suyas y llevándosela a los labios para regalarle un suave beso. Seguidamente Mërg imitó el gesto, besándole con dulzura ambas manos, y luego depositando sus labios de febril calor sobre la frente de la Mörka.

—Necesitamos hablar —confesó Mërg con voz baja y tranquila.

Raith sonrió en una mezcla de alegría, alivio y tristeza. Elevó los transparentes ojos levemente húmedos y sus labios se curvaron en una sonrisa algo más extensa cuando le acunó la mejilla.

—Lo sé.

***

Tres días después

Por primera vez en días Apsal veía los labios de Danila curvarse en genuinas sonrisas. Aún no lograba carcajear de la manera en que solía hacerlo alojando en su estómago agradables cosquilleos, pero era un avance.

Luego de tres días había conseguido convencerla que permaneciese en la casa y no junto a su hermana en el depósito bajo tierra que garantizaba nadie pudiese llegar a ella, y en el que durante el día Logan trabajaba incansablemente, estudiando diferentes posibilidades que permitiesen a la loba volver a ser la que alguna vez había sido.

Iara ingresó en la cocina rebosante de aromas de los distintos platillos que se cocinaban a fuego lento en hornallas y horno, para luego apoyar ambas manos con movimiento determinado sobre el mármol de la isla.

—¿Qué sucede, cielo? —preguntó Leeta.

—Sé que me han dicho que es típico en Malakai que desaparezca de esta manera, pero ya es hora que el muy cabrón aparezca, ¿no lo creen? —Miró a su hermano—. ¿Has intentando llamar a su móvil?

—Por enésima vez Iara, sí.

—De acuerdo —lanzó con sarcasmo extendiendo la vocal en la palabra—. ¿Estás bien?

—Excelente —respondió con tono seco, incorporándose de la butaca para llegar a la botella de vino al otro lado de la isla y volver a llenar su copa.

Todos giraron la cabeza en dirección a la puerta ventana cuando los nudillos sonaron contra el vidrio. Jensen hizo un gesto al Mörka para que ingresara.

—Ven. Cena con nosotros. Dile a tus hombres que se sumen. —propuso con tono alegre.

—Gracias, señor.

—Jensen —corrigió.

—Jensen —aceptó el Mörka—. Disculpe que lo moleste.

—Déjate de formalidades, Einar. —Se acercó a él y le palmeó el hombro—. Luces preocupado. Dime qué sucede.

—Como usted bien sabe, es típico que Malakai se tome unos días luego de una cacería grande. Pero nunca lo hace sin antes dejarnos al menos las coordenadas aproximadas de donde podríamos encontrarlo.

Iorg apagó la música, y un silencio mortal se apoderó de la habitación.

—¿Y no lo ha hecho esta vez?

—No. Por lo que salimos en su búsqueda. Cerca del pantano hemos dado con rastros de su sangre, y luego llegamos a una cabaña.

—¿Y?

—Encontramos esto.

Extendió un pequeño pedazo de papel en dirección a Jensen, que lo tomó con movimientos rápidos y nerviosos.

Mërg se apuró hacia él al ver su expresión mutar a una de confusión y miedo. Arrebató el papel de sus manos y al leerlo comenzó a hiperventilar, para luego sobresaltar a todos cuando la copa cayó de sus manos estrellándose contra el piso, desparramando el vino sobre el impecable cerámico blanco, sus zapatillas y el jean oscuro que llevaba.

—Mërg. —Jensen se apuró a sostenerlo cuando se tambaleó. El resto parecía haberse paralizado ante su reacción—. ¿Tiene algo de sentido esto para ti?

Raith se apuró hacia ellos y leyó la nota, sus ojos llenándose inmediatamente de lágrimas para luego acariciar la espalda del lobo con movimientos suaves en un intento de serenarlo.

—Mërg, cielo, tienes que decirles.

—¿Decirnos qué? —inquirió Rürik.

—¿Alguien podría decirnos qué dice la nota? —demandó Apsal, perdiendo la paciencia.

Leeta se acercó a su hermano y con delicadeza lo despojó del papel.

Todos estos años Jensen creyó que era el único poseedor de un ancla. Ahora veremos qué haces sabiendo que la tuya será torturada. Devuélvemela, o lo lamentarás.

Con movimientos torpes Mërg sorteó a Einar para salir al jardín, la arcada venciendo sus rodillas y todo el vino que había ingerido saliendo expulsado de su estómago al tiempo que las lágrimas no tardaron en aflorar.

***

En la biblioteca, una de las salas más grandes de la casa, aguardaban pacientes y asustados, especialmente por el aspecto enfermo y de expresión derrotada del lobo.

Estaba sentado en un sillón de dos cuerpos con los codos apoyados en los muslos, las manos entrelazadas por delante y la cabeza levemente caída. Solo estaban presentes los miembros de la familia y amigos más allegados, algo que incluía a Logan, mientras que los hombres de Malakai no se habían molestado en esperar, ya habiendo salido en busca de aquel que los comandaba.

Raith ingresó portando una botella de agua que le extendió a Mërg al sentarse a su lado. Mientras le daba largos tragos, la Mörka desplomó la espalda contra el sillón y le brindó caricias de aliento para lo que el lobo tendría por delante.

—Mërg —llamó Jensen con voz suave—. Me estás asustando, hermano.

El primero de los Mörka tragó saliva, al igual que el resto, cuando los ojos enrojecidos como nunca antes los habían visto encontraron los grises de Jensen.

Mërg respiró con la boca abierta, como si eso le permitiese ingresar más aire a los pulmones.

—No eres el único con un ancla. En tu caso estaba escrito, en el mío, la elegí. —Los ojos de todos se abrieron de par en par—. Malakai fue mi primer todo. —Iara se llevó las manos al rostro cuando finalmente entendió la nota, sus ojos llenándose de lágrimas inmediatamente—. Mi primer amigo, mi primera redada, mi primer beso, mi primera experiencia. —No fue necesario aclarar para que todos entendieran a qué se refería.

Numa escrutó el rostro de su hermana y por lo que vio, la información que Mërg brindaba no era necesariamente una novedad para ella.

—Necesito sentarme —pensó en voz alta Rürik, quién de repente había palidecido tomando asiento en un lugar libre en el sillón frente al que ocupaban Mërg y Raith.

—Lo siento —se disculpó el lobo hacia el que siempre había obrado como su padre luego de la muerte de Oleg.

—Hijo —se apuró a contradecir Rürik—. Si el motivo de tus disculpas es tu elección, guárdatelas. Pero no logro entender por qué luego de todos estos años te has mantenido alejado de algo, alguien —Se corrigió—, tan importante para ti. ¿Es que creíste que no aceptaríamos que te hubieses enamorado de un hombre?

El dolor en la voz de Rürik era desgarrador.

Mërg se limpió las lágrimas y desplomó la espalda en el sillón, su mirada cayendo sobre su regazo.

—No se trata de género, aunque eso realmente no importe. Jamás me sentí atraído por otro hombre que no sea Kai. Es...

—Va más allá de eso —pensó Jensen en voz alta, transportado por su propia experiencia.

—Exacto.

—¿Él siente lo mismo por ti? —preguntó Apsal con voz suave.

Mërg asintió, el tormento apoderándose de su expresión. Kat se apuró a su lado, y sentándose en el brazo del sillón, le pasó la mano suavemente por la nuca.

—¿Por qué entonces han sufrido manteniéndose alejados?

El lobo se quebró.

—Porque fui un idiota de primera clase y lo lastimé. Lo lastimé tanto que no pudo hacer más que alejarse de mí.

—¿A qué te refieres, cariño? —preguntó una Iara que se había arrodillado junto a las piernas de su hermano.

—Lo hice sentir responsable de la muerte de Köl.

—¿Qué? —Jensen no daba crédito de lo que escuchaba—. ¿Köl? ¿Tu hermano Köl?

—Köl murió por decisión de Oleg —intentó calmar Iorg, recordando las viejas historias que ninguno de ellos había estado allí para presenciar, pero que el Rey alguna vez había confesado.

—Lo que nadie sabe es el motivo de la decisión de mi padre.

Logan acercó una media de whisky que Mërg vació de un trago pero que no logró teñir sus mejillas en absoluto.

—Köl siempre fue errático y nunca llegó a comprender realmente las decisiones tomadas por mi padre. Se oponía a la protección de los Mörka. Pero entre mi padre y yo logramos que se adaptara, aunque veíamos el gran esfuerzo que hacía por tolerar la especie. —Hizo una pausa en la que aprovechó para ingresar el aire que le hacía doler el pecho—. Una noche nos vio, a mí y Malakai. —No terminó la frase, pero tampoco fue necesario que lo hiciera—. Salimos tras él para intentar explicarle, pero no había forma de hacerlo entrar en razón. Estaba repugnado. No voy a reproducir sus palabras, no tiene sentido.

»Amenazó con correr al Rey para revelar nuestra indiscreción, y cuando lo agarré del brazo para intentar detenerlo, comenzó a golpearme brutalmente. Kai intentó intervenir, pero lo detuve. Pude contenerlo por varios minutos hasta que logró alcanzar una lanza y me atravesó de lado a lado con ella. Por supuesto Kai perdió los estribos y lo golpeó tan fuerte que logró hacerlo volar varios metros hacia atrás.

»Para mi sorpresa, en vez de volver a abalanzarse sobre él, comenzó a explicarle que me amaba, que no había nada más importante para él en este mundo que yo. Pero Köl seguía sumido en su repugnancia y rechazo. Era bueno, el mejor de nosotros, y logró confundir a Kai en su ataque logrando llegar a mí. Creí que me mataría allí mismo, pero lo único que hizo fue remover la lanza de mi cuerpo justo a tiempo para lanzarla hacia Kai, rozándole el corazón y casi matándolo. Papá llegó en ese preciso momento. Vio todo. Vio cuando Köl removió la lanza de mi estómago y la clavó en el pecho de Kai. Le ordenó a Köl con suaves palabras que aguardara, me curó a mí, luego a Kai. —Mërg volvió a quebrarse—. Conocía tan bien a nuestro padre. —Sus ojos oscuros velados por las lágrimas encontraron los de Iara—. Sabía lo que haría e intenté detenerlo, pero si había algo por lo que papá se regía, era por la Ley. Era suprema. Aún lo es. Pero creí que tratándose de su hijo haría una excepción. No lo hizo. Sin escuchar motivos ni excusas, lo mató. Y no pidió explicaciones. Yo me quedé sin fuerzas para darlas, y Malakai simplemente creyó que no decirle el motivo por el cual Köl casi mata al Mörka bajo el ala de protección del Rey había sido mi elección.

—Kai siempre fue el favorito de Oleg. Se sentía en su voz cuando hablaba de él —confesó Jensen, y Apsal, Rürik y Iorg acordaron con un leve asentimiento.

—Los años pasaron, y yo no podía salir de la espiral de culpa en la que me había sumido, y lo peor de todo es que arrastré a Kai allí al punto del tormento. Le hice sentir que el amor que nos teníamos el uno por el otro había sido el responsable de la muerte de mi hermano. Por treinta años soportó esa injusticia, hasta que un día no aguantó más y se fue. Desapareció.

—Me llama la atención que Oleg no haya cuestionado su desaparición —pensó Apsal en voz alta.

—Mi padre era un hombre sabio. No sé cómo, pero sé que muy de vez en cuando, cada diez o quizás más años, se veían. Papá solía ausentarse sin aviso por una semana, ¿recuerdan? Siempre en la misma época del año.

Todos los que habían vivido junto al Rey asintieron.

—Estoy seguro que iba a ver a Kai.

—Sigo sin entender por qué no lo buscaste —pensó Danila en voz alta.

—Lo hice, pero nunca di con él.

—¿Cómo es eso posible? Yo di siempre con él cuando lo busqué. Todos lo hemos hecho —habló Rürik.

—Eso es porque ustedes no son el que siempre ha evitado. —Hizo una pausa—. Lo lastimé tanto. Le destruí el corazón. Usé la muerte de mi hermano para hacerlo sentir culpable de un amor como el que pocos tienen. —Se acunó la cabeza entre las manos y Raith aprovechó para brindarle caricias de apoyo en la espalda—. Pensé que jamás volvería verlo, por lo que me di a la tarea de vivir una vida normal. Una vida en la que pudiese ser feliz, aunque no fuese con él. Pero cuando pasó por la puerta del salón de fiestas hace dos semanas atrás, el mundo se detuvo, quedó patas para arriba, y yo con él.

—Disculpa mi interrupción, Mërg —habló Logan por primera vez—. Cuando esto ocurrió, ninguno de los lobos presentes vivía, ¿verdad?

—No. Solo Köl y yo.

—¿Hay algún Mörka que haya vivido en esa época y que supiese esto?

—No. Imposible. Los únicos que sabíamos esto éramos Kai, papá y yo.

—La persona que envió la nota claramente está al tanto de esto. ¿Cómo es eso posible?

Jensen, que todo ese tiempo había estado en pie con los brazos ejerciendo presión sobre su estómago y los dientes en su mandíbula, descruzó los brazos y caminó hacia el sillón.

—Eso no importa ahora. Lo saben, lo tienen y lo usarán.

—¿Cuál es el plan? —sumó Apsal con tono determinado.

—El plan es demostrarles que no tienen idea con qué se han metido —espetó furioso—. Lo siento, pero debo decirlo. Todo este tiempo hemos respetado la importante necesidad, créanme que lo entiendo, de respetar la vida, incluso de los Mörka. Y hemos jugado el juego de mantenernos a raya. Pero ya no.

—¿Lo que significa? —preguntó Leeta.

—Que ahora jugaré mi propio juego, y les garantizo que no les gustará.

Iara se puso en pie y giró hacia él.

—Anótame.

—¿Estás segura? Porque no pienso jugar limpio.

—Haberse metido con Kai y Mërg de esta manera no tiene perdón. Apúntame en la dirección correcta, y lo que tenga en frente, lo mataré.

—Perfecto —acordó Jensen—. ¿Rürik?

La imponente figura del Mörka pareció más grande de lo normal cuando se puso en pie. Caminó hacia Mërg, lo tomó de la mano para incorporarlo del sillón, y le apoyó ambas manos sobre los hombros.

—¿Recuerdas los viejos tiempos de redadas y defensa del castillo?

Mërg asintió.

—Pues recupérate y prepárate muchacho, porque ese recuerdo no será nada comparado con esto. —El lobo asintió—. Sugiero que los lobos comiencen a dormir durante el día —siguió Rürik—. Porque la noche será de cacería.

Arderás en el infierno

Las altas dosis de anticoagulante administradas comenzaban a cumplir su función. Los cortes del maniatado a la silla de metal por medio de gruesos grilletes que se ajustaban a sus muñecas y tobillos sangraban profusamente, y cuando atinaban a comenzar a cerrar, los puntazos de dagas contra su piel y los puñetazos de Jensen que le habían quebrado la mandíbula incontable cantidad de veces retomaban el proceso de tortura.

Apsal arrojó el balde de agua con hielo sobre la cabeza del Mörka que lanzó un profundo quejido de desesperación. Ningún Mörka necesitaba contribuir a su natural temperatura interna. El hielo recorriendo sus venas era suficiente, y un agregado externo era simplemente desgarrador. Luego del agua vino el siguiente puñetazo, y ésta vez, Iara alcanzó a ver el trayecto de algunos dientes abandonando la boca y volando varios metros hacia la izquierda.

Mërg, que todo ese tiempo se había mantenido en silencio y con los brazos sobre el estómago, dio unos pasos hacia adelante para quedar muy cerca y contemplarlo desde su imponente altura.

—Podemos hacer esto por lo que resta de la noche, seguiré yo durante el día y Jensen retomará cuando caiga el sol. O puedes decirnos algo que nos lleve a los que están detrás de todo esto. —Descruzó los brazos y en un abrir y cerrar de ojos sus garras se cerraron sobre la garganta del Mörka, las uñas penetrando la carne y apretando por dentro, generando quejidos ahogados en la víctima que luchaba por respirar sin suerte alguna de lograrlo—. ¡Quiero un nombre! —Su voz transformada profunda y gruesa retumbó en el viejo, húmedo, lúgubre y sucio depósito—. ¡Ahora!

Removió la mano y con gesto impaciente e irritado esperó que se recuperara para hablar.

—¿Y qué crees que me harán si abro la boca?

Mërg miró a Apsal y asintió con un corto movimiento de cabeza. El Mörka torturado le siguió los movimientos, y cuando regresó, la devastación se apoderó de todo su ser.

—¡No! —comenzó a gritar transportado por la desesperación.

Apsal sostuvo a la mujer con fuerza por los brazos y en un movimiento rápido, preciso y letal, la mano del lobo estuvo dentro del pecho de la Mörka, que comenzó a jadear cuando Mërg estrujó lentamente el corazón.

Jensen se acercó al torturado que ahogaba sollozos desconsolados.

—Nombre. Ahora. O tu novia muere.

—¡De acuerdo! —Se apuró a congeniar—. Déjala, por favor.

Mërg sacó la mano de su pecho, pero Apsal no la dejó ir. El Mörka respiró el alivio.

—Christoffer Cunnigan

Jensen miró a Iara, que seguidamente sacó el móvil del bolsillo trasero de su jean. Cuando tuvo respuesta al otro lado de la línea, repitió el nombre que les había sido revelado. Aguardó largos segundos, y luego cortó.

—Hay una dirección.

Con movimientos casi imperceptible, Mërg extrajo de la mujer el corazón, luego desgarró su garganta y por último la decapitó. Los sonidos de furia y lamento del Mörka colmaron el depósito en ecos desgarradores, pero ninguno se inmutó.

El lobo arrojó la cabeza de la Mörka sobre el regazo del maniatado, que siguió los movimientos cuando rodó a un costado y cayó a sus pies.

—Vayan —pidió Iara por sobre los sollozos ahogados—. El sol está por salir.

Apsal y Jensen desaparecieron en un abrir y cerrar de ojos, dejando abierta la puerta por donde salieron.

—¿Por qué? preguntó el desconsolado Mörka.

Mërg se acuclilló frente a él, su rostro aún transformado hacia su esencia animal.

—Porque pusieron las manos sobre algo que ni siquiera deberían haberse atrevido a mirar.

—¡Arderás en el infierno!

El lobo esbozó una complacida sonrisa socarrona y luego giró la cabeza en dirección a la puerta por la que comenzaba a colarse el potente rayo de sol de la mañana. Se incorporó y se interpuso entre su trayectoria y el Mörka, que a medida que la luz avanzaba, se retorcía cual gusano sobre su silla.

—Los dos lo haremos —replicó Mërg con voz tranquila, su imponente figura dibujada delante del cegador resplandor, que, al dar un paso al costado, alcanzó al Mörka que se encendió como un leño dentro de una fogata entre gritos de dolor que hablaban de suplicio.

Mërg giró sobre sus talones siguiendo el camino indicado por la luz que protegía a los lobos y condenaba a los Mörka. Iara le dio una última mirada a las cenizas en que el hombre se había convertido, y salió tras su hermano con paso medido.

Estacionó la vieja camioneta frente a la entrada principal de la mansión. Iara abrió la puerta del vehículo, y al caer en cuenta que su hermano no tenía intención de apagar el motor, se volvió para mirarlo.

—Necesitas descansar, Mërg.

—Descansaré cuando lo encuentre.

—De acuerdo. Iré contigo.

—Mientras el sol brille no hay nada de qué preocuparse. Ve. Jensen te necesita.

—Tú también me necesitas.

—Necesito encontrar a Malakai. Por favor, Iara. No voy a gastar la energía que me queda en discutir contigo, y desde ya que no está en mi lista de cosas por hacer discutir con Jensen. —Su voz era tranquila, pero la frialdad detrás de esa tranquilidad era capaz de cortar como un afilado cuchillo rebana manteca.

—Llámame si nos necesitas.

—Lo haré.

Iara acortó la distancia para regalarle un beso en la mejilla, y salió del vehículo siguiendo la trayectoria con la mirada hasta que su hermano desapareció.

***

El country club se encontraba a una hora de distancia de la ciudad. Había dejado el vehículo escondido entre la maleza del bosque, y de allí corrió a marcha rápida unos quince minutos hasta dar con lo que buscaba. La imponente construcción que en su frente portaba un cartel que leía Cunnigan.

Transformado en el sigiloso animal que era, la rodeó. Había Mörka, muchos de ellos. Podía olerlos, y también supo que descansaban. De seguro en un estado semiconsciente, pero el sol seguía de su lado y también su esencia. Una esencia que permitía a sus pasos ser tan silenciosos como los de un gato.

Cerrando los ojos y concentrándose, inhaló aire tan profunda y lentamente como pudo, su corazón pausado hasta ese momento respondiendo en un descontrolado golpeteo dentro de su pecho.

Corrió hacia donde sus sentidos lo llevaban, a través del enorme parque que se extendía por detrás de la casa hasta dar con una estructura de cemento que se levantaba solo metro y medio por sobre la hierba y que portaba lo que supo inmediatamente, era una gruesa puerta de acero. Sus ojos cayeron sobre el lector de huellas digitales emplazado sobre el cemento. Era la localización perfecta. No tendrían acceso salvo que volaran la puerta con explosivos, y de hacerlo durante el día, estaba seguro que los rayos de sol darían directo sobre lo que guardaban allí. Y eso era Malakai. Lo sabía. Podía sentirlo y olerlo. Aguzó la escucha, cerró los ojos y se concentró, los latidos del corazón del hombre que amaba llegando débiles y lentos a sus oídos.

Estudió la situación. Sacarlo de allí durante el día no era una opción. Hacerlo durante la noche requeriría de todo con lo que contasen, y, así y todo, sería una hazaña difícil de hacer llegar a buen puerto.

Sacó el móvil del bolsillo y corrió para alejarse de la casa y evitar que lo escuchara.

—Mërg. —Iara contestó en el primer repiqueteo.

—Lo encontré. Te necesito. Los necesito a todos.

—Dinos qué hacer.

Mërg comenzó a relatar su plan, un plan que todos, incluidos los ocho hombres de Malakai, Torben y Giza, escuchaban a través del alta-voz.

***

Evaluó la posibilidad de dejar de caminar de un lado a otro frente al búnker de cemento que lo separaba de Malakai, pero ya lo había intentado, habiendo durado su trasero sobre la hierba apenas tres segundos. Estaba demasiado enchufado, demasiado perturbado, sabiendo que lo único que lograría calmar sus tensos e irritados nervios sería sacarlo de allí.

Giró para regresar hacia la izquierda, como tantas veces lo había hecho en el trascurso de las tres horas que habían pasado desde el llamado telefónico, y la imagen lo frenó en seco.

Sus hermanas y prima acortaban la distancia hacia él seguidas de los que alcanzó a contar como doce cuadrúpedos. Dos de ellos saltaron sobre el techo del búnker, y otros dos a cada lado de la puerta.

Mërg hizo uso de lo que le quedaba para controlar la emoción.

—¿Cómo?

—Lo único que hice fue decir que tú los necesitabas —confesó Iara.

Su hermano se acercó al que inmediatamente había reconocido como Alfa de la manada. Cayó frente a él de rodillas y apoyó la frente sobre el suave pelaje del lobo.

—Goktamna Bana (Gracias, amigo).

El enorme cuadrúpedo respondió brindándole un lengüetazo en la mejilla y seguidamente, los bípedos escucharon en su interior las órdenes impartidas a la manada, que inmediatamente comenzaron a dispersarse para ocupar sus posiciones. El único que quedó junto a ellos fue el Alfa, que siguió los movimientos de Leeta y Danila cuando comenzaron a colocar los explosivos en torno a la puerta.

Iara se acercó y apoyó la mano sobre el hombro de su hermano, mirándolo a los ojos con determinación y seguridad.

—Lo sacaremos de aquí, Mërg.

***

En el instante en que el sol cayó, todos los que se protegían del sol salieron de entre las sombras portando tantas armas de fuego y blancas que Mërg se detuvo por un segundo a pensar de dónde diablos las habían sacado. Luego vio a Torben y Giza, y algo le dijo que ellos habían tenido todo que ver con eso.

En el momento en que Jensen se apostó en dirección a la parte trasera de la casa, su dueño y todos los que comandaba, al menos quince Mörka, salieron al encuentro de los que no habían sido invitados.

—Jensen.

—¿Christoffer, asumo?

—El mismo. En breve este parque estará atestado de más de los míos, y puedo asegurarte que, salvo tú, la fuente de nuestra existencia, el resto morirá.

—Será mejor que le demos comienzo a esta fiesta entonces.

Esa fue la señal para los lobos que no tardaron en abalanzarse sobre los que se habían ubicado en el extremo del muro amenazador de Mörka, la sorpresa permitiéndoles sacarlos de juego rápidamente.

Jensen sonrió ante la expresión atónita de Christoffer, y salvo Mërg y el Alfa cuadrúpedo, todo el grupo se abalanzó sobre ellos disparando y cortando sin piedad. Numa recibió un balazo en la pierna que no logró detenerlo, saltando sobre su agresor y ofreciendo su cuerpo a un cuadrúpedo que no tardó en despedazarlo, permitiéndole a él seguir por el siguiente. Esa era su función, así como la de Iorg y Leeta. Detectar a todos los portadores de armas de fuego y despojarlos de ellas.

Cuando estuvieron lo suficientemente lejos y Mërg se aseguró que sería imposible para sus enemigos avanzar ante la defensa de los suyos, bípedo y cuadrúpedo se pusieron a resguardo. El primero le dio al interruptor y el estruendo ensordecedor colmó la noche. Entre polvo y escombros que volaban por los aires, Mërg y el Alfa se adentraron en el búnker, obviando los escalones y saltando por sobre ellos para caer directo al fondo del habitáculo.

Se ordenó a sí mismo no detenerse en la imagen de Malakai inconsciente, su cuerpo colgando de cadenas que habían lastimado sus muñecas en el forcejeo, y que apenas permitían a los dedos de sus pies tocar el piso. Llevaba el torso desnudo tan lastimado que su blanca piel apenas era visible, habiendo sido reemplazada por el oscuro color de su propia sangre. Su cabeza caía por delante, y ni siquiera el estruendo de la explosión había logrado espabilarlo. Lo que sea que le hubiesen suministrado había sido suficiente para doblegar al segundo de la especie, Mërg sintiendo que su vida pendía de un hilo.

Cuando se acercó, desvió los ojos de la melena que se había convertido en un río de sangre que chorreaba por sus hombros y pecho. Las heridas en su cuero cabelludo eran tan profundas que Mërg creyó poder ver su cráneo.

Tiró de las cadenas y se lo cargó a los hombros. Cuando atinó a subir las escaleras, el Alfa le advirtió a través de la conexión mental que mantenían bípedos y cuadrúpedos, que aún no era el momento.

En cuanto escucharon el ruido del motor acercándose, el Alfa lideró la marcha saliendo a toda prisa en dirección a la camioneta que conducía Logan y que a su lado Kat acompañaba, disparando en dirección a los que intentaban llegar a ellos.

Mërg saltó a la parte trasera de la camioneta con Malakai a cuestas y el Alfa cuadrúpedo a su lado.

—¡Vámonos! —exclamó.

Logan alcanzó a sonreír a Iorg, y aceleró en la dirección opuesta a la que se libraba la batalla.

***

Despegó los párpados, e inmediatamente Jensen incorporó el torso del sillón que había acercado a la cama. Sus ojos se encontraron, pero los de Malakai cayeron sobre la vía que había sido colocada en la parte interna de su codo. Siguió con la mirada el pequeño tubo que portaba el líquido rojo y que terminaba en la bolsa que goteaba la sangre hacia su sistema.

Sintió el movimiento sobre el colchón, y al girar la cabeza hacia el otro lado, ahogó un suspiro de sorpresa mezclado con miedo. El Alfa, cómodamente acostado junto a él, le devolvía una mirada tranquila.

—Su función es brindarte calor.

Kai elevó la mano, disfrutando que el cuadrúpedo permitiese acariciarlo.

—¿Cómo te sientes?

Se obligó a quitar los ojos del imponente animal y miró a su amigo.

—He estado mejor —confesó con voz rasposa y cansada.

—Si no estuvieses tan frágil, me abalanzaría sobre ti para abrazarte. Qué susto nos diste, hermano.

—Mi mayor habilidad.

—No bromees, Kai.

—Me encontraron.

—Mërg te encontró.

—¿Es de día? —Cambió de tema.

—Sí.

—Agradécele a Iara de mi parte por haber pedido al Alfa que me acompañara.

—No fue Iara. —Kai enarcó una ceja—. Mërg.

—Creí que los Alfas solo respondían a los Alfas.

—Los Alfas responden ante cualquier conducta que refleje lealtad y un corazón sincero.

Una vez más, Malakai no contestó.

—Nos contó todo. —Ante tal novedad, Kai clavó los ojos en el techo—. Sé lo que es equivocarse a lo grande. Y créeme que Mërg tiene claro el garrafal error que cometió.

—¿Tú lo crees?

—Hace doce días que no duerme. —Kai devolvió sus ojos turquesa a su amigo—. Apenas come. Todos los días extrae sangre de su cuerpo para brindártela, y se niega rotundamente a que sus hermanas o prima lo hagan por él. Sinceramente no sé cómo se mantiene en pie.

—¿Qué harías si fueses yo?

—Intentaría darle una segunda oportunidad. —Cuando Kai se dispuso a interrumpirlo, Jensen se adelantó—. Es difícil explicarlo, pero cuando nos contó todo lo que sucedió fue desgarrador. Te ama, Kai.

Los ojos turquesa se anegaron de lágrimas justo en el momento en que la puerta de la habitación se abrió. El Alfa se incorporó de un respingo, pasó por su lado y desapareció, imitado por Jensen segundos después.

El primero de la especie había estado en lo cierto al cuestionar cómo era posible que se mantuviese en pie. Jamás había visto un lobo alcanzar ese nivel de palidez, y menos aún los círculos casi negros que escondían unos ojos completamente desprovistos de energía.

Cuando se sentó en el sillón, Malakai fue testigo de la primera verdadera bocanada de aire que Mërg tomaba en días. Una bocanada que logró relajar toda la tensión a la que se había sometido, y seguidamente a ello, el quiebre que lo llevó a largar un quejido mezcla de alivio y toda la angustia que había estado conteniendo, su torso inclinándose hacia adelante y la cabeza cayendo entre sus manos mientras intentaba seguir respirando para oxigenar las células a las que le había negado oxígeno por tanto tiempo.

Kai le acarició la cabellera corta suavemente, y Mërg se apuró a elevar el rostro empapado de lágrimas para tomar la mano entre la suya y besársela una y otra vez.

—¿Podrías venir a mi lado? Estoy enfriándome —pidió con voz cansada.

Mërg respondió al pedido acostándose junto a él y trayendo el cuerpo de Kai hacia el suyo. Sin mediar palabra, cada uno transportado por su propia maraña de sentimiento y emociones, cayeron en un profundo sueño.

***

Sonrió cuando pasó el umbral de la puerta cargando tres cajas de pizza en una mano y un pack de seis cervezas heladas en la otra. Einar respondió de igual manera, y se puso en pie para dejarlos a solas.

—¿Tres pizzas? —indagó con humor mientras le seguía los pasos con la mirada al darle la vuelta a la cama para recostarse en ella dejando la espalda completamente apoyada en el respaldar.

—Dos son para mí.

—Me pareció escuchar que hace días que no comes. —Su voz fue suave, pero Mërg sintió el tono reprensor en ella.

—Estoy bien.

—No, no lo estás. Los círculos alrededor de tus ojos pueden llegar a haber cambiado de negro a gris, pero no estás bien. Mërg, debes permitir que tus hermanas o Danila me provean de sangre.

No estaba de ánimos para discutir, menos luego de haber estado tan cerca de perderlo.

—Te diré qué. Si luego de comer estas dos pizzas no ves mejora en mí, aceptaré que Iara te de lo que necesitas.

—De acuerdo —aceptó, abriendo una de las cajas y dando una generosa mordida a la porción de pizza.

Mërg destapó una cerveza y se la entregó. Cuando Kai vio la intención de hacer lo mismo con su propia cerveza, lo detuvo cerrando delicadamente su gélida mano sobre la febril de él.

—No, no. He visto lo que hace el alcohol en tu sistema cuando has pasado días sin comer. No es divertido. Come —ordenó, esta vez con algo más de firmeza, por lo que el lobo se dispuso a complacer.

—Es admirable lo leales que son tus hombres.

—Lo sé. No es una característica común hoy en día.

Mërg había terminado con su primera porción y ya iba por la segunda. Kai recordó que siempre había amado la voracidad de su apetito.

Comieron en silencio, Kai esperando que terminara, como había prometido, con ambas pizzas, satisfecho cuando vio el color asomando en sus mejillas y el velo de cansancio en sus ojos disipándose paulatinamente, aunque los círculos grises se empecinaban en permanecer allí.

—Estoy listo para hablar —lanzó Kai luego de dar un largo trago a la cerveza.

Mërg estaba haciendo lo mismo, por lo que por poco se atraganta, pero logró controlar los músculos de su garganta y así evitar escupirla por delante.

—De acuerdo.

Los ojos de Malakai cayeron sobre la botella de cerveza que hacía girar entre sus manos.

—Nunca he tenido miedo a nada. Eso lo sabes.

—Sí, lo sé.

—Confío en ti con mi vida. No es la primera vez me que salvas el trasero. Pero volver a confiarte mi corazón me aterra. —Mërg tomó la que sentía como una merecida puñalada con toda la calma que le fue posible juntar—. Me han atravesado con todo tipo de elementos filosos. Me han golpeado al punto de casi matarme, y nada de eso ha dolido tanto como tu rechazo.

Kai vio por el rabillo del ojo que Mërg se limpiaba las lágrimas, pero no se atrevió a mirarlo. Permaneció con los ojos turquesa amurados en la botella.

—Haré lo que sea, Kai —articuló con voz entrecortada—. Incluso si me pides que me mantenga alejado, aunque es lo último que yo quiero, lo haré. Pero todos los días intentaré demostrarte que puedes confiar en mí. Lo que hice no tiene excusa, y menos que menos explicación. Por lo que no voy a hacerte perder tiempo intentando darte una. Pero sí emplearé todo mi tiempo en demostrarte que estoy determinado a cuidar de ese corazón que yo mismo destruí.

El silencio flotó entre ellos por un largo instante.

—No quiero que te mantengas alejado. Te necesito. Y no solo para que me des calor y me recupere más rápido —bromeó, ambos sonriendo ahora—. Pero necesito ir despacio, tomarlo con calma.

—De acuerdo —aceptó—. Me costará, porque debo confesar que he querido abalanzarme sobre ti desde el momento en que cruzaste la puerta del salón.

Los labios de Mërg fueron acallados cuando Kai los atrapó entre los suyos.

Algo más de cuatrocientos años habían pasado desde la última vez que sus bocas se habían encontrado, y si era posible, Mërg lo halló más increíble que nunca. El sabor de Kai seguía siendo tan exquisito como siempre, y sus labios mucho más demandantes.

Encontrando un ritmo que les permitió a ambos serenarse, se degustaron por largos minutos, recorriéndose torpemente al principio, para luego hallar que reconocían cada músculo, cada hueso, cada vello de los brazos, y en el caso de Kai, los del centro del pecho que Mërg acariciaba con suavidad y lentitud.

Cuando comenzó a sentir que el deseo por él tomaría giros que le costaría controlar, se obligó a recordar sus palabras, logrando alejarse para mirar los ojos turquesa que como siempre había sucedido, lo dejaban sin aliento.

—Me estás haciendo difícil la tarea de ir despacio —confesó con voz transportada por el deseo, curvando sus labios en una sonrisa cuando Kai esbozó una de suficiencia que él bien conocía.

—Es tu castigo. Acéptalo.

—Sigue castigándome, entonces.

Kai volvió a atraparle los labios, ésta vez ambos acomodándose mejor sobre el colchón, interrumpiendo los besos con charlas que recordaban viejas anécdotas e historias que nada tenían que ver con el tormento que ambos habían atravesado.

***

Su familia y amigos intentaban, y la mayor parte del tiempo lo conseguían, brindar el espacio y la intimidad que necesitaban. Pero ésta vez la increíble sinfonía de ambas guitarras llamó demasiado la atención de los que estaban en la cocina y los que leían en la biblioteca.

Esbozando complacidas sonrisas acortaron la distancia hacia la enorme sala de estar, los que estaban en la cocina encontrando a los que salían de la biblioteca para formar una fila de marcha relajada hacia lo que tanto les había llamado la atención.

La imagen fue aun más conmovedora al verlos enfrentados compartiendo el mismo sillón de tres cuerpos y sonriendo mientras alternaban la mirada entre las cuerdas y los ojos que se encontraban cuando las palabras de la letra así los llevaban a hacerlo.

Mërg fue el primero en reparar en los espectadores, invitándolos con un gesto de su cabeza a que terminaran de ingresar en la sala. Raith sonrió. El lobo había vuelto a ser el que conocía, pero mejorado. Había una luz en su rostro que hasta el momento no le había visto, y esa luz era claramente la que reflejaba Malakai, a quien pasó sus ojos para caer en cuenta que definitivamente el segundo de su propia especie resplandecía en una mezcla de alivio y felicidad que Raith creyó bien merecida. Eran perfectos juntos. Nadie podía negarlo.

La canción era hermosa, justa para ellos. Luego de varios segundos logró reconocerla y admirar la propia versión que Merg y Malakai creaban de *Skinny Love*[1], sus guitarras sincronizándose perfectamente mientras la gruesa voz de Mërg contrastaba perfectamente con la algo más aguda de Kai. Voces distintas que lograban encontrar el perfecto punto de armonía tal cual reflejaba la imagen de ambos: Morka y lobo, oscuro e iluminado.

A nadie le quedaba dudas de porque habían sido y seguían siendo, luego de más de cuatroscientos años, el uno para el otro.

Los ya curvados labios de los espectadores se estiraron en complacidas y extensas sonrisas cuando entre las notas de sus guitarras comenzaron a jugar con los tonos de sus voces, Iara, Leeta y Danila apurándose a limpiar las lágrimas de emoción que habían rodado por sus mejillas. Era increíble ver así se feliz y relajado a Mërg. Danila, la que más tiempo había compartido con él, intentó remontarse en el tiempo y recordar si alguna vez había visto a su primo tan exultante de felicidad, pero ningún recuerdo logró golpearla. Este Mërg era nuevo para ella, y Malakai era responsable de ello.

---

[1] Referencia musical al final del libro

Cuando la canción llegó a su fin, Kai abandonó las cuerdas, pero Mërg siguió improvisando algunas notas y palabras en la lengua de los lobos que lograron emocionar al Mörka. Cuando hubo terminado, acortó la distancia y apoyó los labios fugazmente sobre los de él.

—¿Es pudor lo que veo asomando en su expresión? —Se burlo Jensen—. Si corriese calor por sus venas, ya estaría sonrojado.

Mërg sonrió dejando correr los dedos despreocupadamente por las cuerdas.

—Déjame en paz —pidió Kai, entre avergonzado y divertido.

—Verlo así es como ver a un salvaje león sedado —pensó en voz alta Rürik con el entrecejo fruncido.

—Agradecería que dejasen de hablar de mí como si no estuviese aquí.

—Es que, es extraño —siguió Apsal—. Es como que eres tú y no eres tú. ¿Dónde ha quedado el irritado y errante Malakai?

Kai y Merg se miraron y sus labios se curvaron en iguales medias sonrisas.

—Enterrado. Lo que no significa que no siga siendo capaz de patear tu triste trasero —amenazó con sentido de humor.

El Mörka dejó la guitarra a un lado.

—Ya que están todos aquí, deberíamos hablar.

Los dedos de Mërg dejaron de bailar sobre las cuerdas y desplomó la espalda, llegando su cabeza al brazo del sillón, quedando recostado y con la guitarra aun sobre su vientre.

—¿Estás seguro? —inquirió Apsal—. No hace falta que lo hagas ahora.

—Estoy bien.

—¿Recuerdas qué sucedió? —Necesitó saber Iorg.

—Salí a caminar, y un grupo de diez se cerró sobre mí.

—Has matado mucho más de diez por ti mismo, mas veces de las que me atrevo a contar —advirtió Jensen.

—Me inyectaron con algo.

—Ruffies —habló Logan—. Cuando te trajeron tomé una muestra de tu sangre y encontré rastros de la droga.

—No puedo creer que me hayan *rufiado*—bromeo, inventado la palabra.

—Si lo piensas, sería la única manera de contener, ya sea a ti o Jensen —interpuso Leeta.

—Desperté donde me encontraron. Ya me habían cortado por todas partes, y estimo que me habían suministrado algo para que las heridas no cerrasen.

—Así es —volvió a hablar Logan.

—¿Pudiste ver a alguien?

—No. Si abría los ojos me volvían a golpear una y otra vez hasta que me desmayara. Es más, en una de las tantas arremetidas, creo que me dieron con palos en la cabeza.

—Tenías incontable cantidad de tajos en el cuero cabelludo cuando te encontramos —recordó Mërg apretando la mandíbula—. Así que si, es muy probable que te moliesen a palos en la cabeza.

—¿Reconociste alguna voz?

—Cuando despertaba, toda mi concentración iba a intentar respirar para reducir el dolor. Lo único que escuché eran los puñetazos y palazos, y por supuesto, mis propios gritos de dolor.

—Lo siento tanto, Kai —articuló Danila.

—Tú no tienes nada que sentir —contestó con determinación.

—¿Has visto la nota que encontraron tus hombres?

—Si, la leí.

—¿Es posible que alguien supiese lo de ustedes? —siguió Leeta.

—Además de Oleg y Aixa, no. Es imposible.

—No tiene sentido —pensó Logan en voz alta.

—No, no lo tiene. —Estuvo de acuerdo—. Pero ahora no es el momento para pensar en ello.

Todos miraron a Mërg, que parecía ya haber escuchado lo que Malakai estaba por decir.

—¿Qué quieres decir? —preguntó Iara, sin darle tiempo a responder—. Kai, no podemos pasar por alto lo que han hecho.

—Y estoy de acuerdo, pero hay algo más importante por resolver.

—Kaysa —pronunció Danila en voz baja.

—Logan, ¿has logrado avanzar en algo?

—Desarrollé un suero para contrarrestar los efectos de lo que parecen haberle inyectado. Pero no estoy seguro de si funcionará. Han estado experimentando con ella demasiado tiempo.

—Bien. Mañana iremos.

—Tú no irás a ningún lado —lanzó Mërg en tono de orden.

—Tú vendrás conmigo y serás mi guardaespaldas personal. Jensen también.

—Kai.

—Mërg, necesito moverme, hacer algo, o perderé la cabeza.

—Bien —aceptó, irritado—. Pero al primer sonido que levante mí más mínima sospecha, nos regresamos.

—Tienes un trato, mi lobo —acordó, palmeándole la rodilla y haciéndolo sonreír con las palabras elegidas.

Era suyo, de eso no había duda.

***

La imagen seguía siendo desgarradora. Nada en Kaysa presentaba la más mínima mejora. Cuando Kai se acercó, ella lanzó un violento tarascón en su dirección, por lo que Mërg se apuró a interponerse y alejarlo.

—Kai, acabo de recuperarte en todo sentido. Te lo pido por favor, se precavido.

—Lo siento —reconoció la razón de sus palabras. Se acercó para regalarle un fugaz beso que logró aflojar algo de la tensión que había asomado en la expresión del lobo. Cuando se alojó y Mërg arqueó las cejas, Kai sonrió—. Juro que me comportaré.

—Ha sido difícil acercarse a ella. No puedo tratarla mientras esté consciente —confesó Logan.

—¿Tienes algo en mente? ¿Crees realmente posible recuperarla?

Ante la pregunta de Malakai, los ojos de Mërg y Jensen cayeron sobre el científico.

—He intentado sonar convincente y seguro cuando Dani está cerca. Pero simplemente no lo sé. Apenas es un ser humano.

—Ninguno de nosotros los somos —espetó Mërg, que llevó los ojos a la mano de Kai que se había posado sobre su antebrazo.

—Esto no es su culpa.

El lobo tomó una profunda bocanada de aire.

—Lo siento, Logan. Verla así…

Mërg señaló en dirección a la que alguna vez había sido su prima y que ahora, cual animal en cuatro patas, lo devoraba con la mirada y amenazaba mostrando putrefactos dientes entre los que en ningún momento había desistido de gruñir.

—Lo entiendo. No me expresé bien de todas maneras. Lo que quiero decir es que el primer paso es intentar que vuelva a su forma bípeda. Que vuelva a ser un solo ser sobrenatural. La loba que era, y no éste híbrido que han creado.

—¿Tienes idea cómo?

—No. Solo ideas que no sé si lograrán el objetivo.

—¿Qué tenemos para perder? —habló por primera vez Jensen—. La Kaysa que conozco no querría seguir viviendo así. Nos recriminaría no haberla matado aún.

—Es verdad —expresaron al unísono Mërg y Malakai.

—¿Tengo su permiso entonces para comenzar a llevar a cabo las pruebas?

Jensen se acercó a él y le apoyó una mano en el hombro.

—Nunca necesitaste nuestro permiso. Confiamos en ti.

Logan miró a los otros dos para encontrarse con el corto asentimiento y expresión aprobatoria en sus rostros.

—Lo que sí necesitaré es su ayuda. —Abrió el enorme maletín que descansaba sobre la desvencijada mesa cubierta por una gruesa capa gris. Al volver a girar hacia ellos, los ojos de los Mörka y el lobo cayeron sobre la gruesa jeringa conteniendo el líquido ámbar—. Es una dosis algo menor a la que le suministraron para rescatarla.

—Si tan solo eso lo hiciese más sencillo —se quejó Mërg, caminando hacia Logan para tomar la jeringa en su mano, y luego se adelantó antes de ser advertido—. Lo sé y lo siento. Pero estoy irritado. No lo tomes a modo personal.

—No lo estaba haciendo —replicó Logan con una sonrisa.

Cuando vio que Kai daba la vuelta a la jaula para llegar a su puerta, el semblante del lobo se endureció.

—¿Qué diablos crees que estás haciendo?

Malakai puso los ojos en blanco.

—Abriré la puerta, me quedaré detrás de ella —advirtió antes que Mërg lanzase el siguiente mar de palabras irritadas—. Jensen ingresará haciendo uso de toda su velocidad, intentará retenerla lo más que pueda colocándose encima de ella y estrujándole el cuello en la medida de lo posible, y luego tú le clavarás esa hermosa aguja lo más cerca del corazón que puedas. ¿Suena bien? —terminó con el mayor sarcasmo del que era capaz.

—Eres imposible —se quejó el lobo.

—Sigues diciendo eso —bromeó Kai, ésta vez regalándole una genuina sonrisa.

Jensen ya se había colocado frente a la puerta.

—Debo decir que son adorables.

—Gracias —replicó Malakai extendiendo su sonrisa.

—¿Podemos terminar con esto de una vez?

Logan presenciaba la situación con los brazos en cruz sobre el estómago y con expresión de lo más divertida.

—Deberás hacer algo con su irritación —sugirió Jensen, ignorando al lobo.

—Me pondré manos a la obra ni bien terminemos con esto.

—Genial.

—¿Han terminado?

Kai lo miró profundamente y por largos segundos a los ojos. Se acercó, quitó la jeringa de sus manos con delicadeza, se la pasó a Jensen y tomó a Mërg de la mano para alejarlo varios metros de allí. El Mörka se cruzó de brazos y se apoyó de lado sobre la sucia y fría pared, manteniendo una mínima distancia con el lobo. Pensó en abrir la boca, pero algo lo llevó a desenroscar uno de los brazos y apoyar la mano sobre el pecho de Mërg, que innatamente se llenó de un aire que largó muy lentamente. Luego la mano subió de allí a su mejilla y finalmente se decidió por apoyar los gélidos labios sobre los febriles de él. El tacto fue fugaz, pero logró enviar descargas en todas las direcciones posibles del cuerpo de Mërg.

—No quiero sonar demasiado táctico, porque en realidad lo único que me preocupa es tu seguridad —susurró Kai—. Pero sabes bien que esta irritación que te está gobernando llevará a un momento de desconcentración que puede ser letal. Y sé que sientes ser el único que ha recuperado algo aquí, pero no es así Mërg. Si hay algo de lo que estoy convencido es que no volveré a perderte.

—Nunca me perdiste.

—Nos perdimos el uno al otro. Tenemos más de trescientos años de sufrimiento como prueba de ello.

Mërg lo calló con un beso, ésta vez separando los labios para atrapar los suyos. Suspiraron sobre sus bocas, sus manos se encontraron, y luego ambos debieron forzarse a recordar que no estaban solos y que definitivamente no era el momento.

Regresaron sobre sus pasos, y al llegar a la jaula, Jensen estiró el brazo para devolverle la jeringa.

—¿Listo?

—Listo.

Se colocó detrás de Jensen y ambos esperaron a que Kai abriese la puerta.

La velocidad con la que el primero de los Mörka se dio paso impidió a Logan distinguir la figura que se hizo visible a sus humanos ojos cuando Jensen estuvo sobre el lomo de Kaysa aferrando sus brazos cual tenazas en torno a su cuello, todo su cuerpo tensado e intentando hacer equilibrio cuando la loba se golpeaba a sí misma con desmedida fuerza y velocidad contra los costados de la jaula y así lograr deshacerse del que la sometía.

En una de las arremetidas Jensen cayó con brusquedad al piso, y todos se alarmaron ahogando quejidos de preocupación, pero el Mörka fue más rápido que el tarascón que Kaysa largó en su dirección. Giró por debajo de ella confundiéndola, pasó al otro lado y volvió a montarla, ésta vez con mejor agarre.

Mërg no lo pensó dos veces, y haciendo caso omiso a los colmillos que se dirigieron hacia él en el momento en que ingresó a la jaula, se movió lo suficientemente rápido para esquivarlos y lograr así colocarse debajo de ella a la altura de su cuello. Clavó la aguja, su pulgar presionó el líquido fuera de la jeringa que no se molestó en remover, y arrastrándose hacia las patas traseras, salió por el costado. Pero Kaysa seguía en pie, y giró hacia él, decidida a arremeter.

—Mërg —alcanzó a escuchar la voz temblorosa de Kai.

—Lo sé.

Estaba pegado contra las rejas y por más esfuerzo que hiciese Jensen para someterla, Kaysa era demasiado fuerte. Mërg estaba acorralado. Logró burlar la primera arremetida haciendo uso de toda su velocidad, pero las garras de la pata que lanzó hacia la izquierda llegaron al costado de su estómago dibujando cuatro profundos cortes que no tardaron en comenzar a sangrar a través de la camiseta rasgada.

—¡Maldita sea! —Se escuchó el grito de voz transformada de Kai.

—¡Estoy bien! ¡No entres!

En el impulso la loba había estrellado el hocico contra las rejas, Jensen saliendo disparado hacia adelante, deslizándose a lo largo de su lomo y cabeza y cayendo directo al piso debajo de los putrefactos colmillos. Pero la sangre emanando del cuerpo de Mërg enloqueció la porción Vandöda que habían engendrado en ella, lo que salvó a Jensen de perder la cabeza bajo el yugo de las fauces del imponente animal que los superaba por mucho en altura y porte, Mërg volviendo a convertirse en su principal punto de atención.

Comenzó a moverse muy lentamente hacia el lado contrario de la puerta.

—¿Qué haces? —espetó Jensen.

—Cuando te lo diga, sal de la jaula con todo lo que tienes.

—Mërg —se quejó Malakai.

—Cállense. Jensen, hazlo.

El Mörka esperó, todo su rostro y postura afectados por la transformación. Malakai logró respirar al ver que los profundos cortes comenzaban a sanar.

—¡Ahora! —dijo al mismo tiempo que se movió con toda la agilidad de la que era capaz hacia el fondo de la jaula, distrayendo al animal y ganándole a Jensen los segundos que necesitaba.

Cuando Kaysa arremetió, Mërg esperó a que saltara sobre sus patas para burlar la distancia que los separaba, aprovechando los centímetros entre animal y piso de la celda para deslizarse debajo de ella y salir con la velocidad de una flecha hacia afuera.

En el instante en que Kai cerró la puerta, Kaysa ya estaba sobre ella, por lo que tuvo que hacer uso de toda su fuerza para mantenerla cerrada. Y en esa última arremetida la loba se tambaleó y cayó con un golpe seco sobre su costado.

—¡Bien! —lanzó Mërg transportado por la adrenalina—. ¿Qué sigue? —preguntó, entusiasmado, aún jadeante por el esfuerzo.

Malakai giró la cabeza en su dirección para dedicarle una mirada fulminante, cargada de una perfecta combinación de miedo y enojo.

***

Sentía la presencia de cada uno de los que custodiaban la casa, Mörka y lobos cuadrúpedos. El Alfa ubicado a solo centímetros de su pierna cerró los ojos al mismo tiempo que él cuando la potente ráfaga de viento los golpeó. Un viento que hablaba de la poderosa tormenta que se avecinaba por el norte, donde ya la oscura noche era iluminada por los rayos que permitían vislumbrar la forma de las temibles nubes negras que se acercaban impulsadas por el viento que azotaba cada vez con mayor intensidad.

Sin despegar los párpados, inhaló profundamente el aroma de la lluvia que no tardaría en llegar, transportado por todos los sonidos de una naturaleza que bullía a su alrededor. Una naturaleza que su propia esencia animal le permitía sentir en cada una de sus células.

El ensordecedor trueno logró hacer que sus labios se curvaran en una suave sonrisa, suspirando cuando los brazos lo rodearon y el cuerpo de Malakai se pegó a su espalda. Sin abrir ojos, disfrutó del roce de la mejilla del Mörka contra su cuello.

Cuando las manos de Mërg se posaron sobre las de Malakai y con la palma de su mano izquierda sintió el frío del metal, despegó los párpados y su mirada cayó directo sobre el anillo de plata que portaba el perfil de la cabeza de un lobo exquisiamente tallado. Lo acarició con la yema de su dedo pulgar al tiempo que intentaba resolver el nudo de emoción que le apretaba la garganta.

Lo primero que había hecho días atrás en el momento en que había cruzado la puerta hacia el salón de fiestas y el Mörka había arrasado con toda la estructura creada a su alrededor con el simple objetivo de olvidar, había sido mirar su mano izquierda, y al ver el dedo desnudo del anillo que representaba tanto para ellos, recibió la realidad como una gélida puntada en el centro del pecho, llegando a la conclusión que Kai probablemente se había desecho de él.

Pero se había equivocado. Allí estaba, y ahora que Malakai había aceptado darle una segunda oportunidad, ambos portaban una vez más lo que tantos años atrás habían decidido que simbolizaría la devoción que sentían el uno por el otro, Mërg llevando consigo la gota de sangre representada por la piedra negra, y Kai la figura del lobo.

El Alfa se paró en sus cuatro patas y emprendió una silenciosa retirada, poniendo suficiente distancia, pero sin alejarse por completo.

—Siempre has amado las tormentas —susurró el Mörka.

Los labios Mërg se extendieron en una sonrisa.

—Ojalá pudiese explicarte lo que siento cuando las entrañas de la naturaleza comienzan a rugir de ésta manera —replicó con igual voz, baja y transportada.

Kai le besó el cuello fugazmente, y luego apoyó el mentón en el formado hombro del lobo.

—Es lo que hace especial a los lobos. La conexión que tienen con la naturaleza. Y es bueno que no haya forma de poner en palabras tal conexión. Es algo propio de ustedes y de nadie más.

Fue consciente del exacto segundo en que Mërg decidió relajar parte de su peso sobre él, recibiéndolo con un sentimiento muy parecido al que había expresado el lobo. No tenía palabras para explicar la felicidad que le causaba volver a tenerlo entre sus brazos, sentir su peso, su calor, el increíble aroma que nunca había olvidado, sin importar la cantidad de años que hubiesen pasado.

—Creí que vendrías a sermonearme. Debo decir que esta situación es preferible en todo sentido.

Lo sintió sonreír.

—No hace falta que te diga que lo que hiciste fue totalmente irresponsable. Lo sabes bien. – No había una pizca de recriminación o reprensión en su tono. Seguía siendo el suave que no hacía más que relajar cada vez más los músculos de Mërg.

—Lo sé, y lo siento. Si tú hubieses hecho eso, estaría insoportable de furia. Y tú la tolerarías, como siempre lo has hecho. ¿Recuérdame por qué me amas? —bromeó, pero Malakai detectó el dejo de duda en su tono.

—Nada tiene sentido sin ti.

Mërg giró entre sus brazos para enfrentarlo, asegurándose de no perder contacto con su cuerpo.

—Lo sé, porque es exactamente igual para mí. —Acarició la mejilla y sintió la emoción recorriendo el cuerpo al ver que Malakai se estremecía—. No te merezco.

Los penetrantes ojos turquesa se amuraron sobre los oscuros de Mërg.

—No digas eso.

—Lo digo porque es verdad —interrumpió—. El único motivo por el que quiero ganar esta estúpida guerra es para intentar compensar todo el daño que te hice.

—No quiero que lo hagas. No quiero que sigas torturándote de esa manera, Mërg. Yo he dado vuelta la página, y tú tienes que hacer lo mismo. Pero sí necesito saber algo.

—Lo que sea. —Se apresuró a ofrecer.

Malakai se alejó unos centímetros y Mërg le siguió los movimientos cuando introdujo la mano en el bolsillo interno de su abrigo negro y extrajo un pedazo de papel que el Mörka se quedó mirando, su semblante mutando al de una persona que se transportaba en el tiempo, pensativo y taciturno.

—La noche en que me fui, me llevé esto conmigo. Lo encontré noches antes de tomar la decisión de irme. Creo que fue lo que me ayudó a tomar la decisión.

Mërg frunció levemente el entrecejo y tomó el papel con movimiento lento y dubitativo cuando Kai se lo extendió.

—No sé por qué lo he llevado conmigo todos estos años. Quizás para este momento —explicó mientras el lobo desplegaba el amarillo y ajado papel doblado en cuatro.

Cuando comenzó a recorrer las líneas, Malakai tragó saliva al ver las lágrimas que velaron los ojos y no tardaron en comenzar a rodar por sus mejillas. Mërg no se movió cuando Kai se las secó con delicadeza, aunque su mirada siguió amurada en lo que hacía tantos años había escrito.

—Necesito saber si sigue siendo así —pidió el Mörka con voz quebrada—. Si sigues sintiéndolo de esa manera.

Sus ojos se encontraron, y el dolor en los de Mërg se alojó como una puntada el su corazón.

—No —dijo en un sollozo—. Por supuesto que no. Nunca lo fue. —El papel se convirtió rápidamente en un bollo que Mërg apretó en el puño—. Estas fueron las palabras de un niño estúpido. —Guardó el bollo de papel en el bolsillo trasero de su jean oscuro, burló la distancia que Malakai había tomado para sacar el papel de su abrigo, y le acunó el rostro con ambas manos—. Esto que sentimos, que es imposible poner en palabras, jamás podría ser lo que esas líneas dicen.

Antes que pudiese replicar, Malakai recibió los demandantes labios que rápidamente lograron dejarlo sin aliento. Luego de varios segundos en los que los que custodiaban la casa, lobos incluidos, miraron a otro lado, sus bocas se separaron a muy poca distancia, quedando sus frentes unidas mientras sus alientos, febril y gélido, seguían golpeando los húmedos labios.

—Te amo tanto, Kai.

Se besaron nuevamente, ésta vez incomodando menos a los que, aunque alejados, percibían cada una de las palabras y sonidos intercambiados. Cuando se alejaron, Mërg palpó el bolsillo interno del lado derecho del abrigo de Kai, sonrió al tiempo que introdujo la mano allí, y extrajo el encendedor tipo zippo que sabía siempre llevaba.

Extrajo el bollo de papel que había guardado en el bolsillo, y usando el abrigo de Malakai como protección contra el viento, lo encendió. Al extraerlo de su resguardo el viento no tardó en avivarlo, y antes que sus dedos se quemaran lo soltó, ambos siguiendo su trayectoria hasta que las poderosas ráfagas convirtieron las palabras en nada.

Instantes después, las gotas de lluvia se materializaron sobre sus cabezas.

—¿Vamos a dormir? —propuso el lobo.

—Dormir… —Ambos giraron en dirección a la casa—. No puedo creer que esté pudiendo dormir nuevamente.

—Pues ve acostumbrándote, porque lo harás el resto de tu eterna vida.

Kai sonrió y disfrutó del tacto de la febril mano cerrándose sobre la gélida de él, ambos totalmente inconscientes del par de ojos a lo lejos que se cerraba sobre las figuras perdiéndose dentro de la casa y en dirección a la habitación.

El mismo par de ojos que tantos años atrás había presenciado lo que ellos creían que nadie había visto, lo que creían que solo Oleg y Aixa sabían. El mismo odio que había asomado en su semblante en ese momento se mantenía, aseverado y avivado por el paso de los años.

Cuando notó que la boca se le había llenado de sangre, escupió, pero sin perder de vista su objetivo.

Los observó hasta que ya no los pudo ver, y luego corrió en contra de las ráfagas de viento que hacían la lluvia golpear con violencia su piel.

La canción de Mërg

El tiempo es un fantasma que acecha.
Su parsimonia carcome por dentro.
Es un océano entre mis manos,
Imposible de abrazar
Imposible de controlar
Tan profundo, tan lento
Mortífero.
Inmortal.
Sus pasos son brasas sobre mi piel.
Su esencia es el fuego que consume.
Si tan solo brindara una muerte rápida.
Pero se empecina en torturar lentamente.
Ya no distingo minutos de horas ni siglos
Tan profundo, tan lento
Mortífero.
Inmortal.
Pero luego apareciste
¿O lo hice yo?
Reflejar puede ser un juego cruel
Pero es un juego que jugamos bien.
De repente el tiempo no parece tan malo,
Tan profundo como tu deseo, tan lento como tu mirada,

Tan mortífero como tu beso,
Tan inmortal como el amor que nos condena.
El amor que a todos nos condena.

Referencia musical

Single de Bon Iver del Álbum «For Emma, Forever Ago», lanzado el 28 de abril del 2008. Sello discográfico 4AD Jagjaguwar

Para más información de la autora:
www.guadalupearias.com

Para contactar a la autora:
guadaariasescribe@gmail.com

También puedes seguir a Guada en:
Instagram: @escritoraguadaarias
Facebook: @escritoraguadaarias